Susanna Kearsley
Glanz und Schatten

SERIE PIPER

Zu diesem Buch

Der Historiker Harry hat es sich in den Kopf gesetzt, die Juwelen zu suchen, die die unglückliche Königin Isabelle Plantagenet vor achthundert Jahren auf ihrer Flucht in den unterirdischen Gängen von Schloß Chinon versteckt hatte. Harry überredet seine junge attraktive Cousine Emily, ihm von London aus an den malerischen Adelssitz im Loire-Tal zu folgen. Bei Emilys Ankunft fehlt jedoch jede Spur von ihm, so daß sie sich einer Clique von Weltenbummlern anschließt und es genießt, von charmanten Männern umschwärmt zu werden. Die Urlaubsidylle zerbricht, als ein Mord geschieht. Auf der Suche nach Harry, dem Schatz und dem geheimnisvollen Drahtzieher im Hintergrund gerät Emily in höchste Gefahr. – In »Glanz und Schatten« verknüpft Susanna Kearsley gekonnt Geheimnis, Verbrechen und romantische Liebe und führt die Frauenschicksale verschiedenster Epochen in einem ebenso überraschenden wie furiosen Finale zusammen.

Susanna Kearsley, geboren 1966, lebt in Ontario. Sie hat Politik und Internationale Entwicklungen studiert und als Museumskuratorin gearbeitet. Für »Mariana« wurde sie mit dem Catherine-Cookson-Preis ausgezeichnet. Zuletzt erschien auf deutsch: »Rosehill«.

Susanna Kearsley
Glanz und Schatten

Roman

Aus dem Englischen von
Leon Mengden

Piper München Zürich

Von Susanna Kearsley liegt in der Serie Piper außerdem vor:
Mariana (2972)

Ungekürzte Taschenbuchausgabe
Piper Verlag GmbH, München
April 2000

Titel der englischen Originalausgabe:
»The Splendour Falls«, Corgi Books/Transworld
Publishers Ltd., London 1995

Umschlag: Büro Hamburg
Stefanie Oberbeck, Katrin Hoffmann
Umschlagabbildung: Paul Rhoads (Transworld
Publishers Ltd., London)
Foto Umschlagrückseite: John Peevers (Transworld
Publishers Ltd., London)
Satz: KCS Buchholz, Hamburg
Druck und Bindung: Clausen & Bosse, Leck
Printed in Germany ISBN 3-492-23048-2

The splendour falls on castle walls
And snowy summits old in story:
The long light shakes across the lakes,
And the wild cataract leaps in glory.
Blow, bugle, blow, set the wild echoes
flying,
Blow, bugle; answer, echoes, dying, dying,
dying.

Dieses und alle anderen Zitate entstammen
Alfred Lord Tennysons (1809–1892)
Verserzählung »The Princess«.

Vorbemerkung

Wer heute durch die Straßen Chinons spaziert, findet alles so wieder, wie ich es in meinem Roman beschrieben habe, und daher möchte ich die Leserinnen und Leser dieses Buches daran erinnern, daß alle vorkommenden Personen selbstverständlich rein fiktiv sind.

Paul Rhoads, der in Chinon mein Fremdenführer gewesen ist, gilt ebenso mein herzlicher Dank wie Dorothée Kleinmann, die mir Zutritt zu ihrer Kapelle gewährt hat.

All meinen jetzigen und zukünftigen Freunden aus dem Hotel de France sei dieses Buch zugeeignet.

Prolog

... als alles verloren war oder doch verloren schien ...

Die erste Nacht war die schlimmste gewesen. Sie waren so unvermittelt und in so großer Zahl gekommen. Gerade hatte sie noch in der Kapelle friedsam beim Gebet gesessen, als im nächsten Augenblick der Anführer ihrer Wachmannschaft mit lautem Pochen an der Tür erschien und ihr Order gab, eiligst den Schutz ihrer Kammer aufzusuchen. Und dann hatte jemand geflüstert, sie würden belagert ...

Sie war schrecklich gewesen, jene erste Nacht – die Finsternis und das Heulen des Windes, und überall in der Ebene brennende Feuer. Doch dann kam das Tageslicht, und das Schloß hatte standgehalten. Natürlich hatte es standgehalten, dachte Isabelle. Schließlich handelte es sich hier um Schloß Chinon, und wie die Könige des Hauses Plantagenet, als deren Trutzburg es erbaut worden war, besaß es einen eisernen Willen. Es würde sich nie der Gewalt eines Angreifers beugen.

Zunächst hatte sie überhaupt nicht glauben wollen, daß Guillaume des Roches so dreist, so niederträchtig sein konnte und sie als Gefangene nehmen wollte. Er war der Vertraute des Königs, ihres Gemahls, gewesen und hatte stets nur die anständigste Behandlung erfahren. Hatte John ihn, des Roches, nicht zum Statthalter von Chinon ernannt? Und doch hatte sie es mit ihren eigenen Augen gesehen, hatte des Roches unter den Männern erkannt, wie er ungezwungen inmitten ihrer Reihen umherschritt, als sei er auch noch stolz, einen solchen Verrat zu begehen.

Wenn doch nur John zugegen wäre, dachte sie; er würde den Verräter Mores lehren. Ja, wenn John hier wäre ...

Sie schlang das samtene Gewand fester um ihren zitternden Leib und blickte einmal mehr über die Ebene gen Westen hinaus. Die Sonne war mittlerweile beträchtlich tief gesunken, hatte sich auf den violett schimmernden Dunst der Hügel gelegt, warf ihren Glanz auf den dunkel dahinfließenden Strom. Bald, wußte sie, wären sie wieder ganz von Schwärze umfangen. Vier Nächte lang hatte sie nun schon hier in diesem hohen, einsamen Turm gestanden und zugesehen, wie das Sonnenlicht drüben im Westen am Himmel erstarb. Dieses Mal aber suchte ihr Blick die Feuer, um die herum die Aufrührer ihre Lagerstätten aufgeschlagen hatten.

»Sie sind recht nahe gerückt, heute nacht«, sagte sie zu sich selbst, und eine ihrer Zofen regte sich neben dem Kaminfeuer.

»Mylady?«

Isabelle sah sich um. Ihr langes Haar ringelte sich auf dem purpurnen Samt. »Ich sagte nur, die Feuer scheinen mir heute abend besonders nahe.«

»Jawohl, Mylady.«

»Es muß sehr kalt sein ...« Sie ließ den Blick wieder hinausschweifen, mußte an den Wahn denken, der einen Menschen zu so einer Zeit, im tiefsten Winter, von der Behaglichkeit seines Kaminfeuers forttreiben konnte.

Ihre Zofen beobachteten sie, sie konnte ihre Blicke spüren. Sie wußte, daß ihre Gefaßtheit die Frauen mit Erstaunen erfüllte. Sie hielten sie noch für ein halbes Kind, so wie damals, vor drei Jahren, als sie zu ihnen gekommen war, damals, als John sie zu ihrer Eheschließung hierher nach Chinon geführt hatte. In jenem Sommer hatte es am Hof einen Skandal deswegen gegeben – sie hatte die Flüstereien hinter vorgehaltener Hand wohl mitbekommen. Ein Mann in seinen Dreißigern nimmt ein Mädchen von zwölf Jahren zur Gemahlin ...

Aber selbst da war sie kein Kind mehr gewesen. Sie war bereits Hugo, dem Sohn des Hauses Lusignan, versprochen gewesen, als sie John in Angoulême zum erstenmal begegnete. Und wenn? So wie beim Schachspiel der König den Springer aus dem Feld wirft, mußte der Ritter auch hier dem König unterliegen, und Isabelle hatte seit ihrem allerersten Beisammensein mit John bereits gewußt, wie die Partie ausgehen würde. Manche behaupteten zwar, daß sie immer noch Hugo von Lusignan begehrte, aber das waren Dummköpfe, die so dachten. In all ihren fünfzehn Lebensjahren hatte sie nur einen einzigen Mann geliebt – einen bedächtigen, liebevollen Mann mit mitternachtsblauen Augen, die nur für sie allein lächelten. Und wäre es damals, vor drei Jahren, an ihr gewesen, die Entscheidung zu treffen, sie hätte John gewählt.

Er war nicht wie seine Brüder, nicht wie Richard. Sie hatte den Mann mit dem Löwenherzen, von dem soviel Sagenhaftes berichtet wurde, kennengelernt – einen gepanzerten Hünen mit goldglänzender Bartpracht. Das Abbild seines Vaters, sagten die Leute, das Abbild des Löwen höchstpersönlich, König Heinrichs, dieses geistesmächtigen, streitbaren Potentaten, der mit der unbezähmbaren Eleonore von Aquitanien eine Reihe von fürstlichen Nachfahren gezeugt hatte, die ihresgleichen suchten.

Es war, dachte Isabelle, schon eine ganz außergewöhnliche Familie. Sie liebten und haßten einander gleichermaßen, beweinten und bekriegten und hintergingen einander, bewegten sich stets auf einem schmalen Grat zwischen Verrat und Treue. Bei ihnen allen hatte dies seine Narben hinterlassen, vor allem bei John. Er sprach nicht darüber, doch oft hatte sie ihn still in der Andachtskapelle hier auf Chinon stehen sehen, tief in grüblerische Gedanken versunken an eben der Stelle, an der sein gebrochenes Herz den alt gewordenen Löwen Heinrich schließlich doch dahingerafft hatte.

Es ging das Gerücht, es sei Johns Schuld gewesen, daß der Löwe zu brüllen aufgehört hatte – Johns Schuld, weil er der Lieblingssohn Heinrichs gewesen war und der König angeblich Johns Namen auf einer Liste der Männer, die gegen ihn aufbegehrten, entdeckt hatte. Aber Heinrichs Herz war nicht so schwach gewesen, dachte Isabelle. Er wußte es stets unerschrocken mit seinen ungebärdigen Söhnen aufzunehmen. Er hatte seine eigene Gemahlin in den Kerker werfen lassen und mit John so lange wie mit einer Schachfigur gespielt, bis niemand mehr mit Sicherheit zu sagen wußte, wem dessen Treue galt. Und doch hatte John ihn verehrt. Wenn er so kummervoll und andächtig in der Kapelle stand, mußte Isabelle nur ins Antlitz ihres Mannes blicken, um zu wissen, wessen Herz es gewesen war, das an dieser Stelle vor so vielen Jahren gebrochen wurde.

Und doch beharrten die Menschen auf ihren Gerüchten. Sie galten nun dem jungen Arthur von der Bretagne, der auf seinem Erbanspruch bestanden und die alternde Königin in Mirabeau gefangengehalten hatte und jetzt dafür in Rouen eingekerkert saß. John war von Arthur, dem einzigen Sohn seines Bruders Geoffrey, einmal sehr eingenommen gewesen, und Geoffrey, der jung gestorben war, hatte von all seinen Brüdern John im Aussehen und im Alter am nächsten gestanden. Aber Arthur war nicht Geoffrey. Während seines Vaters Schläue sich in verschlagenen Listen offenbarte, schien Arthur überhaupt jedes Denkvermögen abzugehen, und sein unbesonnenes Vorgehen hatte John keine andere Wahl gelassen, als ihn festzusetzen.

Und so kamen jeden Tag neue Gerüchte auf. Arthur von der Bretagne sei frei ..., er liege in Ketten in seiner Kerkerzelle ..., er würde seine Flucht planen ..., er sei zu schwach, um auch nur den Kopf zu heben ..., man habe ihn in aller Heimlichkeit von Rouen an einen anderen Ort verbracht ... Manche behaupteten – sie hatte das erst gestern gehört –, daß Arthur bereits tot war, daß John ihn hatte hinrichten lassen. Welche Torheit, das zu glauben. John könnte dem Knaben nie ein Haar krümmen.

Das hätte sie vielleicht den Männern sagen sollen, die nun um die Mauern von Schloß Chinon herum ihre Zelte aufgeschlagen hatten, wenn diese nur geneigt gewesen wären, ihr Gehör zu schenken, denn war es doch um Arthurs willen, daß sie nun dort draußen ausharrten. Sie beabsichtigten, mit ihrer Gefangennahme die Freilassung des jungen Thronanwärters zu erzwingen. Toren, dachte sie noch einmal. Was wußten sie schon von John?

Der Wind blies einen eisigen Hauch durch das hohe, schmale Fenster. Er besaß eine Stimme, dieser Wind – halb menschlich, halb dämonisch –, die die Seele betäubte und das Herz zu Stein erstarren ließ. Isabelle wandte sich langsam von dem immer undeutlicher werdenden Anblick ab und durchquerte den großen, runden Raum zu einem kleineren, nach Norden hinausgehenden Fenster. Der Himmel auf dieser Seite war von tiefstem Dunkelblau und wolkenverhangen, ohne einen Stern, der die finstre Wand durchstach. Gab es über Le Mans Sterne, fragte sie sich? Ihre Nachricht mußte ihn inzwischen gewiß erreicht haben. Le Mans war nicht so weit entfernt. Sie mußte höchstens noch ein paar Tage lang durchhalten, dann würde die Verstärkung eintreffen. Isabelle lächelte leise im Schein des Feuers. Selbst falls John sie überhaupt nicht liebte, würde er doch keinesfalls seine Schätze hergeben, das wußte sie. Ja, es mochte ihr sogar so vorgekommen sein, als ginge John nichts über seine geliebten Reichtümer, wäre da nicht jener Tag gewesen, an dem sie ihn damit geneckt und er sie vor den Augen aller fest zu sich herangezogen und ihr gesagt hatte: »Du bist all mein Reichtum.« Noch immer konnte sie seinen Kuß auf ihren Lippen spüren ...

Ohne daß sie es wollte, bewegte sich ihre Hand zu dem perlenbesetzten Goldanhänger um ihren Hals, und sie erschauderte. »Alice«, sagte sie leise über die Schulter, »ich hätte gerne meine Schmuckschatulle.«

»Jawohl, Mylady.« Die Zofe stand gehorsam vom Feuer auf.

»Und, Alice ...«

»Ja, Mylady?«

»Wer von den Bediensteten kennt sich am besten in den unterirdischen Gängen aus?«

Unnötig zu fragen, von welchen Gängen Isabelle sprach. Unter Schloß Chinon wimmelte es nur so davon. John erwähnte oft, es sei ihm ein Rätsel, daß die Mauern nicht in sich zusammenstürzten.

»Der alte Thomas, Mylady«, kam schließlich die Antwort. »Er arbeitet in der Küche.«

»Dann wünsche ich, daß man ihn zu mir bringt«, sagte Isabelle, »und zwar unverzüglich. Ich brauche ihn.«

Die Frauen starrten sie an, flüsterten untereinander,

aber sie hüteten sich davor, ihre Wünsche in Frage zu stellen. Denn trotz ihrer Jugend handelte es sich bei der kindhaften Gestalt am Fenster doch schließlich um Isabelle von Angoulême; sie war ihre Königin, und ihre Wünsche waren Befehl. Der alte Thomas mußte mit der gebotenen Eile herbeigeholt werden.

Zufrieden wandte sich Isabelle wieder dem kleinen Fenster und den Feuern, die sich unten in der Ebene erstreckten, zu. Sie nahm weder wahr, wie sich die Tür hinter ihr schloß, noch hörte sie die Schritte der Frauen, die von der kalten Steintreppe widerhallten. Sie hörte nur den Wind. Sie stand immer noch bewegungslos da, die Augen auf die Berge im Norden gerichtet, als Alice wieder hereinkam und die kleine Schmuckschatulle neben das Bett stellte.

Alice war ihre älteste Zofe. Zärtlich blickte sie die kleine Königin mit den traurigen Augen an. »Er wird kommen, Mylady«, sagte sie leise, und beide wußten, daß nicht der alte Thomas damit gemeint war.

Isabelle nickte schweigend und gab dem stechenden Winterwind die Schuld daran, daß ihr mit einemmal Tränen in die Augen traten …

I

... und so gedieh ein vortrefflicher Plan
aus dieser Saat ...

»Und? Ist er gekommen?« Ich setzte mich im Schneidersitz aufs Sofa und goß mir eine Tasse Tee ein.

Mein Vetter betrachtete abwesend mein Wohnzimmerfenster, auf dem die Regentropfen einander in taumelnden Linien die Scheibe hinab verfolgten. Nur ungern schien er sich von dem Anblick loszureißen, drehte sich aber schließlich zu mir um. »Was?«

»John«, erinnerte ich ihn geduldig. »Ist er denn gekommen, um Isabelle zu befreien?«

»Ach so.« Er lächelte. »Selbstverständlich. Er hat Jean de Préaux, seinen tapfersten Ritter, mit einer Truppe Söldner losgeschickt, um die arme Isabelle wohlbehütet nach Le Mans zurückzubringen.«

Ich zog eine Grimasse. »Ach, das war aber edel von ihm.«

»Es gab mal Zeiten, da hättest du das auch romantisch gefunden«, sagte Harry und reichte mir seine Tasse, damit ich auch ihm nachschenkte. Das war eine liebevolle Spitze gewesen, und ich wußte, daß er ja eigentlich auch recht hatte, schob den Gedanken aber sogleich wieder beiseite.

»Dann erzähl mir mal was über deine neue Theorie«, sagte ich statt dessen.

»Das ist nicht bloß eine Theorie, meine Liebe. Sie ist in drei angesehenen Fachzeitschriften publiziert worden.«

»Entschuldige.«

Er schien mir augenblicklich zu vergeben. »Du erinnerst dich ja wohl noch, wie sie letztes Jahr in Angoulême diese alte Chronik entdeckt haben?«

»Von dem William de – Soundso? Ja, ich weiß.«

»Genau. Aus diesen Aufzeichnungen wissen wir, daß Isabelle während ihrer Belagerung auf Chinon etwas versteckt hat, etwas so Wertvolles, daß sie es unbedingt vor der Entdeckung durch die aufständischen Fürsten bewahren wollte. Soviel können wir jedenfalls daraus schließen. Sie hatte nach ihrer Schmuckschatulle verlangt und dann nach jemandem gefragt, der sich im unterirdischen Gängesystem auskannte. Anschließend ist sie dann mit diesem alten Thomas beinahe eine Stunde lang verschwunden gewesen, und keiner weiß, wo die beiden gesteckt haben.«

»Aber sowie die Gefahr vorüber war, hätte sie doch, was immer sie auch versteckt haben mag, zurückgeholt«, wandte ich stirnrunzelnd ein.

»Nicht unbedingt. Du darfst nicht vergessen, daß sich Chinon keineswegs außer Gefahr befand, und tatsächlich mußte John die Burg schon bald danach aufgeben, also kann es sein, daß Isabelle nie dazu gekommen ist. Der Chronik entnehmen wir klipp und klar, daß unsere Isabelle in ihren späteren Lebensjahren häufig von einem ›unschätzbaren Reichtum‹ gesprochen hat, den sie in Frankreich hatte zurücklassen müssen. Und wenn man zwei und zwei zusammenzählt ...«

»... hat man ein Semester lang einen bis auf den letzten Platz gefüllten Hörsaal«, neckte ich ihn.

Er grinste. »Aber nicht dieses Semester. Ich habe eine

halbe Stelle, falls du dich erinnerst. Ein Semester an der Uni, eines frei. Und dieses Semester ist frei.«

»Man kann dich um deinen Job nur beneiden.«

»Nun, ich brauche die Zeit schließlich zum Schreiben. Ich arbeite an einem Buch ...«

»Laß mich raten: über das Haus Plantagenet.« Man brauchte nicht viel Köpfchen, um zu diesem Schluß zu kommen. Mein Vetter Harry war von der Geschichte dieses Fürstenhauses hin und weg, seit wir beide in unseren Kinderschuhen steckten, und ich hatte bei unseren Spielen früher oft den Kopf dafür hinhalten müssen, sei es, weil ich als Sarazene dazu verdammt wurde, durch die Hand von Richard Löwenherz auf einem seiner Kreuzzüge zu fallen, oder Thomas Becket zu sein, eine Rolle, die ich ganz lustig fand, bis ich erfuhr, was in Wirklichkeit mit dem Erzbischof geschehen war. Aber richtig spannend wurde es immer dann, wenn mir der Part der Eleonore von Aquitanien zukam, was oft genug der Fall war, bis Harry mich eines Tages im »Turm von Salisbury« einkerkerte, einem alten Bunker hinten in einem Nachbarsgarten, und mich bis zum Abendessen nicht mehr herausließ. Heute noch kostet es mich große Überwindung, die Londoner U-Bahn zu benutzen oder mich auch nur länger als zehn Minuten in meinem eigenen Keller aufzuhalten.

Mein Vetter lächelte. »Nicht alle derer von Plantagenet – mir geht's nur um John. Ich versuche mich an einer Art unvoreingenommenem Zugang zu seiner Biographie. Johann Ohneland, der mißverstandene König. Wobei mir einfällt: Habe ich dir schon gezeigt, was dein Vater mir geschickt hat?« Ohne meine Antwort abzuwarten, griff er in seine Tasche und holte eine harte Kunststoffscheibe hervor, in deren Mitte eine tadellos erhaltene Silbermünze eingefaßt war. »Das ist er, King John im Profil. Das Ding muß ein Vermögen wert sein, aber dein Vater schmeißt sie ganz einfach in den Briefkasten.«

Er reichte mir die Münze, und ich ließ sie zwischen den Fingern kreisen. »Wo hat Daddy die bloß aufgetrieben?«

»Gott weiß wo.« Harry zuckte die Achseln. »Onkel Andrew hat an den unmöglichsten Stellen Freunde sitzen. Manchmal denke ich, es ist besser, nicht so genau nachzufragen.«

Da gab ich ihm recht. »Man bekommt von ihm sowieso nur ausweichende Antworten. Vermutlich würde er uns weismachen wollen, er hätte sie auf einem Flohmarkt entdeckt.« Und würde keine Miene dabei verziehen, fügte ich in Gedanken hinzu. Wenn er es für angebracht hielt, konnte mein Vater der charmanteste Lügner sein – eine Eigenschaft, die er sich Zeit seines Lebens im diplomatischen Dienst erworben hatte.

»Er schreibt, du möchtest ihn mal etwas öfter anrufen«, ließ mich mein Vetter wissen.

»Ich telefoniere jeden Monat mit ihm. Schließlich ist er in Uruguay. Würde ich ihn öfter anrufen, wären meine Ersparnisse bald aufgebraucht – oder was davon überhaupt noch übrig ist.«

»Weiß ich ja. Ich denke, er macht sich bloß Sorgen um dich, mehr nicht.«

»Dazu gibt es keinen Anlaß.« Ich drehte die Münze, um mir die Rückseite anzusehen. »Ich schätze, du wirst in Kürze nach Frankreich aufbrechen, um dort weiterzuforschen?«

»Ja, Ende des Monats.«

»Genau rechtzeitig zur Weinlese.«

»Exakt.«

Ich nahm einen Schluck Tee und seufzte. »Ich beneide dich, darauf kannst du Gift nehmen.«

»Dann komm doch einfach mit.« Er hatte die Bemerkung ganz beiläufig fallenlassen und verdrehte dann unschuldig die Augen, während er auf meine Reaktion wartete.

»Red keinen Unsinn. Du weißt genau, daß das nicht geht.«

»Und wieso nicht?«

»Es gibt Leute«, erklärte ich geduldig, »die arbeiten müssen, um sich ihren Lebensunterhalt zu verdienen, und ich kann nicht einfach von heute auf morgen freinehmen und verreisen.«

»Komm mir nicht damit«, sagte mein Vetter ganz unverblümt, »Himmel noch mal, schließlich arbeitest du für meinen Vater! Ich weigere mich zu glauben, daß Braden Glass gleich in Schutt und Asche fällt, wenn du vierzehn Tage lang nicht da bist. Dad oder Jack werden doch wohl mal selber ans Telefon gehen können ...«

»Und dann ist da noch das Haus«, fuhr ich hartnäckig fort. »Ich habe die Aufgabe, während Daddys Abwesenheit darauf aufzupassen. Soll ich es allein lassen, damit irgendein Einbrecher dort einsteigen und sich nach Herzenslust bedienen kann?« Ich sah den verständnislosen Ausdruck auf seinem Gesicht. »Hör mal, wenn du mich stur und langweilig findest, dann tut mir das leid, aber ...«

»Nein, langweilig bist du wirklich nicht«, korrigierte mich Harry, »nur eben auch nicht gerade allzu unternehmungslustig. Nicht mehr so wie früher. Nicht mehr, seit ...«

»Das hat nichts mit der Scheidung meiner Eltern zu tun. Aber ich werde auch nicht jünger, muß Verantwortung übernehmen ...«

»Es gibt solche und solche Verantwortung. Mutter sagt, sie sieht dich kaum noch unter Leute gehen.«

»Und was hat deine Mutter sonst noch über mich zu erzählen?«

»Daß sie dich fast nie lächeln sieht, und daß du letzten Monat in London schnurstracks am Brunnen von Trafalgar Square vorbeigegangen bist, ohne auch nur einen Penny hineinzuwerfen.«

»Nur Touristen werfen Pennies in Springbrunnen.«

»Früher hat dich das jedenfalls nicht davon abgehalten.« Er stellte seine leere Teetasse auf den Couchtisch. »Apropos Kleingeld, würdest du mir bitte meine Münze zurückgeben? – Danke. Du magst aufgehört haben, an die kleinen Dinge zu glauben, die einem im Leben Glück bringen, Emily Braden, aber ich nicht. Ich würde eher meinen rechten Arm hergeben als diesen kleinen König. Also«, sagte er fröhlich und ließ die Silbermünze in der sicheren Tiefe seiner Tasche verschwinden, »das wäre dann also geklärt. Du kommst mit mir nach Chinon.«

Ich schüttelte den Kopf. »Harry ...«

»Zur Zeit gibt's ganz billige Flüge von Heathrow, aber wir sollten noch diese Woche buchen. Dad sagt, die zweite Septemberhälfte würde ihm gut passen, nur damit er schon mal ...«

»Harry ...«

»Und ich habe auch schon ein wunderbares Hotel für uns entdeckt, sechzehntes Jahrhundert und gleich am Marktplatz, mit Blick aufs Schloß.«

»Harry«, versuchte ich es noch einmal, aber er hatte bereits die Prospekte hervorgeholt. Die Fotos darin ließen Chinon wirken wie einen Traum aus Kindertagen – kleine helle Häuschen mit ebenso kleinen Ecktürmen daran, enge, verwinkelte kopfsteingepflasterte Gassen und das Schloß, das darüber vor einem lavendelfarbenen Himmel wie ein Wächter auf seinem Felsen thront, mit dem Fluß

Vienne wie ein glänzendes Band aus Licht zu seinen Füßen.

»Das hier ist der Turm, in dem Isabelle das Ende der Belagerung abgewartet haben dürfte«, sagte Harry und zeigte auf eine verfallende, schmale Säule am äußersten Rand der Festungsanlage. »Der Mühlenturm.«

Ich sah es mir an und schüttelte noch einmal energisch den Kopf. »Ich kann dich nicht begleiten.«

»Selbstverständlich kannst du.«

Ich seufzte hörbar. Mein Vetter hatte die seltene Gabe, sämtliche Probleme dieser Erde mit einer Handbewegung aus der Welt zu schaffen. Auch mein Vater tendierte gelegentlich dazu, und mein Onkel Alan ebenfalls. In diesem Augenblick kam ich mir wieder vor wie das arme Opfer dieses verschworenen Triumvirats. Hatte ich denn gar nichts dazugelernt? Wenn die Eltern eines Menschen nach dreißig Jahren Ehe beschließen, fortan getrennte Wege zu gehen, betrachtet man das Leben auf eine etwas nüchternere Weise. Und, dachte ich, wen wundert's? Also war die glückliche Ehe meiner Eltern letzten Endes doch nicht so glücklich gewesen. Also war Liebe nicht dafür bestimmt, auf ewig zu halten. Es war besser, daß ich diese Lektion schon in jungen Jahren gelernt hatte, anstatt die gleichen Fehler wie sie alle auch noch einmal zu machen.

Es soll nicht so klingen, als sei ich verbittert über die Entscheidung meiner Eltern. Ein wenig enttäuscht vielleicht, aber nicht verbittert. Meine Mutter war ... ja, sie war eben meine Mutter – lebenslustig, eigensinnig, unabhängig. Selbst jetzt noch schickte sie mir Postkarten aus den griechischen Hafenstädten oder türkischen Hotels, in denen sie und ihr neuester Galan gerade ihr Unwesen trieben. Und mein Vater ... mein Vater arbeitete weiter, wie er es seit jeher schon getan hatte, nur befand sich sein Büro jetzt im Britischen Konsulat in Montevideo anstatt in London. Daß er mittlerweile geschieden war, schien ihm kaum aufzufallen.

Aber mein Vater war auch nie richtig erwachsen geworden. Wie alle männlichen Abkömmlinge der Familie Braden verfügte er über eine kindliche Unschuld, einen schlichten Glauben an das Gute und eine unerschöpfliche Quelle der Energie. Mein Onkel Alan war genauso, und Harry auch. Es machte sie alle drei recht charmant, und ich liebte sie dafür, aber sie schwebten damit auch in gewissen Sphären, die andere nicht immer erreichen oder mit ihnen teilen konnten.

In dieser Hinsicht war Harry der schlimmste. Obwohl ich meinen Vetter ausgesprochen gern mochte, hatte er mich doch so oft an den Rand einer Bluttat getrieben, daß ich mich an die einzelnen Gelegenheiten gar nicht mehr erinnern wollte. Unzuverlässig hatte meine Mutter ihn genannt. Ich hätte ihn statt dessen lieber als »schusselig« bezeichnet, aber das lief auf dasselbe hinaus, wenn man am Flughafen festsaß, weil Harry gerade mal wieder auf irgendwelchen Exkursionen war. Bei der Erinnerung an solche Geschichten mußte ich plötzlich lächeln.

»Ich muß vollkommen bekloppt sein, mit dir eine Reise zu unternehmen«, sagte ich. »Gott weiß, in was für Katastrophen du mich diesmal wieder stürzt.«

Er hatte nur ein Grinsen dafür übrig. »Vielleicht ist es das, was du brauchst. Ein tüchtiges Abenteuer. Damit du mal wieder merkst, was das Leben ist.«

»Ich stehe sehr wohl mitten im Leben, herzlichen Dank.«

»Nein, tust du nicht.« Hinter dem Lachen in seinen

Augen verbarg sich bitterer Ernst. »Nicht richtig. Mir fehlt die alte Emily.«

Ich blickte auf das bunte Durcheinander von Prospekten, das er auf dem Tisch ausgebreitet hatte. Es war Einbildung, eine optische Täuschung, die mich glauben ließ, den Umriß einer Frau zu sehen, die immer noch an einem Fenster des Turmes am äußersten Rand dieser zerstörten Burg wartete, aber einen Augenblick lang war sie ganz deutlich zu erkennen. Eine junge Frau, die gedankenverloren über all die Jahre hinwegblickte, wartete, wünschte, hoffte ... aber worauf? Ihren Märchenprinzen mit seinem schneeweißen Roß, auf dem er zu ihrer Rettung herangaloppiert kam? Nein, alles war vergebens, er würde nicht kommen. Du bist ganz auf dich allein gestellt, Mädchen, sagte ich der verschwommenen Gestalt im Geiste, und du findest dich besser mit dieser Tatsache ab. Und wenn sie nicht gestorben sind ... Nein, dazu kommt es nicht, so ist es nicht im wirklichen Leben. Der Schatten verschwand, und ich blickte wieder zum Fenster, auf dem immer noch die Regentropfen tanzten.

Harry goß die letzte Tasse kalt gewordenen Tees aus der Kanne und lehnte sich im Sessel zurück. Seine blauen Augen wirkten eigentümlich liebevoll, während er mit geradezu unheimlicher Genauigkeit meine Gedanken zu lesen schien. »Wenn du nicht daran glaubst, daß in Chinon ein Märchen wahr werden könnte«, sagte er, »dann gibt es für uns alle keine Hoffnung mehr.«

2

… Wirrnisse bei der Ankunft …

Ich hätte es besser wissen sollen. Alle waren wieder schlauer als ich. Aus Erfahrung wird man klug, heißt es doch. Selbst meine Tante Jane runzelte die Stirn, als ich ihr erzählte, ich würde mit Harry auf eine Reise gehen.

»Mit meinem Harry? Wozu denn das?«

»Er meint, ich müßte mal ein paar Tage ausspannen«, hatte ich geantwortet. »Er hat mir ein Abenteuer versprochen.«

»Und auf wieviel Abenteuer«, fragte sie mich trocken, »bist du vorbereitet?«

Ich tat die Warnung mit einem Achselzucken ab. »Ich bin sicher, daß alles gutgeht. Außerdem mag ich Harry.«

»Meine liebe Emily, darum dürfte es hier wohl kaum gehen. Wir alle mögen Harry. Aber er hat die Angewohnheit, ziemlich, nun, eben ziemlich …«

»Unberechenbar zu sein?« half ich ihr, und sie grinste.

»Das hast du sehr nett ausgedrückt.«

Ich versicherte ihr, daß wir nur nach Frankreich fuhren, nicht ins finstere Afrika. Was konnte einem in Frankreich schon groß zustoßen? Und falls doch etwas passierte, wäre ich darauf vorbereitet, die Situation zu retten – Französisch war, dank der Jahre, während derer mein Vater an der Britischen Botschaft in Paris gearbeitet hatte, eine mir zumindest geläufige Sprache. Außerdem fand ich den Gedanken, zwei ganze Wochen im Loiretal Ferien zu machen, einigermaßen unwiderstehlich.

Tante Jane hatte sich alles mit einem gelegentlichen Aufblitzen ihrer blauen Augen und bisweilen mit einem Zucken einer Braue angehört. »Hast du auch an alle Versicherungen gedacht?« fragte sie mich schließlich und stand dann auf, um den Tee aufzubrühen.

Mein Onkel Alan reagierte weniger zynisch. »Genau, was du jetzt brauchst«, erklärte er sichtlich befriedigt. »Kleiner Tapetenwechsel, was? Vielleicht eine kleine Romanze.« Und dabei hatte er mir zugezwinkert und mich mit dem Ellenbogen angestoßen, und ich hatte gelächelt, wie es von mir erwartet wurde, und dabei nur gedacht, daß mir jetzt am allerwenigsten nach einer Romanze zumute war. Ein kleiner Urlaubsflirt vielleicht, vergänglich und schmerzlos, aber eine richtige Romanze ... Nein, so etwas hatte nie eine Zukunft, und wie mit meinem Vetter Harry konnte man sich damit höchstens Schwierigkeiten einhandeln.

Harry seinerseits tat in den Wochen vor Reisebeginn sein Bestes, sämtliche Befürchtungen zu zerstreuen. Er kam mir zuvor, indem er den langweiligen Teil unserer Reisevorbereitungen selbst übernahm – ich hatte mich in Lesesälen nie allzu wohl gefühlt. Und er ging sehr gewissenhaft dabei vor, schickte mir Stadtpläne und eine Bestätigung unserer Reservierung im Hotel de France in Chinon. Am Sonntag vor meiner Abreise rief er sogar noch aus Bordeaux an, um mir letzte Instruktionen zu geben.

»Nicht zum Gare d'Austerlitz, Liebes«, hatte er mich korrigiert. »Montparnasse. Du kennst dich in Paris doch noch einigermaßen aus, oder? Vom Flughafen nimmst du den Bus in die Stadt und dann den Zug vom Montparnasse nach St.-Pierre-des-Corps, das ist der günstigste Weg. Du wirst noch vor Mittag da sein.«

Ich hörte auf, seine Anweisungen mitzuschreiben, und klopfte mit dem Stift auf meinen Notizblock. »Und du kommst auch bestimmt, um mich abzuholen?«

»Selbstverständlich. Ich fahre über Tours nach St.-Pierre-des-Corps und treffe dich dort am Bahnhof. Ich komme mit dem roten Wagen. Du kannst mich gar nicht verfehlen. Sagen wir um zwölf?«

»Also um zwölf Uhr mittags am Freitag, dem vierundzwanzigsten?« bestätigte ich noch einmal.

»Keine Sorge«, sagte er und klang amüsiert dabei, »ich vergesse es schon nicht. Bin ja schließlich kein kompletter Idiot. Außerdem habe ich doch diesen Brief bekommen, habe ich dir nicht davon erzählt?« Hatte er natürlich nicht, also fuhr er fort: Der Brief stammte von einem Amateurhistoriker, der eine der Abhandlungen meines Vetters über Isabelles verlorengegangenen Schatz gelesen hatte. »Also kann er offenbar Englisch lesen«, kommentierte Harry, »obwohl sein Brief auf französisch geschrieben war. Er drückt sich ziemlich umständlich aus, aber es hat den Anschein, als verfüge er über einige Informationen das Tunnelsystem unterhalb des Schlosses betreffend, die mich interessieren könnten. Fragt mich, ob ich mich mit ihm in Verbindung setzen könnte. Ich finde das alles äußerst spannend, so wie damals mit diesem Informanten bei der Watergate-Affäre, weißt du noch ...«

»Und hat dein Informant auch einen Codenamen?«

»Nein.« So, wie er das sagte, klang es fast, als enttäuschte ihn dieser Umstand. »Nein, ich kenne nur seinen richtigen Namen ... Didier ... Didier irgendwas. Ich müßte noch mal nachsehen, habe ihn vergessen. Na, jedenfalls lebt er in Chinon, und deshalb brauchst du dir keine Sorgen zu machen, daß ich vergesse, dich abzuholen. Ich bin selber ganz erpicht darauf, hinzufahren und herauszubekommen, was der Knabe weiß.«

»Fein, dann sehe ich dich ja am Freitag.«

»Mittags um zwölf in St.-Pierre-des-Corps. Versprochen.«

Mich beschlich das unbestimmte Gefühl, als hätte dies letzte Wort mir eine Warnung sein sollen, aber da knackte es schon in der Leitung, und die Verbindung wurde unterbrochen. Ich hatte gerade noch die Stimme meines Vetters sagen hören: »Tut mir leid, muß auflegen«, und danach noch etwas, das sich vage wie »bis Freitag« anhörte. Das war's dann erst mal.

Ich hätte es wissen sollen.

»Harry, verdammt noch mal!« sagte ich laut. Die junge Frau am Nebentisch blickte überrascht auf und sah dann wieder weg, während sie ihre zierliche Kaffeetasse zum Mund führte. Meine eigene Tasse war schon lange leer und ruhte kalt zwischen meinen Fingern. Ich schob sie irritiert beiseite, stützte das Kinn auf die Hände und stierte durch die Glasscheibe vor mir hinaus. Der Blick aus dem Café auf den Bahnhof war nicht gerade erhebend. Das Schachbrettmuster der Bodenplatten aus Beton, die dicken Betonsäulen mit den futuristisch geformten Lampenbögen darauf und der langgezogene, niedrige Springbrunnen, ebenfalls aus grauem Beton, mit den schäumenden weißen Fontänen betonten nur noch mehr die Kälte der Architektur. Auf der anderen Straßenseite erhoben sich drei große Wohnblöcke wie Schandmale aus der Landschaft, farblos und unpersönlich, mit langen Fensterreihen, die durch die Gefängnisgitter ihrer Balkone stupide und ausdruckslos auf mich zurückstarrten.

Ich seufzte.

Dieser Teil der Stadt Tours war deprimierend modern. Chinon befand sich irgendwo im Südwesten – gar nicht so weit entfernt, obwohl es mir in diesem Augenblick wie tausend Meilen weit weg vorkam. Und doch konnte ich es beinahe nach mir rufen hören, dieses herrliche Schloß über der Biegung des Flusses unter einem violetten Himmel. »Die Blume im Garten Frankreichs« hatten die Prospekte mir versprochen. Aber ich war nicht in Chinon, ich war hier, in St.-Pierre-des-Corps, und es erinnerte mich in keiner Weise an eine Blume.

Er kommt nicht, dachte ich düster. Harry verspätete sich nie um eine Stunde. Er kam pünktlich, oder er kam gar nicht.

»Na, wenn schon«, sagte ich, und die Frau am Nebentisch warf mir erneut einen argwöhnischen Blick zu. Sie schien erleichtert, als sie sah, wie ich das Kleingeld zusammenzählte, um meine Rechnung zu bezahlen, und um so mehr, als ich einen Augenblick später entschlossen meinen Koffer ergriff und den Stuhl zurückschob. Ich hatte große Lust, ihr zu versichern, daß ich normalerweise nicht mit mir selbst redete, daß alles die Schuld dieses Hallodris von einem Vetter sei, aber eigentlich konnte es mir völlig egal sein, was diese Frau von mir hielt, denn ich war ohnehin am Aufbrechen. Mit oder ohne Harry, ich würde es schon irgendwie nach Chinon schaffen.

Als ich erhitzt, wie ich war, hinaustrat, schlug mir die Luft kühl entgegen. Der Himmel hatte schon den ganzen Vormittag mit Regen gedroht, und es wehte ein frischer Wind, aber zumindest hatte doch ein wehmütiger blaßblauer Fleck die Energie besessen, das unerbittliche Grau zu durchbrechen. Meine Stimmung hob sich etwas, als ich dem Taxistand zustrebte.

Drei Taxis warteten neben der geschwungenen Betonarkade des Bahnhofsvorplatzes, aber nur eines von ihnen, das am Ende der Reihe, schien auch mit einem Fahrer besetzt zu sein. Er stand gegen die Motorhaube eines grauen Renault Safrane gelehnt, den Blick gedankenverloren auf den Springbrunnen gerichtet. Eine Hand steckte tief in der Tasche seiner gut geschnittenen Stoffhose, in der anderen hielt er eine halbgerauchte Zigarette. Er war nicht sehr groß, aber die Vorstellung vom Franzosen als dunklem, gutaussehendem Typen traf doch auf ihn zu. Er war auch nicht mehr jung – vielleicht zehn Jahre älter als ich mit meinen achtundzwanzig. Meine Mutter hätte ihn als »distinguiert« bezeichnet, und er wirkte tatsächlich ein wenig vornehm mit seiner unaffektierten Nonchalance, wie nur die Franzosen sie zu beherrschen scheinen.

Während ich näher kam, wanderte sein Blick vom Springbrunnen in meine Richtung, und in seinen dunklen Augen funkelte etwas auf. Er schien meine Kleidung zu mustern und dann den Anhänger von British Airways entdeckt zu haben, der immer noch an meinem Koffer baumelte. Ehe ich mein Französisch hervorkramen konnte, hatte er mich bereits in tadellosem, fließendem Englisch angesprochen. »Kann ich Ihnen behilflich sein, Madame?« Er wußte, daß ich nicht verheiratet war. Sein Blick war auf den Fingern meiner linken Hand haftengeblieben. Es war die reine Höflichkeit, mich mit »Madame« anzureden.

»Äh, ja. Ich suche bitte ein Taxi.«

Er runzelte die Stirn. Sonderbar, wenn man bedachte, daß er gegen eines gelehnt stand, aber ich begriff, als er einen raschen Blick auf den Wagen vor ihm warf.

»Ich weiß, daß Sie der letzte in der Reihe sind«, sagte ich daher, »aber die anderen Taxis sind nicht besetzt.«

Er sah wieder mich an und lächelte. »Wohin möchten Sie, Madame?«

»Nach Chinon.«

»Chinon?« Er hob den Arm mit der Zigarette und kniff gegen den Rauch die Augen zusammen. »Aber das ist fast eine Stunde von hier entfernt. Eine teure Fahrt mit dem Taxi.«

»Ach?« Ich versuchte, mir den Anschein zu geben, als würde mir das nichts ausmachen, aber natürlich machte es mir etwas aus. Ich konnte nicht gleich am ersten Tag meine Reisekasse plündern.

Noch einmal glitt sein Blick über die beiden Wagen vor ihm, dann wandte er sich wieder mir zu, als versuchte er, zu einer Entscheidung zu gelangen. Ich entband ihn der Mühe.

»Gibt's denn einen Zug nach Chinon?« fragte ich.

»Nicht von diesem Bahnhof, nein.« Seine Züge entspannten sich. »Aber es gibt den Autocar ... den Bus. Ich glaube, er geht um halb zwei, von dort drüben.« Sein Kopf wies in Richtung auf den Brunnen. »Sie können sich im Bahnhof ein Ticket kaufen, es ist noch genug Zeit.«

Ich warf einen Blick auf meine Armbanduhr und stellte sie auf kontinentaleuropäische Zeit um. Mir blieb eine volle Viertelstunde, die Fahrkarte zu kaufen und den Bus zu besteigen – mehr als genug. »Danke, Monsieur«, sagte ich und nahm meinen Koffer. »Vielen Dank.«

»Nichts zu danken, Madame.« Mit einem zuvorkommenden Kopfnicken lehnte er sich gegen seinen grauen Safrane, hob die Zigarette zum Mund und sah wieder in die andere Richtung. Als ich zum zweitenmal aus dem Bahnhof kam, war er gerade in eine Unterhaltung mit einem älteren, rotgesichtigen Mann vertieft, der unter der Last seines teuer aussehenden Reisegepäcks schwitzte.

Ohne aufzublicken, ging ich rasch an den beiden vorbei und beeilte mich, zum bereits wartenden Autocar zu kommen, wo ich mich auf den freien Fensterplatz vorne hinter dem Fahrer setzte. Ich wollte den Blick auf die vorüberziehende Landschaft genießen, aber bei der schaukelnden Bewegung des fahrenden Busses nickte ich ein, noch ehe wir das Stadtzentrum von Tours erreicht hatten. Kein Wunder, war ich doch mitten in der Nacht aufgestanden, um den Flug nach Paris zu bekommen, hatte dann die holpernde Busfahrt und ein Stück Strecke in einem Hochgeschwindigkeitszug über mich ergehen lassen, bevor ich als Frühstück zwei Tassen Bahnhofskaffee mit der Konsistenz von Flußschlamm genießen durfte.

Ich wäre möglicherweise erst in Chinon wieder aufgewacht, wenn nicht plötzlich unmittelbar unter meinem Fenster die Hupe eines Autos erklungen wäre. Beim zweiten Hupen fuhr ich mit einem solchen Ruck in die Höhe, daß mir die Zähne aufeinanderschlugen, und als ich die Augen aufriß, sah ich gerade noch, wie sich der graue Safrane mit elegantem Schwung und doppelt so schnell, wie es für das Überholmanöver notwendig gewesen wäre, vor uns setzte. Also, dachte ich lächelnd, hatte sich mein schneidiger Taxichauffeur doch noch eine Fuhre ergattert. Schön für ihn. Als der Bus den nächsten Ort erreichte, war er längst außer Sichtweite.

»Azay-le-Rideau«, verkündete der Fahrer durchs Mikrofon.

Ich war jetzt wieder vollkommen wach und hielt die Luft an, als der Bus sich durch die schmalen, eng gewundenen Straßen schob und Fußgänger gegen die Steinmauern oder in den Schutz von Hauseingängen zwang. Es ging schwindelerregend steil bergab, vor einer Reihe von Läden spuckte der Wagen eine Handvoll Fahrgäste aus und setzte seine Fahrt über eine Brücke fort, von der man einen atemberaubenden Blick auf das scheinbar auf dem Wasser gebaute, wie ein Juwel glänzende Château hatte, dessen Umrisse sich mitsamt seiner schmucken Insel in dem hellen, stillen Wasser des Sees spiegelten.

Das also, dachte ich zufrieden, war nun endlich das Tal der Loire aus den Prospekten und Reiseführern – das Frankreich, das ich aus meiner Kindheit in Erinnerung hatte. Die Stadt wich einem Waldstück, das wiederum in ein Feld und einen Weinberg überging. Ich saß vorgebeugt in meinem Sitz und verfolgte mit Interesse die vorbeihuschenden Straßenschilder. Als wir La Devinière erreichten, die Geburtsstätte des Dichters Rabelais – das jedenfalls erinnerte ich aus einer meiner Broschüren – wußte ich, daß Chinon gleich hinter der nächsten Kurve liegen mußte ...

»Oh!« entfuhr es mir plötzlich lauter, als ich wollte.

Der Busfahrer lächelte verständnisvoll und verlangsamte das Tempo. »Ist dies Ihr erster Besuch in Chinon?« fragte er auf französisch.

Ich brachte als Antwort nur ein Kopfnicken zustande, und der Bus wurde noch langsamer.

»Man muß ihn auskosten, diesen ersten Blick«, riet er mir.

Auskosten, in der Tat. Die weißen Ruinen des Schlosses von Chinon ragten majestätisch über uns auf dem Felsen auf wie die Kulisse für eine große tragische Szene in einem Shakespearschen Drama, eine fensterlose lange Mauer, deren Kamm sich dahinfranste und deren abbröckelnde, von den Jahren verwitterte Türme ihre Profile wie schartige Speerspitzen in den grauen, nie ganz unbewegten Himmel emporreckten.

Obwohl der Fahrer es so gut mit mir meinte, hatte ich

kaum Zeit, das ganze Bild aufzunehmen, ehe die Straße schon wieder einen scharfen Knick nach unten machte und an uralten, dicht mit Efeu zugewachsenen Mauern entlang tiefer in die Stadt hineinführte. Das Schloß blieb hinter uns auf seinem Bergsporn zurück, während ich mich in den Anblick des Flusses Vienne und die breite Allee hochaufragender Platanen, die an ihrem Ufer entlangführte, vertiefte. Nichts – weder Harrys Beschreibung noch meine eigene verblaßte Erinnerung an die französische Landschaft – hatte mich auf die erhabene Schönheit dieser Gegend vorbereiten können.

»Oh«, entfuhr es mir noch einmal. Kein sehr vielsagender Kommentar, aber der Busfahrer schien mit mir zufrieden zu sein.

»Ergreifend, nicht wahr?« sagte er und hielt sich demonstrativ die Faust vor sein Herz.

Ich fand endlich meine Stimme wieder. »Das kann man wohl sagen.«

Ja, ich war in der Tat so ergriffen, daß ich, als der Fahrer den Place Jeanne d'Arc ausgerufen und ich mitsamt einer Handvoll anderer Fahrgäste, die sich rasch verstreuten und entschlossen ihrer Wege gingen, den Bus verlassen hatte, mitten auf dem Platz stehenblieb, weil mir in diesem Moment erst aufging, daß ich ja gar keine Ahnung hatte, wie ich von hier zum Hotel de France gelangen sollte. Ich hatte mich gerade dazu durchgerungen, den nächstbesten Passanten anzusprechen, als ich plötzlich ein bekanntes Gesicht sah.

Er hatte seinen Safrane im Parkverbot am Straßenrand abgestellt und lehnte wie schon vorhin am Bahnhof gegen die Motorhaube, während er mit etwas skeptischem Gesichtsausdruck das Treiben der Menge beobachtete. Ich weiß nicht, was mich dazu brachte, die Straße zu überqueren und auf ihn zuzugehen – war es einfach nur, weil ich ja jemanden brauchte, der mir den Weg wies, oder fühlte ich mich auch von seinem angenehm sympathischen Gesicht angezogen? Diesmal jedenfalls hatte er mich nicht kommen sehen, als ich auf ihn zutrat.

»Ist die Fahrt zum Hotel de France auch so teuer?« fragte ich ihn auf englisch.

Sein Stirnrunzeln wich einem freundlichen Lächeln, als er sich nach mir umdrehte. »Nein«, sagte er, »die nicht. Ich fahre Sie.« Er warf seine Zigarettenkippe aufs Pflaster und ging um den Wagen herum, um mir die Beifahrertür aufzuhalten. »Sie haben nur diesen einen Koffer?« fragte er, als er ihn mir abnahm.

»Ja.«

Auf dem Rücksitz des Taxis lagen bereits Gepäckstücke, dieselben Koffer, mit denen ich den dicken, rotgesichtigen Mann in St.-Pierre-des-Corps sich hatte abmühen sehen.

»Aber Sie sind doch bereits besetzt, Monsieur«, wandte ich mit einem Blick auf die fremden Koffer ein. »Tut mir leid, das habe ich nicht gewußt ...«

»Kein Problem«, versicherte er und schob das teure Gepäck achtlos beiseite, um Platz für meinen längst nicht so edlen Koffer zu machen. »Der Herr hat eine geschäftliche Verabredung. Ich fahre nachher wieder zurück, um ihn abzuholen. Er wird mich nicht vermissen; es ist nicht weit bis zu Ihrem Hotel.«

Was dann folgte, war in der Tat die kürzeste Taxifahrt meines Lebens. Wir fuhren ein Stück den Fluß entlang, den gleichen Weg, den ich gerade mit dem Bus gekommen war, bogen dann in einen mit Platanen bestandenen Platz ein und von diesem in einen noch kleineren, auf dem windschiefe Akazien Schatten spendeten.

»Das Hotel de France«, verkündete mein Chauffeur mit einem nur allzu verständlichen Grinsen. Ich hätte den Weg vermutlich in weniger als fünf Minuten auch zu Fuß zurücklegen können und dabei noch Geld gespart. Ich warf einen Blick auf den Taxameter am Armaturenbrett, und das Grinsen meines Fahrers wurde noch breiter. Das Instrument zeigte nichts an.

»Das kostet nichts, Madame.«

»Aber das geht doch nicht.« Ich griff nach meiner Geldbörse. Ich blieb nicht gerne etwas schuldig.

»Ich möchte kein Geld. Wir haben uns ja kaum bewegt.«

»Wieviel schulde ich Ihnen?«

Er sah mich einen Moment lang an und maß schweigend die Stärke meiner Entschlossenheit an der seinen. »Zehn Francs«, sagte er endlich.

»Für zehn Francs bekommt man gerade mal eine Tasse Kaffee.«

»Gut, dann fünfzehn.«

Ich gab ihm fünfundzwanzig Francs, die er mit einem etwas besorgten Blick entgegennahm. »Ich hoffe, Sie genießen Ihren Aufenthalt in Chinon, Madame.«

Damit werde ich keine Probleme haben, dachte ich einen Augenblick später, als ich mich in der stillen Empfangshalle des Hotels umsah. Bei allen Fehlern, die man meinem Vetter anlasten konnte, hatte er doch seine lichten Momente, und in einem solchen mußte seine Wahl auf das Hotel de France gefallen sein.

Es war ein älteres Haus, liebevoll renoviert und in kräftigen Rosa- und Beigetönen gestrichen. Von der Eingangshalle führte eine elegante Wendeltreppe aus Holz zu den oberen Etagen. Zu meiner Linken ging es ein paar Stufen hinauf in den sonnendurchfluteten Frühstücksraum, rechts von mir lag hinter einer offenstehenden Tür die Hotelbar. Nirgendwo war ein Mensch zu sehen außer der hübschen jungen Frau an der Rezeption. Sie war freundlich, wenn auch scheinbar nicht besonders intelligent. Nein, Monsieur Braden sei noch nicht eingetroffen, aber unsere Zimmer seien bereit ... zwei Zimmer ... Ob ich sicher sei, daß wir wirklich zwei Zimmer wollten? Sehr sicher, bestätigte ich, und mit einem verwunderten Schulterzucken reichte sie mir den Schlüssel. »Ihr Zimmer liegt im zweiten Stock, Madame. Nummer zweihundertfünfzehn.«

So fangen also meine Ferien an, dachte ich. Ohne eine Spur von Harry, wie ich es mir hätte denken können. Habe ich es dir nicht gesagt, Liebes? konnte ich fast Tante Janes gütige Stimme sagen hören, während ich die Wendeltreppe in den zweiten Stock hinaufstieg.

Mein Zimmer wenigstens erfüllte alle Erwartungen – es war hell, duftete frisch, hatte eine hohe weiße Decke, und die Wände waren in einem weichen, beruhigenden Goldschimmer gehalten. Aber das Beste war das Fenster mit den riesig weiten Flügeln, das auf den Platz und die eng aneinandergeschmiegten Dächer des mittelalterlichen Städtchens hinausging.

Ich öffnete einen der Fensterflügel nach innen und beugte mich so weit hinaus, wie ich es nur wagte, um den Ausblick in Augenschein zu nehmen. Zwischen den Akazien entdeckte ich einen Springbrunnen. Bei meiner Ankunft war er mir gar nicht aufgefallen, aber nun sah ich ihn, einen großen bronzenen Springbrunnen mit Figuren am Rand. Selbst über den Lärm aus den umliegenden Straßen hinweg konnte ich das stetige Plätschern seines Wassers hören. Das Geräusch löste eine Erinnerung in mir aus, und für einen verschwindend kurzen Augenblick war ich wieder fünf Jahre alt und strich mit den Fingern über den Rand eines anderen Springbrunnens, während mein Vater mich drängte, mir doch etwas zu wünschen ...

Aber ich wischte diese Erinnerung rasch beiseite und konzentrierte mich wieder auf den Platz. Ein Mann saß auf dem Rand des Springbrunnens, und zu seinen Füßen schlief ein gefleckter Hund. Neben den beiden begann ein Blumenhändler gerade, seinen Stand abzubauen – Ringelblumen und Rosen, die die Köpfe hängen ließen. Auch ich fühlte mich ein bißchen schlapp, die Erschöpfung von der Reise machte sich bemerkbar. Ich riß mich von dem Anblick los und sah auf die Uhr. Fast vier. Zeit für eine Ruhepause.

Es war himmlisch, unter die Bettdecke zu kriechen und sie mir bis ans Kinn hochzuziehen. Ich war so müde, daß ich nicht geglaubt hätte, ich würde träumen. Und doch hatte ich einen Traum, in dem vor meinem offenen Fenster ein Engel Geige spielte. Eigentlich hätte es ja ein schöner Traum sein können, war es aber nicht.

Der Engel hatte das grinsende Gesicht meines Vetters.

3

Wir waren derer sieben ...

Erholt wachte ich auf und krönte meine Wiederherstellung mit einem halbstündigen Vollbad. Der kleine, gekachelte Raum war voller Dampf, als ich endlich das heiße Wasser abstellte und aus dem Bad stieg. Meine Haut war so rot wie ein frisch gekochter Krebs und gab einen guten Kontrast zu dem schneeweißen Frotteetuch ab. Der Dampf folgte mir in dunstigen Schwaden, als ich tropfnaß über den Teppich und um das verwühlte Bett herumging, um das Fenster noch ein Stück weiter zu öffnen.

Ich hatte nur etwa eine Stunde geschlafen, aber es war, als sei inzwischen ein neuer Tag angebrochen. Der graue Himmel hatte aufgeklart und war nun in ein wolkenloses Blau getaucht, aus dem die Sonne nur so strahlte. An der Stelle, an der ich vorhin den Blumenverkäufer gesehen hatte, saßen jetzt drei Touristen auf roten Plastikstühlen an einem kleinen weißen Tisch und tranken Bier. Um sie herum stand noch mindestens ein weiteres Dutzend solcher Tische, die wie Pilze aus dem Erdboden geschossen zu sein schienen.

Ich trat wieder vom Fenster zurück und fuhr mir mit den Fingern durch das langsam trocknende Haar. Trotz der Sonne war es immer noch kühl draußen, zu kühl, um an einem der Tische Platz zu nehmen, aber einen Drink wollte ich mir dennoch gönnen.

Als ich nach unten kam, war die Hotelbar längst nicht mehr so verlassen wie bei meiner Ankunft. Eine Handvoll Gäste hatte es sich in den terrakottafarbenen Plüschmöbeln gemütlich gemacht und genoß die anheimelnde, intime Atmosphäre.

Als ich eintrat, verstummten die Gespräche kurz, wurden aber sogleich wieder aufgenommen. Ich stellte fest, daß ich anscheinend das wohlwollende Interesse zweier junger Männer geweckt hatte, die an einem der Fenster saßen. Einer der beiden, ein Dunkelhaariger mit lustigen Augen, lächelte mir schüchtern zu und sprach mich auf französisch an.

»Möchten Sie sich nicht zu uns setzen?« sagte er. »Es ist Platz genug.« Auf mein Zögern wurde sein Lächeln noch einladender. »Ich verspreche, daß wir uns nicht danebenbenehmen werden. Aber wissen Sie, wir sind jetzt seit vier Monaten zusammen auf der Reise und können uns gegenseitig nicht mehr reden hören. Bitte«, drängte er noch einmal und zeigte auf den feien Platz ihm gegenüber. »Dürfen wir Sie auf einen Drink einladen?«

Sein Begleiter schenkte mir ebenfalls ein flüchtiges, aber nicht unfreundliches Lächeln, als ich mich auf den Platz setzte, der mir angeboten worden war. Er erinnerte mich ein wenig an einen Jungen, den ich früher in der Schule gekannt und der auch immer buntbedruckte T-Shirts und das Haar lang bis auf die Schultern getragen hatte. Wie von meinem ehemaligen Schulkameraden ging auch von meinem Tischnachbarn die leicht nervöse Aura eines jungen Mannes aus, der sich entschlossen hatte, partout jung zu bleiben – so wie seinerzeit die Hippies in den sechziger Jahren. In Kontrast zu ihm war der Dunkelhaarige gepflegter, konservativer gekleidet und schien auch die besseren Umgangsformen zu besitzen. Er hob den Arm, um den Barkeeper auf sich aufmerksam zu machen. »Sie sind noch nicht lange hier im Hotel, nicht wahr?« fragte er mich. »Ich habe Sie hier noch nie gesehen.«

Ich nickte und versuchte ohne Erfolg, seinen Akzent einzuordnen. Provence? Nein, auch nicht bretonisch, aber seiner Art nach, die Vokale auszusprechen, bestimmt aus einer ländlichen Region ...

»Ich bin sozusagen eben erst angekommen«, sagte ich. »Heute nachmittag. Aus England.«

Er grinste. »Sie sind Engländerin?« fragte er in meiner eigenen Sprache. »Hätte ich mir denken können. Sooft ich versuche, mit jemandem ins Gespräch zu kommen ...«

»Ach so«, fiel ich ihm ins Wort. »Sie sind Amerikaner?«

Dem langhaarigen Jungen schien das sichtlich unangenehm. »Kanadier, um genau zu sein«, korrigierte er mich. Genau die gleiche etwas störrische Reaktion, wie ich sie aus Agatha Christies Kriminalromanen von Hercule Poirot kannte, wenn man ihn, den Belgier, als Franzosen anredete.

Sein Freund vergab mir meinen Irrtum sofort. »Der Akzent hört sich für Sie natürlich gleich an, das ist klar.«

»Nie im Leben.« Der Hippie grinste verächtlich. »Wir hören uns doch nicht wie die Whitakers da drüben an.«

»Ja, natürlich nicht, aber die kommen ja von tief unten aus dem Süden. Da merkt man's natürlich.« Noch einmal warf er einen Blick hinüber zur Bar, an der sich ein Paar mittleren Alters angeregt mit dem Barkeeper unterhielt.

Wie ich bei genauerem Hinsehen feststellte, war »mittleren Alters« vielleicht doch nicht ganz die passende Bezeichnung für die beiden. Die Frau hätte sich mit Sicherheit dagegen verwahrt. Sie war auf eine zerbrechliche Art und Weise ganz hübsch, trug ihr brünettes Haar in kunstvoll drapierten Locken und hatte jede Menge Glitzerschmuck an ihren flatterigen Händen. Ihr Mann wirkte auf den ersten Blick erheblich älter, bis einem auffiel, daß sein silbergraues Haar nicht ganz zu seinem sonnengebräunten vitalen Gesicht passen wollte.

»Die werden Sie auch noch kennenlernen«, versicherte mir der Junge mit den langen Haaren. »Garland hält sich stets auf dem laufenden über Neuankömmlinge. Sie ist ziemlich ... na ja, ziemlich eigen.«

»Aber ihr Mann ist wirklich nett«, fügte der andere hinzu. »Er heißt Jim.« Dabei fiel ihm ein, daß er sich selbst noch gar nicht vorgestellt hatte. »Ich bin übrigens Paul. Paul Lazarus. Und das ist mein Bruder Simon.«

»Emily Braden.« Ich schüttelte nacheinander beiden die Hand und ließ mich dann wieder in den dick gepolsterten Sitz zurücksinken. Entgegen ihrem Erscheinungsbild entschied ich, daß Paul der jüngere von beiden sein mußte. Meiner Erfahrung nach gibt es bei Geschwistern immer klar strukturierte Verhaltensmuster, anhand derer man den Erstgeborenen erkennen kann. Simon Lazarus mochte weniger reif wirken, aber er war der aktivere, der aggressivere, und nun, als wir unsere Unterhaltung auf englisch fortsetzten, übernahm er wie selbstverständlich die Rolle des Sprechers für sie beide.

Er schenkte mir ein etwas freundschaftlicheres Lächeln. »Wir ›machen‹ sozusagen Europa. Paul hat im vergangenen Frühjahr die Universität abgeschlossen, und weil wir beide keinen Job finden konnten, haben wir uns entschlossen, statt dessen unsere Ersparnisse auf den Kopf zu hauen. Wenn das Geld reicht, wollen wir einmal um die ganze Welt. Vorausgesetzt, daß ich Paul jemals von diesem Ort hier loseisen kann.« Er grinste noch breiter. »Es war schwer genug, ihn aus Holland wegzubekommen und jetzt sitzen wir hier schon wieder fest.«

Auch Paul lächelte und hätte wohl gern etwas gesagt, kam aber nicht dazu, denn der Barkeeper hatte sich bei dem amerikanischen Ehepaar entschuldigt und kam mit jugendlichem Eifer an unseren Tisch gefegt.

Aus der Nähe wirkte er sogar noch jünger, als ich ursprünglich angenommen hatte. Er konnte allerhöchstens zwanzig sein, aber es war offensichtlich, wieso ich mich hatte täuschen lassen. Nur den Franzosen schien es zu gelingen, sich schon in ganz jungen Jahren so gewandt, ja geradezu weltmännisch zu geben. Dieser junge Mann würde so manches Herz brechen. Hatte es wahrscheinlich bereits getan.

Ich sah fasziniert zu, wie er sich vor unserem Tisch aufbaute, einmal entrüstet durchatmete, um dann einen kurzen Kommentar über »les américains« von sich zu geben, wobei er Paul Lazarus verschwörerisch zuzwinkerte. »Was darf es sein?« fragte er.

»Mal hören, was Thierry dazu zu sagen hat.« Wenn Simon den Namen des Barkeepers aussprach, wurde »Terry« daraus. »Thierry, erklär doch Miss ...«

»Braden«, sprang Paul ein.

»Emily«, verbesserte ich die beiden, »erklär doch Emily einmal den Unterschied zwischen Kanadiern und Amerikanern.«

Der Barkeeper blickte mich mit ernster Miene an. »Die Kanadier, Madame, sind viel komplizierter. Sie sind unmöglich. Der hier«, und dabei zeigte er auf Simon, »sorgt immer dafür, daß der Vorhang oben im Zimmer zu Boden fällt, und ich muß dann jedesmal die Leiter holen, um ihn wieder aufzuhängen.«

»Zweimal«, verteidigte sich Simon, »zweimal ist mir das erst passiert. Und abgesehen davon seid ihr selber schuld, wenn ihr Vorhänge vor die Fenster hängt. Solche Fenster wie die hier sind dafür gedacht, daß man sie öffnet, damit man etwas davon hat. Ich kann auch nichts dafür, wenn eure dämliche Gardinenstange dabei runterfällt.«

»Sehen Sie?« Thierry zwinkerte noch einmal. »Ganz kompliziert, diese Kanadier. Aber Sie, Madame, Sie sind doch nicht aus Kanada?«

»Noch schlimmer.« Ich lächelte zu ihm auf. »Ich bin Engländerin.«

»Non!« In gespieltem Entsetzen schlug er sich mit der flachen Hand vor die Brust, aber in seinen Augen konnte ich sehen, daß er es im Spaß meinte. »Hätten Sie gerne einen Café au lait, Madame? Alle Engländer lieben Café au lait.«

Aber nur, dachte ich, weil wir in der Schule gelernt haben, wie man den bestellt. Bis wir nach Frankreich gezogen waren, hatte ich nicht einmal gewußt, daß es so viele verschiedene Arten der Kaffeezubereitung gab, von dem stark duftenden, dicklichen Café an sich bis zur dekadenten Fülle eines Café crème. Jetzt stand ich vor der Entscheidung. »Könnte ich lieber einen Crème haben, bitte?«

»Bien sûr«, sagte er. »Mit dem größten Vergnügen.«

»Thierry«, unterrichtete mich Simon, als der Barkeeper hinter dem Tresen verschwand, um das hochglanzpolierte Monstrum von Kaffeemaschine unter Dampf zu setzen, »ist der Neffe der Hoteleigentümer, Madame und Monsieur Chamond. Haben Sie sie schon kennengelernt? Nein? Na, keine Sorge, das kommt noch. Sie sind ganz reizende Menschen, man kann sich sehr gut mit ihnen unterhalten. Ich wundere mich sowieso, daß sie jetzt nicht hier sind, normalerweise sind sie immer da. Na, jedenfalls ist Thierry ihr Neffe. Er liegt ihnen ein bißchen auf der Tasche, glaube ich, aber er ist ein lustiger Kerl. Lassen Sie ihn bloß nicht merken, daß Sie Französisch sprechen, sonst sabbelt er Sie voll, bis Ihnen die Ohren abfallen. An unserem ersten Nachmittag hier hat er Paul drei Stunden lang in die Mangel genommen.«

»Und Sie sprechen kein Französisch?«

Simon zuckte zur Antwort mit den Achseln. »Bloß das Wichtigste. Hallo ... Wo geht's zur Toilette ... Mein Hut ist blau. Solche Sachen. Den Rest überlasse ich Paul. Er ist der Experte, hat in einem Austauschprogramm des Rotary Clubs ein Jahr in der Schweiz verbracht.«

Thierry war mit meinem Café crème zurückgekommen, hatte ihn mit einem unwiderstehlichen Lächeln und einem eleganten Hüftschwung vor mich auf dem Tisch plaziert und war sogleich wieder entschwunden, weil er die Bestellung einer eng um einen der anderen Tische gedrängten Gruppe älterer Touristen entgegennehmen mußte – Deutsche, wie ich aus den Gesprächsfetzen heraushören konnte, was nicht so leicht war, denn über unseren Köpfen spielte das Radio, nicht laut, aber hartnäckig. Edith Piaf hatte gerade zu »La Vie en Rose« angesetzt, als mein umherschweifender Blick auf die einsame Gestalt in einer der hinteren Ecken fiel.

Es war, als stünde die Zeit für die Dauer eines Herzschlags still, als würde etwas in mir sagen, sieh hin, das darf dir nicht entgehen ... dieser winzige Augenblick, in dem Edith Piafs schwermütige Raspelstimme und das Klappern der Gläser plötzlich nur mehr ganz gedämpft zu hören waren ... Alles schien wie erstarrt – und dabei gab es gar keinen Grund für meine Reaktion, nicht einen einzigen. Oder jedenfalls keinen, den ich vor mir selbst zugeben wollte. Die Welt war schließlich voll mit gutaussehenden Männern.

Er saß dicht bei dem großen Verandafenster, das auf den Platz mit dem Springbrunnen hinausging. Man konnte ihn für einen Deutschen halten, oder für einen Schweden. Sein Haar war so unbeschreiblich hellblond, so weißgolden schimmernd, wie man es manchmal bei ganz kleinen Kindern sieht, und wo es über den Kragen seines schneeweißen Baumwollhemdes hing, schien es nahtlos in den Stoff überzugehen. Im Gegensatz dazu wirkten seine Augen eigentümlich dunkel, obwohl ich auf die Entfernung natürlich ihre Farbe nicht erkennen konnte. Aber wie er da saß, wirkte er einfach übermenschlich schön, wie ein kaum gealterter Popstar, mit schmalen, geschmeidigen Hüften, feingliedrig, das klassisch geschnittene Gesicht ohne die kleinste Falte. Simon Lazarus entging mein faszinierter Blick nicht. »Das ist Neil«, sagte er. »Er kommt auch aus England, so wie Sie. Er ist Musiker.«

Meine Gedanken mußten mir am Gesicht abzulesen sein, denn Paul fing sogleich zu lachen an, ein kurzes, aber verständnisvolles Kichern. »Nein, nicht diese Art Musiker. Er ist Geiger. Bei irgendeinem Sinfonieorchester. Nachmittags kann man ihn hier im Hotel bei seinen Übungsstunden hören.«

Das also war mein geheimnisvoller Engel mit der Geige. Und er sah auch aus wie ein Engel – dieses Gesicht und das weitgeschnittene weiße Hemd und dann die Sonne, die sein blondes Haar wie einen Heiligenschein glänzen ließ.

»Ich glaube, ich habe ihn vorhin spielen gehört«, sagte ich zu Paul. »Im Halbschlaf. Ich dachte, ich hätte die Musik geträumt.«

»Wenn er probt, denkt man, es wäre eine Schallplatte, so gut ist er«, warf Simon ein. »Sein Zimmer liegt gleich unter unserem im ersten Stock, also können wir ihn ziemlich deutlich hören. Warten Sie, ich mache Sie miteinander bekannt.«

Mir blieb keine Zeit für Einwände. Simon war nicht mehr zu bremsen, hatte sich schon umgedreht, um quer durch den Raum zu rufen und mich vorzustellen. »Neil Grantham«, hörte ich ihn sagen, »darf ich dich mit Emily ...«

»Braden«, mußte Paul zum zweiten Mal einspringen.

»... Braden bekannt machen«, echote Simon. »Emily, das ist Neil.«

Als Neil an unseren Tisch trat, mußte ich mich richtig zurücklehnen, um seine ganze Größe zu erfassen. Er war älter als ich, obwohl ich nicht mit Bestimmtheit sagen konnte, wie alt. Fünfunddreißig? Vierzig? Ich sah, wie sich beim Lächeln Grübchen in seinen glattrasierten Wangen und Lachfältchen um seine schwarzen Augen bildeten. Sonderbar, dachte ich. Genau wie sein Haar schienen seine Augen von einem inneren Glühen erfüllt. Ich murmelte irgendeine Belanglosigkeit und schüttelte seine ausgestreckte Hand.

»Sie hat dich heute nachmittag spielen gehört.« Simon versuchte gleich, ein Gespräch zwischen mir und Neil anzuregen.

»Ist das wahr? Ich hoffe, ich habe Sie nicht gestört.«

Ich schüttelte den Kopf. »Nein, im Gegenteil. Es war sehr schön. Ich mag Beethoven.«

Er setzte sich auf den freien Platz neben mir. »Das ist mir aber eine Ehre, daß Sie sogar heraushören konnten, was ich gespielt habe«, sagte er. »Sind Sie gerade angekommen?«

»Heute nachmittag.«

»Aus England, nehme ich an?«

»Genau.«

Es ist nicht einfach, Small talk mit einem Mann zu machen, der einen so ansieht, dachte ich. Er war nicht die Art Mann, mit dem man einfach nur harmlos flirten konnte. Diese Augen waren viel zu ernsthaft, und das machte mich unsicher. Ich schärfte meine Verteidigungsinstinkte und erwiderte sein Lächeln. Zu meiner Erleichterung versuchte Neil Grantham nicht, einen Funken überspringen zu lassen. Statt dessen rieb er sich abwesend mit der Hand über das ausgestreckte Bein und richtete den Blick auf ein dickes Taschenbuch, das vor Simon auf dem Tisch lag. Es war eine Ausgabe des »Ulysses«. Das typische Buch, mit dem ein junger Intellektueller wie Simon sich befaßt, fand ich. Um so mehr überraschte es mich, als Neil Paul und nicht Simon darauf ansprach: »Du bist immer noch nicht damit durch, was?«

Paul wirkte verlegen, und es war wieder einmal sein großer Bruder, der für ihn antwortete. »Gib ihm noch eine Chance. Er liest erst seit zwei Jahren daran.«

»Ich erfahre es«, konterte Paul. »James Joyce liest man nicht einfach, man muß ihn erfahren.«

Simon schien darauf schon die passende Antwort parat zu haben, als ihn etwas, was er über meine Schulter erblickte, ablenkte. »Verdammt!« brummelte er in sein Weinglas. »Nicht hinschauen. Ich fürchte, wir bekommen Gesellschaft.«

Das mußte das Paar von vorhin sein, die Amerikaner. Entweder sie oder Scarlett O'Hara höchstpersönlich hatte sich hinter meinem Rücken angeschlichen. »Hallo«, sagte eine weibliche Stimme gedehnt neben meiner Schulter. »Ist es recht, wenn wir zu eurer kleinen Party stoßen? Ich habe gerade zu Jim gesagt, wie anstrengend ich es finde, die ganze Zeit Französisch zu sprechen. Ihr habt doch nichts dagegen, Jungs? Hallo, Neil. Ich habe Sie heute nachmittag spielen gehört, und da habe ich gleich zu Jim gesagt, das ist ja fast so, als wären wir in der Carnegie Hall, nein, nicht fast, es war so. – Hallo, ich glaube, wir kennen uns noch nicht. Ich bin Garland Whitaker.«

»Emily Braden.« Ich drückte kurz die ringbeladene Hand. Mir war von Garland Whitakers Eröffnungsrede schon ganz schwummerig. Jim Whitaker begrüßte mich mit einem festen Händedruck und nahm neben seiner Frau Platz. Seine gesetzte, fast stoische Erscheinung gab einen drolligen Kontrast zu der überschwenglichen Manieriertheit seiner Gattin ab. Ich schätzte sie beide auf Mitte Vierzig, obwohl Garland bestimmt gerne für jünger gehalten wurde.

»Die Jungs haben Sie also schon unter ihre Fittiche genommen, wie ich sehe«, sagte sie zu mir. »Bei den beiden müssen Sie aufpassen, wissen Sie. Sie wirken zwar ganz harmlos, haben es aber faustdick hinter den Ohren. Ach Paul, könntest du nicht ein Schatz sein und diesem Thierry klarmachen, daß die Heizung in unserem Zimmer zu warm eingestellt ist? Ich hab' schon versucht, es ihm zu erklären, aber ich glaube, er hat kein Wort von dem verstanden, was ich zu ihm gesagt habe, und sein Englisch ist ja auch ganz entsetzlich …«

Für mich hatte es sich ganz passabel angehört, aber man weiß ja, daß manche Franzosen die spitzbübische Angewohnheit pflegen, sich dumm zu stellen, wenn ihnen danach ist. Ich habe so manchen Pariser Kellner mit nichtsahnenden Touristen dieses Spielchen treiben sehen, vor allem, wenn diese Touristen ihm auf die Nerven gingen. Garland Whitaker verkörperte wahrscheinlich genau diesen Typus von anstrengender Touristin.

Ihr Mann schien dagegen ein völlig anderer Mensch zu sein. »Thierry spricht ein völlig einwandfreies Englisch«, verbesserte er seine Frau mit leiser, fester Stimme. »Wenn du aufhörst, mit ihm wie mit einem zweijährigen Schwerhörigen zu reden, wirst auch du das feststellen.«

Garland Whitaker ignorierte die Zurechtweisung und strahlte fröhlich in die Runde. »Jims Mutter war Französin, müßt Ihr wissen. Oder jedenfalls behauptet er das.« Sie warf ihrem Gatten einen neckischen Blick zu. »Ich habe deine Eltern ja nie kennengelernt, Darling, also bleibt mir nichts anderes übrig, als dir zu glauben. Aber in Wirklichkeit«, sagte sie zu Paul, »spricht Jim nur ein kleines bißchen Französisch, während ihr so gut mit Thierry zurechtkommt. Ihr habt bestimmt keine Probleme mit ...«

»Ich werde sehen, was ich tun kann«, versprach Paul tapfer.

»Oh, wie wundervoll. Nun hört mir mal zu«, sagte sie und beugte sich in ihrem Sessel vor, »wo wir hier gerade alle beisammensitzen ... Ich finde, wir sollten Christian heute abend zum Essen einladen. Wißt ihr, so als eine Art Abschiedsparty.«

Paul wirkte überrascht. »Christian reist ab?«

Neil Grantham antwortete lächelnd. »Nicht ganz. Er verläßt das Hotel und zieht in ein Haus.«

»Das Haus, in dem *ihr* Mann gewohnt hat.« In Garlands Augen glitzerte die Freude am Tratsch. »Kann man sich das vorstellen? Offensichtlich gehört es ihr sogar, obwohl sie seit Jahren nicht mehr darin gewohnt hat. Hat's statt dessen einfach ihm überlassen.«

Ich hatte keine Ahnung, wer »er« war – augenscheinlich wohl »ihr« Mann, aber das half mir auch nicht weiter. Doch ich wollte nicht unhöflich sein und dazwischenfragen.

»Ich denke mal, es wird schön für Christian, ein ganzes Haus für sich allein zu haben«, fuhr Garland fort. »Aber wißt ihr, ich würde nicht in einem Haus leben wollen, in dem jemand gestorben ist ... Muß das nicht schrecklich sein? Und ist es auf gewisse Weise nicht geschmacklos von Martine, es ihm auch nur anzubieten? Hinaus mit dem Alten, der Neue hinein. Und ihr Mann ist ja noch nicht einmal unter der Erde ...«

»Exmann«, schnitt ihr Simon abrupt das Wort ab. »Er war Martines Ex-Ehemann.«

Endlich sah Paul mich an und merkte, daß ich dem Gespräch in keiner Weise folgen konnte. »Eine Frau, die wir kennen«, setzte er mich ins Bild. »Ihr ehemaliger Mann ist vorletzte Nacht ums Leben gekommen. Es war ein Unfall. Er ist gestolpert und die Treppe hinuntergefallen.«

»Nicht die Treppe hinunter«, korrigierte Simon ihn streng. »Übers Treppengeländer. Hat sich das Genick gebrochen.«

»Ach«, sagte ich.

Garland Whitaker lächelte wissend. »Vielleicht war's gar kein Unfall. Vielleicht hat auch Christian ein bißchen nachgeholfen, damit er sichergehen konnte ...« Sie brach mitten im Satz ab und wirbelte in ihrem Sessel herum, als hinter ihr die Hoteltür zugeschlagen wurde. »Aber Christian, mein Schatz, wir hatten dich schon fast aufgegeben! Komm, setz dich doch zu uns.«

Ich hatte stark den Eindruck, der Mann, der in der Tür zur Bar zögernd stehengeblieben war, würde es vorgezogen haben, einem Erschießungskommando gegenüberzutreten.

Er schien ungefähr in meinem Alter zu sein – ein schlaksiger Kerl mit sanften Augen, unbändigem blondem Haar, das aussah, als hätte er es sich selbst mit einer Gartenschere geschnitten, und einem Bart, der nicht den Eindruck machte, er hätte ihn sich wachsen lassen wollen, sondern als hätte er vollkommen vergessen, irgendwann einmal damit anzufangen, sich zu rasieren. Auch seine Kleidung war zerknittert und wirkte ziemlich wahllos zusammengesucht. Seine Jeans war mit kleinen hellen Farbklecksern übersät.

»Ich muß mich aber erst umziehen«, entschuldigte er sich ein wenig linkisch. Er hatte eine leise Stimme, der sein deutscher Akzent etwas von ihrem weichen Klang nahm. »Ich habe den Anschlußbus zurück von Saumur verpaßt und bin deswegen jetzt spät dran.«

»Aber beim Abendessen wirst du uns doch Gesellschaft leisten«, drängte Garland und beglückte unsere Runde mit einem triumphierenden Lächeln. »Wir gehen doch heute abend alle zusammen zum Essen aus, oder? Um Christian standesgemäß zu verabschieden!«

Das war weniger eine Einladung als eine Regieanweisung, fand ich. Der Mann namens Christian zögerte noch einen Augenblick lang in der Tür und gab dann wie der Rest von uns klein bei.

»Selbstverständlich«, sagte er höflich und verschwand in der Halle. Der schwere Tritt seiner Schuhe auf der Treppe erinnerte mich an einen armen Sünder, der zum Schafott geführt wird.

Simon ließ sich mit düsterer Miene in seinen Sessel zurücksinken. Dann machte er den Mund auf, um etwas zu sagen. Ich bekam nicht mit, wie Pauls Ellenbogen sich bewegte, aber ich sah sehr wohl, wie Simon leicht zusammenzuckte, und was immer er hatte äußern wollen, behielt er nun für sich. Garland Whitaker begann von einem Tagesausflug zu reden, den sie und ihr Mann unternommen hatten oder unternehmen wollten ... Ich muß zugeben, daß ich nicht mehr zuhörte.

Sie schwatzte unbeirrt weiter, ihre brünetten Locken tänzelten mit jeder Bewegung ihres Kopfes, und die honigsamtene Südstaatenstimme unterbrach nur sich selbst mit gelegentlichen Ausbrüchen von raspelndem Gelächter. Ebenso wie Simon war auch ich ziemlich unbeeindruckt. Ich spürte förmlich, wie sich mir die Stirn krauste, und hätte auch einen Knuff von Pauls Ellenbogen vertragen können, der mich an meine guten Manieren erinnerte. Statt dessen blickte ich schräg nach oben, in das Gesicht des Mannes neben mir.

Neil Grantham erwiderte meinen Blick, aber er lächelte weder, noch sagte er etwas zu mir. Also gab es eigentlich wirklich keinen Grund für mich, so rasch wieder wegzuschauen und puterrot zu werden wie eine prüde viktorianische Jungfer. Oder plötzlich das lächerliche Bedürfnis zu haben, auf und davon zu rennen.

4

... laß das Vergangene ruhen, laß ruhen ...

An diesem Freitag abend war das Restaurant gerammelt voll, aber mir machte es nichts aus, auf einen Tisch zu warten. Es war gemütlich und mit einem Gespür für geschmackvolle Details eingerichtet. Außerdem duftete es verheißungsvoll aus der Küche. Und dann auch noch der Name, den das Haus trug: Le Cœur de Lion. Zur Ehre von Richard Löwenherz, wie ich annahm. Schon wieder die Plantagenets. Wenn Harry in Chinon weilte, aß er hier vermutlich jeden Abend.

Während wir sieben zusammengequetscht wie die Sardinen in der Tür warteten, stellte ich mich dem schüchternen jungen Deutschen vor. Bei einem kraftvollen, aber flüchtigen Händeschütteln nannte auch er mir seinen vollen Namen: Christian Rand.

»Christian ist Künstler«, erklärte Simon, der sich zum Abendessen ein wenig herausgeputzt hatte, indem er einen dicken schwarzen Pullover über sein T-Shirt gezogen und sich das Haar zu einem kurzen Zopf zusammengebunden hatte. »Er ist kein Tourist wie wir. Er lebt schon seit ... wie lange war das jetzt, Christian? ... fünf Jahren in Chinon.«

»Sechs.«

»Ach, wirklich? Und die ganze Zeit im Hotel de

France?« fragte ich Christian Rand. »Ich habe zwar schon viel von Komponisten, Dichtern, Schriftstellern gehört, die in Hotelzimmern lebten, aber noch nie jemanden kennengelernt, der ...«

»Nein.« Er schüttelte seinen Zausekopf und lächelte. »Nur für die letzten zwei Monate. Ich hatte bis Juli ein kleines Haus, gar nicht weit von Chinon, aber keine besonders angenehmen Nachbarn. Und da haben meine Freunde, die Chamonds, gesagt, ich könnte im Hotel wohnen, während ich ein anderes Haus suche.«

»Und jetzt hast du eines gefunden«, verkündete Garland.

»Ja.« Christian blickte schweigend zu Boden. Er ist gar nicht so unbeholfen, wie er wirkt, dachte ich. Er wußte nur zu gut, daß Garland Whitaker sich danach verzehrte, ihn in ein Gespräch zu verwickeln, um möglichst alles über ihn und seine Beziehung zu dieser Frau namens Martine in Erfahrung zu bringen, wer immer das auch war. Aber Christian Rand wollte sich nicht auf dieses Spielchen einlassen.

Dem Kellner gelang es schließlich, für uns einen Tisch etwas abseits der anderen Gäste zu finden, an dem wir die ruhigeren, zurückhaltenderen Franzosen nicht beim Essen stören würden.

Garland Whitaker vertiefte sich mit einem Ausdruck leichten Mißtrauens in die Speisekarte. »Vielleicht eine Pizza«, entschied sie endlich. »Obwohl sie hier keine richtigen Pizzas machen, nicht so, wie man sie bei uns zu Hause kriegt. Jim hat vor ein paar Tagen hier eine Pizza bestellt, und als sie auf den Tisch kam, war in der Mitte ein Ei. Kann man sich das vorstellen? Ein zerlaufenes Ei. Ich kann euch sagen, ich wäre fast gestorben ...«

»Hört sich ja ganz gut an«, sagte Simon. »Welche war denn das, Jim?«

Garland war entsetzt. »Oh, tu das nicht, Simon. Wenn es irgend etwas gibt, was ich nicht ausstehen kann, ist es der Anblick eines zerlaufenen Eis.« Sie wandte das Gesicht ab, so daß ihr Simons süffisantes Grinsen entging, und heftete ihren forschenden Blick auf Christian Rand. »Morgen ziehst du also in dein neues Zuhause, nehme ich an?«

»Ja.«

Garland wandte sich Neil zu und setzte ihr süßestes Lächeln auf. »Ja, Darling, dann bleiben Sie wohl unser einziger Künstler in unserer Residenz.«

Ich meinerseits bemühte mich die ganze Zeit, überhaupt nicht auf Neil zu achten, seit wir das Hotel verlassen hatten – aus Gründen, bei denen ich es vorzog, mich im Augenblick nicht zu intensiv mit ihnen zu beschäftigen, fand ich es einfacher, mich mit Simon und Paul – oder sogar dem schweigsamen Christian – zu unterhalten, als mich dem durchdringenden Blick aus diesen stillen, dunklen Augen auszusetzen. Aber bis in alle Ewigkeit konnte ich mein Vorhaben auch nicht durchhalten, vor allem nicht, nachdem er sich für den Platz unmittelbar mir gegenüber entschieden hatte. Als ich aufblickte, sah ich gerade noch, wie er Garlands Bemerkung mit einem nachsichtigen Lächeln abtat. »Ich habe ja wohl kaum Christians Format.«

»Unsinn«, sagte Simon. »Deinetwegen hat Paul heute sogar Gedichte rezitiert, unterhalb der Wendeltreppe.«

»Gedichte?« fragte Neil.

»Genau. Auf französisch natürlich, also habe ich nichts davon verstanden. Was war das noch mal, Paul?«

Paul hob den Kopf, wirkte etwas peinlich berührt und

zuckte die Achseln. »Bloß eine Zeile, die mir eingefallen war. Kein Gedicht. Nur etwas, was George Sand über Liszt in ihr Tagebuch geschrieben hat.«

»Und was war das?« Das wollte ich jetzt aber auch gerne hören. Er warf mir einen Blick zu, so, wie Caesar Brutus angesehen haben muß, und wiederholte das Zitat laut. Es war ein hübscher Satz, von beinahe lyrischer Gefühlstiefe, und er sagte mir mehr über diesen Jungen Paul Lazarus als über die Qualitäten von Neils Geigenspiel.

»Und dürfen wir anderen nun auch erfahren, worum es geht?« meldete sich Garland Whitaker leicht pikiert.

Erst als ich aufblickte und Neil Granthams ahnungslos-erwartungsvolles Gesicht sah, fiel mir plötzlich ein, daß Paul und ich sehr wahrscheinlich als einzige hier am Tisch der französischen Sprache auf dieser Ebene mächtig waren.

»Verzeihung«, entschuldigte ich mich. »Es bedeutet ungefähr soviel wie: ›Mein Kummer verfliegt wie Äther, und meine Gefühle sind ...‹« Da wußte ich nicht weiter und sah Paul an. »Wie würdest du dieses letzte Wort übersetzen?«

»Mit ›himmelhochjauchzend‹ vielleicht?«

»Das trifft's.« Ich nickte. »... meine Gefühle sind himmelhochjauchzend.«

»Wie sinnreich.« Garland ließ sich befriedigt in ihren Stuhl zurücksinken.

»Kann man wohl sagen.« Neil sah Paul von der Seite an. »Vielen Dank.«

Paul zuckte wieder die Achseln. »Einfach nur, was mir in diesem Augenblick in den Sinn kam.«

»Trotzdem ein hohes Lob für einen Musiker. Ich wüßte nicht, wann ich das letzte Mal jemandes Kummer wie Äther habe verfliegen lassen.«

»Üben Sie jeden Tag?« fragte ich Neil.

»Jeden Tag. Nicht soviel, wie ich sollte, natürlich, aber soviel, wie ich schaffe.«

»Neil ist nicht hier, um Ferien zu machen«, warf Garland ein. »Er ist auf Genesungsurlaub. Er hat sich die Hand gebrochen.«

»Erzähl ihr, wie«, verlangte Simon.

Neil grinste. »Reine Dummheit. Ich habe mich in einer Kneipe in München in eine Schlägerei hineinziehen lassen.« Er hielt seine linke Hand hoch, um sie mir zu zeigen. Es war eine schöne Hand, ebenmäßig, mit schlanken Fingern und sorgfältig manikürt. »Es wird schon besser, aber ich kann noch nicht alle Finger wie früher bewegen. Also hat man mir freundlicherweise eine Weile Urlaub gegeben. Unter der Bedingung«, fügte er hinzu, »daß ich mich nicht zu sehr amüsiere.«

»Und sind Sie zum ersten Mal in Chinon?« fragte ich ihn.

Er schüttelte den Kopf. »Nein. Dies müßte mein achter Besuch hier sein – vielleicht sogar der neunte. Chinon ist wie eine Sucht. Wenn Sie lange genug hierbleiben, werden Sie es verstehen.«

Neben mir nickte Simon. »Monsieur Chamond meint, wenn man einmal in Chinon gewesen ist, zieht es einen das ganze Leben lang immer wieder hierher.«

»Ach ja, Monsieur Chamond, den habe ich ja noch gar nicht kennengelernt«, sagte ich.

»Sie werden ihn und seine Frau bestimmt noch treffen«, versicherte mir Jim Whitaker. »Ganz reizende Leute, alle beide.«

»Und sie sprechen Englisch«, sagte Garland. »Nicht wie dieser Neffe. Wirklich, bei all den Touristen, die herkommen, sollte man doch meinen, daß ein jeder hier sich die Zeit nimmt, Englisch zu lernen. Es ist oft so frustrierend, wenn man sich mit jemandem unterhalten möchte.«

Am anderen Ende des Tisches lächelte Paul nachsichtig. »Die Franzosen empfinden bestimmt dasselbe, wenn sie in die Staaten kommen.«

Unser Kellner verstand uns gut genug. Er nahm zunächst Pauls Bestellung entgegen, dann Neils, wartete geduldig, bis Garland sich für einen Wein entschieden und Simon herausgefunden hatte, welche Pizza das Ei in der Mitte hatte. Ich für meine Person wählte eine Galette, eine Crêpe aus Buchweizen mit Käse und Pilzen gefüllt, die ich mit einem halben Liter süßen Cidres hinunterzuspülen gedachte.

Das Essen war ausgezeichnet, und doch herrschte während des ganzen Abends eine etwas merkwürdige Stimmung. Ich versuchte vergeblich herauszubekommen, woran das lag. Die Atmosphäre an unserem Tisch war, oberflächlich betrachtet, vollkommen normal für eine Gruppe von Menschen, die einander gerade in ihrem gemeinsamen Feriendomizil kennengelernt hatten – ein wenig gezwungen vielleicht, aber völlig normal. Und doch spürte ich eine gewisse Spannung, und dieser Spannung lag weit mehr zugrunde als der Mann, der mir am Tisch gegenübersaß. Ich wurde das Gefühl nicht los, daß irgend etwas hinter den lächelnden Gesichtern und den höflich herübergereichten Salzstreuern steckte, ein tiefer liegender, dunkler Konflikt, der bisweilen angedeutet, aber nie ganz offenbart wurde. Ich kam mir ein bißchen ausgeschlossen vor, verzehrte mein Abendessen größtenteils schweigend und überließ den anderen das Reden. Nach einer Weile reduzierte sich das Gespräch auf eine Art Schlagabtausch zwischen Simon und Garland Whitaker, die beide in der Lage schienen, die Unterhaltung ganz allein zu bestreiten. Garland erwies sich als die erfahrenere Verbalkämpferin, und immer öfter gewann ihre Stimme die Oberhand.

Ich mußte zugeben, daß sie über ein beachtliches Durchhaltevermögen verfügte. Das Tischgespräch hatte bereits mehrere Themen erschöpfend behandelt, aber sie ließ noch keinerlei Zeichen von Ermüdung erkennen. Ihr Gatte hatte es seinerseits längst aufgegeben zuzuhören. Er aß still vor sich hin, und nur gelegentlich konzentrierte sich sein Blick mit müdem Interesse auf etwas oder jemanden an einem der übrigen Tische – ein lachendes Kind, einen alten Mann, der ganz allein zu Abend speiste, eine aufgedonnerte Dame, die dem Pudel unter ihrem Tisch Bröckchen zusteckte ... Nur die Stimme seiner Frau schien er völlig ausgeblendet zu haben. Ich mutmaßte, daß dies ein Verteidigungsmechanismus war, den er sich über die Jahre angeeignet hatte.

Garland ließ sich gerade über das Schloß aus, das sie an diesem Vormittag besucht hatten. »Wir bleiben immer an einer Stelle«, sagte sie zu mir gewandt, »und machen von dort unsere Tagesausflüge. Das ist viel erholsamer, als von einem Ort zum anderen zu hetzen, finden Sie nicht auch? Und ich komme auch wirklich dazu, alle meine Kleider auszupacken, Gott sei Dank. Dieses Mal haben wir uns die Schlösser der Loire vorgenommen. Wir verreisen gerne unter einem bestimmten Thema, nicht wahr, Jim? Immer. Auf unserer Hochzeitsreise haben wir uns damals die Strände in der Normandie angesehen, wo die Alliierten 1944 an Land gegangen sind.«

»Wie romantisch«, kommentierte Simon. Er brach ein Stück Brot in zwei Hälften, um damit die Reste seines zerlaufenen Eis aufzutupfen, und wandte sich Jim Whitaker zu. »Waren Sie im Krieg in der Army?«

Es war das erste Mal, daß ich den Amerikaner lächeln sah. »So alt bin ich nun auch wieder nicht, mein Freund«, sagte er. »Ich bin ja erst nach Kriegsende geboren.«

»Oh«, sagte Simon, »tut mir leid.«

Garland lachte wieder laut auf. »Aber dein Vater hat im Krieg in Frankreich gekämpft, nicht wahr?« sagte sie zu ihrem Mann. »So hat er deine Mutter kennengelernt.«

»Stimmt.«

»Simon, Jim war in der Army, als wir geheiratet haben. Wir haben zwei ganze Jahre in Deutschland gelebt.« Sie schüttelte sich. »Gott, dieses scheußliche kleine Apartment, weißt du noch, Darling? Aber für deutsche Verhältnisse war es wahrscheinlich ganz in Ordnung.«

Christian warf einen kurzen Blick über den Tisch, sagte aber nichts dazu. Neil war es, der von den Whitakers wissen wollte, wo genau sie in Deutschland gelebt hatten. Er nickte, als sie es ihm erzählten. »Das kenne ich«, sagte er. »Nicht weit von dort gibt es jedes Jahr im Juni ein wunderbares Musikfestival. Hübsche Ecke.«

»Ich hab's gehaßt«, sagte Garland. »Die Leute waren so unfreundlich. Waren wahrscheinlich alle Nazis.«

Ihr Ehemann schob seinen leeren Teller beiseite und lächelte sie gnädig an. »Nun komm, Schatz, du weißt genau, daß das nicht stimmt.«

»Doch, Darling, das ist wahr. Erinnerst du dich an die vielen kleinen Löcher, die jemand überall in der Stadt gegraben hat? Margret Jürgens Hund ist in eines gefallen, und da hat die Polizei Verdacht geschöpft. Ja, das waren die Nazis, die Polizei hat's herausgekriegt. Da war bei Kriegsende Geld oder so was versteckt worden, und diese Leute sind dreißig Jahre später zurückgekommen, um danach zu suchen. Unvorstellbar. Und weißt du noch, als ...«

Sie redete immer noch wie eine Aufziehpuppe, als wir

die Rechnung bezahlten, aufstanden und uns durch das Gewirr von Tischen und Stühlen unseren Weg zum Ausgang bahnten.

Es war herrlich, die frische Luft draußen zu atmen. Das Restaurant befand sich am langgezogenen Place du Général de Gaulle, und die Straßenlampen zwischen den dunkelgrünen Bäumen verbreiteten ein warmes, gelbes Licht. Ein Stück weiter den Platz hinauf plätscherte fröhlich der Springbrunnen, und durch die sich bewegenden Blätter hindurch erkannte ich die Leuchtreklame des Hotel de France.

Offenbar war sie auch Christian nicht entgangen. Er äußerte ein paar dünne Worte des Dankes für das Abendessen und zog in Richtung auf die einladende Leuchtschrift davon. Einen Moment später folgte Neil Grantham seinem Beispiel. Er ging in weiten, aber nicht eiligen Schritten, und ich ertappte mich schon wieder dabei, wie ich ihm nachstarrte. Rasch konzentrierte ich mich wieder auf das, was um mich herum vorging.

Simon und Garland waren über die Nazis bei den Neonazis angelangt und damit bei den aufkommenden Spannungen in Europa. »Und alles nur wegen der vielen Einwanderer«, sagte Garland gerade und warf ihre rotbraune Mähne zurück. »Es ist überall das gleiche, immer kommen die Ausländer und reißen alles an sich. Man kann natürlich nicht gutheißen, was die Nazis den Juden angetan haben, obwohl es aus damaliger Sicht aber doch schon beinahe wieder verständlich war.«

»Mein Gott, Garland ...« entfuhr es Jim, und nach einem Augenblick entsetzter Sprachlosigkeit brach es auch aus Simon hervor, und er gab ihr zum Glück tüchtig Kontra. Inmitten des Gezänks nahm mich Paul beiseite und fragte, ob ich Lust auf einen Spaziergang hätte.

»Klar.«

Ich denke nicht, daß die anderen drei unseren Rückzug überhaupt wahrnahmen. Paul lenkte unsere Schritte dem Fluß zu, vom Hotel fort, und ich schlenderte zufrieden neben ihm her. Wir kamen an einem Standbild vorbei, das ich aus meinen Reiseführern erinnerte – einem Denkmal des großen Humanisten Rabelais, einst ein vielgereister Freund der Köstlichkeiten des Lebens, den es nun auf dieses Stück Rasen am Ende des Place du Général de Gaulle verschlagen hatte. In Flutlicht getaucht wirkte der sitzende Gelehrte riesengroß, wie er da in düsterem Schweigen seinen Gedanken nachhing, während hinter ihm der murmelnde Fluß behäbig dahinströmte.

Paul spazierte auf die andere Straßenseite und um die Statue herum zu einer Stelle, an der die Flußmauer durch eine zum Wasser hinunterführende Steintreppe unterbrochen war. Auf der siebten Stufe setzte er sich hin und wartete auf mich.

»Ich habe gelogen«, gestand er mit einem verlegenen Grinsen. »Ich hatte gar keine Lust spazierenzugehen. Ich hatte Lust auf eine Zigarette.« Er schüttelte die Packung und bot auch mir eine an, aber ich lehnte ab und betrachtete sein Gesicht, als es kurz von dem aufflackernden Streichholz erhellt wurde.

»Ich habe gar nicht gewußt, daß du rauchst«, sagte ich.

»Nur, wenn Simon nicht in der Nähe ist. Er hat gegen alle möglichen Dinge was, und Rauchen gehört auch dazu. Ich versuche stets, einer Auseinandersetzung aus dem Wege zu gehen. Falls dir das noch nicht aufgefallen ist.« Er grinste, und ich wußte, daß er dabei weniger an seinen Bruder als an Garland Whitaker dachte und die Szene, deren Zeuge wir soeben geworden waren.

Ich gestand Paul, daß ich ihn um seine Selbstbeherrschung beneidete. »Es würde mich rasend machen, mich mit so einem dummen Geschwätz auseinandersetzen zu müssen.«

»Es bringt Unglück, am Sabbat unbesonnen zu handeln – sagt meine Mutter immer.«

»Dann kann mir ja nichts passieren. Heute ist erst Freitag.«

»Nach Sonnenuntergang am Freitag beginnt für mich der Sabbat.«

Ich brauchte einen Augenblick, um das zu verstehen. »Du bist Jude?«

»Kaum zu vermeiden, bei einem Namen wie Lazarus.«

Ich mußte zugeben, daß ich mir bei seinem Familiennamen überhaupt nichts gedacht hatte, und sah jetzt in einem noch anderen Licht, was Garland über die Juden gesagt hatte. »Es steckt so viel Haß in dieser Frau.«

»Nein, das stimmt nicht. Nicht eigentlich. Sie übertreibt die Dinge nur manchmal, das ist alles.« Unsere Blicke trafen sich kurz; dann wandte er sich wieder ab und schaute über die weite Fläche des Stromes hinweg zu den dunklen Schatten der Bäume, die das andere Ufer säumten. »Sie meint es nicht so, wie sie es sagt. Es ist nur Ignoranz, nicht Verachtung.«

Ich war nicht so überzeugt. »Bist du dir da so sicher?«

»Ziemlich sicher. Außerdem gewöhnt man sich mit der Zeit daran.«

Er machte eine Pause und tat einen tiefen Zug an seiner Zigarette, den Blick immer noch auf das gemächlich dahinfließende Wasser gerichtet. »Siehst du die Bäume da drüben? Das ist nicht die andere Seite des Flusses, es ist eine Insel. Man kann's nicht erkennen, außer von oben vom Berg, oder wenn man über die Brücke da drüben geht. Im vierzehnten Jahrhundert haben sie die Juden von Chinon auf dieser Insel verbrannt. Man hatte sie beschuldigt, die Brunnen der Stadt vergiftet zu haben. So etwas ist natürlich nicht nur hier passiert, das hat's überall gegeben. Frauen, Kinder, niemand wurde geschont. Sie haben sie einfach verbrannt.« Er warf mir einen kurzen Blick zu, und es sah fast so aus, als würde er lächeln. »Die Nazis waren gar nicht die ersten. Vorurteile gegen Juden gab es schon immer.«

»Trotzdem ist das kaum eine Entschuldigung.«

»Nein«, sagte er und stieß eine Rauchwolke aus, die von dem Licht der Straßenlaterne hinter uns aufgesogen wurde. »Aber manchmal hilft es, sich die historischen Hintergründe vor Augen zu führen. Judenhaß ist keine Erfindung der Neuzeit. Mit dieser Erkenntnis muß man sich abfinden. Simon sieht das ein wenig anders. Er möchte jede Kränkung mit gleicher Münze heimzahlen. Aber ich glaube nicht, daß man damit so viel weiterkommt. Es gibt schon so zuviel Haß auf dieser Welt, weißt du?« Plötzlich sah er alt aus, uralt. Er schnippste seine Zigarette fort, und sie erlosch mit einem leisen Zischen im schwarzen Wasser. »Meine Güte«, sagte er, »ich rede ja schon wie mein Vater. Komm, jetzt machen wir einen richtigen Spaziergang über die Brücke rüber. Von dort hat man einen herrlichen Blick aufs Schloß.«

Paul hatte nicht zuviel versprochen: Von Flutlicht angestrahlt, erhob sich die langgezogene Festungsanlage majestätisch über den wie zu ihrem eigenen Schutz zusammengekauerten mittelalterlichen Häusern darunter, alles beinahe glasklar widergespiegelt im Wasser der Vienne zu unseren Füßen, die die Brückenpfeiler umspülte und das lästige Hindernis wohl am liebsten mit sich fortgetragen hätte, wenn sie nur ein bißchen schneller hätte fließen können. Aber so störte kaum ein Zittern auf der Wasseroberfläche die Perfektion des Spiegelbildes.

»Ist das nicht wundervoll?« fragte Paul.

Ich nickte stumm und blickte gedankenverloren zum äußersten westlichen Punkt der Burgmauern hinauf. Der Mühlenturm. Isabelles Turm. Wieder sah ich den Schatten, der sich langsam an der Fensteröffnung vorbeibewegte, doch bevor dieser Schatten auf dem Fluß Form annehmen konnte, sandte ein Windstoß ein Kräuseln über die Wasseroberfläche, und das glänzende Spiegelbild zerbarst auf den dahinrollenden Wogen der Finsternis.

5

»Komm heraus«, sagte er ...

Als ich am nächsten Morgen aus der Dusche kam, läutete das Telefon. Immer noch triefend naß, zog ich das Badehandtuch von der Stange und nahm den Hörer ab.

Auf mein »Hallo?« antwortete mir nur ein Knistern in der Leitung, bis ich einen Augenblick später eine tiefe, vertraute Stimme am anderen Ende hörte. »Emily? Bist du das etwa?«

»Daddy?«

Es wäre in diesem Moment nicht leicht gewesen herauszufinden, wer von uns beiden überraschter war, den anderen am Telefon zu haben.

»Was treibst du denn in Frankreich? Du solltest doch in Essex sein?« verlangte mein Vater zu wissen.

»Ich mache Ferien.«

»Was?«

»Ferien«, wiederholte ich etwas lauter, um das Knistern der Transatlantikverbindung zu übertönen. »In Chinon. Woher hast du diese Nummer?«

»Wußte ja nicht, daß das deine Nummer ist. Die müssen mich an der Rezeption nicht richtig verstanden haben ... haben mich ins falsche Zimmer durchgestellt.«

»Daddy? Wovon redest du?«

»Ich wollte eigentlich Harry sprechen.«

»Harry?« Meine Stimme wurde von einem erneuten Knacken in der Verbindung fast verschluckt, während das Fluchen noch recht deutlich zu mir herüberdrang.

»Misttelefon«, schimpfte er. »Wir können einen Menschen zum Mond schießen, aber reden können wir nicht miteinander. Es ist wirklich ein Elend. Kannst du mich jetzt verstehen? Ich habe gerade gesagt ...« Er gab sich Mühe, deutlicher zu sprechen, »daß ich versucht habe, Harry zu erreichen. Ich sollte ihn nämlich zurückrufen.«

»Harry hat dich angerufen?«

»Habe ich doch gesagt. Hat mir eine Nachricht auf dem Anrufbeantworter hinterlassen.«

»Wann?«

»Keine Ahnung, Kleines. Gestern, schätze ich, oder vorgestern. Ich war ein paar Tage geschäftlich in Buenos Aires.«

»Du meinst, du hast wieder mit Carlos Golf gespielt.«

»Carlos bedeutet Geschäft für mich, Mädchen, also brauchst du dich gar nicht so aufzublasen. Außerdem habe ich ja nicht dich anrufen wollen, oder? Jetzt hol mir bitte Harry an den Apparat.«

»Er ist nicht hier.«

»Er kraxelt doch nicht schon da draußen auf der Ruine herum, oder? Bei euch muß es doch noch früh am Morgen sein.«

»Halb sieben. Und er ist wirklich nicht hier. Wir waren gestern hier verabredet, aber bis jetzt ist er noch nicht aufgekreuzt.«

»Noch nicht aufgekreuzt?« Mein Vater tat überrascht. »Unser Harry? Na, das ist aber eine ungewöhnliche Neuigkeit«, sagte er trocken. »Wir sprechen doch über meinen Neffen, nicht wahr? Denjenigen, der dich sieben Stunden lang am Flughafen hat stehenlassen, weil er gucken wollte, wo ein bestimmter Trampelpfad hinführt?«

Ich mußte grinsen. »Genau der.«

»Derselbe Junge«, fuhr mein Vater fort, »der sich seinerzeit beim Festival in Edinburgh mit dir treffen sollte?«

»Eben der.« Ich war auch in Edinburgh gewesen, aber Harry hatte es nicht weiter als bis nach Epping geschafft, wo er sich mit einer früheren Freundin traf ... Aber das war wieder eine ganz andere Geschichte.

»Na gut«, sagte mein Vater. »Wenn er denn auftaucht, sag ihm, daß ich mit angehaltenem Atem darauf harre zu erfahren, warum er mich angerufen hat.«

»Werde ich tun.«

»Andererseits hat es sich auch nicht so dringend angehört. Wahrscheinlich hat er es schon längst wieder vergessen. Jagt jetzt den Mantelknöpfen von King John hinterher, oder sonst so ein Quatsch.«

Ich mußte schon wieder grinsen. »Das erinnert mich an etwas ... Wo hast du diese Münze für ihn aufgetrieben? Die mit King John darauf?«

Mein Vater hüstelte, tat so, als hätte er mich nicht verstanden, und stellte mir dann seinerseits eine Frage: »Wieso machst du gerade jetzt Ferien? Du bist doch jahrelang nicht weg gewesen.«

»Es war Harrys Idee. Er meinte, es würde mir guttun, einmal rauszukommen.«

»Na gut«, sagte mein Vater nicht mehr ganz so gereizt, »damit mag er sogar recht haben. Die ganze Zeit in dem Dorf da zu hocken, ist auf die Dauer auch nicht gut für dich, so ganz am Arsch der Welt.«

Ich hätte ihn daran erinnern können, daß es ihm in keiner Weise geschadet hatte, »am Arsch der Welt« aufgewachsen zu sein, und daß ich überhaupt nur in sein Dorf gezogen war, weil er mich gebeten hatte, auf sein Haus aufzupassen, aber er ließ mir gar nicht die Zeit dazu.

»Muß jetzt auflegen, Kleines. Genieß deine Ferien.«

»Daddy ...« sagte ich noch, aber da hatte es am anderen Ende schon geknackt, und die Leitung war tot. Seufzend legte ich den Hörer auf. Sie waren doch alle gleich, die Männer in meiner Familie. Einer wie der andere.

Ich schlüpfte in meinen Morgenmantel und öffnete das Fenster weit, um den Dampf aus dem Badezimmer hinauszulassen. Ich stützte mich auf die Brüstung, sog tief die frische Luft ein und versenkte mich in den Anblick des noch schlafenden Städtchens.

Das Schloß konnte ich von meinem Zimmer aus nicht sehen – dieser Blick war mir durch ein anderes Gebäude verstellt, das man im rechten Winkel an das Hotel angebaut hatte und dessen Fensterläden alle noch gegen die Morgensonne geschlossen waren. Aber wenn ich mich ein wenig vorbeugte und nach links sah, konnte ich über die Wipfel der Bäume und den Kopf des Rabelaisdenkmals hinweg gerade noch den silbrig schimmernden Fluß erkennen.

Irgendwo in der Nähe zählte eine Turmuhr die Stunden. Siebenmal erklang der Glockenton, dann herrschte wieder Stille. Ich versuchte, mich noch weiter vorzubeugen, um einen besseren Blick zu bekommen, als die Ruhe plötzlich durch ein dröhnendes Scheppern aus dem Zimmer nebenan unterbrochen wurde. Auch das Fenster neben meinem hatte sich nach innen geöffnet, jemand fluchte im Scherz, und weil ich mich selbst auch durch ein Geräusch bemerkbar gemacht haben mußte, tauchte Pauls Kopf mit zerknirschtem Gesichtsausdruck im Fensterrahmen auf.

»Tut mir leid«, sagte er mit gedämpfter Stimme, »Simon hat wieder einmal die Gardinenstange runtergerissen. Haben wir dich geweckt?«

Ich schüttelte den Kopf. »Ich war schon auf.«

Nun erschien auch Simons Kopf im Fenster. »Hat ganz schön gekracht, was? Bestimmt hängt Thierry das Ding extra niedrig auf, um mir das Leben schwer zu machen. Hast du keine Schwierigkeiten damit, wenn du dein Fenster aufmachst?«

»Nein.« Ich warf einen Blick hinauf auf meine Vorhangstange, die gut drei Zentimeter über dem oberen Fensterrahmen befestigt war.

»Hab' ich's dir doch gesagt«, hörte ich Simons Stimme, »das ist nur bei uns so. Er macht das absichtlich.«

»Ja, und diesmal kannst du alleine sehen, wie du damit klarkommst. Kannst es ihm selber erzählen.«

»Ich weiß das französische Wort für Vorhang nicht«, versuchte sich Simon herauszureden, aber Paul blieb ungerührt.

»Dann schlag's halt im Wörterbuch nach. Nur so kannst du die Sprache lernen. – Wunderschöner Tag heute«, sagte er, wieder an mich gerichtet, »du mußt das gute Wetter mitgebracht haben. Wir hatten hier drei Tage lang nur Regen.«

Ja, es war wirklich ein herrlicher Tag, da konnte ich ihm nur beipflichten. Die Schatten der Ecktürmchen zeichneten sich scharf auf dem Gewimmel der Hausdächer ab, und jenseits der Baumwipfel glänzte die helle Steinmauer der Festung in der Sonne. Zwei Autos kamen über den Platz gefahren, aber ihr Geräusch ging unter in dem fröhlichen Plätschern des Springbrunnens.

Ganz in der Nähe begann eine zweite Glocke kraftvoll und widerhallend zu schlagen. Ich sah Paul verdutzt an.

»Die Glocken haben doch gerade erst geläutet?«

»Es gibt hier zwei Glockentürme. Ich habe mich schon bemüht, herauszuhören, welches die zweite ist – entweder die Kirche von St. Maurice gleich oben an der Rue Voltaire oder die vom Rathaus. Das ist dies große Gebäude dort drüben.«

Er zeigte auf das rechteckige Haus zu unserer Linken, wo der Platz mit dem Springbrunnen in den Place du Général de Gaulle überging. »Ich hab's noch nicht ausmachen können, aber die erste Glocke, die, die du vor ein paar Minuten gehört hast, kommt von oben, vom Château.« Er bemühte das korrekte französische Wort für »Burg« oder »Schloß«. »Was ich dich fragen wollte«, sagte er, »hast du für heute schon was geplant? Weil Simon und ich nämlich zum Château raufwollen, um uns ein Stündchen oder so dort umzusehen, und wir dachten, wenn du nichts Besseres vorhast ...«

Nein, gewiß wollte ich meinen ersten richtigen Tag in Chinon nicht damit verbringen, im Hotel herumzusitzen – in der Hoffnung, Harry würde sich vielleicht blicken lassen. Der kommt schon früh genug, dachte ich, und in der Zwischenzeit konnte mir keiner verbieten, mir die Stadt anzusehen. »Gerne komme ich mit«, sagte ich zu Paul. »Danke.«

»Fein. Es gibt da oben wirklich allerhand zu sehen, und gerade heute, wo die Sonne so schön scheint. Das Wetter hier kann ziemlich launisch sein.«

Wir hörten beide das energische Klopfen an ihrer Zimmertür.

»Das muß Thierry sein«, sagte Paul augenzwinkernd. »Jetzt wird er wieder sauer.«

»Wäre es nicht einfacher, den Vorhang unten zu lassen, anstatt ihn jeden Morgen wieder aufzuhängen?«

»Ach, sicher.« Er zuckte die Schultern. »Aber für die

beiden scheint das eine Art Wettstreit zu sein. Simon sieht es als persönliche Herausforderung an. Simon«, versicherte Paul mir, »liebt Herausforderungen.«

Was, wie ich nach dem Frühstück erfuhr, eine ziemlich gründliche Beschreibung von Simons Charakter abgab.

Sowie wir durch die Hoteltür aufs Pflaster hinausgetreten waren, übernahm er sofort die Führung unserer kleinen Reisegruppe. »Okay«, begann er kurz und bündig, »dies ist also Emilys erster Tag in Chinon, und da denke ich, wir sollten mit ihr zunächst die Rue Voltaire hinuntergehen und dann von dort aus zum Schloß hinauf. Das ist wesentlich einfacher, als diese ganzen Stufen hinaufzuklettern.«

Damit meinte er den kopfsteingepflasterten Aufgang, der sich rechts von uns zwischen den Häusern befand und dessen Stufen an sich mir gar nicht so steil vorkamen, aber bis ganz oben hinauf schien es doch ein recht weiter Weg zu sein. Ich konnte gerade noch das Grüppchen gelblichweißer Häuser am Rande des Bergsporns erkennen, zu dessen Füßen die Stadt lag.

»Was für eine Art Stein ist das?« fragte ich meine selbsternannten Fremdenführer. »Hier sind anscheinend alle Häuser daraus gebaut.«

Simon war stolz, gleich die richtige Antwort parat zu haben. »Das ist Tuffstein, auf französisch Tuffeau. Übrigens der gleiche Stein, den sie für Westminster Abbey verwendet haben.«

»Er hat fleißig im Reiseführer gelesen«, mischte sich Paul ein. »In Wirklichkeit ist es bloß poröser Kalkstein. Man gewinnt ihn aus den Bergen in der Umgebung.«

Tuffstein. Das wollte ich mir merken. An einigen Häusern sah er fast aus wie Marmor, hart und glatt und leicht spiegelnd, in wuchtigen Blöcken geschnitten, die so sorgsam übereinandergesetzt waren, daß man manchmal kaum die Übergänge erkennen konnte. In Verbindung mit den spitzen, hellgrauen Dächern der Häuser verlieh er der Stadt ein sehr einheitliches Erscheinungsbild in Form und Farbe, das dem Auge wohltat. Die meisten Fensterläden waren inzwischen aufgeklappt, manche aus gestrichenem Metall voller Rostflecken, ein paar ältere aus unbemaltem Holz, die schief in ihren Angeln hingen und mit uralten Eisenriegeln an den Wänden der Häuser befestigt waren.

Die Rue Voltaire bot neben der Treppe die zweite Möglichkeit, die Stadt hügelan zu verlassen. In den Anblick der liebevoll restaurierten Häuser konnte ich mich bei dem atemlosen Tempo, in dem Simon uns voranhetzte, allerdings kaum vertiefen.

»Und hier«, verkündete er und blieb abrupt stehen, als wir zu einer kleineren Straße gelangten, die die Rue Voltaire kreuzte, »stehen wir am Grand-Carroi, der Großen Kreuzung. Nun, in früheren Tagen dürfte sie einen großartigen Anblick geboten haben. Diesen Weg«, sagte er und wies auf die schmalere, bergan führende Gasse, »mußten die Leute damals nehmen, wenn sie zum Château hoch wollten. Und bei diesem Brunnen dort an der Mauer ist Jeanne d'Arc vom Pferd gestiegen, als sie nach Chinon kam.«

Um Simon nicht die Freude an seiner Führung zu nehmen, inspizierte ich alles mit der gebotenen Ehrfurcht und unterließ es auch nicht, meine Verzückung kundzutun. Zufrieden wandte er sich ab, um uns die ansteigende Gasse hinaufzuführen. »Wir gehen hier entlang. Achtet darauf, wo ihr hintretet. Das Pflaster kann gemein uneben sein.«

Und ziemlich steil war es auch, obwohl die Straße ein

paar abflachende Biegungen vollführte, um den Aufstieg nicht gar so beschwerlich zu machen. Etwa auf halbem Wege wäre ich beinahe auf dem Kopfsteinpflaster hingeschlagen und hielt kurz inne, um mir eine Pause zu gönnen.

»Kein Wunder, daß Jeanne d'Arc von ihrem Pferd abgestiegen ist«, sagte ich, nach Luft japsend. »Jedes Roß, das etwas auf sich hält, würde sich weigern, hier hinaufzusteigen.«

Paul lachte und ging sicheren Schrittes an mir vorbei. »Wir haben's bald geschafft.«

Das kam mir nicht so vor. »Ist das hier wirklich einfacher, als die Stufen zu nehmen?«

»Ja«, beteuerten die beiden einmütig.

»Neil geht hier ein paarmal am Tag rauf und wieder runter«, versicherte mir Simon. »Er sagt, Musiker müssen sich fit halten.«

»Schön für ihn«, murmelte ich und zwang meine zitternden Beine weiter voran. Als ich gerade glaubte, sie könnten mich keinen Schritt weiter tragen, kamen wir um die letzte Ecke und blickten über die Dächer und den sich windenden Strom hinweg. Dieser Ausblick belohnte tatsächlich für die Mühe, die hinter uns lag.

Noch ein paar Schritte, und wir erreichten eine moderne Pflasterstraße, die am Rand des Bergabhangs entlanglief. Vor uns erhob sich die rissige, an manchen Stellen bröckelnde Schloßmauer. Ihre steinerne Wucht wurde nur von einzelnen durch das Mauerwerk hindurchwachsenden Efeuranken und durch kleine Türen, die Eingänge zu längst verlassenen Gemächern markierten, unterbrochen.

»Da hätten wir das Château«, verkündete Simon und zeigte hinauf.

»Immer langsam«, sagte ich und ließ mich gegen die Mauer sinken, »ich muß mir erst mal den Schweiß aus den Augen wischen, bevor ich etwas erkennen kann.«

Simon hörte gar nicht hin, war schon wieder mehrere Schritte voraus und strebte scheinbar unermüdlich unserem Ziel zu. Paul wartete auf mich. »Jetzt ist es wirklich nicht mehr weit«, tröstete er mich. »Wir sind fast da.«

Ich blickte Simon hinterher und sah nicht den hoch aufragenden, schmalen Turm, der als Eingang zum Schloß diente, sondern nur das alarmierend lange Stück Asphaltstraße, das wir bis dahin noch zurückzulegen hatten. »Noch weiter rauf?« fragte ich mit schwacher Stimme.

»Ich dachte, ihr Briten seid hügelige Landschaften gewohnt?«

»Ja, mag schon sein, aber ich stamme aus dem Flachland.«

Endlich merkte Simon, daß wir zurückgeblieben waren. Mißmutig drehte er sich nach uns um und rief, wir sollten kommen. Paul sah mich mitleidig an. »Geht's wieder?«

»Bleibt mir denn etwas anderes übrig?«

Das letzte Stück war dann auch nicht mehr so schlimm, aber das lag mehr daran, daß der auffällig schmale Turm vor uns meine ganze Aufmerksamkeit auf sich zog. Der Tour de l'Horloge, wie Paul mir auf meine dementsprechende Frage antwortete, der Uhrenturm. Eine Steinbrücke führte über den heute grasüberwachsenen Burggraben, der in alten Zeiten unwillkommenen Besuchern den Zugang zum hohen Rundbogen des Tordurchlasses verwehrt hatte. Heute stand das hölzerne Tor weit offen und lud uns ein, die schmale Brücke zu überqueren. Simon wartete bereits ungeduldig bei einem Postkartenstand.

»Die bieten hier Führungen an«, sagte Paul, als wir unsere Eintrittskarten lösten. »Simon und ich aber gehen lieber auf eigene Faust los. Falls du es natürlich vorziehst ...«

»Ich hasse geführte Rundgänge«, versicherte ich den beiden. »Vielen Dank. Ich sehe mich auch lieber alleine um.«

Und zu sehen gab es wirklich allerhand. Ich hatte eigentlich erwartet, nur eine Ruine vorzufinden, aber inmitten der teilweise zertrümmerten Mauern waren zahlreiche Räume und Türme beinahe unversehrt erhalten geblieben. Ich konnte fast die Schritte tapferer Ritter und edler Burgdamen, der Könige und Höflinge in den leeren Gemächern widerhallen hören. Das durch die hohen Fenster hereinfließende, von den weißen Steinmauern reflektierte Sonnenlicht verlieh den verzweigten Räumen eine gewisse luftige Helligkeit und ließ alles größer wirken, als es in Wirklichkeit war. In jeder Ecke gab es gewundene Treppen zu entdecken, die wiederum zu weiteren, versteckten Kammern mit ihren eigenen Fenstern und Herdöffnungen führten, kleinen privaten Räumlichkeiten, in die sich eine Königin gemächlich zu ihrer Handarbeit zurückziehen konnte, oder um mit ihrem Liebhaber zu poussieren ... so lange, bis der König den beiden dahinterkam und den Galan einen Kopf kürzer machen ließ, dachte ich mir.

In einem der Türme wies mich Simon auf ein großes gerahmtes Gemälde der Burganlage hin – fast genau der Blick, den Paul mir von der Brücke aus gezeigt hatte. »Das ist eines von Christians Bildern. Nicht schlecht, was?«

»Das ist ja fabelhaft.« Erstaunt trat ich einen Schritt näher heran. »Und das hat wirklich Christian gemalt?« Mit kraftvollen, geschwungenen Pinselstrichen hatte er genau den Stil der großen Landschaftsmaler getroffen, exakt die ungewöhnlich blasse Farbe des Tuffsteins wiedergegeben, wenn dieser an einem stürmischen Tag hellglänzend gegen einen wilden, dunkelblauen Himmel abstach.

»Er hat unglaubliches Talent«, sagte Paul neben mir.

»Nicht zu übersehen.« Mich beschlich das etwas kribbelige Gefühl, beobachtet zu werden, und ich ließ meinen Blick von dem Gemälde zu der Gestalt in einer der Mauernischen schweifen. »Sieh mal an«, entfuhr es mir, »das ist ja Philipp.«

Auch Paul sah zu dem heldenhaften jungen Gesicht hinauf.

»Wer?«

»Philipp II. August, ein französischer König aus dem Mittelalter. Er war derjenige, der dieses Schloß als erster für die französische Krone eroberte«, erklärte ich und schöpfte dabei aus den unzähligen Vorträgen, die Harry mir gehalten hatte.

Simon zog die Stirn in Falten. »Wem hat's denn vorher gehört?«

»Den Grafen von Blois und Anjou, glaube ich. Und dann den Plantagenets.«

»Dem Schwarzen Prinzen etwa?«

»Nein, noch ein bißchen früher. Richard Löwenherz und seiner Bande. John, Richards Bruder, war der letzte König von England, der Chinon beherrschte.«

Simon war neugierig geworden. »Wie in Robin Hood?« forschte er nach. »Der böse Prinz John? Meinst du den?«

»Genau.«

»Man lernt nie aus!«

»Du weißt eine ganze Menge über die Geschichte dieses Schlosses«, meinte Paul.

»Kann man so sagen. Ich muß mir ständig Vorlesungen darüber anhören. Mein Vetter ist eine Art Experte, was die Plantagenets betrifft. Er ist übrigens schuld daran, daß ich überhaupt hier bin – hat mir eingeredet, daß ich hier mit ihm Ferien machen soll.«

Die Brüder sahen sich an. »Und wo ist er dann?« stellte Simon als erster die unvermeidliche Frage.

»Noch nicht eingetroffen. Aber das ist bei Harry nichts Ungewöhnliches. Wenn er gerade wieder an einer Theorie arbeitet, gerät er ständig auf irgendwelche Abwege. Apropos – wie kommt man eigentlich zum Mühlenturm?«

Da kam jemand. Isabelle hob den Kopf, vergaß jeden Gedanken an Schlaf, während das schwere Stampfen der Stiefel auf den Steinquadern sich näherte. O bitte, selige Mutter Gottes, betete sie, laß es John sein.

Neben ihr erhob sich ihre alte Zofe Alice erschrocken. »Mylady ...«

»Still.« Isabelle flüsterte, aber mit Nachdruck. Die Schritte waren jetzt bei der Tür angelangt. Sie hielt den Atem an.

Ein grobes Klopfen und eine noch gröbere Stimme ... eine Stimme, die sie kannte. »Seid Ihr wach, Eure Majestät?«

Er war nicht gekommen. Sie schluckte den bitteren Geschmack der Tränen hinunter und tastete in der Dunkelheit nach ihrem Gewand. Er hatte versprochen, sogleich zu ihr zu eilen, sowie sie nur nach ihm sandte ... Mit einem feierlichen Blick in den Augen hatte er es ihr geschworen. Aber der Mann, der jetzt vor der Tür ihrer Kammer stand, war nicht ihr Gemahl. Zitternd richtete sie sich in dem samtenen Kleid auf und ging zur Tür, um sie zu entriegeln. Sie mußte sich eine Hand gegen den plötzlichen Schein des Leuchters schützend vor die Augen halten. Der hünenhafte Mann im Gang wirkte grimmiger, als sie ihn erinnerte. Er machte ihr angst, er hatte ihr immer schon Furcht eingeflößt, und doch wäre sie lieber gestorben, als ihn das spüren zu lassen. Sie brauchte all ihre Willenskraft, um einen gefaßten Eindruck zu machen. »Mylord de Préaux.«

»Majestät.« Er kniete vor ihr nieder und nahm ihre Hand. Der Kerzenschein beleuchtete eine alte Narbe auf seiner Wange, als er den Kopf hob. In seinen Augen sah sie keine Gnade, keine Wärme – dies waren die kalten Augen eines unbarmherzigen Mannes, der seinen Lebensunterhalt mit dem Schwert bestritt. »Macht Euch reisefertig und kommt mit mir«, befahl er ihr, »ich soll Euch sicher nach Le Mans geleiten.«

»John hat Euch geschickt?«

»So ist's.«

Sie hatte nichts als sein Wort, und das Wort eines solchen Mannes war in diesen unruhigen Zeiten ein schwacher Trost. Wenn er nun zum Verräter geworden war wie all die anderen …

Und doch war sie ohne John ganz auf sich allein gestellt – sie hatte keine andere Wahl, als diesem Mann zu vertrauen. Und außerdem, dachte sie, war de Préaux Soldat – Soldaten hatten keinen Grund zu lügen. Um sie als Gefangene zu nehmen, hätte er sie nur an Ort und Stelle zu ergreifen brauchen. Und wünschte er ihren Tod, hätte er sie einfach kurzerhand erschlagen können. Daß er keines von beiden getan hatte, bewies, daß de Préaux die Wahrheit sprach.

Sie hob das Kinn. »Mylord«, sagte sie, »wir sind von Rebellen umstellt.«

»Ich weiß.«

»Gewährt mir die Frage, wie ... wie seid Ihr ...«

»Unter Schwierigkeiten.« Er wurde ungeduldig. De Préaux liebte es nicht, tatenlos vor seiner Majestät zu knien. »Kommt Ihr nun oder nicht? Ich habe unten im Hof zwölf Männer, die am Feuer warten und frieren. Sie sind weit geritten und haben auf etwas Schlaf gehofft, doch halte ich es für unklug, noch bis zum Morgen zu warten.«

Sie erschauderte in dem Luftzug, der ihr durch den Gang entgegenwehte. »Was wünscht Ihr, das ich tun soll?«

»Euch warm kleiden und Eile walten lassen.«

»Meine Zofen ...«

»Nur Ihr allein.« Er schüttelte den Kopf. »Wir haben nur noch ein weiteres Pferd. Eure Zofen müssen hierbleiben.«

Sie warf einen Blick auf Alice. »Aber Mylord ...«

»Königin Isabelle.« Er blieb ungerührt, das abweisende Gesicht fest entschlossen. »Für Euch riskiere ich mein Leben. Ich habe nicht den Auftrag, den Hausstand zu retten – nur Euch. Ihr seid es, die die Verräter wollen, und sobald sie erfahren, daß ihre Beute ausgeflogen ist, werden sie die Belagerung aufgeben. Das Schloß ist außer Gefahr.«

»Aber da ist noch der Schatz.«

»Diese Männer treibt nicht das Verlangen nach einem Schatz.«

Nein, dachte sie. Diese Männer hatten nur ein Verlangen, ein einziges nur – John zu zwingen, seinen Neffen Arthur freizulassen. Und das würde er tun, wenn die Zeit dafür gekommen war. Sie wich zurück, raffte den Saum ihres Kleides. »Gibt es Neuigkeiten von Arthur von der Bretagne?« fragte sie. »Ist er wohlauf?«

Die Augen, die ihrem Blick standhielten, verrieten einen Anflug von Mitleid. Und dann sah er an Isabelle vorbei zu Alice hin, die schweigend neben dem Bett stand, und für einen kurzen Moment nur schien zwischen dem finsteren Ritter und der alten Frau stummes Einverständnis zu herrschen. »Seht, daß Eure Herrin sich warm kleidet«, sagte er, machte eine Verbeugung und wandte sich zum Gehen.

Als sie das letzte Flackern des Leuchters die Wendeltreppe hinunter verschwinden sah, kam es Isabelle vor, als seufzte jeder Stein um sie herum in kummervoller Verzweiflung, als sei durch einen bösen Fluch ihre eigene Schlafkammer ihre Kerkerzelle geworden … oder ihr Grabgewölbe.

6

Aus alledem erwuchs ein waches Augenmerk ...

»So, jetzt hast du es geschafft«, sagte Paul, als Simon sich kurz von uns trennte.

»Was meinst du?«

»Die Geschichte, die du uns gerade erzählt hast. Über Königin Isabelle. Du hast einen Schatz erwähnt. Das war ein großer Fehler.«

Als er Simon außer Sichtweite wähnen durfte, wühlte er in seiner Tasche nach Zigaretten und trat aus dem Schatten des Turms heraus. Es war nur noch eine Ruine von dem Mühlenturm übriggeblieben, eine leere Steinhülle, in deren dachlosen Kammern das Unkraut wucherte. Nichts rührte sich mehr in ihnen. Ein Schild neben der fest verschlossenen Tür warnte eindringlich: Gefahr! Also hielten wir uns an die flechtenüberwucherte Mauer, die die westliche Begrenzung des Schloßgeländes bildete. Hinter uns strebte die Vienne leise schwappend unbekümmert dem Meer zu.

Paul schützte mit der Hand das Streichholz gegen den Wind. »Simon so eine Geschichte zu erzählen«, eröffnete er mir, »ist, wie einem wütenden Stier das rote Tuch hinzuhalten. Jetzt läßt ihn das nicht mehr los.«

»Aber Paul, er hat doch gesagt, daß er nur mal auf die Toilette muß.«

»Nicht mein Bruder. Der hat eine Blase wie ein Kamel. Nein, wart's nur ab. Er schleicht sich jetzt zum Eingang, um zu sehen, was er über das Tunnelsystem in Erfahrung bringen kann.«

Ich sah ratlos in die Richtung, in der Simon verschwunden war. »Aber er spricht ja nicht mal Französisch.«

»Das kann ihn nicht davon abhalten.« Paul setzte sich, stützte die Arme auf den von der Sonne gewärmten Mauerstein, streckte die Beine aus und wühlte mit den Hacken im Kies. »Und«, sagte er, »was dann?«

»Wann?«

»John und Isabelle. Du hast die Geschichte nicht zu Ende erzählt.«

»Ach so. Ich fürchte, die Geschichte endet eher traurig. John hat Arthur umgebracht, oder hat es zumindest befohlen, je nachdem, an welchen Geschichtsschreiber man sich halten will. Der französische König, Philipp II. August, geriet ziemlich in Wut. Schließlich hatte er den Jungen ja persönlich aufgezogen. Er war auch ein guter Freund von Johns älterem Bruder Geoffrey gewesen, Arthurs Vater, und hat Arthur nach Geoffreys Tod zu sich nach Paris geholt. John hätte ebensogut Philipps leiblichen Sohn töten können.«

»Also gab's Krieg.«

Ich nickte. »Einen verheerenden Krieg. John büßte beinahe alle seine Ländereien ein. Chinon war eines der ersten Schlösser in Frankreich, die genommen wurden, und fiel nicht lange nach Arthurs Tod an Philipp.«

»Und Isabelle?«

Ich blickte hinauf zum Mühlenturm, wie er einsam und verlassen dastand, die Fensteröffnungen fest in der Hand des Unkrauts. »Auch sie hat er am Ende verloren. John hatte oft schlechte Laune, er neigte zu unbeherrschten

Wutausbrüchen und trat noch in einer anderen Hinsicht in die Fußstapfen seines Vaters – er hielt Isabelle unter Arrest und unter Bewachung, ganz wie es auch seiner Mutter ergangen war.«

»Wirklich eine traurige Geschichte«, sagte Paul.

»Ja, nun, es ist halt kein hübsches Königsmärchen«, sagte ich achselzuckend. »Aber wann kann man das vom Leben schon behaupten?«

»Also glaubst du nicht an die ewige Liebe?«

»Ich glaube nicht einmal an eine Liebe, die bis zur Teestunde andauert«, erwiderte ich trocken.

»Zynikerin«, sagte er, aber er lächelte dabei.

Wir verbrachten ein paar Minuten in gemeinsamem Schweigen, während Paul seine Zigarette rauchte, die Augen halb geschlossen, in Gedanken versunken. Ich mußte wieder daran denken, wie verschieden er und sein Bruder Simon waren. Bei Paul blieb einem wenigstens Luft zum Atmen.

»Tragisch«, sagte er plötzlich mitten ins Blaue.

»Wie bitte?«

»Das ist nur so eine Art Spiel von mir, immer das passende Adjektiv zu finden. Ich versuche, alle Empfindungen, die ich an einen Ort knüpfe, zu destillieren, die ganze Atmosphäre, um alles in ein bestimmtes Wort zu fassen. Château Chinon hat mir eine ganz hübsche Nuß zu knacken gegeben, aber nun habe ich es – tragisch.«

Damit hatte er den Nagel auf den Kopf getroffen, wie ich zugeben mußte. All dem Sonnenschein und dem blauen Himmel und der Schönheit der weißen Mauern zum Trotz schien dieser Ort von einer Aura des Tragischen umgeben, von zerschlagenen Hoffnungen und unerfüllten Wünschen.

Eine plötzliche Brise beraubte die Sonne ihrer wärmenden Kraft, und ich blickte auf. »Simon kommt zurück.«

»Mist.« Paul drückte seine Zigarette an der Mauer aus, verursachte damit aber nur einen sprühenden Funkenregen. Doch als Simon schließlich vor uns stand, waren alle Beweise im Kies unter Pauls Schuh verscharrt.

»Ich habe eine Karte besorgt«, verkündete Simon triumphierend.

Ich registrierte Pauls wissenden Blick sehr wohl, als er mit gespielter Unschuldsmiene fragte: »Eine Karte? Wovon?«

»Von den Gängen, du Dummkopf. Also, wie die Frau am Eingang mir sagte, sollte es für uns schon etwas zu sehen geben, gleich da drüben ...« Er wandte sich entschlossenen Schrittes einer Gruppe Buchsbäume im Schloßhof zu. »Kommt mit, ihr beiden«, rief er uns nach.

Mit einem Seufzen erhob sich Paul von der Mauer und streckte sich. »Hab' ich's nicht gesagt?«

»Keine Sorge. Sobald mein Vetter aufkreuzt, können sich die beiden gegenseitig hochschaukeln.«

Es dauerte einen Moment, Simon wiederzufinden, der bereits hinter den Bäumen verschwunden war. Zuerst sah es so aus, als hätte er sich in Luft aufgelöst, bis wir mitten auf dem gepflegten Rasen den Eingang zu einem engen Stollen entdeckten. Eine mit den Jahren ausgetretene Treppe, die auch noch voll welker Blätter lag, führte hinunter, endete aber abrupt an einer Steinmauer. Am Fuße dieser Treppe stand Simon. »He, kommt mal runter«, forderte er uns auf, »das ist wirklich interessant.«

»Aber die Treppe führt ja nirgendwohin«, gab ich zu bedenken.

»Klar tut sie das.« Er zeigte nach der Seite, in die tiefe Finsternis. »Guckt es euch doch selber an.«

Ich verschwinde ja nicht wirklich unter der Erdoberfläche, sagte ich mir. Der blaue Himmel ist ja immer noch über mir. Doch als ich die unterste Stufe erreichte, war die Luft ganz feucht, und das einzige, was mich davon abhielt, sofort wieder die Treppe hinauf ins Freie zu stürzen, war, daß ich dabei Paul hätte über den Haufen rennen müssen. Auch er beugte sich nun vor und lugte in die Richtung, in die Simon gedeutet hatte. Es war kaum zu erkennen, was sich hinter den eisernen Gitterstäben verbarg. Irgendwelche Gänge, die irgendwo hinführen mochten. »Hast ja recht«, sagte Paul zu seinem Bruder. »Das ist interessant. Und wo geht's hier hin?«

Das wiederum konnte man sich unschwer ausmalen. Und ebenso leicht fiel mir die Vorstellung, was sich hier zu noch früherer Zeit zugetragen hatte. Ich konnte beinahe die Leuchterkerzen sehen, die ihr Licht auf den gewölbten Wänden des Ganges tanzen ließen, und in der Ferne das verstohlene Rascheln eines samtenen Kleides in der unheilvollen Stille hören. Ich fragte mich, ob dies der Tunnel war, den Isabelle benutzt hatte, als sie ihren Schatz verstecken ging ...

Ich war so tief in meinen Phantasien versunken, daß ich bei dem Geräusch jäh zusammenzuckte; ein ziemlich reales Geräusch und keineswegs bloß eingebildet: Das leise Zufallen einer Tür, irgendwo im Halbdunkel der langgestreckten Schatten.

»Habt ihr das gehört?«

»Was gehört?« Beide Brüder sahen mich verständnislos an.

»Hat wie eine Tür geklungen.«

Paul legte den Kopf auf die Seite und lauschte, aber die staubigen Mauern schwiegen. »Vielleicht benutzen die

Arbeiter vom Château diese Tunnel noch, als Lagerräume oder so was.«

Das schien mir zwar als Erklärung ganz plausibel, aber ich fühlte mich doch wesentlich besser, als wir wieder an die Oberfläche gestiegen waren und in der Sonne standen. Meine Gänsehaut verschwand augenblicklich.

»Ah ja«, sagte Simon und sah wieder auf seine Karte, »das könnte der Tunnel gewesen sein, der zum Weinberg führt.« Völlig gebannt ging er der Zeichnung auf der Karte nach und versuchte dabei, seine Schritte zu zählen, so daß er es gar nicht merkte, als er die Grasfläche verließ und sich plötzlich in einem breiten, gepflasterten Kreis, einer Art Balkon, der aus der Schloßmauer herausragte, befand. Hier mochte früher ein Turm gestanden haben oder eine andere Art von Befestigung, die die Zeitläufte dem grasüberwachsenen Innenhof des Schlosses gleichgemacht hatten. Und Simon, hätte Paul ihn nicht mit einem scharfen Pfiff zurückgerufen, wäre immer weitergegangen und womöglich noch in die Tiefe gestürzt.

»Was?« Er blickte verwundert auf. Zehn Zentimeter vor dem Geländer blieb er stehen, beugte sich darüber und nickte. »Ja, genau hier geht's der Karte nach lang. Falls Isabelle hier ihre Juwelen versteckt hat«, sagte er, als wir ihn eingeholt hatten, »kann dein Vetter sich den Schatz aus dem Kopf schlagen.«

Unter uns erstreckte sich die Straße, auf der ich gestern mit dem Bus nach Chinon gekommen war. Heute waren so viele Autos unterwegs, daß man sie gar nicht zählen konnte. Und jenseits der Straße erhob sich der gewaltigste Weinberg, den ich je gesehen hatte, so groß, daß sich die Reihen dunkelgrüner Weinstöcke bis zum Horizont und noch darüber hinaus erstreckten, beschützt durch eine hohe, unüberwindbare Mauer, die an der Straße entlangführte. Nein, nicht ganz unüberwindbar, bemerkte ich sogleich, denn da gab es ein Tor, ein großes Eisengebilde, das dem Buckingham-Palast zur Ehre gereicht hätte, und von diesem Tor führte eine breite Auffahrt gebieterisch hinauf zu einer blendend weißen, klassizistischen Villa.

Über unseren Köpfen schob sich eine Wolke vor die Sonne und warf einen weiten Schatten über den zerfurchten Weinberg, so, wie der Schatten eines Habichts seine Beute über eine windzerzauste Weide jagen mochte.

Paul begriff mein ehrfürchtiges Staunen. »Clos des Cloches. Das hat doch was, nicht wahr? Hier sollen sie den besten Wein von Chinon anbauen.«

Clos des Cloches – der Weinberg der Glocken, übersetzte ich in Gedanken. »Wundervoll.«

Simon trat einen Schritt näher. »Martine meint, im Sommer kann man dort Führungen mitmachen und eine Weinprobe, aber jetzt ist ja keine Saison. Alle sind zu beschäftigt mit der Lese.« Die Ellenbogen auf das Geländer gelehnt, stand er weit vorgebeugt da und schien sich an der steil abfallenden Kante gar nicht zu stören. »He, seht mal, wenn das nicht Neil ist.«

Auch ich sah hinunter. Beim hellen Glanz von Neil Granthams Haaren fiel es nicht schwer, ihn auf dem schmalen Pfad neben der Straße unter uns auszumachen. Er war in Begleitung zweier weiterer Männer und einer Frau mit kurzen dunklen Haaren. Simon stieß einen anerkennenden Pfiff aus.

»Dieser verdammte Neil, immer kommt er mir zuvor.«

»Das«, sagte Paul, »ist Martine Muret.«

Martine Muret. Die Frau, über die sich Garland gestern nachmittag in der Hotelbar das Maul zerrissen hatte. Die, deren früherer Ehemann gerade gestorben war ... wann war das gewesen? Vor drei Tagen? Mir fiel auf, wie eng sie sich an Neil drückte, wie besitzergreifend sie sich bei ihm eingehakt hatte. Sie mußte sich ja schnell von dem Schock erholt haben, dachte ich mir.

Simon schrie und winkte über das Geländer, und ich machte rasch einen Schritt nach hinten. »Hört mal ... es dürfte inzwischen auf Mittag zugehen. Ich muß jetzt wieder zurück, falls mein Vetter inzwischen angekommen ist.«

»Bestimmt?« Simon drehte sich nach mir um. »Denn im Uhrenturm gibt es ein kleines Jeanne-d'Arc-Museum ...«

Ich beeilte mich ihm zu versichern, daß ich für diesen einen Tag bereits genug gesehen hatte und es immer besser war, sich noch etwas für das nächste Mal aufzusparen ...

»Klar, das ist dein erster Tag hier«, gestand mir Simon gnädig zu, »wir sollten dich vielleicht nicht zu viel herumhetzen.« Er sah auf die Uhr. »Und stimmt, es ist Zeit fürs Mittagessen. He, Paul, laß uns doch mal Neil und Martine fragen, ob sie mit uns den Chinesen auf der anderen Flußseite ausprobieren wollen.«

Paul lächelte. »Sie ist zu alt für dich.«

»Alter«, sagte sein Bruder indigniert, »ist eine rein relative Größe. Du bist der Arzt, du solltest das wissen.« Energiegeladen eilte er davon, und Paul seufzte. »Willst du bestimmt nicht mitkommen?«

»Na ja ...«

»War nur Spaß. Ich würde dir das nicht antun wollen. Zwei Stunden mit uns sind mehr als genug. Vergiß nur nicht, deinen Vetter zu warnen.«

»Ich soll ihn warnen?«

»Daß Simon hinter Königin Isabelles Schatz her ist.«

»Ach so!« Ich versprach ihm, es nicht zu vergessen.

»Bis später dann.«

Wir verabschiedeten uns auf der Straße vor dem Schloß. Anstatt auf dem gleichen Weg zurückzugehen, auf dem wir gekommen waren, die Straße hinunter, die sich durch die Altstadt wand, ging ich ein kleines Stück weiter und fand, wie Paul gesagt hatte, den Escalier de la Brèche, eine steile Treppe, die zurück zum Platz mit dem Springbrunnen führte.

Die Treppe war natürlich nicht so beschwerlich wie die kopfsteingepflasterte Straße, auf der ich mich hinaufgekämpft hatte, obwohl die Stufen zu tief waren, um sie in normalem Gehtempo hinunterzuschreiten; ich mußte sie wie ein Kind nehmen, erst den einen Fuß auf die nächste Stufe, dann den anderen. Aber schließlich war ich doch wieder sicher auf dem Springbrunnenplatz gelandet, blieb einen Augenblick lang stehen und wollte gerade weitergehen, als der Mann, der auf dem Rand des Brunnens saß, mich zögern ließ.

Gestern, bei meiner Ankunft, hatte ich ihn an exakt derselben Stelle sitzen sehen, als ich aus dem Fenster schaute. Es konnte in Chinon doch nicht zwei Männer mit genau dem gleichen Hund geben, einer kleinen gefleckten Promenadenmischung, die sich zu den Füßen ihres Herrn ausgestreckt hatte. Und der Mann trug auch dieselbe Kleidung, eine Lederjacke über einem abgewetzten Hemd und eine schmutzige, ausgefranste Jeans. Ich fand, daß er – nun, sagen wir, nicht gerade respektabel aussah. Kein Grund, sich durch ihn bedroht zu fühlen, aber irgendwas an seinem gegerbten Gesicht – wobei ich nicht zu sagen vermochte, was genau es war – gefiel mir nicht.

Der Mann wiederum schien von mir überhaupt keine Notiz zu nehmen, rauchte gelassen seine Zigarette und starrte offenbar ins Leere. Nur in seinen kleinen Hund kam plötzlich Bewegung, er hob den Kopf, spitzte die Ohren, und ich hatte das Gefühl, daß er mich wachsam beäugte. Als ich zum Hoteleingang ging, spürte ich, wie diese kleinen Augen nicht von mir lassen wollten, wie ein Jäger, der seine Beute ins Visier nimmt.

7

Weder ahnte ich, wessen Blicke auf mir ruhten ...

Monsieur Chamond stand hinter dem Empfangstresen auf, um mich mit einem herzlichen Lächeln zu begrüßen. Er war mittleren Alters, aber immer noch sehr gutaussehend, gepflegt und nur eine winzige Spur zu kompakt, doch seine sparsamen Bewegungen hatten etwas Effizientes an sich, das mir gefiel. In seiner Jugend hätte er seinem Neffen Thierry als Herzensbrecher Konkurrenz machen können.

Wir stellten uns einander vor, und weil ich ihm auf französisch antwortete, behielt er seine Muttersprache bei, war jedoch darauf bedacht, jederzeit sofort ins Englische zu wechseln, sowie ich mir Verständigungsschwierigkeiten anmerken ließ. Er entschuldigte sich dafür, bei meiner Ankunft nicht persönlich zugegen gewesen zu sein, und wollte wissen, ob ich mit meinem Zimmer zufrieden sei.

»Ausgesprochen zufrieden, Monsieur.«

»Das freut mich. Nummer zweihundertfünfzehn, nicht wahr?« Er gab mir den Schlüssel. »Und es ist noch eine weitere Nachricht für Sie gekommen, Mademoiselle. Gerade heute morgen erst.«

Ich nahm den schmalen Umschlag entgegen und sah ihn ein wenig mißtrauisch an. Er war in dicker schwarzer Schrift ganz schlicht und einfach an »Braden« adressiert, und zwar in einer Handschrift, die ich nicht kannte. »Noch eine Nachricht ...?«

Monsieur Chamond bewies seine sehr rasche Auffassungsgabe. Er hörte sofort den verdutzten Ton meiner Frage heraus und blickte eilig in ein Fach unter der Tischplatte, worauf er den Kopf über das schüttelte, was er dort entdeckte. »Es tut mir so leid, Mademoiselle, aber ich war davon ausgegangen ...« Er zog einen Notizblock hervor, auf dem besagte erste Nachricht geschrieben stand. »Yvette, unsere reguläre Empfangsdame, hat zwei Wochen Urlaub, und ihre Schwester Gabrielle vertritt sie so lange. Sie gibt sich Mühe, die arme Gabrielle, aber sie ist eben nicht Yvette. Sie ist ... ein bißchen konfus und vergißt leicht etwas.« Er lächelte entschuldigend. »Ihr Cousin hat gestern abend angerufen, während Sie beim Essen waren.«

»Ach, tatsächlich?«

»Er spricht gut Französisch, Ihr Cousin – wie Sie selber übrigens auch. Er läßt ausrichten, er würde sich verspäten – um ein paar Tage vielleicht. Falls Sie nichts dagegen hätten ...«

»Verstehe.« Ich wußte, daß mein Hotelchef diesen letzten Satz selbst hinzugedichtet hatte. Harry war es völlig egal, ob ich etwas dagegen einzuwenden hatte oder nicht. »Und hat er gesagt, von wo er angerufen hat?«

»Nein, leider nicht.« Er sah mich an, als wundere er sich, wieso ich die Mitteilung so gelassen aufnahm. »Ich hoffe doch, daß das Ihre Ferien nicht beeinträchtigt?«

»O nein, keineswegs.« Schon seit gestern, seit Harrys Ausbleiben am Bahnhof, hatte ich eigentlich mit nichts anderem gerechnet. Mein Vetter hielt sich selten an Termine. Bei ihm wurden aus Stunden Tage, aus Tagen Wochen, und es konnte sein, daß ich schon längst wieder zurück in England war und meine Urlaubsfotos sortierte, bis er es endlich schaffte, nach Chinon zu kommen. »Ich werde mich auch sehr gut allein zurechtfinden«, versicherte ich Monsieur Chamond.

»Aber ich muß mich dafür entschuldigen, daß man es Ihnen nicht schon gestern abend ausgerichtet hat. Wir hätten Ihnen vielleicht Ihre Sorgen ersparen können.«

Sorgen? Ich? Um Harry? Kaum. »Es ist überhaupt nicht schlimm«, sagte ich und sah wieder auf den Umschlag, den er mir gegeben hatte. »Und das hier kommt auch von meinem Cousin?«

»Nein, Mademoiselle – das kam heute morgen, wie ich schon sagte. Wurde abgegeben.«

»Sonderbar. Wer mag wohl ...?« Ich riß den Umschlag auf und zog eine Einladungskarte hervor. Ich sei bei einer geführten Tour einschließlich Weinprobe willkommen, teilte man mir mit, zu jeder mir genehmen Zeit, obwohl ein handschriftlicher Zusatz am unteren Rand der Karte mich bat, vorher telefonisch einen Termin zu vereinbaren. Sehr sonderbar.

Monsieur Chamond beobachtete mich. »Es ist wohl vom Clos des Cloches?«

»Ja.« Ich zeigte ihm die Einladung. »Komisch. Ich frage mich, woher die meinen Namen wissen.«

»O nein«, sagte er, »das ist meine Schrift auf dem Umschlag, Mademoiselle. Der Junge, der den Brief gebracht hat, sagte, er sei für die englische Lady, die hier im Hotel wohnt. Und Sie«, erklärte er schulterzuckend, »sind die einzige englische Lady, die wir zu Gast haben.«

»Aber ...« Ich unterließ meinen Einwand; es wäre unhöflich, ihm zu unterstellen, er hätte etwas verkehrt gemacht. Es spielte ja auch keine Rolle. Es war bloß eine Einladung; vermutlich ein Verkaufstrick, mit dem sie von

Hotel zu Hotel zogen. Kommen Sie unsere Weine probieren, und vergessen Sie nicht, Ihre Brieftasche mitzubringen. Nur merkwürdig, daß sie noch zur Zeit der Lese Führungen veranstalteten. Ich ließ die Karte in meiner Handtasche verschwinden und vergaß die Einladung.

Oder hatte jedenfalls vor, sie zu vergessen, denn wie ich feststellte, konnte man Clos des Cloches in Chinon nicht so einfach aus seinen Gedanken verbannen. Schon eine halbe Stunde später sprang mir der Name wieder entgegen, als ich mich gerade in die Speisekarte des Restaurants, das ich mir für mein Mittagsmahl ausgesucht hatte, vertiefen wollte. »Dürfen wir Ihnen«, stand dort geschrieben, »einen Rotwein von Clos des Cloches empfehlen?« Ja, warum eigentlich nicht, dachte ich. Eine halbe Flasche des jüngsten Jahrgangs würde meine Reisekasse noch verkraften. Der Kellner nahm mit sichtlichem Wohlwollen meine Bestellung entgegen und zog sich zurück. Ich vertrieb mir die Wartezeit, indem ich die Gesichter der Passanten beobachtete, die auf der schmalen Straße vor meinem Fenster vorüberflanierten.

Das Restaurant war winzig, bloß sechs Tische und eine kleine Bar, aber es war mir von Monsieur Chamond so wärmstens empfohlen worden, daß ich tapfer die Gassen abgesucht hatte, bis ich es endlich fand.

Ich wußte schon gar nicht mehr, wie herrlich die französische Küche war und wie wunderbar der französische Wein. Daheim in England trank ich selten Wein zum Essen, aber hier kam es mir fast selbstverständlich vor, und die halbe Flasche wirkte auch so harmlos klein, daß ich bereits drei Gläser getrunken hatte, bevor ich daran dachte mitzuzählen. Aber da war es ohnehin schon zu spät – ich war bereits angenehm angesäuselt.

So angesäuselt immerhin, daß ich mich, nachdem ich

endlich meine Rechnung bezahlt hatte und wieder auf die Straße hinaustrat, nicht mehr erinnerte, in welche Richtung ich jetzt gehen mußte. Ich sah mich um und versuchte, mich zu orientieren. Dort, zu meiner Rechten, war das Schloß, was wohl bedeutete, daß ich mich dort hinwenden sollte, oder ... obwohl ich meinte, eine breitere Straße entlanggekommen zu sein als diese hier ... und zweimal die Richtung gewechselt zu haben, oder sogar dreimal? Mist, dachte ich, jetzt hast du dich verlaufen.

Der Touristenstadtplan, den ich eingesteckt hatte, half mir überhaupt nicht weiter. Er konzentrierte sich auf den Stadtkern, und all die namenlosen Straßen und Gassen darum herum waren nichts als ein rätselhaftes Spinnennetz auf Hochglanzpapier. Zwecklos. Ich mußte jemanden fragen.

Es war keine Kleinigkeit, sich hier in Frankreich nach dem Weg zu erkundigen. Die Etikette schrieb da ihre ganz eigenen Regeln vor – die Person, die man fragte, war verpflichtet, einem zu helfen, auch wenn sie selbst keinerlei Vorstellung davon hatte, wohin sie einen schicken sollte. Für die Franzosen war es besser, eine falsche Auskunft zu geben, als gar keine. Und wenn man nicht mehr weiterwußte, wurde eine dritte Person hinzugezogen, um helfend einzuspringen. Einmal hatte ich in Paris einen Menschenauflauf verursacht, als ich nur jemanden nach der nächstgelegenen Buchhandlung gefragt hatte.

Also studierte ich sorgfältig die Gesichter der vorbeikommenden Passanten, um genau das richtige abzupassen. Die Morgensonne war hinter einer grauen Wolkenwand verschwunden, und die Einheimischen hatten ihre Kragen hochgeschlagen, um sich gegen die aufziehende Kühle zu schützen. Ich suchte mir eine Frau in einem eleganten Kostüm aus, die nur wenig älter schien als ich. Mit leichtem Entsetzen blickte sie auf meinen Stadtplan und zog es vor, mir mit ihren eigenen Worten zu erklären, wie ich zum Hotel de France zurückfände.

Es hörte sich komplizierter an, als ich es mir vorgestellt hatte, aber ich bedankte mich und versuchte dabei, möglichst nicht zu nuscheln. Dann machte ich mich in die angegebene Richtung auf. Das Problem bei einer mittelalterlichen Stadt wie Chinon ist, daß alle Straßen ständig Kurven beschreiben, so daß es schier unmöglich war, die mir gegebenen Anweisungen genau zu befolgen.

Der Gehsteig wurde immer schmaler, bis er nur noch Platz für eine einzige Person bot, und ich hielt mich dicht an den schiefen Hauswänden. Die Häuser hier waren nicht saubergeschrubbt wie an der Rue Voltaire, und die vorüberziehenden Jahrhunderte hatten ihnen eine einheitlich triste graubraune Farbe verliehen. Wo hier und dort zwischen den Häusern eine Lücke war, hatte man den dunklen Durchgang mit Brettern vernagelt, und manchmal erhaschte ich auch einen Blick in einen dahinterliegenden Garten.

Eine alte Frau, deren unförmiger Körper von einer Seite auf die andere schwankte, sah mich mißmutig an, als sie an mir vorüberging, und von einer Gruppe junger Männer, deren Schritte etwas zielgerichteter wirkten, fühlte ich mich unverhohlen angestarrt.

Hinter der nächsten Straßenecke wurde das Viertel noch gottverlassener. Hinter mir verklangen die Geräusche der menschlichen Stimmen und der Autos, bis meine eigenen Schritte unnatürlich laut widerhallten. An jedem Haus waren die Läden aufgeklappt, aus offenen Fenstern wehten Gardinen, frisch gestrichene Türen hingen schief in ihren uralten Angeln über blankgefegten Treppenabsätzen. Überall Zeichen menschlichen Lebens, aber es war niemand zu sehen. Die sich dahinwindende Gasse lag in völliger Stille da.

Ich hätte der einzige lebende Mensch auf Erden sein können.

Und so kam es, daß die Katze, die plötzlich an mir vorbeihuschte und von der ich nur einen schwarzweißen Schatten wahrnahm, mich fast zu Tode erschreckt hätte. Ich sprang beiseite, als ihr Verfolger, ein großer, zotteliger Hund, herangestürmt kam, aber die Katze war doch schneller und, ehe es sich der Hund versah, über eine hohe Steinmauer verschwunden.

Die Mauer, über die die Katze gesprungen war, gehörte zu einer engen Passage, deren Name, Ruelle des Rèves, deutlich sichtbar an der Wand zu lesen stand. Gasse der Träume. Ein ziemlich grandioser Name für so einen mickrigen Durchgang.

Aber ich war neugierig geworden. Es gab keine Fenster in dieser Gasse, und es schien auch nur eine einzige Tür vorhanden zu sein, die aber so dick mit Efeu überwachsen war, daß man sie kaum bemerkte. Hier wuchs eine andere Sorte Efeu als die dunkelgrüne, die ich aus England kannte; der hier in Chinon war von blasserer Farbe, ein wirres Rankengestrüpp, dessen kleinere Blätter an den Rändern in einen blutroten Farbton übergingen.

Ich schätzte, daß die Tür in den Garten des Gebäudes, das sich hinter besagter Mauer erhob, führte. Das Haus selbst machte einen eher unfreundlichen Eindruck. Als ich einen Schritt zurücktrat, um es besser sehen zu können, wurde über mir ein Fenster zugeschlagen. Ich blickte mich erschrocken um und sah den Bruchteil einer Sekunde lang ein Gesicht hinter diesem Fenster. Ich kannte dieses Gesicht. Es gehörte Christian Rand, dem jungen deutschen Maler.

Also mußte dies sein Haus sein. Das Haus, in dem diese Martine ... wie hieß sie doch gleich ... Martine Muret ihn wohnen ließ. Das Haus, in dem vor drei Tagen ein Mensch umgekommen war. Wieder hörte ich Garland Whitaker höhnen, es sei gar kein Unfall gewesen, Christian habe möglicherweise seine Hand im Spiel gehabt ...

Man brauchte nicht viel Einbildungskraft, um sich vorzustellen, daß in so einem Haus ein Mord geschehen konnte.

Es gehörte auch nicht viel dazu, hier eine Gänsehaut zu bekommen – die verlassene Straße, die schmuddelige, klaustrophobisch enge Gasse, der Hauch des Todes, der noch über dem Haus hing. Wie giftiger Efeu, dachte ich.

Und dann war mit einemmal die Katze wieder da. Ich hatte kein Geräusch gehört, aber da hockte sie auf der Mauer zwischen den rotstichigen Ranken und starrte mich unverwandt an. Einen Augenblick später beschloß sie, mich zu ignorieren, und kniff die blassen Augen zu.

Ich wandte mich ab. Wenn ich mich nun schon hoffnungslos verlaufen hatte, war es auch gleich, in welche Richtung ich weiterging. Ich durchquerte die Traumgasse und kam auf eine andere schmale Straße, die genauso verschlafen dalag wie diejenige, aus der ich gerade gekommen war. Aber wenigstens standen hier überall geparkte Autos, und dann entdeckte ich am Ende der Straße den Grund für die unheimliche Stille, die dieses Viertel durchzog: eine alte Kirche, vor deren vergilbter Fassade ein langer Leichenwagen wartete, umgeben von schwarzgekleideten Trauergästen, die einander mit flüchtigen Küssen und Händeschütteln ihr Mitgefühl ausdrückten.

Ein Gesicht in der Menge weckte meine Aufmerksamkeit. Es war das klassische Profil meines Taxifahrers. Er hatte den Kopf gesenkt, um etwas zu der jungen Frau im

Eingang der Kirche zu sagen – einer jungen Frau mit kurzem schwarzem Haar, die so zerbrechlich wirkte, daß es ihrer Schönheit beinahe eine tragische Note verlieh. Ich zögerte. Ich hatte sie irgendwo schon einmal gesehen, es war gar nicht lange her ... aber wo? Dann hakte sie sich bei ihm ein, und ich wußte es wieder.

Das also war Martine Muret. Heute vormittag hatte ich sie von der Mauer des Schlosses aus noch lachen gesehen, wie sie sich ausgelassen an Neil Grantham schmiegte. Jetzt wirkte sie ein wenig gesetzter, ernster, doch ich konnte in dem hübschen Gesicht nur wenig Trauer entdecken. Aber vielleicht war sie auch gar nicht wirklich traurig. Paul hatte den Dahingeschiedenen als ihren Exmann bezeichnet, also waren sie ja wohl schon nicht mehr verheiratet gewesen. Sie könnte ihn gehaßt haben, was wußte ich denn? Sie mochte ihm den Tod gewünscht haben.

Würdevoll blickte sie zu Boden, als die Blumen hinaus zum Leichenwagen getragen wurden – aufwendige, große Buketts. Eine Frau – aber nicht die Witwe – fing weithin hörbar zu weinen an, und weil ich nicht aufdringlich sein wollte, wandte ich den Blick schließlich ab. Und dann traf es mich wie ein Schlag.

Auf der anderen Seite der Straße, keine fünf Meter von mir entfernt, lehnte der finstere, unrasierte Mann vom Springbrunnen gegen die stuckverzierte Hauswand und zündete sich in aller Seelenruhe eine Zigarette an. Als sich unsere Blicke trafen, wirkten seine Augen seltsam ausdruckslos. Einen nervenzerreißenden Augenblick lang blieben wir so stehen, aber dann setzten die Trauerglocken ein, der Hund zu seinen Füßen warf den Kopf zurück und fing in Einklang mit dem allgemeinen Wehklagen um uns herum zu heulen an.

Das plötzlich ausbrechende Geläut brach den Bann, der mich für einen Moment gefangengehalten hatte. Mit raschen Schritten entfernte ich mich von der Kirche und der Trauergemeinde. Wie dämlich, dachte ich, mich am hellichten Tag mitten auf der Straße von so einem Fremden aus der Fassung bringen zu lassen. Und dämlich war es auch, daß ich auf unheimliche, drohende Schritte hinter mir lauschte. Dämlich hin, dämlich her, ich ging immer schneller und schneller, und als ich den Fluß erreichte, rannte ich schon fast.

8

... augenblicklich floh sie; und weiter wissen wir nicht ...

Hätte er mich nicht gerufen, wäre ich glatt an Paul vorbeigeeilt. Er saß an derselben Stelle, an der wir beide letzte Nacht gesessen hatten, oben an der Treppe, deren Stufen zum Fluß hinunterführten, in einer Haltung, die wie eine unbewußte Imitation der Statue des Denkers hinter ihm wirkte. Er legte sein Buch auf das ausgestreckte Bein, winkte und rief noch einmal.

Obwohl es einen Zebrastreifen gab, dauerte es eine ganze Weile, bis ich die vielbefahrene Straße überqueren und mich zu Paul gesellen konnte.

»Du hast was getrunken«, bemerkte er in väterlichem Ton.

»Nur ein bißchen Wein zum Essen.« Ich legte die Hände auf meine rotgewordenen Wangen. »Merkt man das wirklich so deutlich?«

»Ich fürchte ja. Du hast einen ganz glasigen Blick.«

»Ach herrje.« Ändern konnte ich es doch nicht, also stieg ich vorsichtig über sein Bein hinweg, ließ mich auf der Stufe unter ihm nieder und schlang die Arme um die Knie. Es war eine schöne Stelle, um einfach nur dazusitzen, die Welt an sich vorüberziehen zu lassen, dem vorbeiströmenden Fluß zuzusehen und dem Geschnatter der Enten zu lauschen. Hier konnte man ungestört einen ganzen Nachmittag verbringen. Alle dunklen Gedanken waren verflogen, als ich zu Paul auflächelte. »Und? Wie war euer Mittagessen?« fragte ich.

»Lassen wir das Thema«, sagte er. »Die Whitakers hatten sich heute ebenfalls entschlossen, Chinesisch zu speisen.«

»Das nennt man Pech.«

»Du sagst es. Martine und Garland haben die ganze Zeit kleine Sticheleien ausgetauscht – aber immer höflich lächelnd dabei, versteht sich –, und als Martine mehr und mehr Punkte für sich verbuchen konnte, bekam Garland plötzlich einen Migräneanfall und inszenierte einen dramatischen Abgang. Das hättest du sehen sollen.«

»Ich kann darauf verzichten. Solche Auftritte imponieren mir nicht.«

Er suchte in der Jackentasche nach seinen Zigaretten. »Jim offenbar auch nicht. Er schien nicht sehr betroffen, als Garland gehen mußte. Hat sich einfach noch einen Drink bestellt.«

»Ein wirklich ulkiges Paar.«

»Ich mag Jim«, sagte er und steckte sich eine Zigarette zwischen die Lippen. »Er hat mehr drauf, als er durchblicken läßt. Und er hat vielerlei Interessen.«

»Zum Beispiel?«

»Ach ... Geschichte, Architektur, die Landesküche. Er war derjenige, der die Reise zu den Schlössern der Loire machen wollte, nicht Garland. Garland könnte nichts gleichgültiger sein als Loireschlösser. Und die ganze Reise ist bestimmt nicht ihr Stil.«

»Aha.« Ich sah ihn interessiert an. »In welcher Hinsicht?«

»In jeder. In Paris steigt Garland immer im Ritz ab. Weihnachten verbringt sie in den Schweizer Alpen,

Ostern an der italienischen Riviera. Chinon ist sicher nicht ihr bevorzugtes Urlaubsziel.«

»Also sind die Whitakers reich?«

»Unanständig reich. Natürlich sagen sie es nie so direkt, aber Jims Anzüge sind nicht von der Stange, die sind alle maßgeschneidert. Jeder von diesen Anzügen hat mindestens tausend Dollar gekostet.«

Ich muß ihn fragend angesehen haben, denn er lachte, ahmte einen jiddischen Akzent nach und sagte: »Meine Familie ist in der Kleiderbranche. Mir kann keiner etwas vormachen.«

»Weißt du, was Jim Whitaker beruflich macht?« fragte ich Paul.

»Er sagt, er sei bei einer Ingenieursfirma, aber Simon hält das bloß für Tarnung, hinter der er seine wahre Identität verbirgt.«

»Und die wäre?«

»CIA-Agent, was denn sonst.« Er zwinkerte mir zu. »Simon ist manchmal ein bißchen paranoid – er hat zu lange Politik studiert. Er wittert überall Verrat und Verschwörung und hat ständig jeden in Verdacht, und das Schlimmste daran ist, daß es auch noch ansteckend wirkt. Er bringt das so überzeugend vor, daß sogar ich beim Anblick von Jim manchmal denke, ja, er sieht wirklich wie ein Geheimagent aus.«

»Ich glaube, ich habe das gleiche Problem«, gestand ich und umfaßte meine Knie noch fester. »Meine Phantasie hat mir heute nachmittag auch einen Streich gespielt.«

»Wieso? Was ist denn passiert?«

»Ich hatte das Gefühl, verfolgt zu werden.« So, wie ich das gesagt hatte, hörte es sich auch wirklich lächerlich an. Ich mußte verlegen grinsen.

»Wer soll dir denn gefolgt sein?«

Ich beschrieb ihm den Mann. »Ach, den Zigeuner meinst du? Den mit dem kleinen Hund – ungefähr so groß?« Er hielt die Hände etwa anderthalb Fuß weit auseinander.

»Ja, genau den. Und er ist ein richtiger Zigeuner?« Ich hatte noch nie einen Zigeuner gesehen – höchstens im Film.

Paul nickte. »Es gibt eine ganze Menge Zigeuner hier. Einige leben in Wohnwagen unten am Fluß. Es sind ein paar ungute Typen darunter, aber der, den du gesehen hast, ist harmlos. Er läßt Simon immer seinen Hund streicheln. Ich würde mir keine Gedanken ... oh, verdammt, mein Buch!«

Ich schnappte es, bevor es ins Wasser fallen konnte. »Zu dumm, jetzt ist es zugeklappt«, sagte ich und reichte es ihm.

»Macht nichts, ich finde die Stelle wieder. Ich habe eine sehr intime Beziehung zu diesem Buch.«

»Ja, bestimmt. Wo du doch nun schon seit zwei Jahren darin liest.«

Er balancierte das Taschenbuch vorsichtig auf seiner ausgestreckten Hand. »Weißt du, als Kind war das immer mein Lieblingsgedicht. ›Ulysses‹ von Tennyson. Früher konnte ich es auswendig aufsagen.«

Ich kannte das Gedicht, wußte noch, wie romantisch ich selbst es zu Schulzeiten gefunden hatte – der alte Odysseus, der sich von den Ketten der Eintönigkeit am heimischen Herd befreit, um zu neuen Abenteuern aufzubrechen, bis hinter den Sonnenuntergang zu segeln ... Früher einmal habe ich so was schön gefunden. Aber inzwischen wußte ich, was für eine vergebliche Liebesmüh es war, Sonnenuntergängen nachzujagen. Es gab nichts auf der anderen Seite zu entdecken.

»Wie bist du denn von Tennysons ›Ulysses‹ auf James Joyce gekommen? Die beiden haben doch nichts miteinander zu tun?«

»Daran ist meine Schwester schuld. Vor ein paar Jahren hat sie zu Weihnachten dieses Buch verbilligt in einem Antiquariat gesehen und es mir gekauft. Sie glaubte, jedes Buch, auf dem ›Ulysses‹ draufsteht, würde von ein- und demselben Ulysses handeln. Ich wollte sie nicht enttäuschen, also habe ich angefangen, darin zu lesen. Und so ist es dann zur Besessenheit geworden. Ich werde nicht zur Ruhe kommen, bis ich das vermaledeite Ding geschafft habe.«

Es überraschte mich ein wenig zu erfahren, daß Simon und Paul eine Schwester hatten. Nicht, daß es irgendeine Rolle spielte, aber aus einem unerfindlichen Grund hatte ich mir vorgestellt, daß es nur die beiden gab. So ist es eben mit Urlaubsbekanntschaften – man macht sich gleich ein Bild von ihnen, das auf dem allerersten Eindruck beruht. Und meistens liegt man damit verkehrt. »Wie viele Geschwister hast du denn?« fragte ich Paul.

»Wir sind insgesamt sechs.«

»Sechs!«

»Ja. Simon ist der älteste, dann kommen Rachel, Lisa, Helen, ich und Sarah.« Er zählte sie an den Fingern ab. »Sarah ist die, von der ich das Buch habe.«

»Sechs Kinder«, wiederholte ich noch einmal ungläubig.

Meine Reaktion amüsierte ihn. »Laß mich raten. Du bist ein Einzelkind.«

»Stimmt. Aber in den Ferien und über die Feiertage war mein Vetter meistens zu Besuch, so daß die Leute schon anfingen, uns für Bruder und Schwester zu halten, auch, weil wir einander so ähnlich sahen.« Was übrigens nach wie vor der Fall war, besonders um die Augen herum. »Apropos Harry, ich habe eine Nachricht von ihm bekommen. Er verspätet sich um ein paar Tage.«

»Langweilen werden wir uns deswegen aber trotzdem nicht«, meinte Paul. »Simon hat für die nächste Woche bestimmt schon allerhand für uns geplant. Wart's nur ab. Wenn er sich erst einmal etwas in den Kopf gesetzt hat ...«

»Sprichst du von Isabelles Schatz?« unterbrach ich ihn. »Er kann ja danach suchen, wenn er möchte, aber er wird ihn kaum finden. Harry sagt, allein die vorab nötigen Recherchen könnten sich Jahre hinziehen.«

»Erzähl Simon bloß nichts davon. Je schwieriger eine Sache zu werden verspricht, desto mehr verbeißt er sich in sie.« Er drückte seine Zigarette aus und steckte sich eine neue an. »Und davon erzählst du Simon bitte auch nichts, sonst macht er mir die Hölle heiß. Er glaubt, daß ich nur hier sitze, um die Enten zu füttern.«

Ich sah zum Fluß hinüber. Ein Stückchen weiter oben, um eine steinerne Bootsrampe herum, hatte sich tatsächlich ein aufgeregt schnatterndes Entenvölkchen versammelt, und ein paar mutig gesinnte hatten sich von der Strömung noch ein Stück flußabwärts zu einem alten Lastenkahn treiben lassen, der an der Stelle festgemacht war, an der wir saßen.

»So, und jetzt wollen wir mal schauen, ob Thierry die Bar schon geöffnet hat. Ich könnte einen Kaffee oder so was gebrauchen.«

Ich begleitete ihn zurück zum Hotel, aber als er mich zu einem Drink einladen wollte, schüttelte ich gähnend den Kopf. »Bitte sei mir nicht böse«, sagte ich, »aber ich bin schließlich gestern erst hier angekommen und seitdem fast ununterbrochen auf den Beinen. Ich halte nicht bis zum

Abendessen durch, wenn ich mich nicht vorher ein bißchen hinlege.« Beim Gedanken ans Abendessen fiel mir noch etwas ein. »Eßt Ihr eigentlich jeden Abend alle zusammen?«

Er schüttelte den Kopf. »Nein, für gewöhnlich geht jeder seiner eigenen Wege. Wieso? Ist es dir zuviel gewesen gestern abend?«

»Nein, ich möchte nur nicht ... Ist das Neil?« Ich starrte zur Decke.

»Ja. Er spielt gut, nicht wahr?« Einen Augenblick lang lauschte Paul den Klängen aus dem ersten Stock. »Und so, wie sich's anhört, hat er gerade erst angefangen. Ich hoffe, Beethoven stört dich nicht beim Einschlafen.«

Ich fand tatsächlich keinen Schlaf, aber das war nicht unbedingt Beethovens Schuld. Mir ging zuviel im Kopf herum. In meiner Vorstellung beschwor ich Bilder von Zigeunern und Schlössern und dunkeläugigen Männern mit weißblondem Haar herauf. Im Zimmer unter mir beendete Neil das Allegro und ging in einen Trauermarsch über. Neue Bilder gesellten sich zu denen, die sich hinter meinen geschlossenen Augenlidern bereits im Kreise drehten – eine schwarzweiße Katze, eine Kirche, in der eine Trauerfeier abgehalten wurde, ein Strauß blutroter Blumen. Und über allem das Gesicht des Zigeuners, der mich mit einem sonderbaren, geheimnisvollen Lächeln ansah.

Ich öffnete die Augen und setzte mich auf.

Es hatte keinen Zweck, hier wach herumzuliegen. Ich konnte ebensogut hinuntergehen und mit Paul etwas trinken.

Was aber dann als nächstes geschah, ging eindeutig auf Beethovens Konto. Hätte er nicht so ein schönes Stück komponiert, wäre ich auf dem Weg nach unten nicht stehengeblieben, um der Musik zu lauschen. Und wenn ich nicht auf dem Treppenabsatz der ersten Etage innegehalten hätte, wäre ich längst nach unten verschwunden gewesen, als sich etwas weiter den Flur hinunter die Tür der Whitakers öffnete. Garland sah mich nicht gleich, blickte zu Boden, hielt sich die Hand vor die Stirn – aber ich zuckte zusammen. Ich mochte die Frau nicht, wollte mich von ihr nicht in ein Gespräch verwickeln lassen, wollte nicht, daß Neil Grantham ihre durchdringende Stimme vernahm und wußte, daß ich vor seiner Zimmertür stand ...

Ich blickte mich um und suchte ein Versteck. Weiter die Treppe hinunter wäre das Naheliegendste gewesen, aber dafür schien es mir bereits zu spät. Sie würde mich sehen. Doch neben der Wendeltreppe stand eine Glastür offen, die nach außen führte, und wie ein echter Feigling senkte ich den Kopf und schlüpfte hindurch. Hinter mir hörte ich Schritte vorbeigehen und einen Herzschlag später ein ungeduldiges Klopfen. Das Spiel brach ab. Vorsichtig schob ich mich an der Wand entlang, fort von der offenen Tür, fort von den murmelnden Stimmen.

Ein ideales Versteck hatte ich mir aber auch nicht gerade ausgesucht. Ich befand mich auf der überdachten Terrasse über der Hotelgarage. Jemand brauchte nur den Kopf durch die Tür zu stecken, um mich in voller Lebensgröße vor sich stehen zu sehen. Aber wenigstens befand sich im Augenblick hier draußen niemand außer mir.

Die Stimmen verstummten. Eine Tür wurde geschlossen. Die Schritte verschwanden wieder den Korridor hinunter. Doch anstatt wieder hineinzugehen, schlich ich mich zur Mitte der Terrasse, wo ein paar um einen Tisch gruppierte Stühle von den letzten Strahlen der Nachmittagssonne beschienen wurden. Ich wischte einen der Stühle sauber und setzte mich. Von hier genoß ich einen

Panoramablick über die gesamte Peripherie, von dem Uhrenturm, der das Schloß bewachte, bis zu den Ausläufern des Burgfelsens jenseits der Stadt.

Auf dem nach oben führenden Weg hatte sich eine kleine Gruppe von Touristen an einer hüfthohen Steinmauer zu einer Verschnaufpause niedergelassen. Ihre bunten Windjacken gaben willkommene Farbkleckse auf dem eintönigen Weiß der Wand hinter ihnen ab. Ein Paar hielt sich lachend bei den Händen. Ohne ersichtlichen Grund haßte ich die beiden.

Das Geigenspiel hatte wieder eingesetzt. Ich schloß die Augen, um die ganze Schönheit der Musik auskosten zu können, und lehnte mich mit einem Seufzer in meinem Stuhl zurück. Er spielte nicht mehr Beethoven. Nein, das waren fremdartigere Klänge, süßer, verführerischer ... und doch nicht ganz unbekannt. Wo hatte ich diese Musik schon einmal gehört? Elgar, das war's. Edward Elgars »Liebesgruß«.

Neil spielte zauberhaft, mit solchem Feingefühl, daß alles um mich herum von einem wohligen Schauder erfüllt schien. Ich wünschte mir, er möge aufhören. Ich war jetzt nicht in der Stimmung für derart gefühlsbetonte Klänge. Ich weiß noch, daß plötzlich feuchte Tränen zwischen meine Wimpern traten. Was danach geschah – daran habe ich überhaupt keine Erinnerung.

Ich hatte nicht einschlafen wollen. Aber als ich wieder die Augen öffnete, lag die Terrasse in tiefer Dunkelheit, und an die Stelle der Wolken waren schwach leuchtende Sterne getreten. Die Abendkühle war mir durch und durch gekrochen. Ich stand auf, reckte meine steif gewordenen Schultern und suchte mir in der Finsternis meinen Weg zu der Glastür. Während ich auf der Terrasse geschlafen hatte, hatte jemand die Tür verschlossen. Ich probierte vergeblich den Griff. »Verdammt«, entfuhr es mir laut. Sie hatten mich ausgesperrt!

Zum Schutz vor der Kälte schlang ich die Arme um den Körper, preßte das Gesicht gegen die Scheibe und sah den Flur hinunter. Ich klopfte zweimal kräftig gegen das Glas. Keine Menschenseele. Ich verfluchte mich für meine eigene Blödheit. Doch dann entdeckte ich, mehr durch Zufall, die Stufen. Es war eine schmale Steintreppe, in der Dunkelheit fast nicht zu erkennen. Die Hand fest ans Geländer geklammert, begann ich meinen Abstieg. Ich rechnete jeden Augenblick damit, auf den unebenen Stufen auszugleiten, und war heilfroh, als ich wieder festen Boden unter den Füßen spürte und nach kurzem Umhertasten die Tür fand.

Sie führte nicht, wie ich vermutet hatte, zur Garage, sondern direkt auf den Platz hinaus. In den goldenen Schein der Straßenlaternen getaucht, gurgelte friedlich der Springbrunnen, und ein paar Meter entfernt lag hell erleuchtet die Hoteltür.

Doch bevor ich die Tür erreichte, sah ich das Kind.

Ich zögerte. Das geht dich nichts an, sagte ich zu mir selbst. Halt dich da raus. Aber man kann eben nicht aus seiner Haut.

Das Mädchen war noch sehr jung, höchstens sechs oder sieben Jahre alt, und saß doch so einsam und verlassen, unbeweglich wie eine Steinfigur, auf der Bank am anderen Ende des Platzes, die großen Augen auf den Eingang des Hotels fixiert. Als ich mich näherte, blickte sie auf, und das Herz zog sich mir zusammen. Sie hatte geweint.

Ich kniete mich vor sie hin und sprach sie auf französisch an: »Was hast du denn?«

»Ich kann nicht nach Hause.«

»Warum denn nicht? Weißt du den Weg nicht mehr?«

Sie schüttelte den braunen Lockenkopf. »Papa wird böse.«

Wieder traten Tränen in ihre großen Augen. Ich versuchte, mir schnell etwas einfallen zu lassen. »Bestimmt wird er nicht böse sein, ganz bestimmt nicht. Du kannst doch nichts dafür, daß du dich verlaufen hast.«

»Ich habe mich nicht verlaufen«, sagte sie. »Ich weiß, wie ich nach Hause komme. Aber Papa wird so böse.«

»Dann sag mir mal, warum.«

»Weil ich weggerannt bin. Sie haben nicht geguckt, da bin ich einfach weggelaufen. Papa hat gesagt, ich soll bis zum Abendessen dort bleiben, aber sie wollten mich nicht da haben, verstehen Sie?«

»Aha«, sagte ich, obwohl ich natürlich gar nichts verstand. »Und wer sind ›sie‹?«

»Meine Tante und ihr Freund.«

»Aha«, sagte ich noch einmal, und langsam dämmerte mir etwas.

»Hinterher hat's mir dann leid getan, daß ich weggerannt bin, und als ich zurücklief, waren sie nicht mehr da. Jetzt warte ich auf sie. Der Freund von meiner Tante wohnt hier im Hotel und ich ... und ich ...« Ihre Unterlippe zitterte. »Aber die sind nicht gekommen, und jetzt kann ich nicht nach Hause.«

»Unsinn.« Ich richtete mich auf und streckte ihr die Hand hin. »Natürlich kannst du nach Hause. Ich bringe dich jetzt hin.«

Sie sah mich flehend an. »Aber Papa ...«

»Deinen Papa überlaß nur mir.«

Sie schniefte kurz und schien nachzudenken. Dann schlossen sich die kleinen, kalten Finger vertrauensvoll um meine.

»Also, wo wohnst du denn?«

»Da oben«, sagte sie und zeigte hinauf. »Hinter dem Schloß.« Sie zeigte auf die steile Steintreppe.

Wundervoll, dachte ich. Wenn ich schon die barmherzige Samariterin spielen mußte, warum konnte ich mir dann nicht ein Kind aussuchen, das unten in der Stadt wohnte? Sinkenden Mutes machte ich mich auf den steilen Weg nach oben, das kleine Mädchen im Schlepptau.

Ich stellte schon bald fest, wie recht Simon und Paul gehabt hatten – aufwärts waren die Stufen weit anstrengender als der etwas flachere Anstieg von der Rue Voltaire. Als wir uns endlich unserem vorläufigen Ziel näherten, bekam ich erste Seitenstiche. Neben dem Kind, das mit unbeirrbarer Leichtigkeit voranstrebte, kam ich mir wie eine alte Frau vor. Oben an der Treppe versuchte ich verzweifelt, eine kurze Atempause herauszuschinden. »Wo geht's weiter?« fragte ich keuchend.

»Hier entlang.« Sie führte mich die lange Schräge zum Schloß hinauf, an der in Flutlichtstrahlen getauchten Mauer vorbei und ein Stück um sie herum, dann wieder hinunter. Ich wäre immer weitergegangen, wenn sie mich nicht zurückgehalten hätte.

»Halt«, sagte sie. »Hier ist es. Hier wohne ich.«

»Du wohnst hier?« Vor lauter Staunen bekam ich den Mund nicht mehr zu. Jetzt kam ich mir vor wie jemand, der sich verlaufen hatte, nun im Kreise umherirrte und dabei immer und immer wieder zur selben Stelle zurückkam. Konnte das denn ein Zufall sein? »Hier wohnst du«, wiederholte ich, als könnte mich das erst von der Tatsache überzeugen. Und dann hob ich meine ungläubigen Augen zu dem mächtigen Tor vor uns – dem Tor zum Weingut Clos des Cloches.

9

Ein Feudalherr in seidnem Gewande …

Das Tor war verschlossen. Ich wollte schon auf die Klingel drücken, aber das Kind hielt meine Hand fest.

»Nein, Madame, hier entlang«, sagte sie und führte mich zu einer kleineren Pforte in der hohen Steinmauer. Wir betraten ein friedliches Gärtchen. Von dem intensiven Duft, den die Rosen verströmten, fühlte ich mich leicht benommen. Ich ließ mich von meiner kleinen Freundin den gepflegten Aufgang zu der weißen Villa entlangführen, die nun am Abend im Licht der Strahler noch weißer, beinahe so eindrucksvoll wie das gegenüberliegende Schloß wirkte.

Mit jedem Schritt erschien das Haus noch erhabener, und ich fühlte mich dementsprechend immer kleiner, kaum größer als das Kind, das mich bei der Hand hielt. Als wir an der Vordertür ankamen, fand ich auch diese irgendwie überproportioniert.

»Die Tür ist zu«, erklärte mir das Mädchen ganz selbstverständlich. »Sie müssen da den Klingelknopf drücken.«

Ich tat, wie mir geheißen.

Es kam mir vor, als hätten wir eine halbe Ewigkeit schweigend vor der Tür gewartet, bis sie endlich aufging und wir in einen blendend gelben Lichtkegel getaucht wurden, in dem wir uns kaum zu rühren wagten. Das fahle, verschlossene Gesicht des Mannes, der in der Tür erschien, war von strengen Falten durchzogen. Unter der Habichtsnase bildete der Mund einen dünnen, waagerechten Strich. Mir wurde sogleich klar, warum das Kind sich gefürchtet hatte, nach Hause zurückzukehren. Auch mich überkam ein ungutes Gefühl.

Dementsprechend brachte ich, als ich meine Stimme endlich wiedergefunden hatte, auch nichts Besseres zustande als eine gestammelte Zusammenfassung des Dilemmas, in dem das kleine Mädchen sich befand, wobei sie zu allem Überfluß auch noch ständig an meinem Ärmel zupfte.

»... und da habe ich ihr natürlich versichert, Monsieur, Sie würden bestimmt nicht böse mit ihr sein«, schloß ich lahm meine Rede.

Noch einmal zupfte die Kleine an mir. »Aber Madame«, hörte ich sie leise flüstern, »das ist doch nicht mein Vater. Das ist doch bloß François.«

Überrascht blickte ich abwechselnd den grauhaarigen Mann und das Mädchen an. »Oh ...«

Wegen des grellen Lichts, in dem ich stand, konnte ich die Augen des Mannes nicht erkennen, nur ahnen, daß sie mich eindringlich musterten, doch nun schien er wie aus einer Trance zu erwachen, neigte den Kopf vor mir, wobei die harte Linie seines Mundes einem unerwartet freundlichen Lächeln wich. »Stimmt, Madame«, sagte er mit ernster Stimme, »Ich bin nicht der Vater von Mademoiselle Lucie. Aber treten Sie doch bitte näher.«

Unsicher machte ich einen Schritt in das nicht minder üppig erhellte Foyer und spürte, wie sich die Finger des Mädchens von meiner Hand lösten. Der Mann namens François verschloß die Eingangstür wieder hinter uns, und erst in diesem Moment ging mir auf, daß er schon älter sein mußte, sechzig, vielleicht sogar Anfang Siebzig. Alt genug jedenfalls, um der Großvater des Mädchens sein zu können. Er stellte sich beinahe feierlich vor uns auf und sah auf die kleine Gestalt neben mir hinunter.

»So, Mademoiselle, haben wir uns heute abend ein kleines Abenteuer erlaubt, nicht wahr? Aber nun ins Bad und dann sofort ins Bett.«

»Ich hab' noch nichts zum Abendessen ...«

»Heute nur Wasser und trockenes Brot«, drohte er, sah dabei aber nicht so aus, als würde er das ernst meinen, und das Mädchen ließ sich auch nicht von ihm hereinlegen. »Also bedank dich bei der netten Dame, Lucie, daß sie dich nach Hause gebracht hat.«

Ihre dunklen Augen blickten längst nicht mehr so kummervoll drein, als sie mir zum Abschied höflich die Hand gab und dann, als François ihr mit einer gespielt gebieterischen Armbewegung das Zeichen dazu gegeben hatte, kichernd die geschwungene Treppe hinaufhüpfte. Ihre kleinen Füße machten kein Geräusch auf dem dicken roten Teppich.

Ich spürte wieder, wie der Mann mich eingehend musterte, doch als sich unsere Blicke trafen, verschwand der Ausdruck aus seinem Gesicht. Er räusperte sich. »Das war eine sehr noble Geste von Ihnen, Madame. Die Straßen können für ein kleines Kind sehr gefährlich sein, und Lucies Abenteuer hätte kein so glückliches Ende finden können. Ich darf mich bei Ihnen bedanken, daß sie sie nach Hause begleitet haben.«

»Kein Problem, wirklich nicht.«

»Wenn Sie bitte hier warten würden, Madame«, hielt er mich zurück, als ich mich zum Gehen wenden wollte. »Gewiß möchte Monsieur Valcour Ihnen persönlich seinen Dank aussprechen.«

Man muß mir angesehen haben, daß es mich zum Aufbruch drängte, denn er wiederholte noch einmal: »Bitte warten Sie hier«, und ließ mich dann stehen. Der Ton seiner Stimme duldete keinen Widerspruch. Ich verschränkte die Hände hinter dem Rücken wie ein gescholtenes Schulmädchen und folgte seiner Anweisung, wobei mich eine leicht unangenehme Vorahnung beschlich, gerade so, als wäre ich es gewesen, die über die Stränge geschlagen hatte, und nicht die kleine Lucie. So kann's gehen, wenn man sich in fremder Leute Angelegenheiten einmischt, dachte ich.

Und doch muß ich zugeben, daß ich den Dingen, die da kommen sollten, mit einer gewissen Neugier entgegensah.

Wohin ich auch blickte, überall entdeckte ich Anzeichen erheblichen Wohlstands. Doch nein, sagte ich mir, die Bewohner von Clos des Cloches waren nicht einfach nur im herkömmlichen Sinne reich, so, wie wenn man es zu etwas gebracht hat, dieser Reichtum mußte Jahrhunderte alt sein und durfte mit Stolz an die jeweils nachfolgende Generation weitergereicht werden. Der edle rote Teppich, der Marmorfußboden, auf dem ich stand, die goldenen Leuchter an den weißen Wänden, die Portraits in den vergoldeten Rahmen – all das zeugte von Geld und Prestige.

Ein bestimmtes Bild nahe der Treppe erweckte mein Interesse, und ich trat näher heran. Es zeigte einen Knaben, der gerade das Stadium der frühen Jugend erreicht hatte, einen Knaben mit dichtem schwarzem Haar, dessen Augen mich ansahen, als wäre wirklich Leben in ihnen. Diese Augen waren mir doch schon einmal irgendwo begegnet …

»Guten Abend, Madame.« Wie aus dem Nichts sprach mich plötzlich eine tiefe Stimme von hinten an.

Ich hatte ihn nicht das Foyer betreten hören, aber

meine Verblüffung war nicht auf sein unvermitteltes Auftauchen hinter meinem Rücken zurückzuführen, denn als ich mich nach Monsieur Valcourt umdrehte, stellte ich fest, daß auch seine Miene erstauntes Wiedererkennen spiegelte.

»Sie sind es ...«

Ich zeigte mein strahlendstes Lächeln und sagte: »Diesmal schulden Sie mir fünfundzwanzig Francs, Monsieur.« Eigentlich hätte ich stocksauer sein müssen. Zweifellos war es ihm ein Riesenspaß gewesen, sich als Taxifahrer auszugeben, und er hatte sich diesen Jux auf meine Kosten gestattet. Aber der Groll, der in mir aufwallen wollte, hielt nicht der Herzlichkeit des Lächelns stand, mit dem er mich jetzt ansah.

»Ich stehe durchaus in Ihrer Schuld, denke ich«, sagte er und trat einen Schritt näher. »Ich bin Armand Valcourt.«

»Emily Braden«, stellte ich mich vor und schüttelte etwas steif seine Hand.

»Sie ärgern sich bestimmt über mich.« Ich gab keine Antwort. »Ich habe aber auch nie behauptet, daß das mein Taxi sei. Wenn Sie mich gefragt hätten, würde ich Ihnen gesagt haben, daß ich nur auf den Fahrer wartete, der mein Gepäck vom Bahnhof holte. Aber«, er streckte in einer gespielten hilflosen Geste die Arme aus, »Sie haben mich nicht gefragt.«

»Sie hätten es mir später sagen können, als wir uns zum zweitenmal begegnet sind.«

»Ja, das hätte ich wohl tun können. Aber zu diesem Zeitpunkt waren sie schon voll und ganz davon überzeugt, daß ich der Chauffeur des Wagens sei. Ich fürchtete, es würde Ihnen peinlich sein, wenn ich Sie über ihren Irrtum aufklärte. Und es hat mich ja auch keine Mühe gekostet, Sie zu Ihrem Hotel zu fahren.«

»Aber mein Geld haben Sie genommen.«

»Sie haben darauf bestanden, falls ich mich recht erinnere.« Seine Augen blitzten listig. »Und ich habe Ihr Geld auch nicht behalten, Mademoiselle. Ich habe es meinem Freund Jean-Luc gegeben, dem das Taxi gehört. Und falls es Ihnen ein Trost ist, auch er war wenig erbaut darüber, daß ich mir sein Taxi ausgeborgt hatte. Also habe ich bereits Schelte für diesen Scherz bezogen.« Er sah nicht aus, als würde ihn ein schlechtes Gewissen plagen, als er lässig die Hände in die Hosentaschen steckte. »Können Sie mir verzeihen?«

»Schon möglich.« Mir war nicht entgangen, daß er von der förmlicheren Anrede »Madame« zu »Mademoiselle« übergegangen war.

»Aber Sie haben recht, ich schulde Ihnen noch was«, sagte er. »Haben Sie bereits zu Abend gegessen?«

»Nein, aber ...«

»Dann seien Sie bitte heute mein Gast. François bereitet immer mehr vor, als ich alleine essen kann. Mögen Sie Kalb?«

»Schon, aber ...«

»Bestens. Sie können Ihre Jacke dort bei der Tür aufhängen, wenn Sie wünschen. Darf ich Ihnen helfen ... Bitte«, sagte er noch einmal, als er mein Zögern bemerkte, »Sie haben sich über mich ärgern müssen, und meine Tochter hat Sie durch halb Chinon geschleppt. Sie zum Abendessen einzuladen ist das mindeste, was ich tun kann.«

Ich riskiere nichts, sagte ich mir, wenn ich seine Einladung annehme. Ich hatte durchaus Hunger, und die Tatsache, daß er so unverhohlen mit mir flirtete, war mir ein Hinweis darauf, daß sein Angebot harmlos gemeint war. Männer, die mit mir flirten wollen, bereiteten mir keine

Probleme. Die stillen waren es, die mich nervös machten, so wie Neil, die, die einem ins Gesicht sahen, ohne eine Miene zu verziehen.

»Falls allerdings im Hotel jemand auf Sie wartet ...«

Ich schüttelte den Kopf.

»Gut«, murmelte er, als ich ihm vom Vorraum in einen ausgedehnten Saal folgte, dessen unaufdringliche Eleganz einerseits anheimelnd, andererseits aber auch wieder übertrieben, fast surreal wirkte. Er war mit einem Blick fürs Detail eingerichtet, Stühle und Couch waren kunstvoll arrangiert, ein antikes Schreibpult, Tischlampen in der Form von Schwänen ... Aber das Ganze wirkte mehr wie ein Bühnenbild als wie ein richtiges Zimmer. So, als würde hier niemand wirklich leben. Dieser Eindruck wurde noch unterstrichen durch eine Wand, die fast vollständig aus einer Fensterfläche zu bestehen schien und die zu dieser späten Stunde entsprechend kohlrabenschwarz war. Als wir daran vorbeigingen, begleiteten uns in der Scheibe unsere verzerrten Spiegelbilder.

»Ich esse immer hier«, erklärte Armand Valcourt, »es sei denn, Sie würden den Speisesaal vorziehen ...«

»Mir gefällt's hier.«

Er mußte sich bereits zum Abendessen hingesetzt haben, als er von François unterbrochen wurde. Am anderen Ende des Raumes war ein Tisch für eine Person gedeckt.

In Filmen verfügen die Reichen immer über jede Menge Personal, aber in diesem Haus brachte mir mein Gastgeber persönlich einen Teller und Besteck und füllte dann mein Weinglas aus der offenen Flasche, die auf dem Tisch stand.

»Der Wein ist vom letzten Jahr«, erklärte er bedauernd, »kein großartiger Wein, fürchte ich, aber gut genug für François' Küche. Der richtige Koch hat heute abend frei.«

Er nahm mir gegenüber Platz und hob sein Glas. »Auf die kleinen Betrügereien des Alltags«, sagte er lächelnd.

Meiner ganz und gar nicht kennerhaften Zunge zumindest kam der Wein vorzüglich vor, und für das Essen galt das gleiche. Ich lobte François für seine Kochkünste.

»François ist ein Mann mit vielen Talenten«, sagte mein Gastgeber. »Er ist ein braver Kerl und ein loyaler Diener. Aber das werden Sie wohl noch selber erfahren.«

»Wie meinen Sie das?«

»Sie haben ihn heute abend als Freund gewonnen, darüber sollten Sie sich im klaren sein. Er vergißt nie eine gute Tat, und er verehrt meine Tochter sehr.«

»Nun, das ist ja auch nur zu verständlich. Sie ist ein reizendes Kind.«

Er lächelte verlegen. »Das hat sie von ihrer Mutter, nicht von mir. Brigitte war ein viel herzlicherer Mensch, als ich es bin.« Ich hielt es für unhöflich, ihn nach seiner Frau zu fragen, aber er beantwortete die unausgesprochene Frage von sich aus. »Meine Frau hatte ein schwaches Herz, Mademoiselle. Sie ist vor drei Jahren gestorben.«

»Oh, das tut mir leid.«

Er blickte nach unten, und ich konnte seine Augen nicht sehen. »Aber das Leben geht weiter, nicht wahr? Noch etwas Wein?«

Ich hielt ihm mein Glas hin. »Wie viele Kinder haben Sie?«

»Nur Lucie. Ihr muß manchmal langweilig sein, so ganz alleine.«

»Mir hat es gut gefallen, Einzelkind zu sein«, gestand ich. »Ich bin ein ganz schön verzogenes Biest gewesen.«

»François sagt mir, ich solle meiner Tochter nicht böse sein. Ich glaube, das waren Ihre Worte.«

»Ja, schon ... Eher ist es so, daß ich ihr versprochen habe, Sie würden nicht böse sein.« Mit der Gabel schob ich nervös das Gemüse auf meinem Teller umher. »Ich hätte mich nicht einmischen sollen, aber wenn Sie sie da sitzen gesehen hätten, wüßten Sie, was ich meine. Sie wirkte so unglücklich, da konnte ich mir nicht vorstellen, daß ihr Vater ...« Ich sprach nicht weiter und spießte statt dessen eine Möhre auf. »Außerdem wäre sie sonst auch gar nicht mitgekommen. Sie hat Angst gehabt.«

»Angst? Wovor?«

»Vor Ihrer Reaktion natürlich.«

Das schien ihn zu überraschen. »Ich pflege meine Tochter nicht zu schlagen, Mademoiselle.«

»Selbstverständlich nicht. Aber Ihre Tochter war auch sehr müde und aufgeregt. Jedes Kind bekommt es mit der Angst zu tun, wenn es sich verlaufen hat. Nun, eigentlich hatte sie sich ja auch gar nicht verlaufen, sondern nur die Verwandten verloren, mit denen sie zusammen war, was ja wohl auf das gleiche hinausläuft ...«

Wenn ich seinen Mund betrachtete, hatte ich das unbestimmte Gefühl, daß er sich über mich amüsierte, aber sein Tonfall verriet nichts dergleichen. »Sie wäre nicht verlorengegangen, wenn sie nur getan hätte, was man ihr gesagt hat. Ich hatte ihr klare Anweisung gegeben, bei ihrer Tante zu bleiben.«

»Mir hat sie aber gesagt ...« Ich unterbrach mich rasch, als ich meinen Fehler bemerkte. Das ging mich nun wirklich nichts an, dachte ich, eine Familienangelegenheit, aus der ich mich besser heraushielt.

Aber Armand Valcourt hatte bereits erwartungsvoll die Augenbrauen hochgezogen. »Ja?«

»Nichts. Ohne Belang.« Ich spießte ein Stück Fleisch mit meiner Gabel auf und versuchte, seinen forschenden

Blick zu ignorieren, mit dem er mich über den Tisch hinweg ansah.

»Wo genau war meine Tochter, Mademoiselle, als Sie sie gefunden haben?«

Ich blickte auf und erkannte sofort, daß er die Sache nicht auf sich beruhen lassen wollte. »Sie saß beim Springbrunnen direkt vor meinem Hotel.«

Er zog die Stirn kraus. »Und hat sie Ihnen gesagt, warum sie dort hingegangen ist?«

»Sie hat gesagt, der ... Freund ihrer Tante würde dort wohnen. Ich denke, sie hat gehofft, die beiden würden zum Hotel zurückkehren, also hat sie dort auf sie gewartet. Verzeihen Sie mir die Frage, Monsieur, aber die Tante des Kindes, Ihre Schwester ...«

»Die Schwester meiner Frau«, korrigierte er mich.

»Sollte sie nicht jemand informieren, daß das Kind in Sicherheit ist? Sie muß mittlerweile ja halb verrückt vor Sorge sein.«

In diesem Augenblick fiel krachend die Vordertür ins Schloß, und Armand Valcourt griff lächelnd nach seinem Weinglas. «Ich denke, das ist nicht mehr nötig«, sagte er. »Das dürfte Martine sein.«

Martine?

Das gibt's doch gar nicht, dachte ich als erstes, aber dann sah ich wieder vor mir, wie Armand Valcourt heute bei der Beerdigung neben der Witwe gestanden hatte, und es fiel mir wie Schuppen von den Augen. Gespannt erwartete ich Martines Auftritt.

Ich glaube, ich hatte mich innerlich darauf eingestellt, daß ich sie nicht mögen würde, und sei es nur wegen ihrer Schönheit, doch in dem Augenblick, da die Tür zum Flur aufgerissen wurde, warf ich meine vorgefaßte Meinung gleich wieder über Bord. Anstelle der glamourös herausgeputzten Primadonna, die ich erwartet hatte, stand nun eine Frau vor uns, die selbst noch fast wie ein Kind aussah. Die Augen in ihrem kreidebleichen Gesicht schwammen in Tränen. Und »halb verrückt vor Sorge« war noch eine Untertreibung gewesen. Martine Muret war vollkommen aufgelöst.

»Armand, ich kann sie nirgendwo finden«, brach es augenblicklich aus ihr heraus. In ihrer Verzweiflung übersah sie mich völlig. »Lucie ist verschwunden. Ich habe sie überall gesucht, aber –«

»Beruhige dich, Martine«, sagte ihr Schwager und hob die Hand, um ihrem Redeschwall Einhalt zu gebieten. »Lucie geht es gut. Sie liegt schon in ihrem Bett.«

»Oh, Gott im Himmel sei Dank.« Vor Erleichterung schienen ihr die Knie weich geworden zu sein, denn sie sackte sofort in einen der Sessel am Fenster. Erst, als sie sich mit der Hand über die Stirn fuhr, schien ihr meine Gegenwart aufzufallen, und sie warf ihrem Schwager einen fragenden Blick zu.

In knappen Sätzen erklärte er ihr, wer ich war und was mich an diesem Abend aufs Weingut geführt hatte.

»Ich bin Ihnen ja so dankbar, Mademoiselle.« Ein Lächeln huschte wie ein Schatten über ihr zartes Gesicht. »Sie können sich nicht vorstellen, was ich in den letzten Stunden durchgemacht habe, als ich nach meiner Nichte suchte. Man liest so gräßliche Sachen in der Zeitung, wissen Sie, und ich hatte solche Angst ... Sie wollte den Gedanken nicht aussprechen, strich sich noch einmal über die Stirn und schloß dann leise: »Ich hätte es mir nie verziehen.«

Wiederum gab ich zu verstehen, das wäre doch gar nichts gewesen, ich hätte Lucie gerne geholfen, man sei in diesem Hause bereits überaus freundlich zu mir ... Ich schob meinen leeren Teller beiseite und warf einen Blick auf meine Armbanduhr. »Aber ich fürchte, jetzt wird es wirklich Zeit für mich.«

»Ich fahre Sie«, erklärte Martine. »In welchem Hotel wohnen Sie?«

»Im Hotel de France.«

Mir entging nicht der leicht überraschte Gesichtsausdruck, das eine Spur zu herzliche Lächeln. »Ach, wirklich?«

»Martine hat Freunde dort«, erklärte Armand Valcourt. Er lehnte sich zurück, zündete sich eine Zigarette an, und das Klicken seines Feuerzeugs klang so bedrohlich wie der Schlagbolzen eines Revolvers. »Aber ich würde es vorziehen, Sie selber zu fahren, damit ich auch weiß, daß Sie sicher ankommen.« Er betonte deutlich das Wort »sicher«, und der giftige Blick in Martines Augen war nicht zu übersehen.

Ich sah von einem Gesicht zum anderen, spürte das Gewitter, das sich hier zusammenbraute, und entschuldigte mich diplomatisch, ich müßte mal kurz ins Bad. Ich hasse Zankereien, vor allem, wenn es dabei um mich geht, also hielt ich mich so lange wie möglich auf der kleinen Gästetoilette unter der Treppe auf. Was ich nicht hätte tun sollen, denn im nächsten Augenblick kamen Martine und Armand in die Vorhalle. Mir blieb nichts übrig, als hinter der Tür zu warten und zu versuchen, so zu tun, als würde ich ihre wütenden Stimmen nicht hören.

»Ich habe dir bereits gesagt, daß es mir leid tut«, fauchte Martine Muret. »Was verlangst du noch von mir?«

»Ich möchte, daß du dich nicht so verantwortungslos benimmst, ein wenig Respekt für meine Gefühle zeigst und für die von Lucie, anstatt ausschließlich an dich selber zu denken.« Er war nicht richtig laut geworden, aber seine Stimme war kalt und hart und hallte in dem hohen

Raum wider: »Ist dir eigentlich klar, was dem Kind alles hätte zustoßen können? Ist dir das klar?«

»Natürlich ist mir das klar«, gab sie zurück. »Was denkst du denn von mir, Armand? Glaubst du, daß ich mir keine Sorgen gemacht habe? Daß mir nicht ganz elend zumute war, als ich merkte, daß wir sie verloren hatten? Ist es das, was du glaubst?«

»Ich schätze, du bist viel zu sehr mit anderen Dingen beschäftigt gewesen, um auch nur zu merken, daß sie verschwunden war. Welcher war's denn diesmal? Der Deutsche oder der Engländer? Oder hast du etwa schon wieder einen anderen aufgegabelt?«

»Ich weiß nicht, was dich mein Privatleben angeht.«

»Einiges, wenn es meine Tochter betrifft. Meine Güte, was hast du dir bloß dabei gedacht? Wir haben ihn heute erst beerdigt, oder hast du das schon vergessen?«

»Ich vergesse nie etwas«, sagte Martine nach einem kurzen Schweigen mit ruhiger, gefaßter Stimme. »Wie kannst du es wagen, über meine Gefühle zu urteilen, Armand? Was weißt du schon von Liebe?«

Ich hörte sie durch den Vorraum und die Treppe hinaufgehen und dann ihre Schritte über mir. Ich wartete, bis die Schritte vollkommen verklungen waren, und als ich erneut Armand Valcourts Feuerzeug klicken hörte, beschloß ich, mich jetzt wieder blicken zu lassen.

Er stand am Treppenabsatz. Seinem Gesicht war nichts anzusehen, nur das hektische Zucken der Hand, mit der er die Zigarette hielt, verriet seine Erregung. Doch als er mich gewahrte, beherrschte er sich sogleich. »Fertig? Dann lassen sie uns fahren.« Er reichte mir meine Jacke und geleitete mich in die wartende Nacht hinaus.

10

... der Grazien drei umschließen
einen sprudelnden Bronn ...

Er fuhr einen Porsche, was mich nicht überraschte – der schnittige rote Wagen paßte ganz gut zu ihm –, mir aber zu denken gab. Wenn Armand Valcourt einen Wagen besaß, warum hatte er dann gestern vom Bahnhof ein Taxi genommen? Und wieso war er überhaupt mit dem Zug gefahren? Nach kurzer Überlegung fragte ich ihn einfach.

Er zuckte die Schultern. »Ich nehme immer den Zug, wenn ich nach Paris fahre. Es könnte zum Beispiel sein, daß Martine den Wagen braucht, falls mit Lucie etwas ist. Und außerdem müßte ich ein Dummkopf sein, in Paris mit einem Porsche herumzufahren.« Er warf mir einen Blick von der Seite zu. »Was finden Sie daran so lustig?«

»Habe ich gegrinst? Tut mir leid. Es ist nur, weil ich auch mal in Paris gewohnt habe und das nur zu gut verstehe. Mein Vater hat beim Zurücksetzen mal einen Mercedes erwischt. Der Besitzer ... nun, hatte dafür nicht viel Verständnis.«

Armand lachte. »Nein, das hat ihm bestimmt nicht gefallen.« Wieder spürte ich seinen Blick. »Wie lange sind Sie in Paris gewesen?«

»Fünf Jahre. Aber das ist eine Ewigkeit her. Ich war erst zwölf, als wir wieder weggezogen sind.«

Er lächelte und ließ den Porsche in die Haarnadelkurve gleiten, die steil zum Fluß hinunter führte. »Ich hatte mich schon gefragt, wo Sie Französisch gelernt haben.«

Es dauerte einen Augenblick, ehe ich begriff, worauf er anspielte. Ich hatte Lucie am Springbrunnen auf französisch angesprochen und war dann ... wohl einfach dabei geblieben. In all der Aufregung war mir das gar nicht aufgefallen. Aus irgendeinem Grund war ich plötzlich verunsichert. »Mein Vater ist im diplomatischen Dienst«, sagte ich. »Er wollte, daß Französisch meine Zweitsprache wird.«

»Das ist Ihnen gelungen. Sie beherrschen es sehr gut.«

»Vielen Dank.«

Als wir am Hotel ankamen, ließ Armand Valcourt es sich nicht nehmen, um den Wagen herumzugehen und mir aus dem Sitz zu helfen. »Haben Sie auch Ihren Schlüssel?« fragte er mich.

»Ja.« Ich wühlte in meiner Handtasche, als mir die Einladung zu der Weinprobe nach Clos des Cloches in die Quere kam, die mir auf so mysteriöse Weise übermittelt worden war. »Dann haben Sie mir das wohl geschickt?« Ich hielt sie ihm hin. »Das ist heute morgen für mich abgegeben worden.«

»Ach, wirklich?« Sein charmantes Lächeln wurde noch breiter, als wolle er jede Verantwortung von sich weisen.

»Ja, wirklich.«

»Ach, das ist in der Tat sonderbar. Wir machen um diese Zeit des Jahres nämlich gar keine Führungen, müssen sie wissen.« Er nahm mir die Karte aus der Hand und tat so, als würde er sie mißtrauisch inspizieren. »Scheint aber durchaus echt zu sein«, sagte er. »In diesem Falle hat sie selbstverständlich Gültigkeit.«

»Also haben Sie sie mir doch geschickt.«

Seine dunklen Augen sahen mich amüsiert an. »Da hätte ich mir die Mühe ja sparen können.«

»Wieso?«

»Weil Sie auch so zu mir gekommen sind.«

Er flirtet schon wieder ganz unverhohlen, dachte ich, als er zurück auf die Fahrerseite des Wagens ging. Ich mußte lächeln, als die Rücklichter des Porsche am Ende des Place du Général de Gaulle verschwanden.

Für Ende September war es ein sehr angenehmer Abend, frisch und klar, und in die Autoabgase um mich herum mischten sich die angenehmeren Düfte der Jahreszeit – Herbstlaub und der Rauch knisternder Kaminfeuer, der aus den Schornsteinen stieg. Meine Uhr zeigte bereits zehn nach elf, aber es waren noch jede Menge Passanten unterwegs, zumeist Gruppen von jüngeren Leuten in ausgelassener Stimmung auf dem Weg zur Hotelbar, wo um diese Zeit noch reger Betrieb herrschte. Über den Platz klangen Tanzmusik und Gelächter. Samstag abend. Ich hatte plötzlich keine Lust mehr, gleich auf mein Zimmer zu gehen. Wie lange war ich nicht mehr spät abends irgendwo eingekehrt?

Ich überlegte einen Augenblick, aber dann tat ich weder das eine noch das andere. Ich ging hinüber zum Brunnen und setzte mich auf die Bank, auf der ich Lucie Valcourt vorgefunden hatte.

Hier, unter den flüsternden Akazienblättern, würde ich einen Moment lang ungestört verweilen können. Mir gegenüber lag die hell erleuchtete Fassade des Hotel de France mit der vollgestopften Bar an der Ecke, aber ich versenkte mich in die Betrachtung des Springbrunnens.

Das untere Becken war ungefähr einen halben Meter tief, ein steinernes Sechseck auf einem abgeschrägten Sockel. Das Wasser prasselte aus einem zweiten, darüber angebrachten Becken in der Form eines umgedrehten Regenschirms herunter, und dieses zweite Becken wurde wiederum aus einer kleineren Bronzeschale gespeist. Aus der Mitte des Brunnens erhoben sich drei ebenfalls aus Bronze gegossene Frauengestalten, die dem ganzen Gebilde als Stützen dienten. Die Frauen standen Rücken an Rücken, die Finger der locker ausgestreckten Arme miteinander wie zu einem Kreis verknüpft, der sie in ewiger Schwesternschaft verband. Auch ohne die wallenden Gewänder und das sorgfältig drapierte Haar verriet schon ein Blick auf die klassisch geschnittene Schönheit ihrer Gesichter, daß sie dem antiken Griechenland entstammten.

Etwas an meinen Füßen riß mich aus meinen Gedanken. Es war eine Katze, eine mir nicht ganz unbekannte schwarzweiße Katze, die sich an mich schmiegte. Kein Zweifel, dies war dieselbe Katze, die ich am Nachmittag hoch oben auf der Mauer von Christian Rands Haus gesehen hatte. Ich klopfte sachte mit der Hand auf meinen Oberschenkel. »Komm«, lockte ich sie, »hopp, rauf mit dir.« Die Katze ließ sich das nicht zweimal sagen und kam sofort in meinen Schoß gehüpft, stupste mich sogar mit der kalten Nase wie zur Begrüßung ins Gesicht.

Jetzt erst sah ich, daß die Katze in Wirklichkeit ein Kater war. Dem schmutzigen Fell nach zu urteilen gehörte er niemandem, aber er war trotzdem sehr zutraulich und zärtlichkeitsbedürftig. Er kroch unter meine Jacke, schabte noch mit den Krallen über den Baumwollstoff und hatte schon die grünen Augen geschlossen. Den Kopf schwer an meine Brust gepreßt, vibrierte bei jedem seiner tief schnurrenden Atemzüge das dichte Fell unter meiner Hand.

Mich verließ jedes Gefühl für Zeit. Ich weiß nicht mehr,

wie viele Minuten ich da gesessen hatte, ehe ich die Schritte wahrnahm, die sich aus Richtung des Schlosses näherten. Unter den Straßenlampen sah Neil Granthams Haar beinahe weiß aus, weiß wie das Hemd, das er unter der weichen braunen Lederjacke trug. Ich zog mich noch tiefer in den Schatten zurück, hoffte, er würde an mir vorbei geradewegs zum Hotel gehen, ohne mich zu bemerken. Aber gerade so, als hätte ich nach ihm gerufen, fuhr sein Kopf herum, und schon war er mit wenigen, federnden Schritten bei mir und nahm ebenfalls auf der Bank Platz.

»Sie holen sich Flöhe«, sagte er mit einem Blick auf den Kater.

»Das kümmert mich nicht. Er braucht etwas Zuwendung, das arme Biest.«

Er lächelte und streckte seine langen Beine aus, die Ellenbogen auf die Rückenlehne der Bank gestützt. Er wirkte so zufrieden wie der zusammengerollte Kater unter meiner Jacke, und doch machte er mich nervös. Wenn er doch bloß etwas sagen würde, versuchen würde, mit mir zu flirten, wie Armand Valcourt es getan hatte, dann wäre alles in Ordnung. Aber Neil war nicht Armand. Er blieb einfach schweigend sitzen, als wartete er auf etwas.

Ich streichelte dem Kater den Kopf und räusperte mich. »Kommen Sie gerade vom Schloß?«

Er nickte. »Mein Abendspaziergang. Ich treibe keinen Sport, genieße es, einfach nur spazierenzugehen. Sie sollten mich mal begleiten.« Ich sah ihn verblüfft an, aber das war kein Versuch gewesen, mit mir anzubändeln. Sein Gesichtsausdruck verriet, daß er nichts dergleichen im Sinn hatte.

Ich wandte den Blick wieder dem Brunnen mit seinen drei Bronzegestalten zu.

Neil tat das gleiche. »Hübsch, nicht wahr?«

»Ja«, sagte ich, und weil darauf wieder nur Schweigen folgte, räusperte ich mich ein weiteres Mal: »Als ich noch klein war, gab es in unserem Garten auch einen Springbrunnen. Mein Vater war damals in Rom eingesetzt, und wir lebten in einem wundervollen Haus, mit Innenhof und allem, und in der Mitte dieses Hofes stand der Springbrunnen. Einen Wunschbrunnen hat mein Vater ihn genannt. Er hat mir jeden Morgen beim Frühstück eine Münze gegeben, damit ich sie hineinwerfen und mir etwas wünschen konnte, was auch immer ich wollte.«

Warum hatte ich ihm das bloß erzählt? Mit so etwas kam man doch keinem Wildfremden.

»Und? Hat es funktioniert?«

Hatte es funktioniert? Ich wußte noch, wie ich mir eines Tages ein Kätzchen gewünscht hatte, und schon war es in unseren Hof spaziert gekommen. Und dann der Tag, an dem das schreckliche Mädchen von nebenan vom Fahrrad gestürzt war. Ich zog die Jacke schützend um den schlafenden Kater und zuckte die Achseln. »Ich weiß es nicht mehr.« Ich wollte das Thema wechseln. »Sind das griechische Sagengestalten dort auf dem Brunnen?«

»Ganz richtig. Ruhm, Glück und Schönheit. Die drei Grazien.«

»Ach so. Und wissen Sie auch, welche welche ist?«

»Mein Gott, nein. Ich weiß ihre Namen auch nur, weil ich sie letzten Dienstag nachgeschlagen habe. Simon hatte mich danach gefragt, und ich wollte nicht unwissend erscheinen, wo ich doch schon so lange nach Chinon komme. Aber ich kann mir vorstellen, daß es möglich ist, sie auseinanderzuhalten, wenn wir es nur logisch angehen. Ruhm bedeutet doch auch strahlende Pracht, nicht wahr? Also wäre die Figur, die in den Sonnenuntergang schaut, meine Wahl für Ruhm – sie bekommt das meiste Licht, die lebendigsten Farben. Und die schönste von ihnen ist die auf der anderen Seite, die zum Hotel hingewandt steht, also würde ich sagen, daß sie die Schönheit ist. Womit wir beim Glück wären, was ja auch paßt, denn die Dritte hat das hübscheste Lächeln.«

»Aber sie lächelt ja gar nicht.«

»Natürlich lächelt sie. Sie alle lächeln. Dafür sind Grazien doch da. Sie lächeln auf uns hernieder und machen das Leben schön.«

Der Mann hat eine blühende Phantasie, dachte ich. Ich blickte die mir am nächsten stehende Statue an, die, der Neil den Namen Ruhm gegeben hatte. Sie lächelte ganz gewiß nicht. Jedenfalls nicht mich an.

Hoch droben in der Schloßruine begann die Mitternachtsglocke zu läuten und schreckte den schlafenden Kater auf. Die grünen Augen öffneten sich und sahen mich zutiefst enttäuscht an. Mit einer raschen Bewegung drehte er sich um, sprang aufs Pflaster und schlich sich steifbeinig davon.

Neil sah ihm einen Moment lang nach und wandte den Blick dann zur Bar, aus der immer noch Stimmengewirr nach draußen drang. »Wo wir beide nun noch wach sind, wie wäre es mit einem Drink? Darf ich Sie einladen?«

Vor fünf Jahren hätte ich zugestimmt. Vor fünf Jahren hätte ich allerhand angestellt.

Aber an diesem Abend stammelte ich entschuldigend, ich sei zu müde, und spielte ihm ein wenig überzeugendes Gähnen vor.

»Vielleicht ein andermal«, sagte er.

»Vielleicht.« Ich erhob mich von der Bank und wünschte ihm eine gute Nacht.

»Gute Nacht, Emily.«

Der kurze Weg vom Springbrunnen bis zum Hoteleingang kam mir viel länger vor als sonst, vor allem, weil ich bei jedem Schritt seine dunklen Augen in meinem Rücken spürte, doch als ich mich an der Tür noch einmal umblickte, sah Neil überhaupt nicht in meine Richtung, sondern wieder zu den Treppen zum Schloß hinauf.

Der schwarzweiße Kater war zurückgekommen und kuschelte sich jetzt um Neils ausgestreckte Beine. Abwesend beugte er sich vor und kraulte dem Tier die Ohren, ohne es dabei anzusehen. Seine leicht zugekniffenen Augen waren auf etwas oder jemanden in der Dunkelheit fixiert, den ich nicht erkennen konnte.

11

»Oh, lang ist's her«, sagte sie, »daß zwischen diesen beiden Trennung schwelte im Verborgenen.«

Am nächsten Morgen wirkte Thierry, der junge Barkeeper, ein wenig übernächtigt. Er stellte das Körbchen mit den Croissants und dem Brot zwischen die beiden Brüder und mich und stützte sich auf den freien vierten Stuhl an unserem Tisch.

»Sie sind heute unter sich«, sagte er. »Sie kommen nicht zum Frühstück herunter. Madame Whitaker hat seit gestern nachmittag Kopfschmerzen – Migräne. Sie bleibt heute im Bett. Und Monsieur Whitaker hat heute schon früh das Hotel verlassen.«

Es war gerade erst neun, und Simon drehte sich interessiert nach dem leeren Tisch in der Ecke um, an dem die Whitakers sonst saßen. »Ganz alleine?«

Thierry sagte, er wisse es nicht genau. »Ich achte auch nicht immer darauf. Ich glaube, er ist irgendwo in die Messe gegangen.«

»Es überrascht mich, daß du nicht zur Messe gegangen bist, mein Freund«, meinte Paul. »Du siehst aus, als hättest du allerhand zu beichten.«

Thierry grinste nur. »Aber ich muß doch am Sonntag arbeiten. Wer sonst soll Ihnen denn das Frühstück bringen?«

»Er hat übermenschliche Kräfte«, sagte Simon mit

leicht zerknirschter Bewunderung, nachdem Thierry uns verlassen hatte, um sich um ein älteres Paar, das am Fenster saß, zu kümmern. »Gestern abend in der Disco hat er uns und alle anderen in Grund und Boden getanzt. Du hättest dabeisein sollen, Emily.«

»Ich bin zu alt für die Disco.«

Paul, der sich gerade Kaffee nachschenken wollte, hielt mitten in der Bewegung inne und verdrehte die Augen. »Ganz bestimmt. Wie alt bist du denn, dreißig?«

»Achtundzwanzig.«

»Stimmt, das ist steinalt. Wann bekommst du deine dritten Zähne?«

»Außerdem«, fügte Simon hinzu, »ist Alter keine Entschuldigung. Neil ist ein paarmal mit uns mitgegangen, und er ist schon über vierzig. Für so einen alten Knacker tanzt er ziemlich gut.«

»Einigermaßen gut«, berichtigte Paul.

»Wie auch immer«, Simon verzog das Gesicht, »ich muß nachher ein Aspirin nehmen.«

»Ich habe welche dabei«, sagte ich und griff nach meiner Handtasche. »Irgendwo hier drin jedenfalls. Ich weiß nicht, warum ich das alles mit mir herumschleppe. Nie finde ich etwas.« Ich begann, nach und nach den Inhalt meiner vollgestopften Tasche auf dem Frühstückstisch auszubreiten. Meine Geldbörse, die Sonnenbrille, zwei Kugelschreiber, ein Päckchen Papiertaschentücher, den zerknitterten Touristenstadtplan von Chinon, eine weiße Karte, auf der etwas aufgedruckt stand …

»Aber hallo«, sagte Simon und tippte mit dem Finger auf die Karte. »Was ist das denn? Das hast du uns aber vorenthalten.«

Ich sah auf. »Was? Ach das, das ist bloß eine Einladung.«

»Genau.« Simon drehte die Karte um und zeigte sie seinem Bruder. »Vom Clos des Cloches.«

Paul pfiff durch die Zähne. »Wen hast du kaltmachen müssen, um da ranzukommen?«

»Niemanden«, erwiderte ich süffisant lächelnd. »Ist mir einfach so zugeflogen. – Aha!« Endlich fand ich das Aspirin und reichte es Simon.

Er schien sich gar nicht mehr dafür zu interessieren, sondern tippte immer noch mit dem Finger auf die Einladungskarte. »Der Tunnel unter dem Château führt zum Clos des Cloches.«

Paul fing meinen Blick auf. »Da haben wir's. Schon geht's los.«

»Nein, nein«, wiegelte Simon ab, »ich hab nur gedacht, daß es doch nett wäre, dort hineinzukommen. Um zu schauen, wie's am anderen Ende des Tunnels aussieht.«

»Ich würde mal sagen, es sieht so aus, wie es in einem Weinkeller eben aussieht«, erwiderte Paul trocken. »Und wenn Isabelles Juwelenschatulle da irgendwo rumgelegen hätte, wäre das vermutlich inzwischen schon mal jemandem aufgefallen.«

»Nicht, wenn sie sie vergraben hat.«

»Du wirst doch dem armen Kerl nicht seinen Weinkeller umgraben«, sagte Paul streng.

Simon ignorierte ihn und lehnte sich tief in Gedanken in seinem Stuhl zurück. »Ob man hier am Ort wohl irgendwo einen Metalldetektor ausleihen kann?«

Paul sah mich hilflos an. »Ich hab's dir ja gesagt.«

Ich mußte lachen. »Mich stört's nicht. Falls dir die Einladung zu etwas nützlich sein kann, Simon –«

»Nein, nein, bloß nicht. Die ist für dich gedacht. Allerdings –« er grinste verschwörerisch »– steht hier nichts davon, daß man keine Gäste mitbringen darf.«

Damit hatte er allerdings recht. Die Einladung war ja nicht einmal an eine bestimmte Person gerichtet. Ein spitzbübischer Gedanke begann in meinem Hinterkopf Gestalt anzunehmen. Armand Valcourt hatte mich gestern abend zu einem Besuch seines Weingutes geradezu herausgefordert – kein Zweifel, daß er sich meines Kommens sicher war. Kein Zweifel auch, daß er es gewohnt war, daß überall um ihn herum die Frauen nur so dahinschmolzen, wenn er sein selbstgefälliges Lächeln zeigte. Wahrscheinlich saß er da oben schon neben dem Telefon, wartete auf meinen Anruf und kam sich Gott weiß wie schlau vor. Jetzt wußte ich, wie ich dieses Lächeln aus seinem Gesicht verschwinden lassen konnte.

»Alles klar. Ich rufe auf Clos des Cloches an und verabrede einen Termin für uns drei. Meinetwegen noch für heute.«

»Aber ohne Metalldetektor«, mahnte Paul seinen Bruder mit wissendem Blick. »Und auch ohne Hacke und Spaten.«

Ich sah gönnerhaft auf meine Uhr. »Mal sehen, was ich erreichen kann.«

Paul hatte recht gehabt, was Simon betraf – sowie er sich etwas in den Kopf gesetzt hatte, war er nicht mehr zu bremsen. Ich hätte gerne noch die eine oder andere Minute über meiner Kaffeetasse verbracht, aber er trieb mich schon förmlich die Treppe hinauf. Am liebsten wäre er mir wohl gleich in mein Zimmer gefolgt, um sich zu vergewissern, daß ich auch die Nummer richtig wählte, hätte er sich nicht von dem unflätigen Fluchen, mit dem wir im ersten Stock begrüßt wurden, aus dem Konzept bringen lassen.

»Immer langsam, Neil«, rief Paul. »Heute ist Sonntag.«

»Ich sch… darauf«, hörten wir Neils Stimme, und

schon erschien sein Kopf in der Tür seines Zimmers. »Kennt sich einer von euch mit Hi-Fi-Anlagen aus?«

Über vierzig? dachte ich, als ich wieder sein schmales, faltenloses Gesicht sah. Das nahm ich Simon nicht ab. Neil wirkte heute morgen höchstens halb so alt. Aber irgendwas hatte ihn fürchterlich in Rage gebracht. Seine dunklen Augen funkelten voll Ungeduld.

»Stereoanlagen, meinst du«, fragte Simon. »Was für Stereoanlagen denn?«

»Solche, die nicht funktionieren.«

Paul konnte das Grinsen nicht zurückhalten. »Soll ich mal einen Blick darauf werfen? Ich habe schon mal eine repariert.«

»Bitte.« Neil beruhigte sich ein wenig und stieß die Tür noch ein Stück weiter auf, damit die beiden eintreten konnten. Als er mich sah, zeigte er sein strahlendstes Lächeln. »Keine Angst, ich beiße schon nicht.«

Ich zögerte und war erleichtert, als Simon unmißverständlich erklärte: »Sie muß dringend telefonieren.« So durfte ich mich ohne schlechtes Gewissen von Neil abwenden und meinen Weg die Treppe hinauf fortsetzen.

Auf Clos des Cloches wurde nach dem zweiten Läuten abgenommen, aber am Apparat war nicht Armand Valcourt. Möglicherweise der ältere Mann, François. Auf jeden Fall klang die Stimme freundlich. Ja, versicherte er mir, es sei durchaus möglich, noch heute vormittag an einer Führung teilzunehmen. Wie wäre es mit halb elf? Das gäbe ihnen noch fast eine Stunde, alles vorzubereiten. Eine Person? Ach, für drei. Damit schien er nicht gerechnet zu haben und fragte vorsichtshalber noch einmal nach.

»Drei Personen«, wiederholte ich und bedankte mich bei ihm. Ich legte den Hörer auf und wartete, daß Paul und Simon nach oben kamen.

Die Minuten schlichen dahin.

Schließlich ging ich zu meiner Zimmertür und machte sie einen Spalt weit auf. Sie waren noch immer einen Stock tiefer, in Neils Zimmer – ich konnte ihr Stimmengemurmel hören. Ich trat hinaus auf den Flur und ging die Treppe hinunter.

Die Tür zu Neils Zimmer stand nach wie vor weit offen, und ich sah die drei darin um etwas versammelt, was wie ein Nachttischschränkchen aussah.

»Also daran liegt's nicht«, sagte Paul gerade. Auch er hörte sich mittlerweile so an, als würde er gleich die Geduld verlieren. Er trat ein Stück zur Seite, und ich sah die Stereoanlage, die sie auf dem Schränkchen aufgestellt hatten, einen glänzenden Metallkasten mit lauter Skalen und Schaltern und unzähligen Einzelteilen. Neil wühlte in den Anschlüssen herum, zog einen roten heraus und steckte ihn an einer anderen Stelle wieder hinein.

»Wie wär's damit?« fragte er.

Simon schob eine Kassette in die Anlage und drückte auf einen Knopf. Nichts geschah. »Pech. Ich sag's nicht gerne, Neil, aber ich fürchte, das Ding kannst du vergessen.«

Ich hatte keinen Laut von mir gegeben, aber Neil mußte mich trotzdem wahrgenommen haben, denn er drehte sich plötzlich nach mir um. »Hallo«, sagte er, »können Sie zufällig ...«

»Bestimmt nicht. Von Elektronik habe ich keinen blassen Schimmer.«

»Aufgeschmissener als wir drei kann sie auch nicht davorsitzen«, lästerte Simon.

Neil verzog den Mund. Er schien sich geschlagen zu geben, indem er die Kabel einfach fallen ließ. »Kommen

Sie doch herein, Emily«, sagte er zu mir. »Nicht so schüchtern.«

Ich trat ein paar Schritte näher, behielt aber die Tür im Rücken. Neils Zimmer war größer als meines, es hatte auch eine höhere Decke, und entlang der Wände tanzten verspielte Schatten. Und es duftete in dem Zimmer nach ihm – nach Seife, nach frisch gebügelten Hemden und nach einem After-shave mit einem leicht holzartigen Aroma. Auch sein Zimmerfenster war größer als das meine, es war eigentlich mehr eine Balkontür. Bestimmt konnte er von hier aus die Blätter der Akazie unten auf dem Platz berühren.

Neil folgte meinem Blick. »Schön, nicht?«

»Und darf ich darauf hinweisen«, stimmte Simon ein, »daß er keine blöden Vorhänge hat, die ihm die Sicht versperren.«

Neil grinste. »Dazu muß ich sagen, daß ich Thierry gebeten habe, sie abzunehmen. Das verbessert die Akustik, wenn ich übe.«

»Hast du das gehört?« fragte Simon seinen Bruder. »Thierry hat sie abgenommen. Die reinste Vetternwirtschaft. Aber damit ist es vorbei, wenn Thierry erst mitkriegt, daß du seine Stereoanlage in den Sand gesetzt hast.«

»Er wird mir schon eine andere besorgen. Ich hätte sowieso lieber eine kleinere. Die hier war zu stark für meine Bedürfnisse. Man konnte die Lautstärke nicht höher als auf drei stellen, sonst platzte einem das Trommelfell.«

»Da zeigt sich das fortgeschrittene Alter, junger Mann«, neckte Simon ihn.

»Schneiden Sie Ihre Übungen auf Band mit?« fragte ich mit einem Blick auf das Durcheinander von Kassetten auf der Anlage.

»Himmel, nein. Ich verbringe schon genug Zeit damit, mir selber zuzuhören. Mein Orchester spielt in Österreich ein neues Stück ein, von einem jungen Komponisten, ziemlich abseitiges Zeug, schwer zu spielen. Da fällt es mir leichter, wenn ich das Stück auch hören kann, anstatt nur auf die Partitur zu schauen. Und das ist jetzt schon die zweite Anlage, die ich hier ramponiert habe. Als ich ankam, hatte ich meine eigene tragbare Anlage dabei, aber die hat nur zwei Tage gehalten.«

»Vielleicht ein Zeichen«, meinte Paul.

»Kann sein. Aber wenn das so weitergeht, greife ich noch zur Flasche.«

Bei diesem Stichwort fiel Simon seine Schatzsuche wieder ein. »Hast du Clos des Cloches erreicht?« fragte er mich.

»Ja.«

In diesem Augenblick huschte ein Ausdruck über Neils Gesicht, als würde er innerlich zusammenzucken, doch ehe ich versuchen konnte, diese plötzliche Gemütsbewegung zu deuten, war sie schon wieder vorbei. »Clos des Cloches?« fragte er nach. »Wieso haben Sie da angerufen?«

Simon kam mir mit der Antwort zuvor. »Sie haben Emily eine Einladung zu einer Führung und einer Weinprobe geschickt. Wir gehen alle drei hin.« Er blickte zufrieden in meine Richtung. »Und? Klappt's heute noch?«

»Ja. Um halb elf.«

Paul sah auf seine Uhr. »Ach du Schreck, da haben wir ja nur noch eine halbe Stunde. Wir sollten uns besser auf die Socken machen.«

Neil verschränkte die Arme vor der Brust und sah mich fragend an. »Sie haben Ihnen eine Einladung geschickt?«

Ich nickte. »Durch Zufall habe ich den Besitzer kennengelernt …«

Simon unterbrach mich sofort. »Du kennst sogar den Besitzer? Wirklich? Das trifft sich ja bestens! Dann kannst du ihn für mich fragen.«

Neil wurde immer neugieriger. »Fragen? Wonach?«

»Ob ich mich mal in seinem Weinkeller umschauen darf.« Ich konnte förmlich sehen, wie sich in Simons Gehirn ein neuer Gedanke entwickelte, und mir sank das Herz in die Hose, denn ich hatte keine Möglichkeit, ihn daran zu hindern, diesen Gedanken auszusprechen. »Warum kommst du nicht mit uns«, schlug er fröhlich vor und wandte sich dabei an Neil. »Du kennst den Knaben doch auch.«

»Ja, ich kenne ihn«, antwortete Neil und lächelte mir wissend zu. »Ich will mich euch gerne anschließen.«

Armand Valcourt wirkte nicht gerade begeistert, als er uns alle vier am Tor in Empfang nahm. Er versuchte es zu verbergen, aber mir entging doch nicht, wie sich sein Lächeln leicht verzog, als er Neils Händedruck erwiderte.

»Lange her«, sagte Armand.

»Kann man wohl sagen.«

»Martine hat mir erzählt, du seist wieder im Lande. Ich hatte mich schon gewundert, wieso du noch nicht vorbeigekommen bist. Wolltest du nichts mehr mit uns zu tun haben?«

»Aber keineswegs.« Eine sonderbare Spannung baute sich zwischen den beiden Männern auf, es knisterte geradezu. Als würden sie einander hassen ...

Paul mußte es auch bemerkt haben. Er trat rasch vor, um sich mit Armand bekannt zu machen, und für den Augenblick schien die Woge der Feindseligkeit abgeebbt.

Als nächstes begrüßte Armand Simon und schließlich auch mich. »So«, sagte er auf französisch, »wie ich sehe, haben Sie sich doch entschlossen, unserer Einladung zu folgen. Und Sie haben Ihre Freunde mitgebracht. Wie ... reizend.«

Ich lächelte ihn unschuldig an. »Habe ich Ihnen schon erzählt, Monsieur, wie vorzüglich mein Freund Paul Ihre Sprache beherrscht?«

»Ach, ist das wahr?« Seine dunklen Augen wandten sich von mir ab und Paul zu. »Das freut mich aber für ihn.« Er sah heute ganz anders aus als gestern abend. Seine Arbeitskleidung, Baumwollhosen und Pullover, stand ihm gut, fand ich.

»Frag ihn mal«, drängte mich Simon.

»Ja? Sie haben eine Frage, Mademoiselle?«

»Es handelt sich eigentlich mehr um eine Bitte. Simon würde gerne Ihren Weinkeller sehen.«

»Ah.« Er sah abwechselnd mich und Simon an. »Selbstverständlich gehört zum Rundgang auch eine Besichtigung der Weinkeller, aber erst zum Schluß. Für die Weinprobe. Ich denke, wir sollten die richtige Reihenfolge einhalten und mit den Reben anfangen.«

Er führte uns einen schmalen Pfad im Schatten der hohen Mauer, die das Gut begrenzte, entlang. Ungeduldig, wie er war, blieb Simon dicht hinter Armand, während Paul den beiden ohne sichtliche Eile folgte. Neil kam an meine Seite und hielt mit meinem Gehtempo Schritt.

Eine Weile gingen wir nebeneinander her, ohne ein Wort zu wechseln, bis mir dieses Schweigen unangenehm wurde und ich versuchte, mir etwas Unverfängliches einfallen zu lassen, über das wir uns unterhalten konnten.

»Also sind Sie schon mal hier gewesen?« fragte ich.

»Ja. Ich habe seine Frau gekannt.«

Ich senkte rasch den Kopf. Soviel zu unverfänglichen Themen.

»Sie hieß Brigitte«, fuhr er mit sanfter Stimme fort. »Wir hatten gemeinsame Freunde in Wien. Ich war mit beiden befreundet, mit Brigitte und ihrer Schwester Martine.«

Das hatte nun doch meine Neugier geweckt, und obwohl ich es besser hätte wissen sollen, fragte ich: »Und? Waren sie einander sehr ähnlich?«

»Stimmt, Sie haben Martine ja auch schon kennengelernt, nicht wahr? Ja, äußerlich waren die beiden einander sehr ähnlich, aber von der Persönlichkeit ... Brigitte war ein Wildfang, richtig unberechenbar. Sie hat Armand getroffen und ihn gleich geheiratet, alles an einem einzigen Wochenende. Bestimmung, hat sie es genannt. Sie hat an die Vorsehung geglaubt ...« So, wie er das betonte, klang es, als glaubte er selbst ebenso daran. Er warf einen kurzen Blick hinauf zu der weißen Villa. »Sie hat immer riesige Dinnerparties gegeben, zu denen sie Maler und Schriftsteller und arme Musiker wie mich einlud und auf denen sie uns dann mit Köstlichkeiten und Wein abfüllte und uns zum Reden brachte. Kluge Köpfe und geistreiche Gespräche, darauf war Brigitte aus. Wie Madame Pompadour.«

Ich kann mir noch etwas ganz anderes vorstellen, was sie von dir wollte, dachte ich plötzlich und erschrak gleichzeitig über mich selbst. Seit Jahren schon hatte ich keine Eifersucht mehr empfunden. »Das muß ja lustig zugegangen sein«, sagte ich laut.

»Stimmt. Brigitte hat uns alle zusammengeführt, Christian und mich und ... Ach, wir waren eine richtig verschworene Gemeinschaft. Ich weiß gar nicht, was aus den meisten von ihnen geworden ist. Nach Brigittes Tod ist die Gruppe dann auseinandergebrochen, die Treffen hörten einfach auf ...«

Ich stieß mit dem Fuß einen Kieselstein vor mir her. »Woran ist sie gestorben?«

»An Herzversagen.«

»Wie schrecklich. So jung.«

»So ist das Leben. Nach Lucies Geburt mußte sie immer wieder ins Krankenhaus, soll fast jede Woche ihr Testament geändert haben. Als es dann soweit war, dürfte keiner von uns sonderlich überrascht gewesen sein.«

Armand, der weiterhin einen flotten Schritt vorlegte und uns schon ein Stück hinter sich gelassen hatte, sagte gerade etwas zu Simon und warf dabei über die Schulter einen undefinierbaren Blick in Neils und meine Richtung zurück.

Neil verzog den Mund zu einem Grinsen. »Armand und ich sind noch nie besonders gut miteinander ausgekommen. Das ist nicht deine Schuld.«

Ich warf ihm einen fragenden Blick zu. »Ich sehe nicht ganz, was ich damit zu tun haben soll.«

»Wirklich nicht?« Er lächelte mich von der Seite an. Ich wollte etwas darauf antworten, aber ehe ich meine Gedanken gesammelt hatte, waren die anderen vor uns schon stehengeblieben, und ich mußte rasch einen Schritt zur Seite tun, um Paul nicht in die Hacken zu treten. So nahm unsere Tour durch das Weingut ihren Anfang.

12

... vorbei an hundert Türen
zu einer Kammer tief drunten,
fern jeden Lautes ...

Armand Valcourt hatte uns zu einem Punkt etwa auf halbem Wege entlang der scheinbar endlosen Mauer geführt, an dem die Reihen weitgehend abgeernteter Weinreben in wohlgeordneter Formation zur Spitze des Weinbergs aufzusteigen begannen. Die Straßengeräusche drangen nur als gedämpftes Brummen von der anderen Seite zu uns herüber. Es gab nur noch den grünen Hügel und den mit ein paar Wattewölkchen gesprenkelten tiefblauen Himmel, der alles ins Sonnenlicht tauchte. Und in unserem Rücken den ewig wachenden Bergsporn mit Schloß Chinon darauf. Die moderne Welt schien wie in einem fernen Traum verschwunden.

»Es dürfte Ihnen bekannt sein«, sagte Armand gerade zu Simon, »daß es auch ein Amerikaner gewesen ist, der die französischen Weinbauern um ein Haar zugrunde gerichtet hätte.«

»Wir sind aus Kanada.«

»Macht das so einen großen Unterschied?«

Wieder einmal trat Paul als Friedensstifter auf den Plan. Seine ruhige Stimme wirkte ausgleichend auf Simon, dem sich schon die Nackenhaare sträubten. »Was hat dieser Amerikaner denn angestellt?«

»Er hat unsere Weinreben aufgefressen«, erklärte Armand und erläuterte auf unsere verwunderten Gesichter hin, wie vor beinahe anderthalb Jahrhunderten die winzig kleinen Rebläuse auf einem der damals neu eingeführten Dampfschiffe den Atlantik überquert hatten und wie Invasoren an Frankreichs Küsten gelandet waren. In den sechziger Jahren des vorigen Jahrhunderts hatte diese Insektenplage dann unentdeckt Weinberg für Weinberg verwüstet und selbst die ertragreichsten Weingüter an den Rand des Ruins getrieben, bis man endlich herausfand, daß man der verheerenden Epidemie nur Einhalt gebieten konnte, indem man französische Weinstöcke auf amerikanische Wurzeln propfte, die von Natur aus resistent gegen die Reblaus waren.

»Aber es ist nur eine Art Waffenruhe«, sagte Armand und rieb ein Weinblatt zwischen den Fingern, »wir müssen unseren Boden immer noch bearbeiten, Ungeziefervertilger sprühen und überhaupt auf der Hut sein. Die Gefahr ist bis heute nicht ganz gebannt.«

Paul bückte sich, um einen der Weinstöcke näher in Augenschein zu nehmen. »Die haben also amerikanische Wurzeln? Der ganze Weinberg?«

Armand nickte. »Ja. Zu meines Vaters Zeiten wurde diese Arbeit noch mit der Hand gemacht, aber heute haben wir eine Maschine dafür.«

»Wäre es nicht einfacher«, warf ich ein, »gleich amerikanischen Wein zu pflanzen?«

Dafür hatte Armand nur ein mitleidiges Lächeln übrig. »Aus nordamerikanischem Wein, Mademoiselle, kann man nur Essig machen. Schon die Wurzeln allein beeinträchtigen den Charakter unserer Weine, aber«, fügte er philosophierend hinzu, »man ist bisweilen gezwungen, Opfer zu bringen, um eine hohe Kultur vor dem Verfall zu bewahren. Und bei dem, was unterhalb der Erde wächst, drücke ich eben ein Auge zu.«

Ich spürte, daß Neil sich immer noch dicht hinter mir hielt, und ergriff die Gelegenheit, mich von ihm loszumachen, indem ich zwischen die Reihen der Weinstöcke trat. »Was für eine Rebensorte wächst hier?«

»Cabernet France«, sagte Armand. »Daraus machen wir hier in Chinon unseren Rotwein.«

»Aber es sind ja kaum noch Trauben daran«, beschwerte sich Simon, als sei er um etwas beraubt worden.

»Ja, weil wir vergangene Woche schon Weinlese hatten. Mir war ... wie sagt man das ... mich beschlich eine Ahnung, es könnte Regen geben, und um diese Zeit des Jahres ist der Wein besonders empfindlich gegen den Regen. Das Wasser dringt in die Wurzeln ein und von dort in die Trauben, und sie verlieren ihre Farbe, ihre Substanz – sind verdorben.«

Simon, der ohnedies nur wegen des Kellers gekommen war, verlor daraufhin das Interesse. Während Armand uns durch den Weinberg führte, trottete er hintendrein, die Hände in den Hosentaschen, mit den Gedanken ganz woanders.

Die Weinstöcke reichten den Männern bis zur Brust und mir fast bis zu den Schultern. Die rankenden Kettersträucher waren mit starken Schnüren an schmalen Holzpflöcken festgebunden, eher noch ausgerichtet, so daß sie sich in Reih und Glied den Hang hinaufzogen. Jeder Stock war so akkurat zurechtgestutzt, daß ich, als ich über ihre Reihen hinwegblickte, das Gefühl hatte, vor einer vollkommen plan geschnittenen Hecke zu stehen.

Neil ging schweigend hinter mir her und schien Armand zuzuhören, der uns von den notwendigen Arbeiten zum Betreiben eines Weingutes erzählte. Paul war der einzige, der sich wirklich interessiert zeigte. Seine fachmännischen Fragen schienen Armand zu erfreuen, der sich ausgiebig Zeit nahm, sie zu beantworten, wobei er die eingestreuten Fachbegriffe mit charmant-ausdrucksreichen Gesten zu veranschaulichen wußte.

Ich hatte geglaubt, Armand Valcourt in seinem Element zu sehen, als ich ihn am Abend zuvor in seiner Villa besuchte, doch hier in der duftigen Stille des Weinberges kam noch ein anderer Aspekt seiner Persönlichkeit zum Vorschein, dessen Intensität mich verblüffte. Er sprach so voll Stolz von der überragenden Güte der Weine von Clos des Cloches – von den südwärts gelegenen Hängen, denen kein einziger Strahl der Sommersonne entging, von der Qualität des Kalksteinbodens, der die Hänge natürlich bewässerte, vom Alter der Gewächse an sich ... »Die Appellation contrôlée verlangt, daß eine Rebe vier Jahre alt sein muß, bevor Wein daraus gewonnen werden kann, aber wir warten, bis unsere Reben das Alter von acht Jahren erreicht haben.«

»Was ist Appellation contrôlée?« wollte Paul wissen, und hinter meinem Rücken hörte ich Neils etwas gelangweilte Stimme die Antwort geben.

»Eine Art Komitee, das die Mindestansprüche für die Herstellung französischer Weine festlegt.«

Armand schien mit der Definition soweit einverstanden und fügte nur noch hinzu, die Regeln seien äußerst strikt. »Die Lese darf nicht vor und nicht nach einem bestimmten Zeitpunkt stattfinden. Wir müssen eine gewisse Vielfalt von Trauben anbauen, damit wir unsere Weine Chinon nennen dürfen. Wenn wir diese Regeln verletzen, drohen heftige Strafen, und vielleicht kommen sie sogar, um unsere Reben auszureißen. Das wäre dann das Ende.«

Hier sprach der Winzer, nicht der Aristokrat. Er entschuldigte sich bei Paul, daß leider nicht genug Zeit sei, uns die weitere Herstellung des Weines zu demonstrieren, er uns aber zumindest das Resultat präsentieren wolle. »Die Arbeitsvorgänge, die Geräte, die wir benutzen, all das kann man aus Büchern und Beschreibungen lernen, aber der Wein selber ... Er ist wie das Leben. Man muß ihn kosten, um ihn kennenzulernen.«

»Dann gehen wir jetzt in den Weinkeller?« meldete sich hinter uns plötzlich Simon.

»Jawohl. Ich habe ein paar gute Jahrgänge zum Probieren bereitgestellt.«

»Bestens.« Simon hatte zu seiner Munterkeit zurückgefunden, er überholte uns alle und übernahm die Führung, die Augen so zielgerichtet wie bei einem Jäger auf die weiße Villa fixiert.

Ich wünschte, ich könnte seinen Enthusiasmus teilen. Weinkeller mochten interessante Orte sein, aber sie befanden sich tief unter dem Erdboden, und die Franzosen nannten ihre Keller nicht umsonst »Höhlen«. Als Trost blieb mir nur, daß wenigstens Harry nicht zugegen war, denn der hätte jedem sogleich aufs Brot geschmiert, daß ich eine Phobie gegen unterirdische Räume hatte. »Sie bringt's einfach nicht fertig, irgendwo tief hinunterzusteigen«, hätte er ihnen erzählt. Er pflegte es immer so auszudrücken, als wäre das eine unerklärliche angeborene Eigenschaft von mir. Bisweilen erinnerte ich ihn schon daran, wie er mich seinerzeit im benachbarten Kellerbunker eingeschlossen hatte, aber Harry wollte nichts davon wissen, er könne vielleicht für meine Ängste verantwortlich sein. »Ich habe auch mal mit einem Pfeil nach dir geschossen, und dagegen hast du schließlich auch keine Phobie entwickelt.«

Ganz unrecht hatte er damit nicht. Vor die Alternative

gestellt, einer Truppe Bogenschützen gegenüberzutreten oder eine Stunde in einem Keller zuzubringen, würde ich allemal die Schützen vorziehen. Aber hier auf diesem Weinberg war weit und breit niemand mit Pfeil und Bogen zu sehen, also blieb mir keine Wahl, als einmal tief durchzuatmen und den anderen zu folgen.

Die Weinkeller von Clos des Cloches lagen weitverzweigt tief unterhalb des Hauses im Inneren des Felsens. Ihre Deckenhöhe erinnerte allerdings mehr an das Hauptschiff einer Kathedrale. Der gespenstische Kalkstein fing das Licht auf und warf seinen Schimmer auf unsere Gesichter, und sooft ich Luft holte, inhalierte ich neben dem modrigen Geruch des Gewölbes zugleich auch das süßere Aroma von uralter Eiche und Wein. Auf dem Rand eines jeden der riesigen Fässer, die in endloser Kette von Wand zu Wand aufgereiht standen, steckte eine weiße Kerze, weißer noch als die Mauer. Die Kerzen schienen die einzige Lichtquelle in dieser mittelalterlichen Zauberhalle zu sein. In den entlegeneren Ecken, in die ihr Schein nicht vordrang, begann das Reich der kriechenden Schatten. In dessen Mitte stand nun François, aufrecht und grau und ehrfurchtgebietend vor einem in der Dunkelheit fast verschwindenden Flaschenregal und stellte auf einem kleinen Tisch, der sich bereits unter der Last mehrerer Weinjahrgänge krümmte, blankpolierte Gläser für uns auf. Als wir hereinkamen, erhellte sich sein unergründliches Gesicht, sowie er mich an Armands Seite entdeckte. »Mademoiselle«, begrüßte er mich auf französisch, »es ist mir eine Freude, Sie wiederzusehen.«

Zu meiner Verblüffung hieß er Neil mit ähnlicher Herzlichkeit willkommen und faßte seine Worte dabei in etwas holperiges Englisch. Hier war nichts von der Spannung, der gegenseitigen Ablehnung zu spüren, die vorhin bei

Neils Begegnung mit Armand geherrscht hatte. Die beiden begrüßten einander wie gute Freunde.

Neben mir wartete Paul geduldig darauf, ebenfalls vorgestellt zu werden, und schaute versonnen zu der hochgewölbten Decke des Kellers hinauf. Ich kannte Paul erst seit zwei Tagen, hatte aber das Gefühl, diesen Blick an ihm schon öfter beobachtet zu haben.

»Also los«, sagte ich und stupste ihn dabei an, »was ist der treffende Ausdruck für diesen Ort?«

»Das liegt doch klar auf der Hand, oder?«

Armand sah uns beide von der Seite an. »Der treffende Ausdruck?«

»Das ist nur eines von Pauls Spielen«, erklärte Simon, »Er versucht immer, genau das passende Wort zu finden, mit dem man einen Ort beschreiben kann. Er ist recht erfindungsreich dabei, nur für Château Chinon ist ihm noch nichts eingefallen.«

»Doch«, sagte ich, »›tragisch‹ hat er es genannt.«

Armand studierte Pauls Gesicht, als hätte er ihn zuvor nur unscharf erkennen können. »Tragisch ... Das ist in der Tat das treffende Wort.« Er ließ es sich auf der Zunge zergehen. »Und meine Höhlen? Wie würden Sie die nennen?«

Paul schien die Aufmerksamkeit, die ihm mit einem Male zuteil wurde, ein wenig peinlich zu sein, aber er nahm die Herausforderung sofort an. »Diskret«, antwortete er ruhig.

»Soso«, sagte Armand. »Diskret ... also ein Ort für Heimlichkeiten, nicht wahr? Vielleicht für heimliche Liebschaften?« Sein Blick streifte mich nur kurz und fiel dann auf François. »Ja, wer weiß, ob Sie damit nicht recht haben? Dieser Ort hat viel Geschichte, und in meiner Familie gibt es manches Geheimnis.« Als François ihn ansah, wandte Armand sich sofort wieder Paul zu. »Die Herstellung von Wein«, fuhr er fort, »ist eine Kunst, die in viele Geheimnisse gehüllt ist. Wie bei Ihrem Spiel versucht man, für jeden Jahrgang die Quintessenz zu finden, die alles, was eine Beschreibung nur komplizieren würde, überflüssig macht. Sie werden es gleich merken.«

So eine Weinprobe war anstrengender, als ich es mir hatte träumen lassen. Unter François' Anleitung kostete ich mich durch die großen Jahrgänge des Gutes hindurch, versuchte, all seinen Hinweisen zu folgen – wie ich das Glas zu halten hatte, wie ich die Blume des Weins mit der Nase »schmecken« konnte – allerhand, was so ein wahrer Weinkenner anscheinend alles beachten mußte.

Aber ich gab mir redliche Mühe. Ich drehte das Glas, schnüffelte daran, prüfte kritisch seinen Inhalt und glaubte sogar, den purpurvioletten Schimmer entdeckt zu haben, der laut Armand ein charakteristisches Merkmal eines guten Rotweins sei. Doch als er von der »komplexen Struktur« seiner Weine zu sprechen begann und ich plötzlich nur noch Erdbeer- und Vanilledüfte wahrnahm, stieß ich an meine Grenzen. Es waren wundervolle Weine, vielleicht sogar »große« Weine, aber für meine ungeschulte Zunge schmeckte alles ... na ja, eben nach Wein.

Neil erkannte mein Dilemma. Seine Augen suchten die meinen und wollten sie nicht mehr loslassen. Bei seinem Lächeln überkam mich ein nervöses Kribbeln.

»Kalt?« fragte Paul, dem auch nichts zu entgehen schien. Er war schon mitten im vierten Jahrgang. Er hatte sicher keine Schwierigkeiten damit, den violetten Schimmer auszumachen, und wußte auch das Erdbeeraroma zu schätzen. Ich schüttelte den Kopf.

»Nein, nicht richtig.«

Simon sah Armand an und fragte mit gespielter Beiläufigkeit: »Wie alt, schätzen Sie, sind diese Weinkeller?«

»Älter als das Haus jedenfalls. Diese Gewölbe wurden schon von den Königen benutzt, die früher im Château ihre Residenz hatten.«

Paul schoß seinem Bruder über den Rand seines Weinglases hinweg einen mahnenden Blick zu, aber Simon hatte bereits das Stichwort aufgegriffen. »Tatsächlich? Also sind diese Höhlen irgendwie mit dem Schloß verbunden?«

Es kann sein, daß ich mir das kurze Zwinkern in François' Augen, so, als wollte er seinem Arbeitgeber etwas mitteilen, nur eingebildet hatte und auch, daß Armand seine Worte abzuwägen schien, ehe er antwortete: »Ja. Die Könige haben viele Souterrains oder Tunnel, wie Sie sie nennen, bauen lassen. Unsere dürften zu den ältesten gehören.«

Simon tat überrascht. »Und so einen gibt es noch? Sie wollen sagen, Sie haben hier einen Tunnel, der geradewegs zum Schloß führt?«

Bevor Armand darauf etwas erwidern konnte, hatte Neil sein Glas auf den Tisch gestellt und ergriff das Wort: »Es ist Jahre her, daß ich da unten war. Wenn du Monsieur Valcourt ganz höflich fragst, Simon, wird er es uns vielleicht zeigen.« Eine herausfordernde Nuance schwang in seiner Stimme mit und auch in der Art, wie er unseren Gastgeber dabei ansah.

»Der Zugang ist verschlossen«, sagte Armand schließlich.

Neil lächelte auf seine stille Weise, und die Herausforderung verwandelte sich in eine Kampfansage. »Gewiß doch, aber es ist ja nur dieses eine Mal.«

Ein kurzes Schweigen, und dann bildete sich ein harter

Zug um Armands Mund, als er den Fehdehandschuh aufnahm. »Warum eigentlich nicht?« sagte er zu François. »Hast du den Schlüssel?« Ich hätte es vorgezogen, sie nicht begleiten zu müssen. Der Weinkeller zumindest war noch ziemlich gut beleuchtet und recht luftig, so daß ich mir einreden konnte, ich befände mich gar nicht unter der Erde. Aber wieder einmal blieb mir keine andere Wahl. Die anderen schoben mich einfach mit sich, zum Keller hinaus, an einer Gruppe desinteressierter Arbeiter vorbei, zu einem dahinter liegenden, schmalen, dunklen Gang.

Die schartige, zerklüftete Decke des vor etlichen Jahrhunderten mit Hämmern und Meißeln in den Fels getriebenen Tunnels senkte sich tiefer, bis sie uns beinahe wie ein Grabgewölbe umschloß. Neil mußte sich im Gehen sogar ducken. Der feuchtmodrige Geruch wurde immer ausgeprägter. Zu beiden Seiten des Ganges gab es mindestens ein Dutzend verrammelter Ausgänge. Beim allerersten blieb Simon sogleich stehen. »Ist das die Tür, nach der wir suchen?«

»Nein«, lachte Armand, »das ist ein ... Wie nennt man das bei Ihnen? Eine Besenkammer.« Er ging noch ein paar Schritte weiter. »Das ist die bewußte Tür.«

Dahinter erstreckte sich nur wieder ein weiterer Tunnel voll Spinnweben, Dreck und Verwesungsgeruch. Ich riskierte einen kurzen Blick, machte sogleich einen Satz rückwärts und stolperte dabei in Neil hinein.

»Aber hier sind ja gemauerte Wände«, bemerkte Simon enttäuscht. Ich begriff, was ihm daran nicht gefiel. Wenn man in aller Eile unter der Erde einen Schatz verstecken wollte, machte man sich nicht erst noch die Mühe, das Versteck mit Mauerstein zu verputzen. »Geht das so die ganze Zeit weiter?« fragte er Armand, der es bestätigte.

»Darf ich mal hineingehen?«

»Ich fürchte, das kann ich nicht zulassen. Dieses Souterrain ist sehr alt und durch die Straße darüber ständigen Erschütterungen ausgesetzt. Es wäre nicht klug, sich dort hineinzubegeben.« Er schlug die Tür wieder zu und verriegelte sie. »Zu gefährlich.«

Alles ist gefährlich hier unter der Erde, dachte ich und war erleichtert, als wir wieder den freien Himmel über uns sahen und ich den Wind im Gesicht spüren konnte. Ich verharrte noch einen Augenblick auf der Stelle, während die beiden Brüder und Neil weitergingen. Auch Armand war stehengeblieben. »Nun, wie fanden Sie meinen Weinkeller?«

Ich sagte, wie fasziniert ich sei, und er schien mit meiner Antwort zufrieden. »Er ist mein ganzer Stolz, verstehen Sie. Die Familie Valcourt betreibt seit Generationen Weinbau, und eines Tages wird alles von mir auf Lucie übergehen.« Er ließ den Blick stolz über seinen Besitz schweifen. »Dieser Weinberg ist ein Stück meines Herzens. Ich bin froh, daß der Besuch Ihnen gefallen hat.«

Simon drehte sich nach uns um. Er schien sich von seinem Rückschlag schnell wieder erholt zu haben und strebte nun neuen Dingen zu, nachdem Armands Tunnel als Versteck für Isabelles verlorenen Schatz nicht mehr in Frage kam. Ungeduldig winkte er mir zu kommen. »Los, Emily. Jetzt gehen wir zum Echo.«

»Er hat ganz schön viel Energie, dieser junge Mann.« Armand begleitete mich zum Tor, und nach einigem Händeschütteln, wobei Neil erklärte, er müsse sich nun von uns trennen, nahm Armand meine Hand. »Sie müssen mich wieder einmal besuchen.« Allein, fügte ich in Gedanken hinzu. Alter Schürzenjäger. »Dann können Sie mir von Ihrem Besuch beim Echo erzählen. Es ist ein grandioser Anblick.«

Ich war mir nicht ganz sicher, wie ein Echo überhaupt einen Anblick bieten konnte, aber jeder versicherte mir, es würde stimmen, man hätte wirklich eine schöne Aussicht von dort und ich würde es gewiß nicht bereuen.

Nachdem Neil seiner Wege gegangen war, übernahm Simon wieder stolz die Führung und geleitete Paul und mich ein Stück die Straße entlang zu einer einsam gelegenen Stelle, an der der Wind leise durch das hohe Gras pfiff. »Da sind wir«.

Es war nicht zu übersehen – ein an einer erhobenen Aussichtsplattform angebrachtes Schild verkündete »Ici l'Echo«, und die Plattform machte einen recht offiziellen Eindruck, wenn sie auch ziemlich mickrig war.

Gehorsam erklomm ich die wenigen Stufen. Von hier bot sich uns tatsächlich das versprochene Postkartenpanorama mit Schloß Chinon auf der einen Seite, dem silbern schimmernden Fluß und dem Flickenteppich aus grauen Dächern und bunten Gärten in der Mitte und den Ausläufern der Berge auf der anderen Seite. Im Vordergrund dieses Panoramas lugte hinter einer ungepflegten Hecke ein Schindeldach hervor.

»Aber ich kann doch hier nicht herumschreien«, protestierte ich. »Das wird die Leute stören.«

»Das macht nichts. Die sind das gewohnt«, meinte Simon lachend und ließ ein gellendes Jodeln vom Stapel, das jedem Schweizer Alpenbewohner zur Ehre gereicht hätte. Das Jodeln flog mit dem Wind davon, schien an den Felsen unterhalb der Burg abzuprallen wie Wellen, die sich an einer steilen Meeresküste brechen, um zu uns zurückzueilen.

»Nett, nicht wahr? Man kann ihm sogar Fragen stellen, zum Beispiel ...« Wieder holte er tief Luft und rief: »Verläßt Paul jemals Chinon?«

»Non …« wehte es sogleich als Antwort zurück.

»Sehr witzig«, sagte Paul. »Laß es Emily doch mal probieren.«

»Ich wüßte nicht, was ich rufen sollte.«

Aber so einfach ließen die beiden mich nicht davonkommen, also schloß ich brav die Augen und bemühte mich, mir etwas Passendes einfallen zu lassen. Ich überlegte, ob ich Armands Namen rufen sollte, falls er auf der anderen Seite der Mauer stand und uns zuhörte. Würde seinem Ego guttun. Aber die dunklen Augen, die mich in meinen Gedanken anlächelten, waren nicht die von Armand Valcourt. Verdammt noch mal, dachte ich und versuchte, das Gesicht aus meiner Vorstellung zu tilgen. Hilfe!

Ja, und das war's dann, was ich dem Echo entgegenschrie, auf französisch, wie es sich gehört. »Au secours!«

Das war natürlich ein dummer Einfall gewesen. Jemand konnte meinen Ruf hören und angerannt kommen, am Ende noch die Polizei verständigen.

Aber niemand kam, und so erntete ich nur einen irritierten Blick von Paul, während das Echo irgendwo jenseits der Felder seine Antwort formulierte.

»Cours«, lautete sie.

Lauf.

13

Entsprungen einer gemeinsamen Spur der Erinnerung ...

»Der Tag gefällt mir immer besser«, sagte Simon, als wir am Fuße der steinernen Treppe zwischen den Häusern hervortraten. Ich sah gleich, was er meinte.

Es ging bereits gegen Nachmittag, und der sonnige Himmel zeigte erste Dunstschwaden, aber Thierry hatte in einem Anfall von Optimismus Tische und Stühle auf den Platz vor dem Hotel gestellt. Und an einem der Tische saß Martine Muret. Sie sah bezaubernd aus, so begehrenswert mit ihrem kurzgeschnittenen Haar und der tadellosen Figur. Neil hatte gesagt, Armands Frau habe ihr ähnlich gesehen. Ich versuchte, in ihren Zügen diese andere Frau zu erkennen, die bereits seit drei Jahren tot war. Hatte Brigitte Valcourt das Haar auch so kurz getragen? Martine jedenfalls stand diese Frisur, und das schlichte schwarze Kleid hob ihre Schönheit nur um so deutlicher hervor, so, wie ein schmuckloser Rahmen die Erlesenheit eines Gemäldes betonen kann. Den Kopf erhoben, saß sie da und schien durch die Gläser der teuren Sonnenbrille, hinter denen man ihre Augen nicht sehen konnte, das müßige Treiben auf dem Platz zu beobachten. Sie wirkte ziemlich unnahbar.

Simon ließ sich davon nicht beeindrucken, hob die Hand zum Gruß und eilte schnurstracks auf sie zu.

Paul sah mich an. »Er gibt wohl nie auf.«

»Man kann's ihm aber auch nicht verdenken.« Ich bückte mich, um mein Schuhband zuzubinden. »Was macht Martine eigentlich?«

»Was soll sie machen?«

»Beruflich, meine ich. Arbeitet sie, oder ...«

»Ach so. Ihr gehört die Galerie.«

»Eine Kunstgalerie?«

Er nickte. »Sie ist gleich da um die Ecke, an einem der kleineren Plätze. Du kannst sie nicht verfehlen. Im Fenster steht ein Selbstporträt von Christian Rand.«

»Dann sind die beiden also ein Paar?« Ich versuchte, die Frage so zu stellen, als sei es mir eigentlich eher gleichgültig, als würde es mich nicht sonderlich interessieren, mit welchem Hotelgast Martine Muret ausgewesen war, als Lucie ihr abhandenkam.

»Ach, das würde ich eigentlich nicht sagen. Nein, ich bin mir sogar ziemlich sicher. Sie sind höchstens gute Freunde – mehr nicht.«

Vor Schreck zog ich einen viel zu festen Knoten in meinen Schnürsenkel. Welcher ist es denn gewesen? hatte ich Armand Martine fragen hören, der Deutsche oder der Engländer? Und aus irgendeinem dämlichen Grund hatte ich gehofft, daß es der Deutsche gewesen sein mochte. Ich warf noch einmal einen Blick auf das schöne Gesicht. Das Gesicht, das Neil an Brigitte Valcourt erinnerte. »Ob sie wohl absichtlich diesen Tisch gewählt hat?«

»Wieso?«

»Sie sitzt neben der Schönheit.«

»Was? Ach, du meinst die drei Grazien. Woher willst du wissen, welche welche ist?«

»Neil hat sie gestern abend bestimmt. Er meinte, Ruhm würde in den Sonnenuntergang blicken, die daneben sei die Schönheit, und Glück hätte das hübscheste Lächeln.«

»Hört sich ganz vernünftig an.«

Ich verschränkte die Arme. »Abgesehen davon, daß sie gar nicht lächeln, findest du nicht?«

»Natürlich lächeln sie. Dafür sind Grazien ...«

»... doch da. Ich weiß.« Aber soviel Mühe ich mir auch gab, das einzige Lächeln, daß ich weit und breit entdecken konnte, war das von Martine Muret. Und selbst das wirkte ein wenig gezwungen.

»So«, sagte sie, als wir an ihren Tisch kamen, »Simon hat mir gerade erzählt, ihr habt das Weingut besichtigt. Und? Hat's euch gefallen?«

»Vielen Dank, sehr gut«, antwortete Simon. »Dürfen wir uns dazusetzen?« Prompt bekam er von hinten einen kleinen Stoß und drehte sich gereizt zu Paul um. »Was ist denn?«

»Ich glaube, sie hat bereits Gesellschaft.«

Im Moment war zwar niemand bei Martine, aber es gab ein deutliches Zeichen dafür, daß sie nicht die ganze Zeit allein hier gesessen hatte. Neben ihrem Rotwein stand ein halbleeres Pernodglas. Martine zögerte einen winzigen Augenblick, dann schüttelte sie den Kopf. »Nein, ist schon in Ordnung. Setzt euch ruhig.«

Als wir alle Platz genommen hatten, fragte Martine: »Und was hat Armand euch alles so gezeigt?«

Simon faßte unseren Rundgang zusammen, erwähnte jedoch mit keinem Wort den Tunnel, was ich mir zunächst nicht erklären konnte, bis mir wieder einfiel, daß Paul seinen Bruder als »paranoid« bezeichnet hatte. Wahrscheinlich, räsonierte ich, schreckte Simon davor zurück, über den Schatz zu reden, damit nicht noch jemand anderer auf die Suche danach ging. Als er am Ende seines gestenreichen Berichts angekommen war, lehnte er sich zurück und strich sich das Haar aus der Stirn. »Ich könnte jetzt einen Kaffee vertragen«, stellte er fest. »Er hat uns bei der Weinprobe Riesengläser gegeben. Ich hatte immer gedacht, Weinprobe bedeutet einen Fingerbreit am Boden des Glases. Man lernt nie aus.«

»Also hat Armand euch betrunken gemacht?« Martines klingendes Lachen hörte sich an wie ein Echo der Wassertropfen im Brunnen neben ihr.

»Jedenfalls hat er's versucht«, sagte Paul. »Trotzdem habe ich noch Platz für ein Bier. Und du, Emily?«

Ich lehnte dankend ab, aber Paul ließ nicht locker und drängte mich so lange, bis ich mich endlich für meinen Lieblingsdrink entschied. »Dann hätte ich gerne einen Kir, bitte.«

Ich glaubte zwar, der Schwips, den ich mir bei der Weinprobe eingehandelt hatte, sei inzwischen längst verflogen, aber als Thierry an unseren Tisch kam, um die Bestellung aufzunehmen, warf er mir einen leicht väterlichen Blick zu und fragte: »Haben Sie denn überhaupt schon zu Mittag gegessen, Mademoiselle?«

»Das kann ich nicht gerade behaupten –«

»Gar nichts gegessen?« Er schüttelte mißbilligend den Kopf.

»Nein, aber ...«

»Es ist nicht gut«, ermahnte er mich, »Wein zu trinken ohne etwas im Magen.« Schließlich bekam ich dann doch noch meinen Kir, aber nicht ohne eine kleine Schüssel Erdnüsse, die er hinter der Bar hervorgekramt hatte. »Die sind nur für Sie«, sagte er, als er sie vor mich hinstellte. »Lassen Sie sich von Simon nichts wegnehmen.«

Simon sah ihn beleidigt an. »Mir bringst du nie Erdnüsse.«

»Das ist wahr«, bestätigte Thierry trocken. »Fehlt sonst noch etwas auf dem Tisch? Nein? Dann darf ich mich jetzt zurückziehen. Ich habe Monsieur Grantham versprochen, ihm eine kleine Stereoanlage aufzustellen, damit er seine Bänder spielen kann.«

»Hat er nicht schon eine Anlage von dir bekommen?« erkundigte sich Martine.

»Meine große, ja«, sagte Thierry mit einem wehmütigen Kopfnicken. »Aber heute früh ist sie ihm kaputtgegangen.« Er zuckte resigniert die Achseln. »Immer gehen ihm die Anlagen kaputt, nie seine Violine. Da hat er ja noch Glück. Ich habe ihm schon gesagt, er soll gut darauf aufpassen.«

Als ich ihn fragte, was er damit meinte, grinste Thierry verlegen. »Nur, daß er jeden Tag seine ... wie nennt man das auf englisch ...? Les gammes?«

»Tonleitern«, antworteten Paul und ich wie aus einem Munde.

»Ja, erst die Tonleitern und dann diese Sinfonie von Beethoven. Aber gestern hat er auch das Lied von der Liebe gespielt, und Isabelle liebt es nicht, solche Lieder zu hören.«

Beim scharfen Klirren eines Glases auf der Tischplatte schreckten alle hoch. Martine stellte rasch ihr Glas wieder hin und versuchte, den Fleck mit eine Papierserviette aufzutupfen. »Wie dumm von mir! Aber fast nichts passiert ... Danke.«

Als Martine sein Angebot zu helfen ablehnte, nutzte Simon diesen kleinen Moment der Verwirrung, eine Handvoll Erdnüsse aus der Schale vor mir zu stibitzen. »Sprichst du von Königin Isabelle?« fragte er Thierry, scheinbar um mit seinem Wissen zu glänzen, aber der Barkeeper schüttelte mit Nachdruck den Kopf.

»Sie ist keine Königin, diese Isabelle. Sie ist unser Phantom.« Er rollte die Augen, während er nach dem englischen Wort suchte. »Unser Geist.«

»Machst du auch keine Witze?«

»Ich mache nie Witze«, erwiderte Thierry etwas steif. »Sie hat hier gelebt, während des letzten Krieges.«

Also auf jeden Fall nicht Isabelle von Angoulême, nicht King Johns junge und tragische Königin. Irgendeine andere Isabelle aus einem viel späteren Zeitalter konnte es nicht ertragen, Neil ein Liebeslied spielen zu hören. Das machte mich nun wirklich neugierig. »Ist ihr Geist Ihnen je begegnet, Thierry?«

»Wohl kaum«, sagte Simon, auf einer Ladung Erdnüsse herumkauend, »es gibt keine Geister.«

»Ach«, meinte Thierry, »gibt es nicht?« Er sah diesen ketzerischen Skeptiker aus der Neuen Welt herablassend an. »Dann wird es euch ja nicht stören zu erfahren, daß ihr jede Nacht in dem Zimmer schlaft, in dem Isabelle gestorben ist.«

»Isabelle?« wiederholte Madame Chamond und setzte sich mir gegenüber in ihrem Sessel zurecht. Sie war in der Tat eine liebenswerte Dame, groß, dunkelhaarig, elegant und ebenso zuvorkommend wie ihr Gatte. »Aber Simon, das ist eine sehr traurige Geschichte, und ich möchte niemandem den Abend verderben.«

Die Gefahr besteht kaum, dachte ich. Die beiden Jungs und ich waren soeben vom Abendessen im Coeur de Lion zurückgekehrt, ich war von der reichlichen Mahlzeit ziemlich müde, Paul sah aus, als könne er kaum noch die Augen offenhalten, und Neil, der neben ihm in der Ecke saß, bewegte sich schon gar nicht mehr. Auch Christian Rand, der auf einen Schlummertrunk in der Bar vorbeigeschaut hatte, machte den Eindruck, er würde jeden Augenblick vor Erschöpfung vom Hocker fallen. Nur Simon wirkte aufnahmebereit, aber der war ja wohl durch nichts totzukriegen. Garland Whitaker allerdings, die sich von ihrem Migräneanfall erholt hatte, schien wieder guter Stimmung und kuschelte sich wie ein Kätzchen in den Sessel neben dem ihres Mannes.

»Nur zu, meine Liebe«, ermunterte sie Madame Chamond. »Wir sind alle sehr begierig darauf zu erfahren, was es mit dieser Isabelle auf sich hatte.«

»Ich ganz besonders«, stimmte Simon ein, »wo sie doch ausgerechnet in unserem Zimmer gestorben ist.«

Hinter mir, von der Bar, vernahm ich Monsieur Chamonds unaufdringliches Lachen. »Isabelle ist nicht in Ihrem Zimmer gestorben. Wer hat Ihnen denn das erzählt?«

»Thierry.«

»Ach so. Nun, er kennt die Geschichte nicht besonders gut. Selbst ich kann mich nicht mehr an alle Einzelheiten erinnern. Es ist zu lange her, noch bevor ich geboren wurde.«

»Sie stammte aus Chinon«, begann Madame Chamond. »Sie hat hier als Zimmermädchen gearbeitet, während des Krieges, als Frankreich besetzt war.«

»Besetzt? Hat Frankreich nicht mit den Deutschen kollaboriert?« unterbrach Garland sie.

»Nicht ganz Frankreich. Und nicht Chinon«, sagte Madame Chamond höflich, aber bestimmt. »Wir waren besetzt. Dieses Hotel diente als Garnison ... sagt man das bei Ihnen auch so? ... als Garnison für die deutschen Offiziere. Und so hat Isabelle ihren Hans getroffen.«

»Eine Romanze!« Garlands Augen leuchteten vor Begeisterung. »Oh, wie wundervoll! Ich liebe Kriegsromanzen, Sie nicht auch? So haben sich nämlich auch Jims

Eltern kennengelernt, als sein Vater in ... Wo war dein Vater noch mal stationiert, Darling?«

Jim Whitaker balancierte seinen zweiten doppelten Scotch auf dem Oberschenkel. »In der Normandie.«

Madame Chamond lächelte wohlwollend. »Schön für Ihre Eltern, daß sie sich gefunden haben. Aber der Krieg meint es nicht mit allen Menschen so gut. Nicht mit Hans und Isabelle.«

Sie hielt ihr Weinglas mit beiden Händen und lehnte sich in die Kissen zurück, als sie mit der Geschichte fortfuhr. »Es war im Frühjahr 1944. Man erzählt sich, Isabelle sei sehr schön gewesen, eine unvergleichliche Schönheit, obwohl sie damals erst sechzehn Jahre alt war. Den deutschen Offizieren blieb das natürlich nicht verborgen, aber Isabelle hat sehr auf ihren Ruf geachtet. Sie wollte nichts zu tun haben mit Nazis. Ihr älterer Bruder war bei der Résistance. Isabelle hätte sich ihnen vielleicht auch angeschlossen, aber statt dessen traf sie Hans. Hans kam aus einer guten Familie. Er sprach auch Französisch und Englisch, also nicht nur Deutsch. Er war gebildet. Die anderen Soldaten neckten Isabelle, wenn sie Dienst hatte, nicht aber Hans. Er war ein Gentleman. Immer höflich. Und so kam es ... Daß sie sich verliebt haben, das französische Mädchen und der deutsche Offizier. Die Gefahr war groß für sie beide, und sie mußten sich immer im geheimen treffen. Für eine Stunde gestohlenes Glück.«

Er trat um die Ecke des Ganges, ohne etwas zu erkennen. Noch mal sechs Schritte, und dann noch einmal nach rechts ... Im Geiste zählte er die Schritte mit. Es war zu gefährlich, die Lampe anzuzünden – noch. Der winzigste Lichtschimmer, der leiseste Schatten würde die Wachtposten auf den Plan rufen. Schon von Anfang an hatten sie diese unterirdischen Gänge nervös gemacht. Und auch ihm kamen sie unheimlich vor, allein schon der Gedanke, daß sie sich überall unterhalb seiner Füße erstreckten, leere Höhlengewölbe und unsichtbare Geheimgänge, die plötzlich irgendwo in die Finsternis abzweigten. Doch inzwischen kannte er sich in dem Tunnelsystem ganz gut aus, und an diesem Abend fürchtete er mehr die Begegnung mit seinen eigenen Kameraden als die mit den Männern der Résistance.

Noch zwei Schritte, dann links ... Er schaltete die Taschenlampe ein, blinzelte im gespenstischen Widerschein des Lichtstrahls von den Kalksteinwänden, die ihn überall umgaben.

»Hans?« Ihre Stimme bebte. »O Gott, ich habe solche Angst gehabt ...«

Was war das für ein Leben gewesen, früher, als er sie noch nicht kannte, sie noch nicht in seinen Armen halten konnte. Ein Lächeln huschte über sein Gesicht. Er berührte das ihre. »Du mußt jetzt sehr tapfer sein.«

»Ich möchte nicht tapfer sein.« Ihre Augen wirkten in der Dunkelheit unnatürlich groß.

»Bitte. Für mich.« Sie beide würden jetzt eine gehörige Portion Mut brauchen, das wußte er, bis der Monat vorüber war. Mittlerweile waren Wochen vergangen, seit der Feind oben im Norden, an den Stränden der Normandie, gelandet war. Wochen! Und in Berlin waren sie noch immer dumm genug, weiterkämpfen zu lassen. Sie wußten es, sie mußten es doch wissen, daß es aus und vorbei war. Erst gestern abend hatte Jürgen, der starke, beständige Jürgen, der schon länger hier war als alle anderen, Hans über sein Glas Whisky hinweg mit traurigen Augen angesehen. »Wir sind erledigt, das ist dir doch hoffentlich klar«, hatte Jürgen zu ihm gesagt. »Erledigt. Nur der Führer, der will's noch nicht zugeben. Glaubt, wir werden ihm schon noch die Kastanien aus dem Feuer holen, der Idiot.« Natürlich war es Hochverrat, so daherzuschwätzen, aber Hans hatte nichts darauf erwidert. Jürgen sah ihn noch einmal an und lächelte müde. »Ach ja, ich hab' wohl lange genug gelebt, und wenn ich nicht mehr nach Hause zurückkomme, wäre das auch egal, denn da ist wahrscheinlich sowieso kein Mensch mehr am Leben, der auf mich wartet. Aber sag mal, triffst du dich noch mit dem Mädchen?«

»Welchem Mädchen denn?«

»Mensch, ich hab' doch Augen im Kopf. Seht Ihr euch noch?«

»Schon.«

Und in den traurigen Augen über dem Rand des Glases war ein Funken Neugier aufgeglimmt, verständnisvolle Neugier. »Liebst du sie?«

»Ja.«

Noch einen Moment lang hatte Jürgen ihn angesehen und dann irgendwas auf den Tisch geschleudert, einen kleinen schwarzen Samtbeutel, mit einer Kordel zusammengebunden. Als er auf der Tischplatte landete, rasselte es ganz merkwürdig, als wären Kieselsteine darin. »Dann gib ihr die. Hab' keine Verwendung mehr dafür.«

»Was ist das?«

Er hatte es gestern abend nicht wahrhaben wollen, und auch jetzt noch bebte seine Hand ein wenig, als er nach eben jenem Säckchen in der Innentasche seiner Jacke tastete. »Ich habe dir etwas mitgebracht«, sagte er zu Isabelle. Er hielt ihr den Beutel hin, und sie sah ihn überrascht an.

»Ich brauche nichts.«

»Das ist nicht irgend etwas. Das sind Diamanten.« Sie wiederholte das Wort, doch in ihren dunkeln Augen sah er, daß sie ihm nicht glaubte. »Aber woher solltest du denn Diamanten haben?«

»Von einem Freund. Er hatte Befehl, sie unter dem Hotel zu vergraben. Damit sie noch hier sind, wenn unsere Armee zurückkommt.« Noch einmal berührte er ihr Gesicht. Er konnte nicht anders. »Nur wird unsere Armee nicht wieder zurückkommen ...«

»Sag so was nicht.«

»Ich sagte dir schon, du mußt sehr tapfer sein. Ich für meinen Teil habe nicht vor, schon zu sterben, Isabelle.« Sein Lächeln war ein Versprechen. »Wenn das alles vorbei ist, komme ich wieder zu dir zurück. Ganz bestimmt.«

Er spürte das Verlangen in ihrem Kuß und die Nässe ihrer Tränen auf seiner Wange, doch als er die Augen wieder öffnete, lächelte auch sie. Er murmelte leise etwas auf deutsch, was sie nicht verstehen konnte, und umschloß mit den Fingern ihre Hand, die das samtene Beutelchen hielt. »Die bewahrst du für uns an einem sicheren Platz auf. Sie sind unsere Zukunft.«

Unsere Zukunft, dachte er betrübt und nahm sie noch einmal in die Arme ...

Es dämmerte schon beinahe, als er sich den Weg zurück durch die Gänge ertastete. Sechs Schritte vor, und dann nach links ... So muß es den Blinden gehen, dachte er, während wieder nur Schwärze ihn umfing und das Geräusch seines eigenen Atems in der Stille dumpf widerhallte. Zum Verzweifeln. Vierzehn Schritte ... Er streckte die Hand aus, fuhr mit ihr an der trockenen, staubigen Wand entlang, tastete nach dem Eisenring an der Tür. Aber statt dessen fand seine Hand ein Stück Stoff. Ein warmes Stück Stoff, das atmete.

Er fühlte, wie die Finger sich um seine Kehle schlossen, sein erschrockenes Schlucken abwürgten, aber fünf Jahre beim Heer hatten auch sein Reaktionsvermögen geschult. Das war niemand von seiner Truppe, der Wache schob – der Stoff war weich, nicht fest. Keine Uniform. Und die gezischten Haßlaute waren französisch, nicht deutsch. Als er schon fast keine Luft mehr bekam, handelte Hans instinktiv. Seine eigenen Hände schossen in die Höhe, tasteten, fanden, und dann eine scharfe Drehbewegung und ein ekelhaftes Knacken. Der Griff der Finger an seinem Hals löste sich, und Hans rang schmerzvoll nach Luft.

Diesmal fand er sofort den Eisenring und bekam die schwere Tür auf. Die Nachtluft schlug ihm entgegen. Hier draußen, auf der Straße über den Dächern, lag alles in tiefster Stille. Der Himmel war nicht mehr ganz so schwarz. Ein fahles Grau, das die Konturen der Sterne verwischte und ihnen ihren Glanz stahl, aber er mußte doch das Risiko eingehen, die Taschenlampe zu benutzen, wenn er sehen wollte, wessen Körper hier zu seinen Füßen lag. Der gelbe Lichtkegel strich über ein zerrissenes Hemd, schlanke Finger und dann zum Gesicht des Unbekannten hinauf.

Ihr Gesicht. Nein. O Gott. Das Gesicht ihres Bruders. Er kannte es, denn sie hatte ihm einmal eine Photographie gezeigt. »Ihr würdet nicht miteinander auskommen«, hatte sie ihn gewarnt.

»Isabelle ...« Seine Hand zuckte, die Lampe entglitt ihm und zersprang auf dem uralten Felsgestein.

14

Vor mir der fallenden Rosenblätter Schauer; hinter mir die atemlosen Schritte der Verfolger ...

Neben mir beugte sich Jim Whitaker vor, um sich eine Zigarre anzuzünden. Das Ratschen des Streichholzes zerriß die Stille im Raum.

Garland rutschte unruhig auf ihrem Sessel hin und her. »Oh, das hat sich ja angehört wie im Film. Und er hat wirklich ihren Bruder getötet? Wie aufregend.«

Wohl nicht ganz das passende Wort dafür, fand ich. Es war, wie Madame Chamond eingangs gesagt hatte, eben eine sehr traurige Geschichte. Warum war es von allen Widerstandskämpfern in Chinon ausgerechnet Isabelles Bruder gewesen, auf den Hans in jenem dunklen Gang traf? Das Schicksal ging manchmal eigenartige Wege. Drei zerstörte Leben. So war es mehr als 700 Jahre zuvor auch mit John und Isabelle gegangen, als der Tod des jungen Arthur von der Bretagne Johns Reich zu Fall gebracht hatte. Wie oft mögen sie in ihren späteren Leben ihre Tat bereut haben, König John und jener unbekannte deutsche Soldat namens Hans? Zwei Männer in zwei weit auseinanderliegenden Zeitaltern, die beide eine Isabelle liebten ...

Besonders Simon war seine Ungeduld deutlich anzumerken. »Und was ist dann passiert?« fragte er Madame Chamond. »Was ist aus Hans und Isabelle geworden?«

»Das ist eine schlimme Geschichte. Einige Tage später wurde Frankreich befreit, und die Verhältnisse änderten sich grundlegend. Hans ist, soweit ich weiß, gefallen oder kam in Kriegsgefangenschaft, und Isabelle –«

Simon ahnte es als erster. »Sie hat sich das Leben genommen? In unserem Zimmer?«

»Nein, nein, nicht in Ihrem Zimmer«, antwortete Monsieur Chamond und konnte den Anflug eines Lächelns nicht verhehlen. »Nein, Isabelle hat sich im Fluß ertränkt, nicht wahr?« Er sah seine Frau an. »Nun, das ist es zumindest, was man sich hier erzählt. Niemand ist je in diesem Hotel gestorben, jedenfalls nicht eines unnatürlichen Todes.«

»Und was war mit den Diamanten?« wollte Neil wissen.

»Das weiß niemand«, sagte Christian leise. Ich war noch halb in Gedanken und erschrak, als ich plötzlich seinen deutschen Akzent hörte. Es war, als hätte Hans selbst soeben zu uns gesprochen.

»Diamanten ...« Garland hauchte das Wort dahin, als spräche sie ein Gebet. »Wo hatten die Deutschen denn nun diese Diamanten her?«

»Von verschleppten Juden.« Christian sah nur kurz Simon und Paul an, bevor er den Blick wieder senkte. »Diese Kriegsbeute ist auf der ganzen Welt versteckt. Erinnert ihr euch noch, wie wir am Freitag im Restaurant über den Ort in Deutschland sprachen, wo Garland und Jim gelebt haben?«

Garland nickte. »Und keiner hat je versucht, diese Diamanten zu finden? Wo ist denn dieser Tunnel, in dem Hans und Isabelle sich immer getroffen haben?«

»Ich weiß es nicht«, sagte Madame Chamond. »Chinon ist nicht sehr groß, aber unterirdische Gänge gibt es hier überall. Und es ist ja auch nur eine Geschichte, die sich vor vielen Jahren zugetragen haben soll. Das mit den Diamanten könnte eine Erfindung sein, die jemand später erst hinzugedichtet hat. Wer soll das wissen?«

Jim Whitaker schüttelte seinen Scotch. »Und von Isabelle ist nur ihr Geist geblieben?«

Monsieur Chamond war jetzt hinter die Bar getreten. »Wenn, dann ist sie ein sehr stiller Geist. Wir merken nichts von ihr.«

Simon war immer noch verunsichert. »Und sie ist auch ganz bestimmt nicht in unserem Zimmer gestorben?«

»Ganz gewiß nicht.«

Endlich fand auch Paul zu seinem Lächeln zurück. »Du hast doch selber gesagt, so etwas wie Geister gäbe es nicht?«

»Das schon, aber ...«

»Dann spielt es doch überhaupt keine Rolle, wo sie gestorben ist, oder?«

Neil Granthams Augen wanderten von Paul zu mir. »Ich schätze, unsere Miss Braden glaubt sehr wohl an Geister, oder nicht?«

Ich spürte wieder seinen stechenden Blick und antwortete, ohne aufzusehen. »Gelegentlich schon«, räumte ich ein, »Ja, doch, eigentlich schon. Ich habe zum Beispiel das Gefühl, daß Isabelle nach allem, was geschehen ist, jedes Recht hätte, diesen Ort heimzusuchen. Was ich sagen will – ihr Tod war doch so sinnlos. Es ist einfach schrecklich, was der Krieg mit den Menschen anrichtet.«

»Aber zuweilen ist er leider unumgänglich, Emily«, sagte Garland. »Entschuldige, Christian, aber man konnte die Deutschen doch nicht einfach so gewähren lassen, oder was meint ihr?«

Simon schlug sich auf meine Seite. »Ich denke, ich

weiß, was Emily sagen möchte. Mein Großvater spricht nie über den Krieg, mag nicht einmal daran denken, obwohl das jetzt über fünfzig Jahre her ist.« Er wandte sich Jim Whitaker zu. »Ihr Vater hat in der Normandie gekämpft, sagten Sie. Redet er je darüber?«

»Nie.«

»Mein Vater schon«, meldete sich Christian unerwartet. »Er war zu Kriegszeiten noch ein Kind. Er phantasiert im Schlaf. Er hat Alpträume.«

Wir alle schwiegen einen Augenblick und dachten an die Greuel des Krieges, die glücklicherweise keiner von uns hatte miterleben müssen. Für mich hatte der Krieg nicht mehr bedeutet als das abgewetzte Lebensmittelkartenbuch meines Großvaters und den scheußlichen Bunker im Garten unserer Nachbarn. Mir war das alles so fern erschienen wie ein Schwarzweißfilm im Fernsehen, nur eine Geschichte, wie sie die alten Männer im Pub zum besten geben, wenn der Novemberwind kalt vom Kanal herübergeweht kommt.

So fern, und doch so ... Für einen Moment nur meldeten sich hier, in der Bar des Hotel de France, die Schatten der Vergangenheit zu Wort wie ein hämisches Lachen, das urplötzlich im Raum hing und dann wieder verklungen war.

Ich schlief nicht gut in dieser Nacht, wurde von unruhigen Träumen hin und her geworfen, in denen ich die Marschschritte von Soldaten über den Platz dröhnen hörte, deutsche Stimmen im Zimmer unter mir, die leichteren Schritte einer Frau, die über den Flur gelaufen kam. Ich wälzte mich zwischen den Laken, verwickelte mich in meine Decke. Isabelle mochte nicht im Hotel de France gestorben sein, aber sie hatte hier ihre Spuren hinterlassen. Ich fühlte, wie ihr Schatten über mir schwebte, als hätte sie eben noch neben meinem Bett gestanden, und dann bauschten sich die Vorhänge des Fensters, während der Gesang des Brunnens draußen immer lauter wurde, bis ich endlich in einen fast bewußtlosen Schlaf sank.

Ich erwachte früh in seltsam melancholischer Stimmung. Nach Geselligkeit war mir überhaupt nicht zumute, also stand ich auf, zog mich an und begab mich auf einen einsamen Spaziergang am Flußufer entlang.

Der Montagmorgen ist in Frankreich immer von friedlicher Stille erfüllt; aus Tradition bleiben die meisten Geschäfte geschlossen, und die Leute nutzen die Zeit, um etwas später als sonst aus den Federn zu kommen. Während meines einstündigen Spaziergangs begegnete ich nur zwei Menschen. Ich schritt noch einmal die Wege ab, die ich hier in Chinon bereits kannte: Vom Flußufer aufwärts bis zu der Stelle an der Mauer des Schlosses, von der man die weiße Villa von Clos des Cloches inmitten ihrer grünen Umgebung liegen sah, dann um die Mauer herum am Eingangsturm des Schlosses vorbei bis zu der schmalen Bresche in der Mauer, zu der der mühselige Aufstieg vom Platz mit dem Springbrunnen heraufführte.

Hier machte ich Rast, schob die Hände in die Taschen meiner Jeans und reckte mein Gesicht der wärmenden Morgensonne entgegen. Irgendwo unter mir, im Gewirr der Dächer, Türme und mauerumschlossenen Gärten, hörte ich den Ruf einer Schwalbe. »O swallow, swallow, if I could follow …« Wie ging das Gedicht weiter? Ich wußte es nicht mehr, hatte es zuletzt in der Schule gelesen. Auf jeden Fall Tennyson. Irgend etwas von einem Prinzen, der wollte, daß die Schwalbe eine Nachricht zu seiner Liebsten trüge, er sei auf dem Weg zu ihr …

Laub raschelte, und ein Vogel, vielleicht derselbe, dessen Stimme ich eben gehört hatte, flog von einem Baum in dem Garten gleich unter mir auf und segelte über die Stadt hinweg. Seine spielerischen Flugbewegungen und sein unbeschwerter Ruf vertrieben meine triste Stimmung, und ich blickte ihm nach, bis er nur noch ein verschwindend kleiner Punkt am strahlend blauen Himmel war.

Und dann hörte ich Schritte die Stufen heraufkommen. Völlig grundlos hielt ich erschrocken den Atem an und riskierte einen vorsichtigen Blick über die Mauer. Doch kein Märchenprinz. Nur Garland Whitaker, die sich emporkämpfte. Als ich ausatmete, hörte es sich wie ein Klagelaut an.

Gleich darauf weitere Schritte zu meiner Rechten, in die sich das Lachen eines Kindes mischte. Ich reckte den Hals und sah einen Mann mit einem fröhlichen kleinen Kind an der Hand auf mich zukommen. Der Mann neigte den Kopf nach unten, weil er dem Geplapper des Mädchens zuhörte, und bemerkte mich deshalb nicht gleich.

Ohne lange nachzudenken, drehte ich mich um und beeilte mich davonzukommen. Auf keinen Fall wollte ich gleichzeitig Garland und Armand in die Arme laufen. Armand würde wieder mit mir flirten, und Garland hätte wieder was zum Tratschen. Ohne mich.

Ein Bankräuber mit seiner Beute hätte sich auch nicht rascher aus dem Staube machen können als ich, obwohl ein Bankräuber sich wohl besser über seinen Fluchtweg orientiert haben würde. Ich brauchte ja eigentlich nur wieder in die Stadt hinunterzugehen, aber schon an der ersten Kreuzung war der Durchgang von einem Lastwagen blockiert. Anstatt zu warten, bis der Fahrer ihn wegfuhr, entschloß ich mich, noch ein Stückchen weiter an der Bergkante entlangzugehen. Irgendwo mußte es doch noch einen anderen Weg in den Ort geben oder eine Treppe …

Aber die schmale Straße schlängelte sich immer weiter bergauf und verengte sich schließlich zu einem Fußpfad, doch ich ließ den Mut nicht sinken. Der Weg führte zwischen schlafend daliegenden kleinen Häusern mit duftenden Rosen in den Gärten hindurch, und eine Weile lang genoß ich es, scheinbar ganz allein hier unterwegs zu sein, bis die Gegend immer unwirtlicher wurde und ich plötzlich vor den ersten Höhlenbehausungen stand. Troglodytenhäuser nannte man sie hier. Das waren keine liebevoll in den Stein gehauenen Wohnstätten mit Gardinen vor den Fenstern und behaglichen Kaminen, wie man sie aus den Reiseführern des Loiretals kannte. Diese Höhlen hier waren verlassen und unheimlich, leere Fensterlöcher über verfallenden Türöffnungen, vom Unkraut, das am Berg wucherte, überwachsene breite Schornsteine. In dieser apokalyptischen Umgebung war es nicht schwer, hinter jeder blinden Fensterhöhle ein Paar Augen zu vermuten, das mich beobachtete.

Und der Pfad, auf dem ich mich befand, wurde noch einsamer. Die Häuser lagen jetzt weiter verstreut, und zu meiner Rechten trennte mich nur eine niedrige Mauer aus moosbewachsenem Geröllstein von einem steilen Abhang voll struppiger Büsche. Die Dächer der Häuser von Chinon rückten immer ferner und wirkten auch nicht mehr so verheißungsvoll.

Aus dem gepflasterten Pfad wurde bald ein Feldweg, und als ich zu einer zweiten Ansammlung unbewohnter Felshütten an dem Abhang zu meiner Linken kam, lief mir ein Schauer über den Rücken. Ich blieb stehen und sah mich um. Der Wind hatte ein verwittertes Blatt ergriffen und trieb es vor sich her den Weg entlang, bis es in dem hohen Gras hängenblieb. Sonst bewegte sich gar nichts.

»Hallo?« rief ich. »Ist hier jemand?«

Keine Antwort. Ich ging weiter. Der Weg führte genau auf ein düsteres Haus zu, bei dessen Anblick mir auch nicht wohler wurde. Ein ausgesprochen häßliches Haus mit einem Stacheldrahtzaun. Als ich daran vorbeikam, schepperten die geschlossenen Fensterläden im Wind. Wie eine Klapperschlange, die auf arglose Spaziergänger lauert, dachte ich. Angst packte mich, und ich blieb stehen, um mich umzublicken. Doch der Pfad lag verlassen da.

Aber als ich diesmal weiterging, vernahm ich ein Geräusch – wie von schlurfenden Schritten. Es kam mir auch so vor, als hörte ich jemanden atmen. Oder war das wieder nur der Wind? In dem Haus hinter mir warf sich wild knurrend irgendein Tier gegen die Tür, und ich begann zu laufen. Zweimal wäre ich fast gestolpert und hingefallen. Meine Schulter streifte eine herunterhängende Ranke, und ein Schwall kleiner weißer Blütenblätter rieselte auf mich nieder und blieb an meinem Gesicht kleben. Aber ich wagte es nicht, mein Tempo zu verlangsamen, bis ich diesen unheimlichen Ort hinter mir gelassen hatte.

Wieder kam ich zu einer Reihe Felsbehausungen, aber diesmal sahen sie bewohnt aus. Der Kies auf dem Vorplatz war ordentlich glattgerecht, und am Ende der Reihe erhob sich ein stattlicher Baum neben einem uralten Torbogen mit einer hölzernen Pforte.

Ich hielt in meinem hastenden Gang inne. Es gab keinen vernünftigen Grund dafür, aber hier fühlte ich mich plötzlich wieder sicher. Mit zitternden Knien lehnte ich mich gegen die Mauer und holte tief Luft. Ich rührte mich nicht von der Stelle, selbst als das Geräusch der Schritte lauter wurde als das Klopfen meines Herzens. Aber dies war nicht das Geräusch, von dem ich mich auf dem Pfad verfolgt gefühlt hatte. Diese Schritte klangen anders, irgendwie ruhiger, es war nichts Bedrohliches an ihnen, und sie schienen von unten, aus dem Tal zu kommen. Eine Treppe, dachte ich. Es mußte hier ganz in der Nähe eine Treppe geben, und schon hatte ich die Stelle entdeckt. Die Schritte kamen immer näher, und dann hörte ich eine Stimme, die mir vertraut war.

Als mit einemmal Martine und Christian vor mir standen, muß ich schon wieder ganz gefaßt ausgesehen haben.

Martine hatte an diesem Morgen auf ihren Trauerschleier verzichtet und sich statt dessen in eine grellgelbe Windjacke geworfen, deren Anblick fast in den Augen weh tat. Dazu trug sie einen ebenfalls gelben Rollkragenpullover und eine enge schwarze Jeans. Auch ohne das schwarze Kleid sah sie betörend schön aus, aber was mich wirklich neidisch werden ließ, waren ihre Zähne. Noch nie war mir ein Mensch mit so ebenmäßigen, perfekten Zähnen begegnet.

Martine erholte sich als erste von ihrer Verblüffung. »Hallo«, begrüßte sie mich.

Ich machte mich von meiner schützenden Mauer los und erwiderte den Gruß. »Kleiner Morgenspaziergang?«

»Ja, Christian hat die Nase voll von seinem Umzug und will heute Skizzen für ein Bild machen.« Christian, der eine Ledertasche über der Schulter trug, sah aus, als würde er noch halb schlafen. Martine hingegen war hellwach und plauderte munter drauflos. »Sie besuchen die Kapelle, Mademoiselle?«

»Sagen Sie doch bitte Emily zu mir. Welche Kapelle meinen Sie?«

»Die Kapelle Sainte Radegonde, direkt hinter Ihnen.«

Ich blickte auf die verschlossene Pforte. »Ach, dahinter befindet sich eine Kapelle? Das habe ich nicht gewußt.«

»Aber ja, die berühmteste, die wir hier in Chinon

haben. Christian kommt oft her, um Entwürfe zu zeichnen. Kommen Sie mit uns und schauen Sie sie sich an. Die Kapelle von Sainte Radegonde muß man gesehen haben, nicht wahr, Christian?«

»Wie?« Sein Kopf fuhr herum. Martines Frage hatte ihn aus der gedankenvollen Betrachtung einer vorüberziehenden Wolke gerissen. »Ja doch, stimmt. Muß man gesehen haben.«

»Die Kapelle ist meistens abgeschlossen«, erklärte Martine. »Den Schlüssel bekommt man bei der Touristeninformation. Aber Christian hat seinen eigenen.«

Es war ein alter, langer Schlüssel, so einer, wie man ihn manchmal in Gruselfilmen sieht, und Christian hatte seine Mühe, damit die Tür aufzusperren. Als sich der Schlüssel endlich drehte, öffnete er aber nicht sogleich, sondern sah mich mit ernstem Gesichtsausdruck an und sagte: »Machen Sie bitte die Augen zu.«

»Wie bitte?«

Es schien ihm ein wenig peinlich zu sein. »Tut mir leid, aber ... Sie werden nur einmal die Chance haben, dies hier zum erstenmal zu sehen, und da ist es besser, sich überraschen zu lassen.«

»Von mir aus.« Wie ein Kind, das darauf wartet, ein Geschenk zu bekommen, stellte ich mich also mit geschlossenen Augen vor die Tür. Ich hörte das Quietschen der Angeln und hatte plötzlich einen Geruch wie von Blumen und warmem Stein in der Nase.

»So«, hörte ich Christian sagen, »jetzt dürfen Sie gucken.«

Vor mir erhoben sich zwei gewaltige Säulen, die geradewegs bis in den Himmel zu reichen schienen. Ihre Kapitelle stützten den Rest einer gewölbten Mauer, aus der welke Grashalme sprossen. Eine hohe Gittertür zwischen den beiden Pfeilern schützte das Innere der Kapelle, in der sich zu beiden Seiten des Mittelganges die Säulenreihen fortsetzten. An jeder Säule befand sich eine Heiligenfigur, die mit blinden Augen auf mich hinuntersah.

Und zwischen den Säulen wuchs ein Garten, ein wilder Garten, von keines Menschen Hand berührt oder gepflegt. Hier und dort kündeten die in den Boden eingelassenen Grabstellen von der Zeit, als hier noch Gottesdienste abgehalten wurden. Doch jetzt lag alles verlassen und leergeräumt da; auch die Toten, die man in diesen Gräbern bestattet hatte, waren mittlerweile zu ihrer letzten Ruhe umgebettet worden. Das Dach dürfte schon vor ewigen Zeiten eingestürzt sein, denn es waren keine Trümmerreste mehr zu entdecken, und die einst so mächtig aufragenden Mauern waren nur mehr brüchige Ruinen, deren obere Kanten vom darauf wuchernden Efeu weichgezeichnet wurden.

Um das Taufbecken herum wuchs ein Lorbeerstrauch, und zu meinen Füßen zitterten zarte Wildblumen zwischen sattgrünen Mooskissen im Zugwind. In der Stille, die mich umgab, schien dieser verborgene Garten vor vitaler Energie nur so zu summen.

Beinahe hätte ich ihn nicht gesehen.

Er hätte ebensogut selbst ein Heiligenbild sein können, wie er da sitzend gegen die in Sonnenlicht getauchte Wand des Mittelschiffs lehnte. Erst als er die Augen öffnete, blinzelte, sich im Halbdunkel zu orientieren suchte, merkte man, daß Leben in ihm steckte. Dann hob er die Hand, um sich den Kopfhörer abzunehmen, und ich hörte das Klicken, mit dem der tragbare Kassettenrecorder abgeschaltet wurde.

»Guten Morgen allerseits«, grüßte Neil Grantham.

15

… stilles Licht schlief auf bemalten Wänden …

Wir reagierten alle drei unterschiedlich auf seine Anwesenheit, obwohl in meinem Falle weniger von einer Reaktion als vielmehr von dem Ausbleiben einer solchen zu sprechen gewesen wäre. Ich erinnere mich nicht, auch nur eine Miene verzogen zu haben. Martine, die neben mir stand, lachte nur kurz verzückt auf und sagte: »Neil, du Verrückter! Wie bist du denn hier reingekommen?«

Christian verhielt sich weit sonderbarer. »Rühr dich nicht von der Stelle!« sagte er in einem Befehlston, der so gar nicht zu ihm passen wollte.

Neil, der sich gerade vorgebeugt hatte, als wolle er aufsehen, ließ sich wieder gegen die Mauer zurücksinken und sah zu, wie Christian auf dem feuchten Untergrund in die Knie ging, sich die schwere Tasche von der Schulter wuchtete und darin herumzuwühlen begann. Nachdem er ein Tintenfäßchen mit einer Klammer am Rand seines Skizzenblocks befestigt hatte, schlug er ein neues Blatt auf und machte sich ans Werk.

»Ihr habt mir einen ganz schönen Schrecken eingejagt«, sagte Neil leicht vorwurfsvoll und sah dabei nicht Christian, sondern mich an. »Ich habe euch gar nicht hereinkommen hören.«

»Unglaublich. Du mußt taub sein«, entgegnete Christian. »Wenn das Schloß aufschnappt, hört es sich doch an, als ob eine Pistole losgeht.«

»Ich hatte Musik an.« Die leiseste Kopfbewegung trug Neil einen strafenden Blick von Christian ein.

»Neil ...«

»Schon gut.« Neil hielt seinen Kopf reglos gegen die Mauer gepreßt, aber seine Pupillen bewegten sich in meine Richtung.

»Thierry hat mir diesen Apparat geliehen. Funktioniert ganz gut.«

»Noch«, sagte Martine und stellte sich zwischen uns. »Und wie bist du hier hereingekommen? Die Tür ist doch immer abgeschlossen.«

»Ich habe meine Methoden.« Wieder die Lachfältchen um die dunklen Augen.

»Martine, du stehst mir im Licht«, Christian seufzte. Er hockte tief über seinen Zeichenblock gebeugt und ließ die Feder über das weiße Papier schnellen.

»Er malt gar nicht mich«, sagte Neil. »Sondern irgendwas, das ich unbewußt tue. Stimmt's, Christian?«

Christian blickte kurz auf. »Du hinterläßt einen Schatten da drüben auf der Säule. Den kann ich gut gebrauchen.«

»Hab ich's nicht gesagt?« meinte Neil resignierend.

»Außerdem«, fuhr Christian fort, »hast du etwas an dir, was ich einzufangen versuche. Eine ziemlich faszinierende Unbewegtheit.«

»Kein Wunder. Du erlaubst ja nicht, daß ich mich rühre.«

Aber ich wußte, was Christian gemeint hatte. Diese Unbewegtheit steckte tiefer, war mehr als bloßes Stillhalten. Es war etwas, was man nicht beschreiben konnte – er gab einem das Gefühl, die Zeit striche an ihm vorbei, ohne ihm etwas anzuhaben. Selbst, als die Skizze fertig war, Neil wieder aufstehen durfte und sich die steifgewordenen Glieder streckte, blieb etwas von dieser ganz besonderen Aura um ihn.

»Du bist wohl schon ein bißchen zu alt dafür, um über Mauern zu steigen.«

»Er ist über diese Mauer geklettert?« fragte ich ungläubig. Selbst an den niedrigsten Stellen war sie wohl noch drei oder vier Meter hoch.

»Kann sein.« Neil machte keine Anstalten, unsere Neugier zu befriedigen, und wandte sich statt dessen Christian zu. »Hast du den Schlüssel für das Gittertor dabei? Emily möchte vielleicht die Wandgemälde sehen.« Er nannte mich mit solcher Selbstverständlichkeit bei meinem Vornamen, als seien wir alte Freunde oder mehr als das. Offenbar duzten wir uns jetzt plötzlich. Es kam mir auch so vor, als würde uns Martine von der Seite einen fragenden Blick zuwerfen. Als Christian das Tor aufgesperrt hatte und wir die Apsis der Kapelle betraten, beschlich mich ein unbehagliches Gefühl beim Anblick der Heiligengestalten links und rechts über mir. Obwohl sie hier im Schatten eingeschlossen waren, erschien es mir mit einemmal so, als sei ich, nicht sie, hinter einem vergitterten Tor gefangen, als könnten ihre Augen weiter blicken als meine, in eine andere Welt schauen.

»Christian«, sagte Martine, »erzähl uns doch noch einmal die Geschichte von Sainte Radegonde. Ich bekomme sie nie richtig zusammen.«

»Muß das sein? Gut, aber nur die Kurzfassung: Sie war eine deutsche Prinzessin. Irgendwann im sechsten Jahrhundert wurden ihre Leute vom Frankenkönig Chlothar überrannt, der Radegunde – so heißt sie bei uns – zur Braut nahm. Sie war damals elf Jahre alt und wurde mit ihm nicht glücklich, also verließ sie ihn, um Nonne zu werden. Sie hat hier in Chinon ein kleines Kloster gegründet.«

»Hier an dieser Stelle?« Ich sah mich um.

»Nein, nicht hier. Hier lebte der Eremit Jean, ein Heiliger. Auf den komme ich auch gleich.« Es war nicht zu übersehen, daß er wenig Lust verspürte, den Fremdenführer zu spielen. »Hier in Chinon erreichte Radegunde der Befehl Chlothars, ihres früheren Ehemannes, sich weiter südlich nach Poitiers zu begeben und dort ein Kloster zu gründen, für das er, Chlothar, die nötigen Mittel bereitstellen würde. Aber Radegunde hatte ihre Zweifel, ob das gut und richtig war, und ist hergekommen, damit sie Jean, den Einsiedler, um Rat fragen konnte.«

»Und was hat er ihr geraten?«

»Er hielt es für eine gute Sache, nach Poitiers zu gehen. Und so machte sich Radegunde auf die Reise, wie Chlothar es verlangt hatte, und baute in Poitiers eine große Kirche. Und dort liegt sie auch begraben.«

Am hinteren Ende des Raumes befand sich eine Art Altar, ein gewaltiger Steintisch mit einer weißen Spitzendecke darüber, eingelassen in eine Nische, die mit Wandgemälden übersät war.

Auf dem Altar standen frische Blumen und ein hölzernes Kruzifix, links und rechts umrahmt von bronzenen Leuchtern. In einer der Skulpturen glaubte ich eine mittelalterliche Frau zu erkennen. Sie trug eine Krone auf dem Kopf und war tief ins Gebet versunken.

»Ist sie das?« fragte ich. »Ist das die heilige Radegunde?«

»Ja, das ist sie.« Christian nickte. »Und das hier auch.« Er zeigte auf eine zweite, noch anmutigere Figur in der danebenliegenden Nische, die ebenfalls mit Gemälden verziert war. Zu Füßen dieser Skulptur lagen frischgeschnittene Blumen und eine flache Schale mit mehreren Münzen darin. Opfergaben für eine Heilige, vermutete ich, bis Christian mich ins Bild setzte. »Das sind Spenden für die ›Freunde des Alten Chinon‹, Beiträge für den Erhalt dieser Kapelle.«

»Die Kapelle ist hier noch tiefer in den Felsen hineingetrieben«, sagte Martine und wies auf ein etwas niedrigeres Eisengitter hinten an der Wand. Hinter diesem Gitter waren keine Heiligengestalten zu erkennen, nur ein paar Schritte weit ein steinerner Fußboden und dann nichts als schwarze Finsternis. »Dort gibt es noch mehr Höhlen und sogar ein kleines Museum, und einen alten Brunnen aus der Zeit Sainte Radegondes. Hast du den Schlüssel, Christian?«

Der junge Deutsche schüttelte den Kopf. »Nein, den habe ich nicht bei mir. Wir können uns das ja ein andermal angucken.«

»Aber Christian, wieso …«

»Ich habe den Schlüssel nicht dabei, Martine. Tut mir leid.«

Ich für meine Person war nicht allzu enttäuscht. Der Modergeruch, der aus dem Raum hinter dem Eisengitter zu mir drang, war nicht gerade einladend. Außerdem hatte ich soeben ein gemaltes Fries an der gegenüberliegenden Seite erspäht.

»Das gibt's doch gar nicht«, entfuhr es mir. »Da ist ja John.«

»Ja, das ist Jean, der Eremit«, erläuterte Martine. »Es ist eine Nachbildung seines Sarkophages. Die schlafende Figur ist nicht so alt wie …«

»Nein, die meine ich nicht«, unterbrach ich sie. »Ich meinte das Fresko weiter hinten, dort oben an der Wand. Das ist Johann Ohneland, einst König von England.«

»Ach, das. Ja, Sie haben recht, das ist ein Gemälde der Plantagenets.« Es war vielmehr nur das Fragment eines Freskengemäldes, denn am unteren Rand war ein großes Stück herausgebrochen, aber die Farben wirkten noch frisch und lebensecht.

»Das habe ich doch schon mal gesehen«, sagte ich leise. Stimmt, ich kannte es aus einem von Harrys Büchern.

Martine bestätigte meine Vermutung. »Ja, es ist oft fotografiert worden, vor allem damals, vor dreißig Jahren, als man es entdeckt hat. Man datiert es auf die Zeit, als John herkam, um seine Königin zu heiraten. Das hier ist sie, auf dem Pferd hinter dem ihres Mannes. Nicht die ältere Frau im Hintergrund, sondern das junge Mädchen, das hier vorne reitet.«

Neil war von hinten so dicht an mich herangetreten, daß sein Atem über mein Haar strich. »Sieht mir ziemlich jung aus für eine Königin«, kommentierte er. »Und sie trägt ja auch gar keine Krone. Die hat die ältere auf.«

»Das ist Eleonore von Aquitanien«, erklärte ich ihm. »Sie war seine Mutter.« Aber ich sah dabei nicht die berühmte Königin an. Ich hatte nur Blicke für die liebreizende, tragische junge Frau im Vordergrund, deren große dunkle Augen mit soviel Hoffnung in die Zukunft schauten …

»Man kann von Glück sagen, daß das erhalten geblieben ist«, erläuterte Martine, die Kunstexpertin. »Kurz nachdem es gemalt worden war, fiel Chinon an den französischen König. Dieser John, der König von England, hat, glaube ich, jemanden umgebracht, und daher fand man es nicht sehr angemessen, sein Bildnis hier in der Kirche zu haben, so daß man es mit Putz bedeckt hat. Und hinter diesem Putz blieb es dann bis 1966 verborgen, als ein Stück davon abfiel.«

Ich hörte kaum, was sie sagte. Ich studierte das Gemälde, und jedesmal, wenn mein Blick auf Isabelle fiel, kam es mir so vor, als würde sie geradewegs mich anschauen, so, als wollte sie mir etwas mitteilen.

Damit waren wir auch schon am Ende unserer improvisierten Führung angelangt und traten wieder hinaus in die deckenlose Vorhalle. Christian suchte sich einen Platz bei dem Taufbecken und begann eine weitere Tuschezeichnung. Mit geübtem Blick fing er die Umrisse der Ruine ein und brachte sie mit raschen Strichen aufs Papier. Weil ich ihn nicht stören wollte, gesellte ich mich zu Neil und Martine, die an den hohen Säulen beim Eingang warteten. Ich weiß nicht, ob ich mir etwas dabei gedacht habe, als ich mich zwischen die beiden setzte ... Nein, ich glaube eher nicht. Aber zu diesem Zeitpunkt begannen mir meine Reaktionen auf Neil Grantham zunehmend aus dem Ruder zu laufen.

Er schüttelte sich das dichte blonde Haar aus der Stirn, und die Mittagssonne schien ihm direkt ins Gesicht. »Für mich ist das beinahe wie das Paradies hier oben«, sagte er. »Ich wage es schon kaum, zu oft herzukommen, sonst schaffe ich am Ende gar nichts mehr. Am liebsten würde ich für immer in Chinon bleiben.« Er wollte mir zulächeln, aber mein Gesichtsausdruck ließ ihn innehalten. »Was? Was ist denn?«

»Nichts.« Wie idiotisch hätte es denn geklungen, wenn ich ihm gesagt hätte, daß mir eben gerade aufgefallen war, daß seine Augen natürlich gar nicht schwarz waren, sondern blau, von einem so dunklen, intensiven Blau wie das mitternächtliche Meer. Nicht, daß es eine Rolle spielte, welche Farbe seine Augen hatten. Daß ich mich so eingehend mit ihnen beschäftigte, war der springende Punkt.

Harry hat schon immer über mich gelacht, wenn ich

Männern so tief in die Augen schaute. »Man sieht's dir sofort an, wenn's dich erwischt hat, meine Liebe«, pflegte er mich aufzuziehen. »Ich brauche dich nur zu fragen, welche Augenfarbe er hat.« Und das stimmte leider. Wenn ein Mann mich nicht interessierte, antwortete ich einfach mit »braun«, weil mir nichts anderes einfiel, aber wenn ein Mann es mir angetan hatte, wußte ich seine Augen peinlich genau bis ins kleinste Detail zu beschreiben.

Ich fühlte, wie mir die Wangen zu glühen begannen, aber Neil merkte nichts davon. Er sah zu der Mauer hin, an der er vorhin gesessen hatte. »Da ist wieder dieser blöde Vogel«, sagte er.

»Was für ein Vogel?« wollte Martine wissen.

»Der da drüben. Die Schwalbe. Sie ist heute morgen wie wild um mich herumgeflattert. Ging mir richtig auf die Nerven. Muß irgendwo hier ihr Nest haben.«

Auch ich sah nun den kleinen Zugvogel an, und für einen Augenblick – einen winzigen Augenblick nur – war ich beinahe versucht, zu glauben ... Sei nicht dumm, sagte ich mir energisch, das war nicht die Schwalbe, die du gesehen hast, das konnte gar nicht dieselbe Schwalbe sein, und ganz gewiß hatte sie mir nicht die Botschaft eines Prinzen bringen wollen. So etwas gab es nicht. Ich spürte wieder Neils Augen auf mir ruhen, als wollte er etwas zu mir sagen, und erhob mich rasch. »Ich möchte auch eine Spende bei dem Altar hinterlassen«, sagte ich, eine Spur zu aufgekratzt. »Es ist so schön hier, daß es schade wäre, wenn das alles verfällt, bloß weil kein Geld da ist.«

Ich war augenscheinlich nicht die einzige, die diese Meinung vertrat, denn in der kleinen Schale zu Füßen der heiligen Radegunde war eine erkleckliche Summe zusammengekommen. Unter den vielen winzigen, dünnen französischen Münzen entdeckte ich auch einige dickere amerikanischer Herkunft, und halb versteckt unter diesen noch eine kleine aus gehämmertem Silber ...

Ich starrte sie einen Moment lang an und wollte es nicht glauben. Das konnte doch nicht sein, das konnte doch einfach nicht wahr sein ... Aber da war sie, ohne Zweifel, eine kleine, runde Münze aus angelaufenem Silber mit dem aufgeprägten Antlitz eines toten Königs – dem Bild Johns, des dritten Königs aus dem Hause Plantagenet.

Der Wind blies plötzlich eine kalte Brise zwischen den schützenden Mauern hindurch, und ich hörte wieder die lachende Stimme meines Cousins, sah ihn, wie er die Faust schützend um diese Münze schloß ... »Du magst aufgehört haben, an die kleinen Dinge zu glauben, die einem im Leben Glück bringen, aber ich nicht. Ich würde eher meinen rechten Arm hergeben als diesen kleinen König hier ...«

Ohne es eigentlich zu wollen, nahm ich die Münze aus der Schale und umfaßte sie mit den Fingern, drückte sie in das weiche Fleisch meines Handballens, bis ich jede einzelne ihrer abgewetzten Konturen spüren konnte. Sie befand sich nicht mehr in seiner Obhut, aber zweifellos handelte es sich hier um Harrys Münze. Ich konnte mir nicht vorstellen, daß noch andere Touristen Münzen mit King John darauf mit sich herumtrugen. Er war also hier gewesen, vor gar nicht allzulanger Zeit. Harry war hier gewesen ...

Mein eigenes Fünf-Franc-Stück landete klappernd auf dem Teller, und Martine blickte auf. Sie konnte mich gegen das Sonnenlicht nur undeutlich sehen, fragte aber trotzdem: »Stimmt irgendwas nicht?«

Unter den vorwurfsvollen Augen der Heiligen ließ ich die Münze in meiner Tasche verschwinden und schüttelte den Kopf. »Nein, alles in Ordnung.« Zufrieden wandte sich Martine wieder ab, um mit Neil weiterzureden, während ich meine zitternde Hand zur Faust ballte. »Alles in Ordnung«, sagte ich noch einmal leise vor mich hin. Ich wünschte nur, ich wäre selbst überzeugt davon gewesen …

16

Fortan hast du einen Gefährten, mich ...

Es dunkelte schon, als ich mein Zimmer verließ, um mich auf die Suche nach Paul zu machen. Ich fand ihn in der Bar, wo er an einem der Fenstertische saß, »Ulysses« aufgeschlagen auf dem niedrigen Tisch zu seinen Knien.

Er wirkte so zufrieden mit Gott und der Welt, daß ich mir überlegte, ob ich ihn überhaupt stören sollte. Aber das Telefon meiner Tante war den ganzen Nachmittag lang besetzt gewesen, und statt meines Vaters hatte ich nur seinen Anrufbeantworter erreicht, also blieb mir allein Paul, wenn ich mit jemandem reden wollte. Er war der einzige, bei dem ich mich hier in Chinon hätte aussprechen mögen, denn inzwischen kam er mir wie ein altvertrauter Freund vor. Als ich die Bar betrat, blickte er auf und begrüßte mich mit einem Lächeln. »Du kommst gerade recht«, sagte er. »Ich wollte eben zu lesen aufhören und mir was zu trinken holen.«

»Auf welcher Seite bist du gerade?«

»Fünfhundertsechsundvierzig.«

»Und wie viele Seiten hat das Buch insgesamt?«

»An die achthundert. Ich werde wohl nie damit fertig.«

»Überschlag doch einfach ein paar Seiten. Bei so einem dicken Buch merkt man das gar nicht.« Ich nahm auf der Couch ihm gegenüber Platz.

»Das hieße ja mogeln. Außerdem mache ich nicht gern halbe Sachen. Sobald ich etwas anfange, bringe ich es auch zu Ende, so bin ich eben. Ich hasse unerledigte Dinge.«

»Ist es denn wirklich so schwer zu lesen?«

»Nein, schwer zu lesen ist es nicht gerade. Kompliziert wäre wohl das treffendere Wort dafür. Für Joyce' Erzählweise mit den vielen Ausdrucksverknappungen muß man sich Zeit lassen, sonst entgeht einem zuviel. Was, zum Beispiel, soll das hier deiner Meinung nach bedeuten?« Er hielt mir das Buch hin und zeigte mit dem Finger auf eine Stelle im Text.

Ich las die Passage zweimal durch und schüttelte den Kopf. »Keinen blassen Schimmer.«

»So geht's mir auch. Aber ich weiß, daß ich irgendwann dahinterkomme. So muß man dieses Buch nämlich lesen. Man hangelt sich durch ein paar Sätze hindurch, macht eine Pause, um darüber nachzudenken, und liest dann wieder ein Stück weiter.«

»Soviel Geduld hätte ich nie.«

»Simon würde es nicht als Geduld bezeichnen. Für ihn ist es Besessenheit, ein Charakterzug, der ihm bei mir sowieso schon auf die Nerven geht. Er sagt, ich wäre der typische Arzt, müßte immer allen Dingen genauestens auf den Grund gehen.«

»Und, stimmt das?«

»Klar. Man braucht eine Sache nur aus dem richtigen Blickwinkel anzugehen, um sie zu begreifen. Für das, was man nicht versteht, muß man sich die rechte Betrachtungsweise suchen und – peng! Plötzlich erschließt sich einem das ganze Universum.«

»Ja, wenn man's kann. Ich jedenfalls habe mein Problem von allen möglichen Seiten betrachtet und komme trotzdem zu keiner Lösung.«

»Und dieses Problem wäre?«

Ich griff in meine Tasche und hielt ihm die Handfläche hin. »Das hier.«

Paul beugte sich vor, nahm die Münze und hielt sie ins Licht. »Was ist das?«

»Eine alte Münze mit King John darauf.«

»Und wo hast du die her?«

Ich schämte mich zuzugeben, daß ich sie von einem Teller mit Spenden gestohlen hatte, und nahm Zuflucht zu einer Notlüge. »Ich habe sie in der Kapelle der heiligen Radegunde gefunden.«

»Donnerwetter.« Er drehte sie langsam zwischen den Fingern. »Ich wette, davon gibt's nicht mehr viele.«

»Mein Vetter hat eine.«

Paul begriff sofort, worauf ich hinauswollte. »Aber dein Cousin hat doch ausrichten lassen, daß er erst später kommt.« Er gab mir die Münze zurück und sah mich gespannt an. »Und jetzt denkst du, das wäre seine? Daß er schon hier war und wieder abgereist ist?«

»Ich weiß nicht, was ich denken soll. Ich habe in allen anderen Hotels angerufen, aber niemand wußte etwas von ihm. Ich habe auch die Krankenhäuser überprüft – nichts. Im Umkreis von zehn Meilen hat niemand etwas von ihm gehört. Jedenfalls nicht in den letzten Tagen.«

»Hast du es beim Verkehrsbüro versucht? An die muß man sich nämlich wenden, wenn man den Schlüssel zu der Kapelle haben will.«

Ich nickte. »Sie sagen, während der letzten vier Wochen hätte niemand die Kapelle besichtigen wollen.« Christian besaß natürlich einen Schlüssel, aber wenn er sich mit Harry getroffen hätte, würde er es mir doch erzählt haben. Mein Vetter und ich sahen einander ähnlich wie Bruder und Schwester, und diese Ähnlichkeit wäre ihm zweifellos aufgefallen. Und während Neil es offenbar irgendwie geschafft hatte, die Mauer zu überwinden, traute ich das Harry eher nicht zu. »Diese Münze«, sagte ich zu Paul, »bereitet mir Kopfzerbrechen. Sie ist sein Glücksbringer. Er würde sie doch nicht einfach hergeben.«

»Aber er kann sie doch verloren haben.«

»Nicht da, wo ich sie gefunden habe. Jemand muß sie dort mit Absicht hingelegt haben. Außerdem hat Harry sie immer in einer Schatulle, wie Sammler sie benutzen, aufbewahrt und nicht so lose mit sich herumgetragen.«

»Du meinst, er hätte sie dann mitsamt der Schatulle verlieren müssen.«

»Eben. Die rationalste Erklärung wäre natürlich, daß dies hier gar nicht Harrys Münze ist. Aber sie ist aus reinem Silber und von antikem Wert, und man müßte schon verrückt sein, sie ... sie da hinzutun, wo ich sie gefunden habe.«

Paul schwieg einen Augenblick lang und schüttelte eine Zigarette aus seiner fast leeren Packung. »Wenn du dir wirklich solche Sorgen machst, solltest du da nicht die Polizei einschalten?«

»Um ihnen was zu erzählen? Daß ich eine Münze gefunden habe, die möglicherweise meinem Vetter gehört, möglicherweise aber auch nicht? Die würden mir was erzählen, sie mit so was zu behelligen.«

»Also keine Polizei«, faßte Paul zusammen. »Es muß doch noch einen anderen Weg geben herauszufinden, ob er hier gewesen ist.«

»Mir fällt keiner ein.«

»Hast du nicht gesagt, er wollte herkommen, um irgendwelche Nachforschungen anzustellen?«

»Ja.«

»Und wo würde er dazu hingehen?«

»Ich weiß es nicht genau. In die Bibliothek oder zum Schloß hinauf ... nein, warte.« Mir war plötzlich etwas eingefallen. »Er hat gesagt, er wolle sich mit jemandem treffen, einem Mann, der einen von Harrys Artikeln gelesen und ihm Informationen über die unterirdischen Gänge angeboten hat.«

»Du bist sicher, daß es ein Mann war?«

Ich schloß die Augen und versuchte, mich an das Gespräch zu erinnern, das nun schon eine Woche zurücklag. »Ja, ganz bestimmt.«

»Und weißt du noch seinen Namen?«

»Nein. Ich glaube, Harry hat mir sowieso nur seinen Vornamen genannt.«

»War er Franzose oder Engländer?«

»Franzose.« Soviel wenigstens wußte ich noch. »Er hat auf französisch geschrieben, aber Harry meinte, er müßte Englisch verstehen, weil der Artikel – in dem es übrigens um den Schatz von Königin Isabelle geht – in einer englischen Zeitschrift erschienen ist.«

»Na bitte«, sagte Paul. »Also suchen wir einen an Geschichte interessierten Mann aus der Gegend hier, der sich mit den Tunneln auskennt und englische Fachzeitschriften liest. Hört sich nach einem Fall für Sherlock Holmes an.«

»Aussichtslos, mit anderen Worten.«

»Ich denke, ich könnte dir da schon behilflich sein. So viele Leute gibt's hier in Chinon ja auch wieder nicht, auf die diese Beschreibung zutrifft, und die wenigen, die es gibt, werden sich gewiß irgendwann mal in der Bibliothek blicken lassen. Wenn du willst, kann ich mich dort morgen umhören. Und falls du noch mal in die Kapelle willst, um dich ein wenig umzusehen, ob dein Cousin dort vielleicht noch etwas zurückgelassen hat, kann ich Christian bestimmt überreden, mir den Schlüssel zu geben.«

»Würdest du das für mich tun?«

»Klar. Überredungskunst ist meine große Stärke. Bei meinem Bruder muß ich sie oft genug anwenden.«

»Wo steckt Simon eigentlich?«

»Weiß nicht. Nach dem Mittagessen ist er auf Schatzsuche gegangen, und bisher habe ich ihn nicht wieder zu Gesicht bekommen. Seit der Gespenstergeschichte von gestern abend ist er völlig Feuer und Flamme – zwei Isabelles, zwei verborgene Schätze, zweimal die Möglichkeit, auf etwas zu stoßen.«

»Du mußt es auch mal von der guten Seite sehen. Zumindest wird er jetzt nicht mehr so erpicht darauf sein, Chinon den Rücken zu kehren. Dir bleiben also noch ein paar zusätzliche Tage.«

»Wohl noch mehr. Weißt du nicht mehr? Das Echo hat gesagt, daß Simon mich hier nie wegkriegt.« Er streckte die Arme. »Etwas zu trinken? Einen Kaffee?«

Ich sah mich in dem leeren Raum um. »Ist die Bar denn überhaupt geöffnet?«

»Aber sicher. Thierry ist im Hinterzimmer. Hat Papierkram zu erledigen.«

»Papierkram?« Ich fand es witzig, daß sich der junge Barkeeper mit so was beschäftigte.

»Oder so ähnlich. Gabrielle, die Empfangsdame, scheint ihm dabei behilflich zu sein.«

Jetzt dämmerte es mir.

»Ich soll pfeifen, wenn ich etwas brauche.«

Er mußte sogar zweimal pfeifen, ehe sich in dem kleinen Zimmer hinter der Bar etwas rührte und eine gedämpfte Stimme sich meldete: »Oh-kee, bin schon unterwegs.«

Paul nahm sich eine weitere Zigarette und sah mich entschuldigend an. »Kettenrauchen, ich weiß. Meine

Mutter würde einen Anfall kriegen. Aber ich muß die Zeit nutzen, solange Simon noch nicht zurück ist.«

Ich biß mir auf die Lippe. »Paul ...«

»Ja?«

»Du wirst doch keinem von der Münze meines Vetters erzählen, nicht wahr?« Zum Glück fragte er nicht nach dem Grund, sonst hätte ich mir eine schöne Geschichte einfallen lassen müssen, denn mich beschlich das ungute, wenn auch durch nichts begründete Gefühl, daß irgend etwas mit meinen Bekannten hier in Chinon nicht stimmte. Ich hatte schon am ersten Abend beim Essen so eine Ahnung gehabt, und gestern hier in der Bar auch wieder – daß unter der Oberfläche etwas schwelte, was mir bisher verborgen geblieben war. Es erinnerte mich daran, wie mein Vater mit uns vor Jahren einmal zu einem Theaterbesuch nach London gefahren war, aber irgendwas durcheinanderbekommen hatte, so daß wir pünktlich zum dritten Aufzug eintrafen. Während des gesamten letzten Akts wurde ich nicht mehr schlau daraus, was sich auf der Bühne tat, denn die Charaktere der Figuren und das, was ihr Handeln bestimmte, waren natürlich schon weit früher im Stück enthüllt worden. Ich spürte zwar die zwischen ihnen herrschende Spannung, kam aber nicht mehr dahinter, worum es eigentlich ging.

Aber was auch immer der Grund für die im Hotel de France herrschende Spannung unter den Gästen sein mochte, Paul Lazarus schien wenig davon berührt. »Klar werde ich's für mich behalten«, sagte er. »Wenn du es möchtest.«

»Auch Simon gegenüber?«

»Auch ihm gegenüber.«

»Danke. Du bist ein Engel.«

Er balancierte seine Zigarette auf dem Rand des

Aschenbechers und lehnte sich sichtlich zufrieden in seinem Stuhl zurück. »Man gibt sich Mühe.«

»Aha!« Simon war in der Tür der Bar erschienen und sah Paul triumphierend an. »Ich wußte doch, daß ich dich früher oder später dabei erwischen würde! Ich hab's doch gewußt!«

Ich mußte es tun. Ich griff mir lässig die glimmende Zigarette, führte sie an die Lippen und tat mit perfekter Nonchalance einen tiefen Zug. »Wobei erwischen?« fragte ich Simon.

Simon fiel die Kinnlade herunter, und auch Paul war zusammengezuckt, ich aber setzte eine Unschuldsmiene auf, bei der Simon nichts mehr einfiel.

»Schon gut.« Verwirrt sah er Paul an. »Ich dachte bloß ...« Er kam nicht mehr dazu, uns zu erzählen, was er gedacht hatte. Hinter ihm, in der Eingangshalle, wurde die Tür geöffnet und wieder geschlossen, und schon kamen zu meinem Entsetzen die Whitakers herein. Aus war's mit der friedvollen kameradschaftlichen Stimmung, die sich gerade zwischen Paul und mir aufgebaut hatte.

»Aber Emily!« echauffierte Garland sich sofort. »Ich habe ja gar nicht gewußt, daß Sie rauchen!«

Ich hatte das Rauchen ja auch vor drei Jahren aufgegeben – ein Schritt auf meinem Wege in ein verantwortungsbewußteres Leben – und war deshalb auch einigermaßen erleichtert, daß die Zigarette mir überhaupt nicht schmeckte.

»Jeder hat sein kleines Laster, sagt mein Vater immer.«

»Nur eins? Wie langweilig, meine Liebste!« Mit großer Geste ließ sie sich in den der Tür nächstgelegenen Sessel sinken und stieß einen selbstmitleidigen Seufzer aus. »Ich werde hier nie wieder hochkommen«, tat sie laut kund. »Wir müssen ja wohl hundert Meilen gelaufen sein!«

»Einmal über den Fluß und zurück«, sagte Jim Whitaker, der sich zu uns ans Fenster gesellt hatte. »Aber meine Frau ist es nicht gewohnt, zu Fuß zu gehen, und dann noch in diesen Schuhen.«

Garland hob grazil einen Fuß, um ihre schmalen italienischen Pumps unter die Lupe zu nehmen. »Ich weiß. Ich muß mir ein Paar vernünftige Schuhe kaufen, so wie Ihre, Emily. Ihr Engländer tragt immer so praktische, bequeme Sachen.«

Grinsend schob Paul den Aschenbecher näher zu mir heran und klappte sein Buch zu. »Und was hast du heute nachmittag getrieben, Simon?«

»Ach, nichts Besonderes«, sagte Simon und ließ seinen schlaksigen Körper in den Sessel neben meinem fallen. »Wo ist Thierry denn? Arbeitet er heute nicht?«

»Er ist im Hinterzimmer, erledigt Bürokram«, log Paul ungerührt. »Aber er wird gleich hier sein.«

»Gott sei Dank«, stöhnte Garland. »Ich kann nach all dem Rumgerenne wahrlich einen Drink vertragen. Ich ziehe Besichtigungen vor, zu denen man mit dem Auto fahren kann. Wie steht's damit bei Ihnen, Emily?«

»Ach, mir macht es nichts aus, zu Fuß zu gehen.« Mit besonderer Sorgfalt drückte ich den Rest der Zigarette im Aschenbecher aus. »Ich gehe sogar ganz gerne.«

»Genau wie Neil. Ich bekomme schon Erschöpfungszustände, wenn ich ihn nur sehe. Den ganzen Tag diese Stufen hinauf und wieder hinunter, und er muß dabei noch nicht einmal keuchen. Geradezu abstoßend. Jim war früher auch so durchtrainiert, nicht wahr, Darling? Als ich dich kennengelernt habe. Ja, die Army, die macht was aus den Männern. – Ah, da ist ja unser Thierry, wir haben schon geglaubt, du hättest dich in Luft aufgelöst.«

Thierry war ganz rot im Gesicht, wirkte aber sonst recht zufrieden. Garland hielt sein Grinsen für ein Zeichen der Verständnislosigkeit.

»Wir ... glaub-ten ... du hät-test ... dich in Luft aufgelöst«, wiederholte sie noch etwas lauter.

»Ah ja.« Er ahmte den Akzent eines Varietékünstlers nach, der einen Franzosen imitiert, und fragte sie übertrieben genau akzentuiert: »Mösch-ten Sie ei-ne Drink, Madame?«

Darüber mußte selbst Jim grinsen, aber Garland begriff den Witz überhaupt nicht. »Ja, das ist viel besser, Thierry«, beglückwünschte sie ihn. »Siehst du? Übung macht den Meister. Nur weiter so, dann wird dein Englisch mit jedem Tag besser.«

Die nächste halbe Stunde verbrachte ich damit, an meinem Kir zu nippen und ein freundliches Gesicht zu machen. Als es deutlich wurde, daß die Whitakers für den Rest des Abends auf ihren Plätzen festgewachsen waren und daß Paul und ich bis zum Frühstück würden warten müssen, um unser Gespräch über Harry fortzusetzen, entschuldigte ich mich mit einem recht überzeugenden Gähnen und machte mich auf den Weg nach oben.

Allein in meinem Zimmer schloß ich gedankenverloren noch einmal die Finger um die kleine Silbermünze tief im Innern meiner Tasche und trat ans Fenster. Mit der aufkommenden Nachtkälte wurde es feucht, aber die Straßenlampen verteilten ihr warmes gelbes Licht auf dem schwarzglänzenden Pflaster, und aus dem Springbrunnen sprühte buntschillernd das Wasser.

Der kleine gefleckte Hund des Zigeuners gähnte herzhaft und streckte sich lang aus, während ein Windhauch die Bäume rascheln ließ. Der Besitzer des Hundes warf einen kurzen, ausdruckslosen Blick zu mir hinauf, wandte sich dann wieder ab und steckte sich in aller Ruhe eine Zigarette an. Es ist nur die Dunkelheit, sagte ich mir, die dieser Szene eine etwas unheilschwangere Stimmung verleiht. Es ist schließlich sein gutes Recht, an einem öffentlichen Platz zu sitzen, und sein Blick nach oben mochte allem möglichen gegolten haben und nicht unbedingt speziell meinem Fenster. Dennoch achtete ich darauf, den Fensterriegel fest zu schließen, und zog die schweren Vorhänge zu, bevor ich unter die Decke des breiten Bettes kroch und auf meinem Kissen die Augen schloß wie ein Kind, das Schutz sucht vor der langen Nacht und ihren Schatten.

17

»... wir gewähren dir, der du hier fremd bist, die Erlaubnis: Sprich, und laß die Sache ruhn.«

Als Paul am nächsten Morgen auf mein Klopfen öffnete, hielt er sich gerade mit der einen Hand den Hörer vor die Brust, während er mit der anderen das Telefon gegriffen hatte. Ohne sein Gespräch zu unterbrechen, winkte er mir, hereinzukommen. Er telefonierte auf französisch. »Ah, verstehe. Ja, ich warte, es macht keine Umstände.« Er bedeckte die Sprechmuschel mit der Hand und forderte mich auf, ich solle doch Platz nehmen.

Was leichter gesagt war, als getan. Das Zimmer der beiden war das genaue Spiegelbild meines eigenen, nur daß sie statt meines großen Bettes zwei schmalere hatten, von denen das eine sorgfältig gemacht, aber mit jeder Menge Landkarten übersät war, wogegen auf dem zweiten, noch völlig zerwühlten, der riesige Vorhang mitsamt seiner langen Stange ruhte. Der Boden war mit einem Sammelsurium von nach Farben sortierten Kleiderstapeln bedeckt. Es war kaum Platz genug zum Stehen, geschweige denn, um sich irgendwo hinzusetzen.

Paul hatte das Problem gelöst. Er hockte auf dem ebenfalls vollgestopften Schreibtisch, die Füße auf einen Stuhl mit einem Stapel Zeitungen darauf gestützt. Während er am Telefon wartete, bahnte ich mir vorsichtig meinen Weg zum Fenster, wo ich mich auf die Bettkante setzte. In einem Punkt mußte ich Simon wirklich recht geben. Das hohe Fenster entfaltete seine Wirkung ohne den wuchtigen Vorhang viel besser.

Paul summte vor sich hin.

»Grund zur Freude?« fragte ich.

»Kann sein. Die Bibliothek hat noch nicht geöffnet, aber die Angestellten sind schon da. Einer geht gerade den Chefbibliothekar fragen, ob der jemanden kennt, der – Ja, ich bin noch dran.« Dann, nach einer kurzen Pause: »Ich bin Student und schreibe an einer Arbeit über ... ja, genau. Und man hat mir gesagt, daß es bei Ihnen jemanden gibt, der mir vielleicht Auskunft geben könnte. Pardon?« Er beugte sich vor, um sich auf einem Block, den er neben sich liegen hatte, etwas zu notieren. »Ja, das habe ich. Belliveau, das schreibt sich B-e-l-l ...? Sie haben nicht zufällig die Telefonnummer? Ja, natürlich, das kann ich verstehen. Aber ich denke, das wird nicht schwierig sein. Haben Sie vielen Dank.« Mit zufriedenem Gesichtsausdruck legte er den Hörer auf und nahm sich eine Zigarette. »Das hat Spaß gemacht.«

»Paß lieber auf, Sherlock«, sagte ich. »Sonst kommt Big Brother und ertappt dich beim Rauchen.«

»Simon ist nicht da. Er ist vor einer halben Stunde mit den Whitakers weggegangen.«

»Simon ist mit Jim und Garland unterwegs?« Ich glaubte, meinen Ohren nicht zu trauen. »Was will er denn mit denen?«

»Sie fahren nach Fontevraud, wo deine Königin Isabelle begraben ist. Simon hofft, dort Hinweise darauf zu finden, wo sie ihren Schatz versteckt hat. Und außerdem habe ich mir erlaubt, ihn daran zu erinnern, daß wir heute Dienstag haben, unseren wöchentlichen Waschtag, und da hat er die Gelegenheit genutzt, sich um den Gang zum Waschsalon zu drücken.«

»Du bist ein ganz schöner Schlawiner.«

»Ich weiß.«

»Und wie sollen wir, bitte schön, Detektiv spielen, wenn du mit eurer ganzen Wäsche dasitzt?«

»Thierry und ich haben alles im Griff.«

»Du hast doch Thierry nichts davon erzählt?« fragte ich erschrocken.

Er sah mich beleidigt an. »Selbstverständlich nicht. Habe ich es dir nicht versprochen? Ich habe ihm nur gesagt, daß wir beide heute ganz allein etwas unternehmen wollen und daß Simon nichts davon zu wissen braucht.«

»Wie schlau von dir. Jetzt glaubt er, wir werden uns irgendwohin zurückziehen, um ganz ungestört ...«

»Nichts da.« Paul grinste. »Das könnten wir ebensogut auch hier im Hotel machen. Außerdem kennt mich Thierry dafür zu gut.«

»Ach, weil ich zu alt für dich bin?«

Er schüttelte den Kopf. »Das wohl kaum. Aber ich würde nie mit der Frau eines anderen anbändeln.«

»Was für eines anderen denn?«

»Ist egal.« Er wechselte das Thema, indem er seinen Notizblock zur Hand nahm. »Möchtest du nun hören, was ich herausbekommen habe?«

»Bitte.«

»Also, in der Bibliothek ist nur ein Mann bekannt, der ausländische Zeitschriften zur Geschichtsforschung liest und sich für die Tunnel interessiert – ein hiesiger Dichter namens Victor Belliveau.«

»Victor ...« Ich ließ mir den Namen auf der Zunge zergehen.

»War das der Name, den dein Cousin am Telefon erwähnt hat?«

»Ich weiß nicht mehr.«

»Hört sich jedenfalls so an, als könnte das unser Mann sein. Wie es aussieht, stöbert er schon seit Jahren in den Gängen da unten herum, zeichnet Karten und so. Soll wie versessen darauf sein. Falls dieser Belliveau also deinem Cousin geschrieben hat, könnte Harry sich mit ihm getroffen haben, als er hier in Chinon war. Vorausgesetzt natürlich, er war überhaupt hier. Aber fragen kostet ja nichts.« Paul sah auf seinen Block. »Er wohnt ein Stückchen außerhalb. Ich habe die Adresse, aber keine Telefonnummer. Der Mann sagte, Belliveau hätte wahrscheinlich gar kein Telefon. Soll ein richtiger Künstler sein, unser Monsieur – auch ein bißchen exzentrisch.«

»Aber er wohnt nicht so weit weg?«

»Ein Stück den Fluß hinauf. Vielleicht eine gute Viertelstunde zu Fuß. Möchtest du, daß wir da zuerst hingehen? Oder lieber noch eine Runde um die Kapelle machen? Den Schlüssel habe ich.«

»Das ging aber schnell.«

»Ich bin einfach zu Christian gegangen und habe ihn gefragt.«

»Alle Achtung, Sherlock. Du hast heute morgen ja schon einiges erreicht.«

»Also? Womit fangen wir an? Der Poet oder die Kapelle?«

Die Kapelle erschien mir vielversprechender, denn ich war mir ziemlich sicher, daß Harry dort gewesen war, aber dann mußte ich an die Klettertour dort hinauf denken und an die endlos gewundenen Stufen, die wieder hinunterführten …

»Beginnen wir mit dem Poeten.«

Das Haus von Victor Belliveau befand sich am Rande der Ortschaft – ein offenbar recht weitläufiges gelbes Bauernhaus mit brüchigem Ziegeldach etwas abseits der Straße. Ein paar windgebeugte Bäume und ein Zaun daneben begrenzten das Grundstück. Von Thierry hatten wir uns bereits die Bestätigung dafür geholt, daß es sich bei dem Mann wirklich um einen Dichter handelte. »Er war früher sehr berühmt, dieser Belliveau«, hatte er auf Pauls beiläufige Frage geantwortet, »und das nicht nur in Chinon, nein, in ganz Frankreich. In Paris, in der Schule, haben wir seine Gedichte gelesen. Aber jetzt trinkt er, und die Leute wollen nicht mehr soviel von ihm wissen.«

Ich fand, daß man das seinem Besitz fast ansehen konnte. Der Hof war ungepflegt und voller Schlaglöcher, die Scheune, lang und niedrig gebaut wie das Haus, verbarrikadiert und scheinbar außer Gebrauch. Und überall dieser Abfall! Jeder Windstoß blies Papierfetzen und Haushaltsmüll auf dem zerfurchten Weg vor uns her.

»Hübsch hat er's hier«, bemerkte Paul sarkastisch.

»Habe ich auch gerade gedacht.«

Wir kamen zu einem Gatter, das aber unverschlossen war. Mit einem knarrenden Geräusch bewegte es sich in seinen Angeln. Dieses Geräusch klang nach Einsamkeit und Verlassensein, aber es hätte mich nicht gewundert, wenn im nächsten Moment ein Hund um die Ecke geschossen gekommen wäre. Doch das einzige Tier, das zu unserer Begrüßung erschien, war ein ärmliches schwarzes Huhn. In sicherem Abstand trippelte es um uns herum und beäugte uns mißtrauisch, während wir über den Rasen hinweg aufs Haus zugingen.

Es war solide gebaut. Große, helle Steinquader um die beiden Fenster mit der Tür dazwischen, aber der Rest bestand aus wahllos zusammengesuchten Geröllsteinen. Ein paar neue Dachziegel und ein Topf Farbe für die Fensterläden, und man könnte was daraus machen, dachte ich, aber überall in den Wänden war der Mörtel herausgebrochen, so daß die Nässe durch die Ritzen zwischen den schmutziggelben Steinen kriechen konnte. Ohne Vorhänge und ohne jeden Farbtupfer – nicht ein einziger Blumentopf war zu sehen – wirkten die Fenster karg und ausdruckslos.

In meiner Vorstellung hatte ich mir schon ein recht genaues Bild von Monsieur Victor Belliveau zurechtgelegt, so daß mich der Anblick des Mannes, der uns auf Pauls höfliches Klopfen hin dann tatsächlich die Tür öffnete, vollkommen unvorbereitet traf: Er war kein Einsiedlerpoet mit wirrer Haarmähne und wild funkelnden Augen, der sich halb um den Verstand gesoffen hatte und in seiner selbstgewählten Einsamkeit delirierte. Vor uns stand ein adretter, glattrasierter kleiner Mann mit gepflegtem grauen Haar, der leicht nach After-shave duftete und uns erwartungsvoll ansah.

Paul mit seinem tadellosen Französisch ergriff für uns beide das Wort, wobei er sich nicht unbedingt buchstabengetreu an die Wahrheit hielt. Er achtete darauf, keine Widersprüche zu der Geschichte, die er dem Bibliothekar erzählt hatte, aufkommen zu lassen. Er war immer noch der Student, der an einer Semesterarbeit saß, gab jedoch zu, daß unser Besuch auch der Suche nach meinem Vetter galt. »Braden«, sagte er, »Harry Braden. Er arbeitet an der Universität, an der ich studiere. Ich glaube, er ist vergangene Woche zu wissenschaftlichen Forschungsarbeiten hier in Chinon gewesen, und ich hielt es für möglich, daß er sich in diesem Zusammenhang auch an Sie gewandt hat ...?«

Victor Belliveau sah uns abschätzend an. »Nein, tut mir leid, er ist nicht bei mir gewesen.«

»Aber Sie haben ihm doch einen Brief geschrieben?«

»Keineswegs.« Noch ein langer, durchdringender Blick. »Sie erwähnten, Ihre Arbeit hätte etwas mit den Gängen zu tun?«

»Ja«, Paul schabte mit dem Fuß an der Türschwelle, »Könnte man sagen ...«

»Dann kann ich Ihnen möglicherweise behilflich sein«, erbot sich Victor Belliveau. Er machte die Tür ein Stück weiter auf und bat uns einzutreten.

Im Erdgeschoß gab es nur zwei Räume, eine große Küche und ein Zimmer, das mit einem Bett, einem Kohleofen und einem Sofa spärlich eingerichtet war. An der einen Küchenwand ächzten schwere Holzregale unter der Last der vielen Bücher, die teilweise in zwei Reihen auf ihnen abgeladen worden waren, eine bunte Mischung aus Taschenbüchern und wertvoll scheinenden Ausgaben. Die anderen Wände der Küche waren nackt, von Rissen zerklüftet, die an ihnen herunterliefen wie zuckende Blitze. In einer Ecke hatte es sogar eine Pflanze, Efeu, wie ich schätzte, geschafft, durch das Mauerwerk hindurchzuwachsen, und war für ihre Mühe belohnt worden, indem man sie ohne viel Federlesens abgeschnitten hatte. Und doch wirkte alles, als sei hier vor kurzem erst saubergemacht worden.

Victor Belliveau setzte sich mit uns in die Küche und bot uns etwas zu trinken an. Als wir dankend ablehnten, goß er sich selbst ein Glas Rotwein ein. »Ich hatte bis vor kurzem auch noch eine Flasche Cognac, aber jetzt ist sie weg. Die haben sie mitgenommen«, fügte er mit einer Kopfbewegung zum Fenster hinzu. »Immerhin wissen sie, was gut ist.«

Paul sah ihn verständnislos an.

»Verzeihung, das konnten Sie natürlich nicht wissen. Ich spreche von den Zigeunern. Für gewöhnlich lasse ich sie auf meinem Grundstück wohnen. Deswegen ist draußen alles in so einem katastrophalen Zustand. Sie meinen es nicht böse, aber sie haben keinen Sinn für Ordnung.«

»Zigeuner?« Ich sprach das Wort schärfer aus, als ich es beabsichtigt hatte, und Monsieur Belliveaus Blick wanderte von Paul zu mir.

»O ja, es gibt eine Menge Zigeuner in dieser Gegend. Meine kommen mehrmals im Jahr hier vorbei – kommen und gehen, wie es ihnen gefällt. Sie sind nicht besonders beliebt, aber mir machen sie nichts aus.«

»Ach so.« Meine Finger fühlen sich plötzlich feucht an.

»Aber was wünschen Sie denn nun eigentlich über die Gänge zu erfahren?«

Paul spielte seine Rolle ausgesprochen geschickt, wie ich fand. Weil er doch selbst gerade erst die Ausbildung abgeschlossen hatte, gab er einen überzeugenden Studenten ab, bat unseren Gastgeber sogar um Stift und Zettel, um sich Notizen zu machen. Ich versuchte ebenfalls zuzuhören, aber aus irgendeinem Grund war ich in Gedanken die ganze Zeit bei dem Zigeuner mit dem kleinen Hund, der ständig auf dem Platz vor meinem Hotel hockte und der doch schließlich überhaupt nichts mit mir zu tun hatte …

»… bis hinauf zu der Kapelle Sainte Radegonde«, erzählte Belliveau gerade, »aber der ist längst eingestürzt. Man kann nur noch versuchen, sich vorzustellen …«

Die Erwähnung der Kapelle ließ meine Gedanken in eine andere Richtung schweifen. Harry. Er würde sich vermutlich totlachen über den Aufwand, den Paul und ich trieben, weil ich diese Münze gefunden hatte. Es mußte doch eine ganz simple Erklärung dafür geben, warum diese Münze hier war und Harry nicht.

»Vergangenen Mittwoch ist er gestorben«, sagte Victor Belliveau fast beiläufig, und mit einem Schlag war ich wieder ganz bei der Sache.

»Wie bitte?«

»Ein Freund von Monsieur Belliveau«, klärte Paul mich auf.

»Sagen wir besser, ein Bekannter. Man kann nicht behaupten, wir seien Freunde gewesen. Aber das ist der Grund dafür, daß die Zigeuner verschwunden sind, wissen Sie. Wir hatten ein paarmal die Polizei hier, sie wollten Fragen stellen, und den Zigeunern ist so etwas nicht gerade angenehm. Nicht, daß irgendein Verdacht bestand, aber, wie gesagt, ich kannte diesen Mann recht gut. Ein trauriger Fall. Er trank zuviel.« Er zuckte die Achseln und hob sein Glas, das er sich, wie ich jetzt sah, zwischenzeitlich nachgeschenkt haben mußte.

»Aber Sie sprechen doch nicht von Martine Murets Ehemann?« fragte Paul.

»Doch, von Didier Muret. Sie kennen die beiden also?«

»Bloß Martine. Ihren Mann habe ich nie getroffen. Oder, besser gesagt, ihren Exmann.«

»Eine bezaubernde Frau, finden Sie nicht? Wenn ich mich recht erinnere, habe ich ihr zu Ehren einmal ein Sonett verfaßt. Aber sie mußte ja diesen Muret heiraten. Gott weiß, warum. Er war ein Spinner.«

»Wie, sagten Sie, war sein Name? Didier Muret?« schaltete ich mich ein.

»Warum?«

Didier ... Ich wälzte den Namen in meinem Kopf hin und her, versuchte mich zu konzentrieren. Dieser Name kam mir irgendwie bekannt vor. Schließlich war ich überzeugt davon, daß das der Name gewesen war, den Harry erwähnt hatte. Kein allzu ausgefallener Name. In Chinon lebten vermutlich Dutzende von Didiers. Und doch konnte es nicht schaden, genauer nachzufragen ...

»Er war nicht zufällig Historiker?«

Das amüsierte Victor Belliveau. »Mein Gott, Didier? Nie im Leben. Für so etwas hatte er keinen Sinn. Er war nicht dumm, da dürfen Sie mich nicht mißverstehen, hat eine Zeitlang sogar für einen Anwalt gearbeitet, also muß er ein bißchen Verstand besessen haben. Aber Historiker? Ich habe ihn nie mit einem Buch in der Hand gesehen. Ganz im Gegensatz zu mir. Ich habe viel zu viele Bücher.«

»Zu viele Bücher kann man gar nicht haben«, wandte Paul ein.

»Ich besitze ein paar alte Bücher über die Geschichte von Chinon, in denen die Gänge erwähnt sind. Ich möchte sie ungern aus der Hand geben, aber falls Sie sie sich mal ansehen wollen ...«

Das war ein willkommener Anlaß aufzustehen, unseren ziemlich sinnlosen Besuch hier zu einem Ende zu bringen, und ich wartete geduldig, während Paul mit höflich gespieltem Interesse in einigen der ihm angebotenen Bücher blätterte.

Schade, dachte ich, daß Harry nie von Victor Belliveau gehört hatte. Er wäre angesichts dieser Sammlung ganz in seinem Element gewesen – in an den Ecken blankgewetztes Leder gebundene Bände mit Biographien, verschiedene Theaterstücke, Lyrik, eine frühe Ausgabe des »Cyrano de Bergerac«, ein historisches Journal aus England ...

Ich sah genauer hin. Das Magazin war jüngeren Datums, und siehe da, auf dem Deckblatt prangte stolz der volle Name meines Vetters: Henry Yates Braden, PhD.

»Was hast du da?« wollte Paul wissen. Ich hielt ihm die Zeitschrift hin.

Auch Victor Belliveau beugte sich vor. »Stimmt, da steht auch was über die Gänge drin. Ich hatte gar nicht mehr daran gedacht ... Aber ist das nicht der Mann, nach dem Sie mich gefragt haben? Der von Ihrer Universität?«

»Harry Braden, ja, das ist er«, bestätigte Paul.

»Dann ist es in der Tat betrüblich, daß er mich nicht besucht hat«, sagte Belliveau. »Ich habe seinen Artikel mit großem Interesse gelesen. Es steckt wirklich etwas hinter seiner These.«

»Und Sie können sich nicht vorstellen, daß Didier Muret den Artikel auch gelesen hat?« fragte ich stirnrunzelnd.

»Das halte ich für unwahrscheinlich.«

»Weil er sowieso nicht viel las, meinen Sie?«

»Weil er kein Englisch verstand.«

Victor Belliveau führte uns zur Tür und verabschiedete uns mit einem Händedruck. »Kommen Sie jederzeit wieder, falls ich Ihnen irgendwie helfen kann.« Aber er sah uns nicht nach, schloß sogleich die Tür hinter uns, nachdem wir aus dem Haus getreten waren, und ich hörte, wie er den Riegel vorschob. Das Geräusch schien von der gegenüberliegenden Scheune widerzuhallen, als ein Knarren des mit einem Vorhängeschloß gesicherten Tores zu uns herüberdrang, während wir über den Hof zur Straße zurückgingen.

»Wie ein Säufer ist er mir aber nicht vorgekommen«, bemerkte ich.

»Das muß nichts bedeuten. Mein Onkel Aaron saugt den Whisky in sich auf wie ein Schwamm, und du würdest es ihm nie anmerken. Im Gegenteil, er lallt, wenn er stocknüchtern ist.«

Wir hatten das Gatter erreicht, und Paul hielt es mir auf, um mich vorgehen zu lassen. »Meinst du, er hat uns die Wahrheit erzählt? Daß er Harry gar keinen Brief geschrieben hat?«

»Warum sollte er uns anlügen?«

Ja, warum eigentlich? Ich blickte mich ein letztes Mal nach dem verkommenen gelben Haus um. Hatte sich die Küchengardine bewegt? Aber dann rührte sich auf dem Grundstück nichts mehr außer dem schwarzen Huhn, das erhobenen Hauptes durchs wehende Gras stolzierte, und mich überkam wieder ein Schaudern, obwohl es hier nichts gab, wovor ich Angst zu haben brauchte.

»Jetzt aber auf zur Kapelle!« Paul schlug krachend das Gatter zu, worauf das Huhn eilends davonrannte.

18

Zwei Gewichte fielen vereint, die Tiefe zu erkunden ...

Paul zog den an einem klappernden Ring befestigten Schlüssel aus dem eisernen Schloß und schob fast ehrfürchtig die Pforte auf, als sei es ihm unangenehm, die stille, nur von dem Gesang unsichtbarer Vögel und dem Flüstern des Windes in den schattigen Alkoven erfüllte Atmosphäre dieser Stätte zu stören. Ein leises Rascheln ging durch den Lorbeerstrauch über dem Taufbecken, und die Blumen neben den grasüberwachsenen Gräbern nickten träge mit den Köpfen. Aus jeder Ecke und von jedem Sims in diesen Mauerresten ruhten die Blicke der von der säurehaltigen Luft zerfressenen Steingesichter auf uns. Von dem hinter dem schweren Eisentor verborgenen Raum sahen uns die Heiligenfiguren durch die Gitter hindurch entgegen, wie man im Zirkus einen Löwen in seinem Käfig anstarrt.

Es hätte mir ein kribbeliges Gefühl vermitteln können, all diese versteinerten Blicke auf mir zu spüren, aber ganz im Gegensatz dazu wirkte es geradezu beruhigend.

»Donnerwetter«, sagte Paul. »Das geht einem beim zweitenmal kein bißchen weniger unter die Haut als beim ersten, was?«

»Du bist schon einmal hier gewesen?«

»Ja, die Kapelle haben wir gleich entdeckt, nachdem

wir oben im Château gewesen waren. Ich glaube, Simon hat in einem Reiseführer darüber gelesen, und als wir erfuhren, daß Christian den Schlüssel dazu besitzt ...« Er ging an mir vorbei zu dem Gitter, sperrte das Schloß auf, und ich stand ein weiteres Mal in der Apsis mit den abblätternden Fresken und brüchig wirkenden Säulen. Wir gingen am Altar vorbei und befanden uns vor dem zweiten Gitter, zu dem Christian gestern den Schlüssel nicht dabeigehabt hatte. Was sich dahinter erstreckte, wirkte heute kein bißchen anheimelnder als tags zuvor, und selbst, als Paul auch das zweite Schloß aufbekam, hielt ich mich zurück und schielte ängstlich in die Dunkelheit. »Wir haben keine Lampe dabei.«

»Doch, ich habe eine.« Es war eine kleine Taschenlampe, deren schwacher Lichtschein uns keine große Hilfe sein würde, aber Paul knipste sie an und betrat den Durchgang. »Hier irgendwo muß der Hauptschalter sein. Ah, da haben wir ihn ja.«

Mit einem Male standen wir in strahlend helles, gelbes Licht getaucht, das all die lauernden Schatten von den Wänden verjagte.

»Hier gibt es Strom?«

»Aber sicher. Es ist doch eine Art Museum. Während der Sommermonate werden hier die Touristen durchgeschleust, und man will die Leute schließlich nicht im Dunkeln herumtappen lassen. Achte aber trotzdem darauf, wo du hintrittst.« Er geleitete mich über die unebene Schwelle. Auf beiden Seiten des Durchgangs waren Kunstgegenstände und allerlei Gerätschaften ausgestellt, alte Bauernwerkzeuge und solche, die wohl für den Weinbau gebraucht wurden, teilten sich den engen Raum mit Devotionalien und zerbrochenen Figuren. Eine sonderbare Vielfalt. »Hier hat übrigens früher der Einsiedler gehaust«, erklärte Paul. Nach ein paar Metern erweiterte sich der Gang hinter einer Biegung zu einem kahlen Gewölbe, von dessen Wänden wiederum Heiligenfiguren mit sanften Augen auf uns herabblickten.

Meine Platzangst ließ ein wenig nach, und ich blieb stehen, um einmal tief Luft zu holen. »Hier geht's aber wohl nicht mehr weiter?«

Paul zeigte auf eine kunstvoll verzierte, ungefähr hüfthohe Eisenpforte, hinter der sich scheinbar noch ein Gang versteckte, der tiefer in den Berg hineinführte. Ich blickte über die Pforte hinweg und sah die grob in den Kalkstein gehauenen Stufen, die steil abwärts auf ein schimmerndes Licht zuführten. Mir wurde ein wenig schwindelig.

»Da unten ist das eigentliche Heiligtum«, sagte Paul. »Es ist ein Brunnen. Ein heiliger Brunnen.«

Ich hatte kein allzu großes Verlangen, noch weiter in die Tiefe hinabzusteigen, wollte aber auch nicht als Angsthase dastehen. Paul würde mich schon wieder sicher an die Oberfläche führen.

Die niedrige Pforte stellte kein besonderes Hindernis dar, aber mit den Stufen verhielt es sich schon wieder ganz anders. Sie waren vollkommen ungleichmäßig, einige nur ein paar Zentimeter hoch, während man über andere gleich einen halben Meter tiefer rutschte. Mit zitternden Fingern tastete ich an der staubigen Wand nach Steinvorsprüngen, an denen ich Halt finden könnte. Paul, der ja wohl schon einmal hier hinabgestiegen war, bewegte sich so sicher wie eine Gemse, während ich hinterherkraxelte und dabei Staubwolken aufwirbelte, die sich noch nicht gelegt hatten, als ich neben Paul auf dem schmalen Sims am Fuße der Treppe ankam.

»Das«, sagte er, »ist es.« Seine gedämpfte Stimme echote hohl, als befänden wir uns in einer Schwimmhalle.

Und in der Tat gab es hier Wasser, kristallklares Wasser, das im Schein der am Steinbogen darüber angebrachten Lampe türkisfarben schimmerte. Dieser Brunnen, erklärte Paul, ginge auf die Merowinger zurück, das fränkische Königsgeschlecht, sei also wohl noch älter als die darüber in den Stein gehauene Kapelle. Ich schätzte die Tiefe des Schachtes auf mehrere Meter, aber das Wasser darin war so klar, daß man die Kiesel am Grund deutlich erkennen konnte. Paul wies mich auf die Vertiefungen in dem weichen Stein der Wand hin, mit deren Hilfe die Brunnenbauer wieder nach oben steigen konnten, nachdem sie auf Wasser gestoßen waren.

»Na, wenigstens wissen wir, daß Harry nicht irgendwo hier unten steckt«, sagte ich mit einem Seufzer der Erleichterung, der die Wasseroberfläche leicht zum Kräuseln brachte.

»Was für ein beruhigender Gedanke«, meinte Paul. »Aber hier unten könnte man nicht einmal seine alte Silbermünze verstecken.« Er warf einen halben Franc in den Brunnen, und wir sahen zu, wie das winzig kleine Geldstück langsam zu Boden taumelte und dort deutlich erkennbar liegenblieb. »Wünsch dir was«, forderte Paul mich auf und gab mir ebenfalls eine Münze.

So, wie er das sagte, hörte es sich an wie mein Vater, und für einen kurzen Augenblick war ich wieder fünf Jahre alt und stand am Rand des Brunnens im Hof unseres Hauses in Italien. Aber dann sah ich mein eigenes Spiegelbild im Wasser, und die Vorstellung, wieder ein Kind zu sein, schwand dahin. Ich schüttelte den Kopf. »Ich weiß nicht, was ich mir wünschen soll.«

»Jeder hat doch irgendeinen Wunsch. Und wie oft bekommt man schon die Chance, vor einem heiligen Brunnen zu stehen?«

»Nein, ehrlich, es wäre die reinste Geldverschwendung ...«

»Hat dir schon mal jemand gesagt, was für eine entwaffnende Nüchternheit du an dir hast?« Er grinste und schloß die Augen. »Okay, dann werde ich mir eben für dich was wünschen.« Er warf auch die zweite Münze in den Brunnen. Sie landete mit einem entschlossenen Platschen auf dem Wasser, und dann sank mein unbekannter Wunsch tänzelnd immer tiefer, bis er neben Pauls halbem Franc auf dem Boden landete.

»Und was habe ich mir nun gewünscht?« wollte ich wissen und war nun doch neugierig.

»Wenn ich's dir sage, geht der Wunsch nicht in Erfüllung.« Er reichte mir die Hand, um mir wieder die Treppe hinaufzuhelfen. »Und jetzt wollen wir uns hier mal etwas gründlicher umsehen.«

In beinahe jeder Nische entdeckten wir eine Schatztruhe voll etwas angestaubter Artefakte. Wir stießen auch auf eine kleine Kammer am Ende des Tunnels, in der von Zeit zu Zeit jemand zu wohnen schien. »Während der Sommermonate gibt es hier eine Museumswärterin, die ab und an herkommt«, wußte Paul. Aber sie schien eine ganze Weile nicht mehr hier unten gewesen zu sein, denn das Bett war abgezogen, die Regale waren leergeräumt, und den Boden bedeckte eine dicke Staubschicht, auf der keine Fußabdrücke zu sehen waren außer unseren eigenen.

Wir entdeckten auch eine noch funktionsfähige Weinpresse in einem der unterirdischen Erker, aber natürlich fanden wir nichts, was Harry hier zurückgelassen haben konnte, nicht einmal die Verpackung eines Schokoriegels oder ein Papiertaschentuch. Ich war mir nicht sicher, ob ich enttäuscht oder erleichtert sein sollte – erleichtert, weil es keinen Hinweis darauf gab, daß Harry in irgendwelchen Schwierigkeiten steckte, enttäuscht, weil ich ebensowenig wie vorher wußte, ob Harry überhaupt in Chinon gewesen war. Mir blieb wieder nur diese verflixte Silbermünze.

Als wir auf dem Weg nach draußen an dem Teller mit den Spenden vorbeikamen, blieb Paul davor stehen und fragte: »Hast du hier das Geldstück mit King John darauf gefunden?«

Ich wurde knallrot und sparte mir die Mühe, es abzustreiten. Paul konnte ich sowieso nichts vormachen. Mit seiner beharrlichen Art kam er den Dingen früher oder später immer auf den Grund. »Schon ... aber ich habe selbst auch etwas dazugelegt«, stammelte ich, als würde das meinen Diebstahl entschuldigen, aber Paul hörte mir schon nicht mehr zu.

»Es muß eine Erklärung dafür geben«, sinnierte er. »Wir suchen nur nicht an der richtigen Stelle.«

Er stand immer noch mit gerunzelter Stirn vor dem Teller, als aus der Stadt die Mittagsglocken zu uns heraufdrangen und die friedliche Stille in der Kapelle durchbrachen. Hier gab es ohnehin nichts mehr für uns zu tun. Ich zupfte Paul am Ärmel. »Zeit fürs Mittagessen, Sherlock.«

»Ja, okay.« Er sah auf seine Uhr. »Ich sollte sowieso einmal nach der Wäsche schauen, bevor Simon zurückkommt. Wahrscheinlich ist alles schon rettungslos eingelaufen.«

Diese Befürchtung stellte sich als unbegründet heraus. In der Hotelhalle erwarteten uns bereits säuberlich aufgestapelt Pauls und Simons Hemden und Jeans. Thierry schien ganze Arbeit geleistet zu haben.

Er ließ sein reizendstes Lächeln aufblitzen und fuhr mit der Hand über die frischgebügelten Hosen. »Das ist nicht mein Verdienst«, gab er zu. »Ich habe die Sachen Gabrielle gegeben. Ich bin nicht so gut im Wäschewaschen.«

Das brauchst du auch nicht, dachte ich, solange du mit deinem Lächeln den Frauen den Kopf verdrehst. Kein Wunder, daß diese Gabrielle ab und zu so konfus war. »Das ist nicht fair von Ihnen, Thierry«, sagte ich.

»Comment?«

»Sie meint, daß du Gabrielle ausnutzt«, erklärte Paul. »Ist Simon schon zurück?«

»Nein, er ist wohl noch mit den Whitakers unterwegs. War ein ruhiger Vormittag.«

»Und? Hast du die Nase schon voll von mir?« fragte mich Paul.

»Nein, wieso denn?«

»Wollen wir zusammen was trinken? Ich könnte jetzt einen Schluck vertragen. Die Bar ist doch geöffnet, Thierry?«

»Jederzeit. Wie war der Spaziergang?«

»Sehr nett.« Paul grinste. »Aber vergiß nicht, es ist ein –«

»Geheimnis«, ergänzte Thierry. »Keine Sorge, von mir erfährt keiner etwas. Wenn ich einen Franc für jedes Geheimnis bekäme, das ich hier im Hotel für mich bewahre, brauchte ich nicht mehr zu arbeiten.«

Nichtsdestotrotz ließ er sich gerne dazu herab, uns zu bedienen, bevor er wieder in seinem Hinterzimmer verschwand. Paul trank sein Bier und stützte sich dabei mit einem Ellenbogen auf den Stapel sauberer Hemden, den er auf das Fensterbrett neben seinem Stammplatz gelegt hatte. In dem Blumenkasten draußen vor der Scheibe wuchs nur noch eine einzige rosafarbene Geranie. Ein bemühter kleiner Farbtupfer vor dem Hintergrund der wimmelnden Geschäftigkeit des Platzes. Paul zog seine

Zigaretten hervor und hielt mir die Packung hin. »Auch eine?«

»Wie? Oh, nein danke. Ich habe das Rauchen schon vor Jahren aufgegeben. Das gestern war sozusagen nur eine Ausnahme.«

»Die meinen Kopf gerettet hat. Aber wie soll nun unser nächster Schritt aussehen?«

»Ich weiß es nicht. Ich hab's, ehrlich gesagt, allmählich satt, Harry nachzuforschen.« Aber so ganz gleichgültig war mir die Geschichte denn doch nicht. »Weißt du, was Martine Murets früherer Mann von Beruf gewesen ist?«

Paul mußte über meine Hartnäckigkeit schmunzeln. »Ich glaube, er hat überhaupt nicht gerne gearbeitet. Simon hat ihn mal getroffen, er weiß es vielleicht. Simon hat diesen Muret auch nicht gemocht – hielt ihn für einen richtigen Widerling. Als er über das Geländer gestürzt ist, war er betrunken. Und ich glaube auch, daß er Martine während ihrer Ehe das Leben zur Hölle gemacht hat. Nicht, daß er sie geschlagen hätte oder so etwas, nein, das denke ich nicht, aber er war ... er war ziemlich ungehobelt. Sie muß sich für ihn geschämt haben. Die Sorte Mann, die gerne den Großkotz hervorkehrt, wenn du verstehst, was ich meine?«

Also ein bißchen wie Jim und Garland, bloß umgekehrt. Kein Wunder, daß Martine der Tod ihres Exgatten nicht allzu nahe gegangen war. Es mußte ja eher eine Erleichterung für sie gewesen sein.

Draußen wurde eine Autotür zugeschlagen. Paul reckte den Hals. »Aus mit der Gemütlichkeit«, sagte er und drückte die halbgerauchte Zigarette aus.

»Wieso? Sind sie schon zurück?«

»Mir fällt gerade ein, daß ich vielleicht besser bei Christian vorbeigehen sollte, um ihm den Schlüssel zurückzugeben«, sagte er mit einem Augenzwinkern.

»Feigling«, zog ich ihn auf, aber er lachte nur und war wie der geölte Blitz durch die Hintertür verschwunden, gerade noch rechtzeitig, ehe mit der aus Fontevraud zurückkehrenden Ausflugsgesellschaft abermals Unruhe im Hotel de France Einzug hielt.

In der Leitung knackte und rauschte es wieder fürchterlich, und es schien eine Ewigkeit zu dauern, bis mein Vater am anderen Ende den Hörer abnahm. In Uruguay war jetzt Abend, und ich hatte ihn offensichtlich gerade beim Essen erwischt. Er war zuerst gar nicht zu verstehen.

»Mmwampf«, hörte ich und entschuldigte mich für die Störung, was er mit »Barrumpf-ba« kommentierte. Er räusperte sich, hustete einmal und sagte schließlich: »Also bist du immer noch in Frankreich?«

»Ja.«

»Und immer noch mutterseelenallein?«

»Ja. Das ist eigentlich auch der Grund, warum ich anrufe ...« Ich zwirbelte die Telefonschnur um den Finger und erzählte ihm in möglichst knappen Worten von meinem Fund.

»Seine Münze mit King John? Bist du dir da sicher?«

Ich nickte, ohne daran zu denken, daß er mich ja gar nicht sehen konnte. »Ich hab' sie hier im Zimmer. Und ich kann mir nicht vorstellen, daß er sie einfach so in der Kapelle zurückgelassen hat, außer, es gab einen bestimmten Grund dafür, aber das bringt mich auch nicht weiter.« Ich zupfte am Bettüberzug. »Ehrlich, Daddy, ich weiß nicht mehr, was ich noch tun soll.«

»Mir scheint, du bist bis jetzt ganz vernünftig vorgegangen.«

»Ich habe mir überlegt, ob ich nicht Tante Jane anrufen –«

»Bloß nicht!« polterte mein Vater los. »Was für einen Sinn hat es, daß sie sich wegen nichts und wieder nichts Sorgen macht – und wie ich Harry kenne, ist auch wirklich nichts passiert. Nein, überlaß das lieber mir. Wozu habe ich meine Verbindungsleute in Paris? Ich werde mich da mal ein bißchen umhören, und wer weiß, vielleicht gelingt es mir ja, ihn aufzustöbern. Und, Emily –«

Ich wußte nur zu gut, daß er die Angelegenheit mindestens bis zum nächsten Morgen auf sich beruhen lassen würde. »Ja, Daddy?«

»Mach du dir auch nicht zu viele Gedanken, hörst du? Du weißt ja, unser Harry läßt sich nicht so schnell unterkriegen. Kein Grund, seinetwegen schlaflose Nächte zu verbringen.«

Diesen Rat rief ich mir ins Gedächtnis, als ich später in meinem Bett lag und die tanzenden Schatten an der Zimmerdecke anstarrte. Aber schlafen konnte ich deswegen trotzdem nicht.

Ganz in der Nähe schlug die Glocke. Eine Stunde nach Mitternacht. Ein kalter Luftzug wehte durch das offene Fenster. Draußen wurde die Straßenbeleuchtung ausgeschaltet, und mit ihr erloschen auch die Schatten an der Decke. Alle, bis auf einen. Es konnte der Mond sein, der hoch über den Wolken seine Runde machte, von dem der schwache Widerschein an der Wand stammte, und das, was ich in diesem Augenblick hörte, führte ich auf meine Einbildungskraft zurück oder auf das nächtliche Wispern des Windes. »Folge mir«, flüsterte der Schatten, als ich mich in meinem Bett herumwälzte, »folge mir ...«

Da flogen durch einen jähen Windstoß die Fensterflügel weit auf, und die Vorhänge flatterten wild wie ein flüchtendes Gespenst. Vor Schreck sank mir das Herz fast in die Hose, und ich zwang mich zur Ruhe. Sei nicht dumm, sagte ich mir, als ich aufstand und mir meine Bettdecke umlegte, da ist nichts.

Doch um mir dessen ganz sicher sein zu können, lehnte ich mich über die Balkonbrüstung und sah hinunter auf den schlafenden Platz.

Der schwarzweiße Kater schlich verstohlen zwischen den rauschenden Akazien umher, aus dem Schatten ins Licht und wieder zurück, stets in sicherem Abstand um den immer noch erleuchteten Springbrunnen herum. Geräuschlos überquerte er dann den leeren Platz und schnüffelte an dem Blumenkasten neben der Hoteltür. Mein Blick folgte ihm, und dann zuckte ich zusammen, als ich entdeckte, daß ich nicht die einzige war, die noch keinen Schlaf gefunden hatte und statt dessen einen streunenden Kater beobachtete.

Im Licht des Mondes sah Neil Granthams Haar fast weiß aus. Es war vom Wind gezaust und schien einen Augenblick lang das einzige zu sein, was sich bewegte. Seine Hände ruhten ganz still auf der Brüstung seines schmalen Balkons. Er schien nicht einmal zu atmen.

Als er seinen Kopf bewegte, trat ich rasch vom Fenster zurück.

19

Ich erhob mich und … fand einen stillen Platz.

Früh am nächsten Morgen kam der Kater wieder. Ich werde nie begreifen, wie er mich gefunden hat, denn ich hatte mich entlang der Uferpromenade ein ganzes Stück weit vom Hotel entfernt. Er kam schläfrig zu mir auf den Schoß gekrochen und rollte sich gähnend zusammen.

Hinter ihm schien eine ereignisreiche Nacht zu liegen, denn er sah ein bißchen so aus, wie ich mich fühlte: entkräftet, zerknautscht und in jeder Hinsicht irgendwie mitgenommen. So ging es mir immer, wenn ich schlecht geschlafen hatte. Schlaflosigkeit lastete wie ein ererbter Fluch auf mir. Mein Großvater hatte darunter gelitten und dann mein Vater, der dieses Übel freundlicherweise an mich weitergereicht hatte. Es gab Nächte, in denen ich wach lag und vierstellige Zahlen von Schafen zählte, während ich mein zermartertes Gehirn zu zwingen versuchte, mich nicht mehr mit Gedanken zu quälen. Das passierte mir jetzt nicht mehr so häufig wie früher, doch wenn, dann trieb es mich am frühen Morgen an einen ruhigen Ort wie diesen, von wo aus ich den Sonnenaufgang beobachten konnte. Sobald die Sonne erst einmal am Himmel stand, sah man alles mit anderen Augen.

Oben auf dem Berg schlug die Glocke siebenmal. Jetzt

würden sie im Hotel anfangen, das Frühstück zu servieren. Ich sollte mich auf den Rückweg machen. Gleich, dachte ich. Nicht sofort. Ich mußte lächeln, während ich den schlafenden Kater kraulte und den Blick ziellos über die Promenade schweifen ließ.

Da standen die beiden Platanenreihen, noch in üppiges Grün gehüllt, seit Jahrhunderten wohl schon Wache. Unter ihrem gewölbten Blätterdach zog sich ein glattgerechter roter Kiespfad entlang, an dessen Rand Parkbänke müßige Spaziergänger wie mich einluden, Rast zu machen und die Welt an sich vorüberziehen zu lassen.

Von der Bank, auf der ich saß, genoß ich einen guten Blick über die Vienne und die kleine, längliche Insel in ihrer Mitte hinweg zum jenseitigen, dicht bewaldeten Ufer. Der Strom floß so träge dahin, daß es schien, als wäre er mit einer Eisschicht überzogen, und vom Wasser stiegen Frühnebelschwaden auf, die die Sonnenstrahlen einfingen und golden schimmernd über dem Fluß schwebten. Vor ein paar Minuten hatte ich ein gelbes Kajak, das mit dem Strom auf die Brücke zuschaukelte, den Nebel durchschneiden sehen, und davor war eine Frau mit einem Hund an mir vorbeigegangen, aber nun gab es hier nur noch den Kater und mich – und die am Flußufer schnatternden Enten.

Ich war völlig in Gedanken versunken, als sich der Kater auf einmal in meinem Schoß bewegte und ich seine Krallen durch meinen Wollpullover hindurch zu spüren bekam. Ich schreckte hoch und sah mich um auf der Suche nach dem Grund für diese plötzliche Unruhe.

Ich brauchte nicht lange zu suchen. Vier Bäume weiter kam ein kleiner gefleckter Hund, die Schnauze dicht am Boden, um einen metallenen Abfalleimer herumgewackelt. Der Hund hatte von uns noch gar keine Notiz genommen und stellte für meinen Kater sowieso keine Bedrohung dar, denn er wurde von einem Mann, der leicht vorgebeugt mit dem Rücken zum Fluß stand, an einer hellroten Leine gehalten.

Der Zigeuner war nicht allein. Ein weiterer Mann war bei ihm stehengeblieben, ein schlanker, hochgewachsener Mann, dessen hellblondes Haar im Morgenlicht silbrig glänzte. Der Zigeuner sprach gestenreich auf ihn ein, und ich sah, wie Neil den Kopf schüttelte, sich umdrehte und auf mich zukam.

»Guten Morgen«, begrüßte er mich. »Darf ich mich zu dir setzen?«

Es gibt wohl kein Entrinnen vor diesem Mann, dachte ich und rückte ein Stückchen weiter, um ihm Platz zu machen. Er ließ sich auf die Bank fallen und setzte sich gleich so hin, daß sein Gesicht mir zugewandt war. »Du scheinst es ja mit streunenden Katern zu haben, wie ich sehe.«

»Nicht mit allen. Nur mit diesem hier.«

»Ach, dann ist das dein Kamerad von Samstag abend?« Er streckte die Hand aus, um das Tier zu streicheln. Der Kater kuschelte sich tiefer in meinen Schoß und sah Neil mit halbgeschlossenen Augen an. »Der kommt ganz schön herum. Ich habe ihn schon überall in Chinon umherstrolchen sehen. Ist eigentlich zu anhänglich für einen heimatlosen Kater.«

»Ja.« Ich sah an ihm vorbei zu dem Zigeuner hinüber, der immer noch an derselben Stelle stand. »Was hat der Mann von dir gewollt?« fragte ich.

»Er wollte Feuer. Ich hatte aber keines.«

»Hat er dich auf englisch angesprochen?«

»Nein, auf französisch.«

»Ich dachte, du sprichst kein Französisch.«

Er sah mich von der Seite an. »Tue ich auch nicht, jedenfalls nicht mehr, als in meinem Reisesprachführer steht. Aber wenn jemand mit einer Zigarette im Mund auf mich zukommt und eine Geste macht, wie man ein Streichholz anzündet, kann ich mir ungefähr vorstellen, was er will.«

Peinlich. Als ich wieder aufsah, waren der Zigeuner und sein Hund nirgendwo mehr zu sehen. »Ich hätte nicht erwartet, so früh schon jemanden aus dem Hotel hier zu treffen«, nahm ich den Faden wieder auf.

»Die Müllfahrer haben mich geweckt. In aller Herrgottsfrühe, um vier, haben sie mit ihren Tonnen vor dem Hotel herumgepoltert, als wären wir auf dem Rummel.«

Ich hatte sie auch gehört, neben einigen anderen Dingen wie dem Rascheln der welken Blätter auf dem Pflaster und den gemessenen Schritten zweier Gendarme auf ihrer nächtlichen Runde. Schlaflose Nächte schärfen immer meine Sinneswahrnehmung.

»Diese Müllmänner wecken mich jedesmal auf«, sagte Neil. »Meistens schaffe ich es, wieder einzuschlafen, aber heute früh ...« Er zuckte die Achseln. »Hübsch hier, nicht wahr?«

»Ja, ganz nett.«

»So hübsch wie die ganze Stadt. Ich bin immer richtig traurig, wenn ich abreisen muß.«

»Also neigt sich dein Urlaub seinem Ende zu?« Mist. Die Enttäuschung in meiner Stimme muß deutlich herauszuhören gewesen sein.

»Nächste Woche, schätze ich. Ich bin fast wieder ganz hergestellt.« Er bewegte die Finger seiner Hand, um es mir zu demonstrieren. »Außerdem darf ich's nicht übertreiben. Ich werde nicht dafür bezahlt, herumzusitzen und nichts zu tun.«

»Aber du hast doch geübt«, verteidigte ich ihn. »Jeden Tag.«

»Ja, aber höchstens eine Stunde oder so.«

»Ist das nicht genug?«

»Zu Hause spiele ich sechs Stunden am Tag. Das hier sind doch nur Fingerübungen.«

»War aber trotzdem schön anzuhören. Ich mag Geigenspiel.«

Er bedankte sich für das Kompliment. »In ein paar Tagen wirst du anders darüber denken. Wenn man ihn hundertmal gehört hat, verliert sogar Beethoven seinen Reiz. Ich kann mich selber schon nicht mehr spielen hören, aber ich kenne dieses Stück in- und auswendig, und deshalb ist es als Übung gut geeignet.«

»Dann solltest du vielleicht doch mal etwas anderes spielen. Studierst du nicht irgendwas von einem zeitgenössischen Komponisten ein?«

»Das würde ich den Hotelgästen nie zumuten. Es ist nicht gerade ein Ohrenschmaus – ziemlich dissonant. Nein, dieses Stück höre ich mir nur vom Band an, und zwar leise. Als ich das Band zum erstenmal auf Thierrys Monsteranlage gespielt habe, mußten sie fast das Hotel evakuieren. Es war so laut, daß man meinen konnte, ich hätte ein ganzes Orchester in meinem Zimmer versammelt.«

»Neulich hast du aber Elgars ›Liebesgruß‹ gespielt. Wolltest du damit die Geister beschwichtigen, damit dir nicht noch eine Anlage um die Ohren fliegt?«

»Ich hatte schon einen bestimmten Grund dafür. Aber der hatte nichts mit Geistern zu tun. Allerdings überraschst du mich – normalerweise können die Leute Bach oder Mozart heraushören, aber ein Stück von Elgar zu erkennen, dazu gehört schon etwas mehr.«

Ich merkte, wie ich rot wurde, und sah zu Boden.

»Meine Mutter liebt klassische Musik. Früher hat sie mich immer in Konzerte geschleift. Ich habe nicht so aufmerksam zugehört, wie ich sollte, aber was mir gefiel, ist mir in Erinnerung geblieben.«

»Du sagtest ›früher‹. Gehst du jetzt nicht mehr in Konzerte?«

Ich schüttelte den Kopf. »In jüngster Zeit komme ich einfach nicht dazu. Meine Mutter schon. Ihr Freund ist Dirigent«, fügte ich mit einem Lächeln hinzu.

»Interessant! Wie heißt er denn?«

Ich nannte Neil den Namen. »Kennst du ihn?«

»Ich habe von ihm gehört, bin ihm aber nie begegnet. Und dein Vater –?«

»– lebt in Uruguay.« Um das Gespräch von meiner Person abzulenken, fragte ich ihn, bei welchem Orchester er in Österreich spiele. Erwartungsgemäß sagte mir der Name nichts.

»So geht's den meisten Leuten. Wir sind nicht gerade die Wiener Philharmoniker, aber wir verfügen immerhin über sechsundachtzig Mitglieder und sind auch nicht ganz ohne. Wir haben einen hervorragenden Dirigenten.«

»Also lebst du gerne in Österreich?«

»Ausgesprochen gerne.«

»Kein Verlangen, nach England zurückzukehren?«

»Wenn du dich zwischen Österreich und Birmingham entscheiden müßtest, was würdest du machen?«

»Als Geigerin? Weiß nicht. Das Orchester von Birmingham hat einen sehr guten Ruf.«

»Und abgesehen davon?«

Mir fiel beim besten Willen keine Antwort ein, nicht einmal im Scherz, und nach einer Weile wandte er den Blick wieder dem Fluß zu. »Ziemlich laut heute morgen, die Enten«, war sein einziger Kommentar.

Diese gezwungene Unterhaltung wurde mir immer unangenehmer, und ich beschloß, einen Vorwand zu finden, um sie zu beenden. Auch der Kater war anscheinend der Meinung, ich hätte lange genug gelitten, wälzte sich in meinem Schoß auf die Beine, streckte sich, sprang mit grazilem Schwung auf den Kiesweg und war schon wie ein Schatten in den Nebel am Flußufer eingetaucht, ohne sich noch einmal umzusehen.

»Zeit zu frühstücken«, sagte ich, stand auf und strich mir die Katzenhaare von den Beinen.

»Ich komme mit.« Auch Neil erhob sich von der Bank, streckte sich und ging wie selbstverständlich an meiner Seite zum Hotel zurück.

Inzwischen war auch die übrige Welt zum Leben erwacht. Entlang der Uferstraße lärmten bereits Autos und Lastwagen, und die Ladenbesitzer waren dabei, ihre Geschäfte für den Tag zu öffnen, polierten ihre Schaufensterscheiben, ließen die Markisen herunter und fegten den Gehsteig.

Wir folgten dem Kiesweg. Auch hier wuchsen Platanen, aber sie waren nicht so alt und auch nicht so groß wie die an der Uferpromenade. Ein Wind war aufgekommen und hatte die Nebelschwaden vom Fluß vertrieben, so daß die Sonnenstrahlen ungebrochen auf dem Wasser tanzten. Auf dem Weg herrschte ein Wechselspiel von Licht und Schatten, das sich im Takt mit den über unseren Köpfen flüsternden Blättern veränderte. Im Gegensatz zu all der Geschäftigkeit an der Straße schien es hier niemand eilig zu haben. Mehrere Spaziergänger lehnten an der Ufermauer und sahen dem gelben Kajak von vorhin zu, das mit gleichmäßigen Paddelschlägen wieder flußaufwärts gelenkt wurde. Ein junger Mann mit zufriedenem Gesichtsausdruck kam mit einer Angelrute in der einen und einem Korb in der anderen Hand die Treppe vom Flußufer heraufgestapft. Und noch ein Stückchen weiter, unweit der Stelle, an die sich Paul zurückzuziehen pflegte, lief gerade ein kleines Mädchen die kopfsteingepflasterte Schräge zum Wasser hinunter, von den schnatternden Enten angelockt. Als sie nur noch ein paar Schritte vom Fluß entfernt war, rief der ältere Mann, der sie begleitete, das Kind zurück.

»Genau wie ihre Mutter. Hat auch vor nichts Angst«, hörte ich Neil neben mir sagen.

Ich warf ihm einen erstaunten Blick zu, aber dann fiel mir ein, daß er Lucie Valcourt natürlich kannte, obwohl sich das Mädchen kaum an ihn erinnern dürfte. Ihre Mutter war mittlerweile drei Jahre tot, also konnte sie zu der Zeit, als Neil häufiger Gast im Hause der Valcourts war, höchstens vier Jahre alt gewesen sein. Und dennoch schien Neil ihr ganz und gar nicht fremd, denn als sie zum Uferweg zurückgehüpft kam, begrüßte sie mich trällernd auf französisch, Neil aber in etwas stockendem Englisch.

»Guten Morgen, Monsieur Neil. Wir sind Enten füttern.«

»Hast du denn heute keine Schule?«

Das Mädchen schüttelte nachdrücklich den dunklen Lockenkopf. »Nein. Ist doch Mittwoch.«

»Tatsächlich? Haben wir schon wieder Mittwoch? Weißt du, in England gehen die Kinder auch am Mittwoch in die Schule.«

Lucie rümpfte die Nase bei diesem Gedanken, getreu der Vorstellung der Franzosen von den Engländern als einem etwas eigenwilligen Völkchen. »Da will ich aber nicht zur Schule gehen.«

François, der ebenfalls näher getreten war, lächelte nachsichtig. »Aber in England hätte ein alter Mann wie ich am Mittwoch etwas Ruhe. Statt dessen führt die

Kleine mich aus – wie einen Hund«, sagte er ebenfalls auf englisch zu Neil.

»Ich will Enten füttern«, meldete sich Lucie noch einmal. Plötzlich schien ihr etwas einzufallen, und sie sah mich an. »Mademoiselle, haben Sie auch Lust auf Entenfüttern? Ich habe viel Brot mit.«

Nein, darauf hatte ich bestimmt keine Lust, aber ich habe es noch nie übers Herz gebracht, einem Kind etwas abzuschlagen, also ließ ich mich von der Kleinen die breite Bootsrampe hinunterführen, während Neil und François oben am Weg zurückblieben. »Ist Monsieur Neil Ihr Freund?« fragte mich Lucie, jetzt wieder auf französisch. »Er war auch ein Freund meiner Mutter. Er wohnt in Österreich. Letzten Sommer bin ich mit Tante Martine bei ihm zu Besuch gewesen und er bei uns. Er spricht Deutsch«, informierte sie mich, »aber er kann kein Französisch. Er kriegt immer alles durcheinander. Haben Sie den Spalt gesehen, den er vorne zwischen den Zähnen hat?«

Daß mit Neils Zähnen etwas nicht stimmen sollte, war mir beim besten Willen noch nicht aufgefallen. »Nein, und mein Freund ist er auch nicht.«

»Ach?« Zum Glück fragte sie nicht weiter nach. Wir hatten jetzt fast das untere Ende der Rampe erreicht. Lucie zupfte mich am Ärmel und flüsterte leise: »François sagt, man darf die Enten nicht erschrecken.«

Ich nahm das Stück Brot, das sie mir gab, und tat mein Bestes, so zu werfen, daß die Enten, die jetzt von allen Seiten angeflattert kamen, keinen Schreck kriegten. Die meisten drängten sich im flachen Wasser, aber auch auf der Rampe tummelten sich so viele, daß sie geradezu übereinander hinwegpurzelten, und die ganze Meute bettelte aus tiefster Kehle nach Futter. Nein, Angst vor Menschen konnte man diesen Enten wahrlich nicht nachsagen.

»... und das da ist Jacques«, Lucie zeigte auf ihre Lieblingsente inmitten der Armada, »und die da mit den komischen Beinen heißt Ar-ri.«

Besagte Ente hatte tatsächlich komische Beine, überlang und dünn, und sah im großen und ganzen auch ziemlich unordentlich und zerzaust aus, so daß ich spontan an meinen Vetter denken mußte. Ich warf ihr einen Brocken zu. »Wieso ›Ar-ri‹?«

Irgend etwas, das ich nicht gesehen hatte, brachte eine plötzliche Unruhe in die Wasseroberfläche und verlieh den kleinen Wellen, die auf das Kopfsteinpflaster zu unseren Füßen platschten, etwas unerklärlich Bedrohliches.

»Das ist ein englischer Name«, belehrte mich Lucie. »Mein Onkel Didier hat einen Freund in England ... Mein Onkel Didier, der ist jetzt tot, aber sein Freund heißt Ar-ri. Vorige Woche waren wir hier Enten füttern, und Onkel Didier hat gesagt, die Ente sieht so aus wie Ar-ri.«

Ich wollte gerade ein weiteres Stückchen Brot abbrechen, als ich plötzlich innehielt. »Harry?« fragte ich. »Heißt dieser Freund Harry, Lucie?«

»Ja, Ar-ri, hab' ich doch gesagt. Ist ein ulkiger Name. Heißen viele Leute in England so?«

»Ziemlich viele.« Ich überlegte angestrengt. Ihr Onkel Didier, hatte sie gesagt. Im Geiste stellte ich die beiden Namen nebeneinander – Didier Muret und Harry. Hier gab es einen Didier, der einen Harry kannte. »Wann war das, als ihr hier die Enten gefüttert habt? Letzten Mittwoch?«

Sie nickte. »François hatte Kopfschmerzen und konnte nicht mit mir herkommen, da hat Onkel Didier gesagt, daß er mit mir geht. Aber jetzt ist er ja tot«, stellte sie ganz sachlich fest. »Er ist nicht so nett wie François. Mit François darf ich immer viel länger hierbleiben, und dann kriege ich ein Eis. Aber Onkel Didier mußte sich mit seinem Freund treffen, und da konnte ich den Enten nicht mal mein ganzes Brot geben, weil er mich gehetzt hat.«

Eine Ente kam mir fast auf den Fuß gekrochen, und ich trat abwesend einen Schritt beiseite, während ich noch eine Ladung Krumen hinunterrieseln ließ. Mein Stück Brot war schon fast alle. »Der Freund von deinem Onkel – hat der ein bißchen so ausgesehen wie ich?«

»Ja, ganz englisch«, sagte sie und sah an mir hinauf, um mich näher in Augenschein zu nehmen. »Nur seine Nase war nicht so gerade.«

»Und was weißt du noch von ihm?«

»Er hat viel gelacht, und er mag gerne Enten füttern. Und er kann mit den Ohren wackeln.« Was ihn in ihrer Achtung offensichtlich steigen ließ. Ich sah hinab zu der zerzausten Ente mit den langen Watschelbeinen und warf ihr mein letztes Stückchen Brot zu.

Diese Ente erinnerte tatsächlich an meinen Vetter. Und Lucies Geschichte zufolge war Harry hier in Chinon gewesen ...

Doch mir blieb keine Zeit, diese neue Information im Geiste zu verarbeiten, denn Lucie griff mich bei der Hand und zerrte mich zurück zu François und Neil, die sich wie alte Freunde miteinander unterhielten. Neil lachte gerade über etwas, was François gesagt hatte, wandte sich aber sogleich mir zu. »Na? Alles überstanden? Von hier oben haben wir euch vor lauter Federn kaum noch sehen können.«

Lucie sah ihn aus ihren braunen Augen neugierig an. »Monsieur Neil«, fragte sie in sorgsam zurechtgelegtem Englisch, »können sie Ihre Ohren bewegen?«

»Bitte?«

»Sie will wissen, ob du mit den Ohren wackeln kannst.«

»Ach so. Ja, natürlich kann ich das.« Er ging in die Hocke, um es Lucie vorzuführen. Ich lehnte mich neben François an die niedrige Mauer. Ich hätte ihn gerne nach Didier Muret gefragt, aber ich brachte nicht den Mut dazu auf, also versuchte ich, meine Frage auf Umwegen zu stellen.

»Ein wirklich reizendes Kind«, sagte ich auf französisch.

»Ja, ich mag sie auch sehr.«

»Sie hat mir von ihrem Onkel erzählt. Dafür, daß sie noch so klein ist, scheint sie mit seinem Tod ganz gut fertig zu werden.«

»Didier Muret«, sagte er, und sein Blick streifte mich, »war nicht die Sorte Mensch, um die man trauert. Und außerdem hat sie ihn auch kaum gekannt.«

»Er war Historiker von Beruf?« fragte ich wie beiläufig. Natürlich hatte Victor Belliveau diese Frage bereits verneint, aber man konnte ja nie wissen ...

»Historiker?« Er sah mich erstaunt an. »Nein, Mademoiselle, er war Angestellter, bei einem Anwalt – wenn er überhaupt gearbeitet hat.«

»Ach so. Dann muß ich was falsch verstanden haben.« Also wieder nichts. Gerade hatte ich gemeint, einen entscheidenden Schritt weiter zu sein, aber schon erwiesen sich alle Übereinstimmungen erneut als Zufall. Warum sollte ein arbeitsloser Anwaltsgehilfe, der allem Vernehmen nach kein Englisch verstand, sich für einen englischen Zeitschriftenartikel über Isabelle von Angoulême interessieren? Nein, das ergab keinen Sinn.

François warf Neil und Lucie einen Blick zu. »Manchmal erinnert sie mich an ihren Vater. Beide sind so liebenswerte Menschen, aber ... sie akzeptieren beide kein ›Nein‹.«

»Noch mal«, kommandierte Lucie gerade kichernd, und Neil seufzte gewichtig.

»Weißt du, gleich fallen sie ab, und dann tut's dir leid.« Trotzdem wackelte er noch einmal gehorsam mit den Ohren und wurde mit einem weiteren glücklichen Kichern seiner einzigen Zuschauerin belohnt. Um so mehr fiel mir auf, daß François' Lächeln plötzlich verschwand und in sein faltiges Gesicht ein kummervoller Zug trat, als bereite ihm etwas Schmerzen.

Besorgt faßte ich ihn beim Arm. »Geht es Ihnen gut?«

Ich merkte, daß er ein Zittern unterdrückte, und meinte auch gesehen zu haben, wie er mich ein weiteres Mal fragend musterte, doch als er mir antwortete, hatte er sich wieder ganz gefangen.

»Ja, mir geht es gut, Mademoiselle. Ich bin nur nicht mehr der Jüngste. Und manchmal sehe ich eben Gespenster.«

20

Durch sie könnt' Licht in diese Sache kommen.

Ich ging nicht auf direktem Wege zurück zum Hotel. Ich suchte nach dem kleinen Platz, an dem Martine Muret ihre Galerie betrieb.

Sie war nicht schwer zu finden. Auch ohne die Bilder von Christian Rand im Fenster hätte ich sofort geahnt, daß das Geschäft Martine gehörte. Irgendwie sah es nach ihr aus – so gepflegt, schick und elegant, so aufgeräumt. Und Christians Bilder stellten das i-Tüpfelchen dar. Sie stachen augenblicklich von den anderen Werken ab – der kräftigere Pinselstrich und das geschickte Spiel von Hell und Dunkel verliehen ihnen eine warme, romantische Atmosphäre. Ich trat einen Schritt näher heran, um das Selbstporträt anzusehen, das Paul erwähnt hatte. Es war meisterhaft, fand ich. Nichts daran war geschönt, jede Unebenheit seines scharf geschnittenen Gesichts war ganz genau eingefangen, das golden glänzende Haar war ungekämmt wie immer, und in den blassen Augen lag der ernste Blick, der so charakteristisch für ihn war.

Den Landschaftsbildern hatte er ähnlich gekonnt Leben eingehaucht. Ich sah regelrecht, wie die Mauern von Schloß Chinon im Sturm erzitterten, und spürte die Friedsamkeit der Felder mit den weidenden Kühen darauf, aber am besten gefiel mir das Gemälde mit dem Fluß.

Er hatte dafür die Stimmung bei Sonnenuntergang und einen Blick nicht weit von der Stelle, an der Paul immer saß, gewählt; unterhalb des Denkmals waren auch die Stufen deutlich zu erkennen, und auf dem stillen Wasser schwammen drei Enten um einen verwitterten Stechkahn herum, der an der abschüssigen Bootsrampe festgemacht war. Dahinter erstreckten sich die in der Abendsonne schimmernden Bögen der Brücke wie ein goldenes Band von Ufer zu Ufer. Das einzige, was auf dem Bild noch fehlte, dachte ich, war Paul, wie er da auf halbem Weg die Treppe hinunter mit einer verbotenen Zigarette und seinem »Ulysses« saß.

Es geschah nicht oft, daß ich mich vom Anblick eines Bildes so gefangennehmen ließ, und als Martine zur Tür kam, um mich zu begrüßen, mußte sie mich zweimal ansprechen, ehe ich sie bemerkte.

»Wunderhübsch, nicht wahr?«

»Wirklich bezaubernd.« Ich biß mir auf die Lippe. »Ist er sehr teuer?«

»Preiswerter als seine anderen Bilder. Es ist etwas kleiner, und es sind keine Kühe darauf. Die Touristen lieben Kühe, und deswegen erzielen die höhere Preise als der Fluß. Wenn Sie möchten, gebe ich Ihnen eine Liste.«

Ich folgte ihr hinein und wartete, während sie die Preisliste holte. Die Galerie war makellos weiß gestrichen und hell erleuchtet, damit jedes Bild, jede Zeichnung und jede Plastik so vorteilhaft wie möglich zur Geltung kamen. Martine schien einen erlesenen Kunstgeschmack zu haben, denn ich entdeckte nicht ein einziges Ausstellungsstück, das ich nicht zu gerne selbst besessen hätte. Allerdings sprengten wohl die meisten meinen finanziellen Rahmen, und als Martine wiederkam und mit dem Finger am Rand der Liste entlangfuhr, bereitete ich mich auf das

Unvermeidliche vor. Aber was soll's, sagte ich mir, ich war ohnehin nicht hergekommen, um ein Kunstwerk zu erstehen. Ich war gekommen, um Martine vorsichtig über ihren früheren Ehemann auszufragen.

»Da haben wir's ja. Nummer achtundachtzig.« Die Summe, die sie mir nannte, war fast doppelt so hoch wie mein monatliches Einkommen.

Hinter mir hörte ich Schritte auf dem blankgeputzten Boden. »Möglicherweise geht Christian für eine gute Bekannte etwas mit dem Preis herunter«, sagte eine männliche Stimme auf englisch, aber mit französischem Akzent. Es war Armand Valcourt. Ohne eine Miene zu verziehen, schüttelte Martine den Kopf.

»Christian ist viel zu gutmütig. Er würde seine Bilder verschenken, wenn ich nicht auf ihn aufpassen und ihn daran erinnern würde, daß auch Künstler von etwas leben müssen.«

Ich drehte mich zu Armand um und wünschte ihm einen guten Morgen. »Ich habe vorhin am Fluß Ihre Tochter getroffen.«

»Ja, mittwochs macht sie immer mit François ihre Runde. Erst die Enten, und dann ein Eis ... Froh zu sein, bedarf es so wenig.«

Er schien keine Eile zu haben, also würde es wohl mit meinem Gespräch von Frau zu Frau nichts werden. Um mir meine Enttäuschung nicht anmerken zu lassen, fragte ich Armand Valcourt, wie alt seine Tochter sei.

»Lucie? Sie wird bald sieben.«

»Und ist schon ein richtiges kleines Genie«, fügte ihre Tante stolz hinzu. »Sie kann jeden einzelnen Schritt bei der Weinherstellung auswendig aufsagen.«

»Sie ist eben eine Valcourt«, meinte Armand, als würde das alles erklären. »Clos des Cloches wird eines Tages ihr gehören, und so gebe ich mein Wissen weiter, wie ich es von meinem Vater gelernt habe.«

»Aber zur Hälfte ist sie auch das Kind ihrer Mutter«, erwiderte Martine. »Sie liebt auch die Kunst. Vielleicht wird sie eines Tages das Heim für Künstler einrichten, von dem Brigitte so oft gesprochen hat.«

»Gott bewahre uns davor.« Armand schüttelte sich. »Künstler. Ein Abendessen mit ein paar von ihnen, wenn sie sich nicht in den Haaren liegen, ist ja ganz anregend. Aber ein ganzes Haus voll davon?« Er verdrehte die Augen. »Das würde mich in den Wahnsinn treiben.«

»Sie dürfen es meinem Schwager nicht übelnehmen«, sagte Martine, »aber er liebt nur die Bilder auf seinen Weinetiketten.«

Armand wirkte gekränkt. »Das ist nicht wahr. Dieses Bild liebe ich sehr.« Er zeigte auf das hinter der Kasse aufgehängte Aquarell, das einen Weinberg mit einem Schloß im Hintergrund darstellte. »Da sieht man großes Talent.«

»Da sieht man Weinreben«, konterte Martine trocken. »Aber sei's drum. – Kann ich etwas für dich tun, Armand?«

»Nein, eigentlich nicht.«

Martine schien verwundert; ein Anzeichen dafür, daß sich Armand nicht oft ohne Grund in der Galerie blicken ließ.

»Ich bin nur gerade zufällig vorbeigekommen. Lucie sagte, du hättest einige neue Plastiken.«

Martine überlegte kurz, schüttelte dann den Kopf. »Nein, nicht daß ich wüßte ...«

»Macht auch nichts. Du kennst ja Lucie. Da ist wohl wieder mal ihre Phantasie mit ihr durchgegangen.« Die Hände in den Hosentaschen vergraben, beugte er sich vor, um eine kleine Tintenstiftzeichnung zu inspizieren, wobei ich spürte, wie sein Atem über meinen Nacken strich. »Das ist hübsch, Martine. Stammt das auch von Christian?«

Martine warf einen Blick darauf. »Ja.«

»Sieht nach Victors Anwesen aus.« Als er sich bückte, um die Zeichnung vom Verkaufstresen zu nehmen, streifte sein Arm wie unabsichtlich meine Schulter. »Ja, das ist es wirklich. Ich frage mich manchmal, was Victor wohl so den ganzen Tag treibt. Hörst du manchmal von ihm?«

Martine schüttelte den Kopf. »Christian trifft ihn ab und zu. Sie trinken was zusammen und unterhalten sich.« Sie sah mich entschuldigend an. »Wir sprechen von einem gemeinsamen Freund.«

Victor Belliveau, hätte ich um ein Haar ergänzt. Ein armer Poet wie er war gewiß auch zu Gast bei den Festen gewesen, die Brigitte Valcourt früher für die Künstler der Umgebung auszurichten pflegte. Zu gerne hätte ich Martine nach diesen Parties gefragt, und ob ihr früherer Mann sich je zu geschichtlichen Themen geäußert oder sogar einen Engländer namens Harry gekannt hatte. Doch als ich gerade meinen ganzen Mut zusammennehmen wollte, klingelte in einem Hinterzimmer der Galerie schrill das Telefon, und Martine entschuldigte sich. Ihre hohen Absätze klapperten auf den Fliesen, als sie nach hinten ging, um den Hörer abzunehmen.

Armand druckste neben mir herum. Schließlich sagte er leise: »Ich muß Ihnen etwas gestehen.«

»So?«

»Ich interessiere mich nicht besonders für Kunst. Vor allem Plastiken langweilen mich.« Er steckte die Hand in die Jackentasche, als ihm offenbar einfiel, daß man hier nicht rauchen durfte, und zog sie wieder heraus. »Als ich sagte, ich wäre zufällig hier vorbeigekommen, war das keine Lüge. Aber eingetreten bin ich nur, weil ich Sie gesehen habe. In einer Stadt dieser Größe ist es nicht so leicht, jemanden zu finden.«

»Sie haben nach mir gesucht?«

»Ich wollte Sie zum Essen einladen, falls Sie noch nichts Besseres vorhaben.«

»Essen?« wiederholte ich dümmlich.

»Genau. Sonst habe ich nie Zeit, weil ich mich um Lucie kümmern muß, wenn sie aus der Schule kommt. Ich möchte gerne diese eine Stunde für sie reservieren. Aber heute ist ja Mittwoch, also ist sie über Mittag mit François unterwegs, und ich bin ganz alleine.«

Ganz alleine? Bei so einem riesigen Weingut? Ich sah ihn ungläubig an.

»Sie glauben mir nicht? Aber es ist wahr. Ich bin ein reicher Mann, Mademoiselle, genieße Ansehen und habe auch einen gewissen Einfluß, doch Einsamkeit ist der Preis, den man dafür zahlen muß.«

Wirklich? Die Frauen mußten ihm doch die Tür einrennen. Er versuchte es auf die Mitleidstour, was bei mir nicht verfing, aber andererseits konnte es nichts schaden, sich von ihm zum Essen einladen zu lassen. Schließlich hatte auch er Didier Muret gekannt. Vielleicht würde ich von ihm erfahren, was ich von Martine hatte wissen wollen.

»Einverstanden«, sagte ich also, »vielen Dank für die Einladung.«

»Wie schön.« Er sah auf seine Uhr. »Darf ich Sie um zwölf im Hotel abholen?«

»In Ordnung.«

»Schön«, sagte er noch einmal. »Dann will ich mich jetzt verabschieden und Sie dem Genuß der Bilder überlassen. Ich muß vor dem Essen noch etwas Geschäftliches erledigen.« Sein strahlendes Lächeln aber kam nicht von Herzen. Es wirkte irgendwie aufgesetzt.

Dasselbe Lächeln schenkte er dem etwas ungepflegten jungen Mann, mit dem er beim Gehen in der Tür zusammenstieß. »Morgen«, sagte Simon fröhlich, als Armand an ihm vorbei auf die schattige Straße hinausschlüpfte. »Wo hast du denn bloß gesteckt!« Er sprach mit mir wie mit einem Schulkind, das zu spät zum Unterricht erscheint. »Paul hat schon überall nach dir gesucht. Du bist nicht zum Frühstück gekommen.«

»Ja, nun ...«

»Er ist im Hotel und wartet auf dich.«

Martine hatte ihr Gespräch beendet und kam wieder nach vorne. Ihr Blick streifte Simon kurz, dann sah sie wieder mich an. »Sie sind ja heute eine gefragte Frau. All diese Männer, die nach Ihnen suchen ...«

»Eigentlich wollte ich zu Christian«, schaltete sich zu meinem Glück Simon ein. »Wo kann ich ihn finden?«

Martine zog neugierig die Augenbrauen in die Höhe. »Christian?«

»Ich wollte ... mir was von ihm leihen.«

»Wenn er nicht zu Hause ist ...«

»Da ist er nicht.«

»Dann versucht es eine Straße weiter, gleich hier um die Ecke. Er hat gestern abend davon gesprochen, daß er dort etwas zeichnen will.«

Zu meiner Überraschung schien Simon kein Verlangen zu verspüren, noch ein wenig mit Martine zu schwatzen, sondern bedankte sich nur und sagte, zu mir gewandt: »Du kommst am besten gleich mit. Damit du uns nicht noch einmal verlorengehst.«

In diesem Augenblick betrat ein älteres Ehepaar die

Galerie, das Martine lautstark begrüßte. Also hatte es wirklich keinen Sinn, sich hier noch länger herumzudrücken. Martine ließ es sich nicht nehmen, uns noch zur Tür zu bringen. Als sie meine Hand drückte, sagte sie: »War da noch etwas, was Sie mich fragen wollten, Mademoiselle?«

»Ich? Nein«, log ich.

»Es ist nur, weil ...« Sie schüttelte den Kopf, und der fragende Ausdruck verschwand aus ihren Augen. »Schon gut. Weiterhin einen schönen Tag Ihnen beiden!«

Draußen hatte dieser Tag, der so vielversprechend begonnen hatte, sein Wesen gewandelt. Die Sonne war hinter einer grauen Wolkendecke verschwunden, und in der Luft hing der Geruch von Abgasen und aufkommendem Regen. Simon übernahm wieder einmal sofort die Führung, und ich folgte ihm artig, den Kopf gesenkt und ganz in Gedanken, so daß ich an der nächsten Ecke beinahe in Christian Rand hineingelaufen wäre. Nicht, daß er viel davon mitbekommen hätte – der junge Künstler war in seine eigenen Gedanken und Betrachtungen versunken und starrte mit halbgeschlossenen Augen die Bäckerei auf der anderen Straßenseite an.

Aber auch Neil Grantham wurde an diesem Morgen zu einem immer wiederkehrenden Thema. Er stand nämlich neben Christian, den Kopf in den Nacken geworfen, die Hände in die Hüften gestützt und den Blick auf dasselbe Gebäude geheftet. Auch ich sah hinüber, fand aber nichts Bemerkenswertes daran und entschuldigte mich statt dessen bei Christian dafür, daß ich ihn beinahe über den Haufen gerannt hätte.

Zuerst meinte ich, er hätte mich gar nicht gehört, bis eine kaum merkliche Bewegung seines Kinns mir signalisierte, daß er verstanden hatte.

»Immer bei der Arbeit, was?« sagte Simon, und noch einmal nickte Christian, ohne aufzublicken.

»Ich muß dieses Gebäude abreißen«, sprach er nachdenklich. »Es macht meine Komposition kaputt. Aber wie ... wie ...?«

»Er meint das nicht wörtlich«, sprang Neil ein. »Das läuft alles nur in seinem Kopf ab – er reißt Häuser ein, rückt sie näher zusammen, damit sein Bild so wird, wie er sich das vorstellt.«

Ich hatte Christian natürlich nicht beim Wort genommen, schon weil der Abriß eines Gebäudes eine körperliche Anstrengung erforderte, der er keineswegs gewachsen schien – aber wenn Neil meinte, daß Christians Äußerung noch einer Erklärung bedurfte, dann bitte.

Neil lächelte. »Ich weiß das, weil mein Bruder auch malt und auch dauernd irgendwelche Häuser abbricht. Er ist Christian übrigens ziemlich ähnlich, nur sind seine Bilder bei weitem nicht so gut.«

»Eine künstlerisch veranlagte Familie.«

»Hat er wohl von unserer Mutter. Sie hat viel gezeichnet und Klavierstunden gegeben.«

»Und dein Vater?« fragte Simon leicht schnippisch. »Was war der? Schriftsteller? Schauspieler? Opernsänger?«

»Er hat bei der staatlichen Eisenbahn gearbeitet.«

Ich sah auf die Uhr. »Dann schaue ich jetzt besser mal nach Paul.«

Ich überließ die drei Männer sich selbst und hörte gerade noch, wie Simon Christian fragte, ob er sich Eimer und Schaufel von ihm borgen könnte. Nun, vielleicht würde er seinen Schatz tatsächlich noch finden. Versuchen konnte er es ja.

Die Hotelbar war bis zum Mittag geschlossen, aber ich

fand Paul nichtsdestotrotz dort im Halbdunkel lesend vor. Als ich eintrat, legte er sichtlich erleichtert seinen »Ulysses« beiseite. »Na, wird ja auch Zeit. Ich fing schon an, mir Sorgen zu machen.«

»Tut mir leid.« Ich streckte meine müde gewordenen Glieder. »Ich bin schon früh aufgestanden und habe einen Spaziergang am Fluß entlang gemacht.« Ich erzählte ihm nichts von dem Kater und davon, daß ich Neil begegnet war – das brauchte er alles gar nicht zu wissen. Aber von Lucie Valcourt berichtete ich ihm, daß wir zusammen die Enten gefüttert hatten und was sie über den englischen Freund ihres Onkels gesagt hatte.

»Donnerwetter«, meinte er anerkennend, lehnte sich zurück und fuhr sich abwesend mit der Hand durchs Haar. »Also denkst du, Muret sei der Typ gewesen, mit dem dein Cousin hier in Chinon verabredet war?«

»Hört sich doch sehr danach an, findest du nicht auch? Ich meine, er könnte den Artikel doch in Victor Belliveaus Haus gesehen haben. Die beiden haben einander gekannt.«

»Nur, daß bisher jeder behauptet, er hätte kein Englisch verstanden.«

»Ich weiß. Und außerdem ist mir bis jetzt völlig unklar, wieso er sich überhaupt dafür interessieren sollte, was mein Vetter in dem Artikel geschrieben hat. Ich hatte Martine danach fragen wollen und bin deswegen heute früh extra bei ihrer Kunstgalerie vorbeigegangen. Aber es war zuviel los, so daß sich keine Gelegenheit zu einer Unterhaltung ergab. Außerdem weiß ich auch gar nicht, ob ich den Nerv gehabt hätte, die richtigen Fragen zu stellen. Schließlich gehört es sich ja auch nicht. Ich kenne Martine doch eigentlich kaum und kann nicht einfach hingehen und ihr Fragen über ihren früheren Mann stellen, der gerade mal eine Woche tot ist. Jedenfalls esse ich mit Armand Valcourt zu Mittag, und dabei ergibt sich vielleicht etwas –«

»Bitte was?« unterbrach mich Paul. »Du gehst mit –«

»Armand Valcourt essen«, wiederholte ich. »Du brauchst gar nicht so süffisant zu grinsen.«

»Schon gut, schon gut.« Paul hob abwehrend die Hände. »Ich bin bloß ein bißchen eifersüchtig.«

Eifersüchtig? Himmel, was machte der sich denn für Vorstellungen? »Paul –«

»Ich finde es einfach ungerecht, daß du mit so einem reichen Pinkel zum Essen ausgehst, während ich mit einem Käsebrot und Simon vorliebnehmen muß.« Wieder grinste er mich an. »Wohin will er dich denn ausführen?«

»Keinen Schimmer.«

»Irgendwohin, wo es unanständig teuer ist, schätze ich mal. An der Rue Voltaire gibt es ein paar Gourmettempel, die Sorte, wo man sechs Gabeln neben den Teller gelegt kriegt. Wann soll's denn losgehen?«

»Wir sind um zwölf – meine Güte, es ist ja schon elf durch, und ich habe noch nicht mal geduscht.«

»Na, dann mal zu.« Er griff wieder nach seinem abgestoßenen Taschenbuch. »Und daß Sie mir nicht Ihren Auftrag vergessen, Watson.«

»Und der wäre?«

»Ihn betrunken zu machen und nach Didier Muret auszuquetschen.«

»Genau. Also hoffen wir, daß ich etwas Nützliches in Erfahrung bringe.«

»Oder lieber nicht. Mir jedenfalls wäre wohler zumute, wenn es keine Verbindung zwischen Martines Ehemann und deinem Cousin gäbe.«

Den Grund dafür brauchte er mir nicht zu nennen. Ich

hatte mir die Geschichte selbst schon im Geiste zusammengereimt und war zum gleichen Ergebnis gekommen: Falls mein Verdacht sich bestätigte, war Harry vergangenen Mittwoch hier in Chinon gewesen und hatte mit Lucie und ihrem Onkel Didier, seinem angeblichen Freund, Enten gefüttert. Und am Donnerstag morgen war Didier Muret tot.

21

... ich saß mit meinem Gastgeber zu Rate,
betörte ihn mit seinen edelsten Weinen ...

Es war dann doch kein Gourmetrestaurant, in das Armand mich ausführte, und ich bekam auch bloß drei Gabeln. Ich wußte damit umzugehen, mußte ich mir doch nur die Zeit ins Gedächtnis rufen, als ich noch in Botschaftsgebäuden zu speisen pflegte. Abgesehen davon erinnerte nichts an meinem Essen mit Armand mich an diese sich endlos dahinquälenden Diners in Gesandtenkreisen.

Es war ein rustikales französisches Restaurant mit fast bis zum Boden reichenden Fenstern voll rosaroter Blumensträuße, Tischen aus Kiefernholz, die in wohltuenden Abständen voneinander standen, und einer gemütlichen Landhausatmosphäre.

Wir bekamen einen Tisch neben dem Kamin, der zu dieser noch nicht so kalten Jahreszeit ebenfalls mit Blumen dekoriert war: Muschelfarbene Rosen, Farnkraut und Chrysanthemen. Mit jedem Atemzug sog ich den verführerisch zarten Duft der Rosen ein, in den sich das Bukett des Weines, ein mildes Knoblaucharoma und der Wohlgeschmack der Meeresfrüchte auf meinem Teller mischten.

Die exquisiten Speisen, das anheimelnde Ambiente, die Begleitung eines charmanten, gutaussehenden Mannes und die freundlich-diskrete Bedienung taten das ihre, um mich in eine wohlig entspannte Stimmung zu versetzen. Oder lag es daran, daß Armand mir bereits zweimal nachgeschenkt hatte?

Gerade teilte er den Rest der Flasche zwischen unseren beiden schon wieder leeren Gläsern auf, während er eine Geschichte aus dem Leben seiner Tochter zum besten gab.

»Sie sieht Ihnen sehr ähnlich«, sagte ich. »Vor allem das Lächeln ist das gleiche.« Wir unterhielten uns auf englisch, wohl, weil uns das die Illusion gab, unter uns zu sein, denn an den drei Tischen um uns herum wurde nur Französisch gesprochen.

»Vielen Dank. Sie haben keine Kinder?«

»Nein.«

»Kinder sind das wunderbarste Geschenk. Sie können sich keine Vorstellung von den Glücksgefühlen machen, die sie in einem auslösen. Sie würden alles für Ihre Kinder tun.« Er nahm eine Muschel aus ihrer Schale und kaute nachdenklich darauf herum. »Ich selber war mir gar nicht sicher, ob ich ein Kind wollte, aber als Lucie dann geboren wurde ...« Mit einem Schulterzucken legte er die Gabel beiseite. »Alles wurde anders.«

»Ist es nicht schwierig, sie so ganz alleine aufzuziehen?«

»Ganz alleine ja nun auch wieder nicht.« Er lächelte ein wenig nachsichtig. Wie konnte ich auch vergessen haben, in welcher priviligierten Welt er zu Hause war? »Zuerst kam ein Kindermädchen, um auf sie aufzupassen. Als Brigitte starb, ist Martine wieder bei uns eingezogen. Und dann ist da natürlich noch François.«

»François ist wohl schon sehr lange bei Ihnen?«

»O ja, sehr, sehr lange. Seine Eltern haben schon für meine Großeltern gearbeitet, und François ist im selben

Jahr geboren wie mein Vater – 1930. Aber erzählen Sie ihm nicht, daß ich Ihnen das verraten habe. Er möchte nicht gerne auf sein Alter angesprochen werden. Meine Frau hat immer gesagt, er sei wie die Diener, die man in Filmen sieht, der Familie treu ergeben und sehr diskret.«

»Auf mich hat er auch einen sehr loyalen Eindruck gemacht. Einen besseren Bediensteten hätten Sie wohl kaum finden können.«

»Schon möglich. Aber François gehört eigentlich mehr zur Familie, und er bleibt auch bei mir, weil das Weingut ebenso sein Zuhause ist wie das meine. Er ist nicht nur zum Bedienen da, wie in den Filmen, sondern er ist bei uns, weil er die Menschen mag, in deren Diensten er steht.«

»Also ein eher kameradschaftliches Verhältnis.«

»Manchmal stelle ich seine Geduld auf eine harte Probe, aber das ist eben so bei Menschen, die ein Leben lang miteinander unter demselben Dach gewohnt haben. Lucie ist sein ein und alles.«

Ich hatte ja gesehen, wie besorgt François am Morgen um Lucie gewesen war, als die beiden Enten füttern gingen, doch als ich mir jetzt das Bild seiner müden Augen, die auf seinem Schützling ruhten, ins Gedächtnis rief, fiel mir noch ein anderer Gesichtsausdruck ein, den ich an François beobachtet hatte und von dem er mir sagte, er rühre daher, daß er Gespenster sähe. Einen Moment lang überlegte ich, ob ich Armand fragen sollte, ob Lucie ihrer Mutter sehr ähnlich sehe, aber dann beschloß ich, das Gespräch lieber auf Didier zu lenken. Wenn mir nur ein Vorwand einfiele, das Thema anzuschneiden …

Ich spielte mit meinem Glas und versuchte es auf einem Umweg. »Sie sagten, Martine sei wieder zu Ihnen gezogen, als Sie … als Sie Witwer wurden. Wo hat sie denn vorher gelebt? Auch hier in Chinon?«

»Ja, mit ihrem Ehemann. Sie wußten sicher nicht, daß er tot ist?« Ein kurzes Flackern in seinen dunklen Augen, schon war es wieder verschwunden. »Man sollte nicht schlecht über Verstorbene reden, aber er war kein sehr angenehmer Mensch. Schon damals, als sie zu uns kam, um sich um Lucie zu kümmern, gab es Konflikte in der Ehe.«

Ich nickte. Meine Taktik war erfolgreich gewesen. »Ja, ich habe gehört, daß die beiden geschieden waren.«

»Die Ehe wurde annulliert. Für die Kirche gibt es da einen Unterschied.« Der Wein tanzte in seinem Glas wie flüssiges Gold, als er es hob und mir zulächelte. »Wenn das für Sie eine Bedeutung hat.«

»Für Sie nicht, wenn ich recht verstehe?«

»Für mich? Nein, ich glaube an die Dinge, die mir greifbar sind – mein Land, meine Familie, alte Traditionen, guten Wein. Und Sie?«

Ich mußte ihm die Antwort schuldig bleiben. »Ich bin eher eine Skeptikerin.«

»Sie sind nicht in der Kirche?«

»Nein.«

»Aber Menschen. An die Menschen müssen Sie doch glauben.«

»Menschen sind zu unbeständig«, antwortete ich, worauf sich ein leises Lächeln um seine Mundwinkel bildete.

»Sie sind in der Tat eine Skeptikerin. Haben Sie immer schon so empfunden? Auch schon als Kind?«

»Um Himmels willen, nein.« Ich grinste. »Ich war das gläubigste Kind, das es je gegeben hat. Ich habe mir etwas gewünscht, wenn ich eine Sternschnuppe sah, und dergleichen.«

»Und was ist daraus geworden?«

»Mein Leben«, sagte ich schulterzuckend. Meine letzte

Muschel war in ihrer Schale kalt geworden, und ich schob sie mit der Gabel beiseite. Wie waren wir bloß über Didier bei diesem Thema angelangt? So kam ich nicht weiter. Ich mußte das Gespräch wieder in ergiebigere Bahnen lenken. »Und Martines Mann? Woran hat der geglaubt?«

»Geld«, kam prompt die nüchterne Antwort, doch dann lächelte er versöhnlicher. »Das ist vielleicht nicht ganz fair, denn ich weiß ja nichts davon, wie es ist, sich wie Didier aus dem Nichts hocharbeiten zu müssen. Ich glaube, er hatte eine sehr schlimme Kindheit. Aber Martine besaß natürlich Geld, also hat er sie geheiratet.«

Es fiel mir schwer, mir vorzustellen, daß ein Mann Martine ausschließlich wegen ihres Vermögens heiraten wollte, aber Armand versicherte mir, daß das tatsächlich der Fall gewesen war. »Kaum jemand zweifelt daran, auch Martine selber nicht. Und abgesehen davon ... denken die meisten Menschen, daß das auch für mich der Grund war, meine Frau zu heiraten.«

»Sie?« Ich starrte ihn überrascht an. »Aber Sie sind doch ...«

»Reich, meinen Sie? Ja, jetzt. Aber als ich heiratete, stand es nicht so gut um Clos des Cloches. In den ersten Jahren lief vieles schief, die Ernten waren nicht gut, und das hat jedermann gewußt. Es wundert mich nicht, daß die Leute denken, ich hätte Brigitte wegen ihres Geldes gewählt.«

»Und? Haben Sie?« Da war es schon zu spät. Ich mochte mich selbst für diese Frage ohrfeigen, aber Armand hatte bereits den Kopf auf die Seite gelegt und erwog seine Antwort.

»Zum Teil.« Er lächelte, aber nicht verlegen. »Zwischen Brigitte und mir gab es nicht gerade feurige Leidenschaft. Es war mehr eine geschäftliche Transaktion.

Sie wollte ein schönes Haus, in dem sie die Gastgeberin spielen konnte. Ich wollte eine schöne Frau aus guter Familie. Daß sie auch noch Geld hatte, machte sie für mich nur um so attraktiver. Zu diesem Zeitpunkt schienen wir wie füreinander geschaffen, aber später dann ... Ich bedauerte ihren Tod, aber ich habe nicht sehr darunter gelitten. – Schockiere ich sie? Wahrscheinlich ist dies das letzte Mal, daß Sie Lust haben, mit mir auszugehen, wenn ich nicht gleich das Thema wechsle.«

Aber er wechselte das Thema nicht. Statt dessen fragte er mich nach meiner Familie und meiner Kindheit aus, also speiste ich ihn mit ein paar der erzählenswerteren Anekdoten aus dem Leben der Familie Braden ab. Ich schloß mit der Geschichte, wie Harry mich auf dem Scheiterhaufen hatte verbrennen wollen. Wir hatten im Garten gespielt – ich war Jeanne d'Arc, und Harry hatte mich, im Sinne historischer Authentizität, am Rosenspalier festgebunden und ein ordentliches Feuer entfacht. Als er schließlich losrannte, um den Gartenschlauch zu holen, wurde es mir einen Augenblick lang doch äußerst mulmig zumute.

Die meisten Leute lachen, wenn ich ihnen diese Geschichte erzähle, aber Armand schien sie eher zu erschrecken. »Ist er noch am Leben, dieser Vetter? Ihr Vater hat ihn nicht totgeschlagen?«

»Nein, er hat überlebt. Er lehrt in London am Historischen Seminar der Universität. Gelegentlich jedenfalls.«

»Soso.« Er suchte nach seinen Zigaretten. »Da bin ich aber froh, daß Sie ihn nicht mitgebracht haben. Abgesehen von der Geschichte meiner eigenen Familie interessieren mich Kriege, Könige und Fürstenhäuser herzlich wenig.«

Da war sie, die Gelegenheit, auf die ich gewartet hatte.

»Aber wie ich gehört habe, war das doch das Steckenpferd ihres Schwagers?«

»Didier?« Armand klappte das Feuerzeug zu, lehnte sich zurück und kniff die Augen zusammen, während der Rauch zur Decke zog. »Didier und Geschichte? Wie kommen Sie denn darauf?«

»Ach, ich weiß gar nicht mehr«, sagte ich ganz unschuldig. »Wahrscheinlich hat irgend jemand im Hotel so was erzählt. Ich meinte, gehört zu haben, daß er sich sehr dafür interessierte.«

Er hob die Zigarette an die Lippen und sog genüßlich daran, aber ich bemerkte doch den etwas verkrampften Zug um seinen Mund. »Da müssen Sie etwas mißverstanden haben. Mein Schwager hat sich außer für sich selber für gar nichts interessiert. Und für Geld. Immer ging es ihm nur um Geld.« Seine Stimme klang unbarmherzig. Niemand schien Gutes über Didier Muret zu berichten zu haben. »Er konnte sich nie lange an einem Arbeitsplatz halten, weil er gestohlen hat. Brigitte, meine Frau, hatte ihn Martine zuliebe bei ihrem eigenen Rechtsanwalt untergebracht, aber auch das hat nichts genützt. In der Kanzlei ist Geld verschwunden. Daraufhin hat Martine ihn verlassen. Sie ließ ihn weiter in ihrem Haus wohnen, aber er hat kein Geld mehr von ihr bekommen.«

Recht so, Martine, dachte ich. »Übrigens«, sagte ich, um meine Lüge etwas plausibler erscheinen zu lassen, »war es, glaube ich, Simon, der junge Kanadier, der mir das von Ihrem Schwager erzählt hat. Die beiden sind sich wohl mal begegnet.«

»Simon?« Armand sah mich skeptisch an. »Der junge Mann mit den langen Haaren, der bei der Führung durchs Weingut mit dabei war? Aber der spricht doch gar kein Französisch, im Gegensatz zu seinem Bruder. Und Didier sprach kein Wort Englisch. Kann sein, daß sie sich begegnet sind, aber sie werden kaum miteinander gesprochen haben.«

»Ja, dann habe ich mich wohl verhört.« Drei Leute hatten mir jetzt schon dasselbe gesagt, und diese drei konnten sich doch nicht alle irren? Also konnte Didier Muret Harrys Artikel tatsächlich nicht gelesen haben, hatte keinen Grund gehabt, mit ihm Kontakt aufzunehmen, war vermutlich wirklich nie mit ihm zusammengetroffen. Und was hatte Armand heute morgen über seine Tochter gesagt? Ihre Phantasie ist mit ihr durchgegangen. Eine Ente namens »Ar-ri« war ja auch nicht gerade ein schlagender Beweis. »Dann muß er von einem anderen Didier gesprochen haben. Simon drückt sich manchmal etwas unklar aus.«

Aber ich war selbst nicht ganz ohne Fehl und Tadel. Solange ich meine Ermittlungen anstellte, mußte ich besser darauf achten, wieviel Wein ich trank. Als wir das Restaurant verließen, hatte ich Mühe, nicht zu torkeln oder womöglich noch über einen Pflasterstein zu stolpern.

Doch ich denke nicht, daß es Armand auffiel. Unbekümmert ging er neben mir durch die mittagsstille Rue Voltaire.

»Das hat mir gefallen«, sagte er, als wir wieder am Platz mit dem Springbrunnen angekommen waren. »Ich genieße Ihre Gesellschaft. Bevor Sie wieder abreisen, sollten wir noch einmal gemeinsam zu Abend essen.«

Das war in der Tat kein unbilliges Ansinnen. »Gerne«, antwortete ich.

Sein zarter Abschiedskuß traf mich allerdings etwas unvorbereitet, obwohl man in Frankreich ja mit so etwas rechnen mußte – vom Lächeln und Zunicken zum Händedruck und dann zur la bise, dem freundschaftlichen

Kuß auf beide Wangen, obwohl man sich in der Regel nicht so schnell näherkam. Armand Valcourt, dachte ich, verliert keine Zeit.

Trotzdem war es mir ein bißchen peinlich, und als ich rasch einen Blick an der Hotelwand hinauf über die Reihen leerer Balkone warf, schien es mir, als hätte sich hinter Neils Fenster etwas bewegt, aber das konnte auch Einbildung gewesen sein.

Es mußte Einbildung gewesen sein. Die Glocke vom Schloß schlug drei, als ich die Hotelhalle betrat. Obwohl Neil um diese Stunde immer zu spielen pflegte, war keine Geige zu vernehmen. Thierry war allein und wirkte ausgesprochen gelangweilt hinter dem Empfangstresen. Alle seien ausgeflogen, erklärte er mir auf meine Frage, nur er sei da und das Telefon ... Doch dann erhellte sich sein Blick. »Möchten Sie etwas zu trinken, Mademoiselle? In der Bar?«

»Das ist das letzte, was ich jetzt brauche, Thierry. Ich kann mich so schon kaum noch auf den Beinen halten. Nein, ich will mich lieber zu einem Nickerchen hinlegen.«

»Nickerchen«, sagte er und verdrehte die Augen dabei, »sind was für alte Frauen und kleine Kinder.«

Du irrst dich, sinnierte ich wenig später, als ich mich auf dem frischgeplätteten Laken ausgestreckt und unter der Wolldecke vergraben hatte. So ein Nachmittagsschläfchen war etwas, womit man sich ruhig mal verwöhnen durfte, eine Ruhepause inmitten eines langen, ausgefüllten Tages, vor allem nach einem guten Mahl und gutem Wein, der einem ein wenig in den Kopf gestiegen war. Ich seufzte zufrieden und kuschelte mich noch tiefer in die Decken.

Von draußen war durch das offene Fenster wenig zu hören außer dem Plätschern des Springbrunnens. Ab und zu fuhr ein Auto vorbei, oder jemand rief einem anderen etwas zu. Unweit vom Hotel bellte ein Hund und wurde mit scharfem Kommando zur Ruhe gerufen. Sonst aber störte nichts meinen Frieden in dem abgedunkelten Zimmer. Das Plätschern des Brunnens wurde lauter, veränderte sich eine Spur, klang tiefer, wie das Schlaflied des gen Süden strömenden Flusses.

Es war ganz nahe, dieses Geräusch ..., so nahe ... Es war neben mir. Ich träumte in letzter Zeit selten, und um so erstaunter war ich, als ich mich urplötzlich in diesem tranceartigen Zustand bewegte, in dem Träumende sich befinden, nicht mehr in meinem Zimmer war, sondern irgendwo drüben am Fluß, wo sich die Platanen unter einem grauen, wenig verheißungsvollen Himmel leidvoll im Winde neigten. Ich bewegte mich ohne ein festes Ziel voran, auf keinem vorgezeichneten Weg. Im einen Augenblick stand ich noch auf der Brücke, im nächsten war gar keine Brücke mehr da, und ich saß am Flußufer, die Arme fest um die Knie geschlungen. Über das träge Wasser hinweg konnte ich meinen Vetter Harry unter den Bäumen am Rand der kleinen Insel hin und her laufen sehen. Ich wollte zu ihm hinüber, aber ohne die Brücke war das unmöglich.

»Kein Grund, wegen Harry schlaflose Nächte zu verbringen«, sagte mein Vater neben mir. Er lächelte, faßte in seine Jackentasche und gab mir die Münze mit King John darauf. »Hier, wünsch dir was.«

Ich nahm die Münze aus seiner Hand und warf sie, ohne nachzudenken, ins Wasser. Im Fluge verwandelte sie sich in einen Diamanten, und an der Stelle, wo sie versank, färbte sich der Fluß blutrot.

Erschrocken blickte ich zu der Stelle hin, an der ich eben noch Harry gesehen hatte, aber er war verschwunden. Nur ein Mensch stand auf der kleinen Insel, ein schlanker, hochgewachsener Mann mit hellblonden Haaren, dessen Blick traurig auf mich gerichtet war. Er versuchte, mir etwas mitzuteilen – ich konnte sehen, wie seine Lippen sich bewegten, aber der Wind verschluckte seine Stimme, und nur ein einziges Wort drang zu mir her: »Vertraue ...«

Ein kühler Schatten fiel auf den Rasen neben mir, und als ich aufsah, erblickte ich das gütige Gesicht des alten François. »Sehen Sie Gespenster?« fragte er mich, und dann hob er eine Geige an die Schulter und begann zu spielen – Beethoven.

Ich öffnete die Augen.

Ein Stockwerk tiefer unterbrach Neil einen Moment lang seine Übungen, stimmte eine Saite und setzte wieder an. Ich starrte zur Decke hinauf und lauschte. Normalerweise hat Beethoven eine beruhigende Wirkung auf mich, befreit meinen Kopf von unnötigen Sorgen, aber an diesem Nachmittag war er mir gar keine Hilfe.

Ich wollte die Musik nicht mehr hören. Ich schloß die Augen, drückte das Gesicht in mein Kissen und kämpfte plötzlich mit den Tränen.

22

Da rührte sich die Menge, sie zählte wohl an die tausend Köpfe …

»Du hast eine Schnecke am Ärmel«, sagte Neil, als wäre das die alltäglichste Sache der Welt. Verwundert inspizierte ich die Stelle, auf die er gezeigt hatte.

»Tatsächlich. Armes kleines Ding. Sie versucht, sich zu retten.« Behutsam nahm ich das klebrige Tierchen von meiner Windjacke. Ich hätte es zurück in den Eimer zu seinen Artgenossen legen sollen, brachte es aber nicht über mich. Statt dessen schloß ich die Hand um die Schnecke und entfernte mich vom Stand des Fischhändlers. Hier auf dem Donnerstagsmarkt herrschte ein hektisches Gedränge, aber Neil schaffte es, keinen Schritt von meiner Seite zu weichen.

»Das nennt man Ladendiebstahl«, sagte er grinsend.

»Ich stehle sie nicht, ich befreie sie«, verteidigte ich mich. »Zivilcourage würde ich es nennen.«

»Der tätowierte Bursche da hinten wäre bestimmt anderer Meinung. Er nimmt ganz ordentliche Preise für seine Escargots.«

»Ihm bleibt ja noch ein ganzer Eimer voll. Siehst du hier irgendwo eine Pflanze?«

»Wieso?«

»Ich kann sie ja wohl nicht einfach hier hinsetzen. Sie wird doch sofort zertreten.«

Neil blickte über mich hinweg. »Wie wäre es mit einer Topfpflanze? Da drüben beim Brunnen ist ein Blumenstand.«

Auf dem Springbrunnenplatz ging es etwas ruhiger zu, und wir fanden sogar eine freie Sitzbank. Mit einem dankbaren Stöhnen ließ Neil sich darauffallen. Ich entließ meine unrechtmäßig erworbene Schnecke zwischen den Geranientöpfen in die Freiheit.

Ich war auch ganz froh, einen Moment lang abseits des Menschengewimmels zu sein. Trotz all des bunten Treibens und der vielen Anregungen war der Wochenmarkt doch auch ziemlich anstrengend. Dauernd wurde man angerempelt, überall wurde lautstark um Preise gefeilscht, Kinder rissen sich von ihren Eltern los, wurden gejagt, eingefangen und ermahnt, und die meisten Händler schrien sich die Seele aus dem Leib, um die Vorbeidefilierenden auf ihre Waren unter den gestreiften Markisen aufmerksam zu machen.

Einige der Marktbeschicker machten sich die Segnungen der modernen Unterhaltungsindustrie zunutze, hatten sich Mikrophone an die Knopfleisten ihrer Hemden geklemmt und übertönten damit die Stimmen ihrer Standnachbarn, während ohnehin von allen vier Ecken des Place du Général de Gaulle dröhnend laute Musik über Lautsprecher erschallte, die sich zu einer wüsten Kakophonie vermischte, als wäre alles das Werk eines verrückten Komponisten.

Mich störte nicht so sehr der Lärm – die Menschenmengen waren es, die mir auf die Nerven gingen. Wir waren gemeinsam mit Simon und Paul aufgebrochen, nur um sie wenige Minuten später schon aus den Augen zu verlieren. Ich meinerseits versuchte mehr als einmal, Neil abzuschütteln, aber es wollte nicht klappen. Er war groß genug, um über die Köpfe aller anderen hinwegzuschauen, und durch meine hellblaue Windjacke war ich jedesmal wieder leicht auszumachen. Na ja, um ehrlich zu sein, so sehr hatte ich nun auch wieder nicht versucht, ihn loszuwerden.

»Ich werde wohl doch langsam alt«, sagte er. »Ich habe nicht mehr das Durchhaltevermögen für so einen ausgedehnten Marktbesuch.«

»Das kann ich dir nachfühlen.«

»Wie viele Haustiere hast du in England?«

»Ich? Kein einziges.«

»Ich dachte nur ... Du scheinst eine magische Anziehungskraft auf Tiere zu besitzen. Erst der Kater, und jetzt die Schnecke. Ich hatte mir vorgestellt, daß dein Haus in England mit Tieren nur so vollgestopft sein muß.«

Ich schüttelte den Kopf. »Nein, ich wohne ganz allein.«

»Deinen Kater habe ich übrigens gestern abend bei meinem Spaziergang gesehen. Er geht wohl ganz gerne auf Abenteuer? Er war nämlich auf der anderen Seite der Brücke, am Quai Danton.«

»Und? Wäre das nicht ein Haustier für dich?«

»Bestimmt würde deinem kleinen Freund die Eisenbahnfahrt nach Österreich gefallen, aber ich kann ihn nicht bei mir aufnehmen. Meine Zimmerwirtin erlaubt keine Tiere im Haus.«

Ich hatte auch schon überlegt, ob ich den Kater mitnehmen sollte, aber ich wollte ihn nicht der monatelangen Quarantäne aussetzen. Ich dachte an den bevorstehenden Winter und seufzte. »Er sollte in Rom leben«, sagte ich. »Da gibt es ganze Kolonien von Katzen, die überall in der Stadt herumlaufen und immer von irgendwoher Futter kriegen.«

»Dabei fällt mir ein: Ich habe ein Geschenk für dich. Ich

wollt's dir eigentlich schon beim Frühstück geben, aber Garland hat mich wieder mal mit Beschlag belegt ...« Er wühlte in den Taschen seiner Jeans. »Ich werd's doch wohl nicht verloren haben ... Nein, da ist es.«

Zuerst erkannte ich gar nichts, sah nur seine ausgestreckte Hand. Doch dann öffneten sich seine Finger und offenbarten eine glänzende kleine Metallscheibe, die er in meine Hand rollen ließ. Die Münze hatte etwa die Größe eines Zweipennystücks, war aber doppelt so dick. Die goldfarbene Mitte wurde von einem silbernen Rand umschlossen. Ich strich mit dem Finger über die Prägung. »Aus Italien?«

»Ja, fünfhundert Lire. Gestern abend habe ich beim Essen neben einem freundlichen alten Herrn gesessen, der diese Münze in der Manteltasche hatte. Er hat mir zwar etwas mehr dafür abgenommen als den üblichen Wechselkurs, aber ich wollte die Gelegenheit nicht verstreichen lassen.«

»Du willst sagen, du hast sie extra jemandem abgekauft? Für mich?«

»Du hast mir doch erzählt, dein Vater hätte dir früher, als ihr noch in Italien lebtet, jeden Morgen ein Geldstück gegeben, damit du dir etwas wünschen konntest.« Er sah sich nach den drei Grazien um, die von einem sprühenden Wassernebel umhüllt waren. »Ist zwar nicht derselbe Brunnen, aber ich hoffe, daß dein Wunsch trotzdem in Erfüllung geht, wenn wenigstens die Münze in der richtigen Währung ist.«

Es verblüffte mich, daß er sich noch an eine solche Einzelheit erinnerte und sich die Mühe gemacht hatte, mir diese Münze zu besorgen. Fast verschämt senkte ich den Kopf und murmelte ein Dankeschön. Ich sah mich selbst wie einen Geist, fünf Jahre alt, neben mir vor Freude hüpfen. Was darf ich mir denn wünschen, Daddy? Und hörte meinen Vater sagen: Alles, was du willst. Alles ...

Ich hatte nicht gemerkt, wie Neil sich bewegte, und erschrak, als ich plötzlich seine Finger an meinem Kinn spürte. Es war eine ganz sachte Berührung gewesen, behutsam und zart und keineswegs unangenehm, als sei es nur zu selbstverständlich, daß er wollte, daß ich wieder den Kopf hob, damit er mich ansehen und mit dem Daumen die Träne von meiner Wange wischen konnte. »Man muß nur daran glauben«, sagte er.

»Neil ...«

»Es muß nicht sofort sein. Die Münze verliert ihre Kraft nicht.« Sein Daumen fuhr weiter an meinem Gesicht entlang bis zu meinem Mundwinkel, doch dann ließ er die Hand sinken und wandte seinen Blick wieder dem Markplatz zu. »Da sind sie ja«, sagte er.

Auch Simon und Paul hatten uns bereits entdeckt, aber es dauerte eine Weile, bis sie sich zu uns durchkämpfen konnten, was mir nur recht war. Als sie vor uns standen, hatte ich mich wieder einigermaßen gefangen.

Paul kam mit leeren Händen zurück, die er in die Taschen seiner knallroten Jacke gesteckt hatte, aber Simon war offensichtlich der Geschäftstüchtigkeit der Markthändler zum Opfer gefallen. »... er zerreißt nicht und er beult auch nicht aus«, sagte er stolz und hielt uns ein ziemlich gewöhnlich aussehendes Stück chamoisfarbenen Stoffes vor die Nasen. »Du hättest es sehen sollen, Emily – der Verkäufer hat sogar ein brennendes Feuerzeug darangehalten, und nichts ist passiert.«

Ich gab ihm recht, daß das durchaus bemerkenswert sei. »Aber wofür soll es denn bitte gut sein?«

»Ach, für alles mögliche«, sagte er nur und stopfte das Stück Stoff zurück in seine Tüte.

»Simon ist der Traum eines jeden Marktschreiers«, sagte Paul. »Wißt ihr, was er beinahe gekauft hätte? Eine Bürste zum Putzen von Heizkörpern. Unglaublich.«

»Mom und Dad könnten so was in ihrem Haus gebrauchen«, verteidigte sich sein Bruder.

»Ja, und sie fiebern richtig darauf, daß wir ihnen so etwas aus Frankreich mitbringen«, meinte Paul trocken. »Hast du eigentlich noch mein Brot? Jetzt brauche ich es, um die Enten zu füttern.«

»Was? Ach ja, dein Brot.« Simon wühlte in seiner Tüte und holte ein langes Baguette hervor. »Erstaunlich, daß diese dummen Enten nicht schon längst auf den Grund der Vienne gesunken sind, so wie du sie immer abfütterst.«

»Auch Enten müssen essen.« Paul nahm ihm das Brot ab und sah mich an. »Möchtest du mitkommen? Oder hast du was anderes vor?«

»O nein, gerne«, sagte ich und stand auf. Neil blieb auf der Bank sitzen. Der Wind fuhr ihm durch das hellblonde Haar. Er lächelte mir zu. Ich lief davon, das wußten wir beide, aber er tat nichts, um mich aufzuhalten, sondern ließ sich von Simon den Inhalt seiner wohlgefüllten Tragetaschen vorführen, während ich Paul wie ein kleiner Hund folgte.

Von der Menschenmenge ließ ich mich bis hinunter zum Quai Jeanne d'Arc schieben, wo sie mich ausstieß wie einen Sektkorken, der aus dem Flaschenhals springt. Paul wartete bereits am Fuß des Rabelaisdenkmals.

Wie beim letztenmal setzten wir uns auf die Treppe unterhalb der Uferbefestigung. Der Fluß lag vor uns ausgebreitet wie eine bis zum Horizont reichende glitzernde Decke. Die Enten hatten sich außer Sichtweite am Ende der Bootsrampe versammelt, aber ihr Geplätscher und

Geschnatter drang dennoch zu uns herüber und übertönte fast die Verkehrsgeräusche von der Straße hinter uns. Zu unseren Füßen dümpelte immer noch derselbe flache Kahn im sanften Gewoge der Wellen. Die eiserne Kette, mit der er festgemacht war, schob bei jeder Bewegung Klumpen nasser, welker Blätter mit sich herum.

Paul nahm seine Zigaretten aus der Tasche und machte mit Blick auf meine Hand eine nickende Kopfbewegung. »Was hast du da?«

Leicht verwirrt sah ich auf meine festgeschlossene Faust. »Nichts«, sagte ich ein wenig zu rasch. »Bloß eine Münze.« Ich ließ sie in meiner Handtasche verschwinden, wo sie mit einem vorwurfsvollen »klink« auf meinem Schlüsselbund landete. Verlegen fuhr ich mir mit der Hand durchs Haar. »Könnte ich auch eine Zigarette haben?«

»Klar.« Er hielt mir die Packung hin und gab mir Feuer. »Was gab es denn so Aufregendes, daß du jetzt eine Zigarette brauchst?«

Ich tat einen Zug. »Wieso aufregend?«

»›Wieso‹, sagt sie!« Paul schüttelte den Kopf und sah mich durch einen Rauchschleier hindurch an. »Okay, wenn du nicht darüber sprechen möchtest ...«

»Falls du von Neil redest, da gibt es nichts zu besprechen. Zwischen uns liegt ein Altersunterschied von fünfzehn Jahren, und er wohnt in Österreich. Und außerdem ist er auch noch Musiker.«

»Was stimmt denn nicht mit Musikern?«

»Sie sind unzuverlässig.« Störrisch schnippste ich die Asche von meiner Zigarette. »Und blond dazu.«

Paul sparte sich seine Worte und fragte nicht, was das nun wieder bedeuten sollte. Statt dessen sah er mich mitleidig an wie ein Arzt, der vor einem unheilbar Kranken steht. »Ich werde nicht schlau aus dir.«

»Pech.« Ich rieb mir die Stirn. »Ich habe kaum geschlafen. Ich kann nicht klar denken.«

»Das macht nichts. Dem großen Detektiv obliegt es, mit klarem Verstand seine Schlüsse zu ziehen. Der Assistent darf gerne etwas begriffsstutzig sein«, sagte er augenzwinkernd.

»Na schön.« Ich lehnte mich zurück und schloß halb die Augen. »Und was hat unser großer Detektiv sich für heute vormittag vorgenommen?«

»Heute mittag«, verbesserte er mich. »Es ist schon halb eins. Wenn du's tatsächlich wissen willst, gestern abend habe ich mich beispielsweise mit Zahlen beschäftigt.«

»Was für Zahlen?«

»Zweiundzwanzig, um genau zu sein.« Er grinste breit. »Im Telefonbuch von Chinon gibt es zweiundzwanzig Eintragungen mit dem Vornamen Didier.«

»Woher weißt du das?«

»Ich bin etwas länger wach geblieben und habe sie gezählt. Hat nicht allzu lange gedauert. Das Telefonbuch ist ziemlich dünn. Wenn also unser Mann in Chinon wohnt, dürfte er einer dieser zweiundzwanzig sein.«

»Einundzwanzig. Didier Muret kannst du schon mal streichen.«

»Wirklich?« Paul blies einen Rauchring in die Luft. »Auch darüber habe ich nachgedacht. Ich fragte Thierry, was er über Martines früheren Mann weiß, und seine Antwort war ziemlich aufschlußreich.«

»Erzähl.«

»Also, abgesehen davon, daß er kräftig getrunken hat, war Didier Muret auch einer jener Typen, die gerne mit ihrem Geld protzen. Teure Klamotten, teures Auto, eine Lokalrunde nach der anderen.«

»Und?«

»Das führt uns zu der Frage, wo das Geld herkam. Der Anwalt, bei dem er arbeitete, hat ihn gefeuert, weil er sich aus der Portokasse bedient hatte, und auch Martine hat ihm den Geldhahn zugedreht und ihm nur das Haus gelassen. Wie konnte Didier Muret sich also diesen Lebensstil leisten?«

Ich mußte zugeben, daß mir dazu so schnell auch nichts einfiel. »Aber ich verstehe immer noch nicht, wo die Verbindung zu meinem Vetter sein soll.«

»So besehen, gibt's keine. Es sind ja auch nur ein paar Überlegungen, die ich angestellt habe.«

Ich mußte an seine Behauptung denken, alles würde einen Sinn ergeben, wenn man es nur von der rechten Warte aus betrachtete. »Und jetzt überlegst du, von welcher Seite du das Problem angehen sollst.«

»Wie immer.«

»Was hat dir Thierry noch erzählt?«

»Ach, eine ganze Menge. Es ist nicht leicht, Thierry zu bremsen, wenn er erst einmal in Fahrt gekommen ist. Er sagte, die Behörden hätten Didiers Tod als Unfall zu den Akten gelegt, obwohl die Polizei zunächst angenommen hatte, am bewußten Abend sei noch jemand bei ihm gewesen, weil sie nämlich mehr als nur ein benutztes Weinglas gefunden hatten. Deswegen wurde wahrscheinlich auch Victor Belliveau vernommen.« Er rieb sich mit der Hand den Nacken. »Dein Cousin ist doch nicht gewalttätig, oder?«

Ich sah ihn erschrocken an. »Harry?«

»Könnte doch sein, daß sie was getrunken haben und er aus irgendeinem Grund wütend geworden ist, richtig wütend ...«

Jetzt erst merkte ich, worauf er hinauswollte. »Paul, du

hast doch nicht eine Minute lang daran gedacht, Harry könnte Martines Exmann umgebracht haben?«

»Nein, eigentlich nicht. Aber all diese Zufälle ...«

»Das ist ja lächerlich. Harry könnte keiner Fliege etwas zuleide tun, er verabscheut Gewalt, und außerdem – was für ein Motiv hätte er haben sollen? Selbst wenn Didier diesen Artikel gelesen und Harry geschrieben hatte, um sich mit ihm zu verabreden, wie sollte dann so etwas wie Mord dabei herauskommen? Und wenn es doch fahrlässige Tötung war ...« Ich schüttelte energisch den Kopf. »Lächerlich«, sagte ich noch einmal. »Harry hat großen Respekt vor dem Gesetz. Er würde nie vor der Verantwortung davonlaufen, wenn er etwas getan hat.«

Paul sah mich amüsiert an und hielt mir eine weitere Zigarette hin. »Okay, okay. Tut mir leid, daß ich das erwähnt habe.« Ich blies mich da in meinem gerechten Zorn auf, und er grinste nur.

»Na gut«, sagte ich etwas versöhnlicher, »aber der Fall ist doch sowieso erledigt, wenn die Ermittlungen abgeschlossen sind, wie du gesagt hast.«

»Unfall«, sagte Paul, »ist nur ein anderes Wort für nicht mehr weiterwissen.« Als ich ihn fragte, was er damit sagen wollte, zuckte er die Schultern und sah gedankenverloren auf den Fluß hinaus. »Ich weiß es nicht. Es ist nur so eine unbestimmte Ahnung. Erzähl mir noch einmal von dieser Theorie deines Cousins. Von Isabelles verlorenem Schatz.«

Ich setzte ihm Harrys Idee auseinander, und er hörte mir aufmerksam zu. Mein Vater, dachte ich, macht so ein Gesicht, wenn er Kreuzworträtsel löst. Man glaubt, sehen zu können, wie in seinem Kopf die Gedanken arbeiten. »So, und hilft dir das jetzt weiter?«

»Nicht besonders.« Er hob die Zigarette zum Mund.

»Wie gesagt, es ist nur so eine Ahnung. Wahrscheinlich ist das wieder Simons Paranoia, die auch bei mir durchschlägt. Zigeuner. Nazis. Schätze in Tunnelgewölben. Wirklich mehr ein Fall für Sherlock Holmes.«

»Laß dich von der Geschichte nicht so mitreißen«, riet ich ihm. »Ich möchte nicht, daß du dir meinetwegen deine ganzen Ferien verdirbst.«

»O nein, da brauchst du dir keine Sorgen zu machen. Hier«, er reichte mir ein Stück Baguette, »laß uns die Enten füttern.«

Als alles Brot verfüttert war, sah er auf seine Uhr. »Ich gehe jetzt lieber mal meinen Bruder suchen. Er hat irgendwas davon gesagt, daß er mit Christian zu Mittag ißt – ich weiß nichts genaues. Simon glaubt, jeder Deutsche kennt sich mit der Geschichte des Dritten Reichs genauestens aus. Mein Bruder ist unbeirrbar. Er ist fest entschlossen, einen dieser beiden Schätze zu heben, bevor wir abreisen.«

Er schüttelte seine Jacke von den Schultern und hielt sie mir hin. »Es ist ziemlich warm in der Sonne. Könntest du sie für mich mitnehmen?«

»Sicher. Und, Paul ... Ich weiß, daß du gerne Detektiv spielst, aber du paßt doch auf dich auf, nicht wahr?«

»Was soll mir denn passieren?« Er erhob sich und warf seine Zigarettenkippe weg. Der Wind erwischte sie und ließ sie die Stufen hinunter bis an den Rand des brackigen Wassers kullern, wo sie mit einem leisen Zischen verlosch. Für einen kurzen Augenblick stand Paul, die Sonne im Rücken, da wie ein Held aus dem Alten Testament, ein David, den es zum Kampf drängt. Doch dann blinzelte ich mit den Augen, und es war wieder ganz und gar Paul, dem sein schwarzes Haar unordentlich in die Stirn fiel und dessen Augen so tief und unergründlich waren wie der Strom zu unseren Füßen. »Ich passe auf mich auf«, versprach er, »Wollen wir uns zu einem Drink an der Hotelbar verabreden? Sagen wir um drei?«

»In Ordnung.« Ich ging mit ihm wieder die Treppe hinauf und setzte mich auf die niedrige Mauer, während er zurück zum Marktplatz strebte. Als er den Zebrastreifen überquert hatte, drehte er sich noch einmal um und rief mir grinsend etwas zu, was ich nicht verstand. Er schien auf das Denkmal hinter mir gezeigt zu haben, aber ich wußte nicht, was damit sein sollte. Ich nickte trotzdem und winkte ihm nach. Zufrieden wandte er sich wieder um und verschwand in der Menge.

Meine Zigarette war beinahe bis zum Filter heruntergebrannt. Sie hinterließ einen bitter beißenden Geschmack auf meiner Zunge, und ich beugte mich vor, um sie an der Mauer auszudrücken. Ich behielt die Kippe in der Hand und suchte nach einem Abfalleimer. Ich nahm Pauls Jacke in meine freie Hand, ließ mich von der Mauer herunter und ging auf den Müllbehälter zu.

Die Jacke war schwerer, als ich angenommen hatte, und mit der einen Seite schleifte sie fast am Boden. Zuerst glaubte ich, Paul hätte seine Brieftasche darin vergessen, aber da bemerkte ich das dicke Taschenbuch mit dem zerknickten Schutzumschlag.

Ein plötzliches Prickeln im Nacken ließ mich den Kopf drehen, und da sah ich, wie der Zigeuner aus dem Schatten des Denkmals heraustrat, die Straße überquerte und in Richtung auf den Markt davonging. Er schien mich nicht wahrgenommen, durch mich hindurchgesehen zu haben, als wäre ich ein Geist oder unsichtbar. Verfolgungswahn, sagte ich mir. Aber mir war doch wohler zumute, als der Mann und sein Hund vom Gesichtermeer der Menschenmenge verschluckt wurden.

23

... mit Nachrichten gar unerwünscht kamen
und gingen die Boten;

Thierry stellte bereits den zweiten Kir vor mir auf den Tisch, stützte einen Fuß auf die Fensternische neben mir und nahm unsere Unterhaltung dort auf, wo wir sie hatten unterbrechen müssen. »... und sie dürfen bis zum morgigen Sonnenuntergang auch nichts essen oder sich waschen, nichts zum Vergnügen machen. Es ist ein sehr wichtiges Fest. Paul nennt es Jom ... Jom ...«

»Jom Kippur?«

»Ja, so heißt es. Der Tag der Versöhnung, sagt Paul. Es ist der Tag, der Verstorbenen zu gedenken und seine Sünden zu beichten.«

Ich nippte an meinem Drink. »Und dieses Fest beginnt heute abend?«

»Sobald die Sonne untergeht. Paul und Simon müssen bis dahin wie die Wilden essen, wenn sie morgen den ganzen Tag lang fasten sollen.« Mitleidig legte Thierry die Hand auf seinen flachen Bauch. »Ich glaube, es würde mir nicht gefallen, Jude zu sein.«

»Und wie steht es mit der Fastenzeit?«

Er sah mich treuherzig an. »Ach, Mademoiselle, meine Sünden sind so zahlreich, da würde auch die Fastenzeit nichts helfen. Außerdem sagt Paul, bei diesem jüdischen Feiertag geht es nicht nur ums Essen – man darf auch nicht böse sein, sich streiten oder schlechte Gedanken an jemanden haben. Nein, das ist nicht möglich. Nicht, wenn ich Madame Whitaker bedienen muß.«

Ein Stockwerk höher spielte die Geige die Tonleiter und ging dann in ein traurig klingendes Stück über. Thierry verzog das Gesicht. »Er hat nicht auf mich gehört. Er spielt wieder dieses Liebeslied.«

Und schon drangen die Klänge von Elgars »Liebesgruß« zu uns herunter. Ich versuchte, nicht darauf zu achten. »Wo ist denn Madame Whitaker heute?« fragte ich Thierry. »Ich habe sie den ganzen Tag noch nicht gesehen. Hat sie wieder Migräne?«

Er schüttelte den Kopf. »Sie ist mit meiner Tante und meinem Onkel die Kirche von Candes-Saint-Martin besichtigen gefahren. Eine sehr schöne Kirche, sehr alt.«

»Und ihr Mann?«

»Ich glaube, er ist nicht mitgefahren. Aber er ist auch ausgegangen, irgendwohin.«

Wahrscheinlich froh, seine Frau nicht an den Hacken zu haben, wie ich annahm. Glückliche Ehen waren wohl, zumindest hier in Chinon, eher die Ausnahme.

»Ah.« Thierry blickte zustimmend nach oben, als die Geige ein anderes Stück anstimmte. »Das ist die Sinfonie von Beethoven, nicht wahr?«

Ich hörte einen Moment lang zu. »Ja. Die Eroica.«

»Comment?«

»Beethovens dritte Sinfonie. Er hat sie für Napoleon komponiert.«

»Ah, eine französische Sinfonie?«

»Ja, auf gewisse Weise schon. Aber Napoleon hatte sich selber zum Kaiser gekrönt, bevor das Stück fertig war, und darüber hat sich Beethoven geärgert. Deswegen hat er sie ihm dann doch nicht zugeeignet.«

»Sie wissen viel über klassische Musik, Mademoiselle.«

»Nein, nicht wirklich. Ich erinnere mich nur an bestimmte Stücke und die Geschichten, die sich um sie ranken.«

»Ich höre nicht die Art Musik, die Monsieur Grantham spielt. Ich bin mit ihm in Tours gewesen, in der Diskothek, damit er einmal andere Musik hört, aber ... Er sagt, er bevorzugt die Geige.«

Im Geiste gab ich Neil recht. »Wie spät haben wir es, Thierry?«

Er sah auf seine Armbanduhr. »Kurz nach drei. Noch zwei Stunden, dann ist meine Arbeit für heute beendet.«

Arbeit oder nicht, dachte ich, so eine Hotelbar war nicht der schlechteste Ort, den Nachmittag zu verbringen. Die großen Fenster standen alle weit offen und ließen das herbstliche Sonnenlicht wärmend in den Raum strömen. Draußen hatten sich die Massen der Martkbesucher ein wenig zerstreut, und vor dem Hotel versprühte der Brunnen seinen diamantenen Tropfenregen.

Auch Thierry schaute gedankenverloren aus dem Fenster. »Gestern waren Sie doch mit Monsieur Valcourt beim Essen, nicht wahr? Ich habe nicht gewußt, daß Sie sich kennen.« Es schwang ein wenig Neid in seiner Stimme mit, was ich zunächst nicht verstand, bis er sagte: »Er hat den besten Wagen, den allerbesten.«

»Ja, sehr hübsch, finde ich auch.« Der rote Porsche, dessen Motor wie eine Katze schnurrte – das mußte wohl der Traum so manchen jungen Mannes sein.

»Madame Muret hat versprochen, mich eines Tages auf eine schnelle Fahrt in diesem Wagen mitzunehmen. Wenn Monsieur Valcourt in Paris ist.«

»Tatsächlich?«

»Ja. Wenn er nicht da ist, darf sie den Wagen fahren.

Sie ist letzte Woche damit hiergewesen, als sie Christian besucht hat, und sie wäre schon fast mit mir gefahren, aber ich konnte nicht gleich weg, ich mußte arbeiten, und dann rief auch schon die Polizei an.«

»Die Polizei?«

»Ja, um zu sagen, daß sie die Leiche ihres Mannes gefunden haben. Sehr traurig.«

Wahrscheinlich meinte er die ihm dadurch entgangene Spritztour in dem Porsche und nicht den Tod Didier Murets. Armer Thierry. »Ich könnte ja mal Monsieur Valcourt fragen, ob er –«

»Nein, bitte«, unterbrach er mich hastig. »Nicht so wichtig. Und es wäre auch schöner mit Madame Muret.«

Auch du, Brutus. Schon wieder einer, dem Martine den Kopf verdreht hat. Da entdeckte ich hinter dem Springbrunnen schon wieder diesen Hund, allerdings ohne seinen Besitzer. Er schnüffelte an einer Telefonzelle am anderen Ende des Platzes herum. Mit wem der Zigeuner wohl telefonierte?

Als sich das Telefon hinter der Bar mit einem schrillen Läuten meldete, schreckte ich genauso wie Thierry zusammen und mußte über mich selbst lächeln. Paul hatte recht. Simons Paranoia wirkte ansteckend.

»Einen Moment, bitte«, bat Thierry den Anrufer, als drei Gäste durch die Tür kamen. Er hielt die Hand auf die Sprechmuschel und warf mir einen flehenden Blick zu. »Mademoiselle, ob Sie wohl ...?«

»Ja, Thierry?«

»Es ist für Monsieur Grantham. Er legt immer den Hörer daneben, wenn er spielt. Könnten Sie so gut sein ...?«

»Du möchtest, daß ich ihn hole?«

»Bitte.«

Ich stand ungern auf, um Neils Übungsstunden zu unterbrechen, aber die neuen Gäste hatten schon an der Bar Platz genommen und drängten darauf, bedient zu werden.

Ein leichtes Frösteln überkam mich, als ich die gewundene Treppe hinaufstieg, aber ich erklärte es mir mit dem Zugwind durch die wieder offenstehende Terrassentür. Als ich vor Neils Tür stand, mußte ich zweimal klopfen, aber er spielte weiter. Scheinbar hörte er mich nicht.

Mein drittes Klopfen war so kräftig, daß davon gleich die Tür aufsprang – möglich, daß der Schnapper nicht richtig eingerastet gewesen war. Trotzdem eine unmögliche Situation. Wenigstens war sie nicht sehr weit aufgegangen, nur einen Spalt breit, durch den ich in eine Zimmerecke sehen konnte. Da war Neil.

Nun wußte ich, warum er mich nicht gehört hatte. Ich zweifelte, ob ihn in diesem Augenblick überhaupt jemand hätte erreichen können. Er war in eine andere Welt versunken, sah völlig verändert aus, wenn er spielte. Seine Augen waren zusammengekniffen, als schmerzte ihn die vergängliche Schönheit der Musik, die gleich wieder verklungen sein würde. Seine Hand schien die Saiten liebevoll zu streicheln, und das Instrument antwortete ihm, wie kein menschliches Wesen es vermocht hätte, rein und pur und bittersüß. Man konnte es fast nicht mit ansehen.

Das Spiel brach ab, und in der plötzlichen Stille klangen mir die Ohren. Neil öffnete die Augen. Ihr schimmernder Glanz blickte ins Leere, wie die Augen eines erwachenden Träumers. Und dann sah er die offene Tür und mich und lächelte, ein glücklich erschöpftes Lächeln, das mich in seine Verzücktheit mit einschloß. »Dieser Beethoven«, sagte er, »macht einem ganz schön zu schaffen.«

Da stand ich nun in seinem Zimmer, und es schien mir, als sei der Wunsch, den er mir vorhin unten am Brunnen geschenkt hatte, ungefragt in Erfüllung gegangen. »Es muß nicht sofort sein«, hatte Neil gesagt ... Verzweifelt versuchte ich mich zu erinnern, mit welcher Botschaft für ihn ich nach oben gekommen war, während Neil die Geige ablegte und auf mich zukam. Selbst als er mein Gesicht in seine Hände nahm, brachte ich kein Wort hervor. Ich sah ihn nur an und dachte, gleich wird er mich küssen ... Und dann fiel es mir jäh wieder ein. »Unten ist ein Anruf für dich«, sprudelte es aus mir heraus.

Neils Mund zuckte zurück. »Wie bitte?«

Ich schluckte einmal und wiederholte meine Nachricht. »Thierry hat mich raufgeschickt.«

»Ach so.« Aber er nahm seine Hände nicht von meinem Gesicht. Wir hätten ewig so stehenbleiben können, wenn nicht Garland Whitaker gewesen wäre.

Ich weiß nicht mehr, womit es anfing. Alle Geräusche schienen gleichzeitig zu ertönen, wie die vier Kanäle eines quadrophonischen Musikstücks. Ich hörte, wie unten die Tür zugeschlagen wurde; Garlands Stimme, halb kreischend und halb schluchzend, ohne daß auszumachen war, was sie sagte; ein Glas, das irgendwo zersprang; und dann das erste ferne Jaulen der näher kommenden Sirenen, das auf dem Platz vor dem Hotel erstarb.

24

Und einige stieß man mit Lanzen
vom Fels herab …

Neil bewegte sich mit behenden, resoluten Schritten. Er war bereits in der Eingangshalle, bevor ich auch nur den Treppenabsatz erreicht hatte, und als auch ich unten ankam, hatten er und Thierry Garland bereits in ihre Mitte genommen und soweit beruhigt, daß sie wieder sprechen konnte. Die Augen in ihrem blassen, verzerrten Gesicht hatten immer noch einen halbirren Ausdruck, und ihre Stimme klang hysterisch, aber wenigstens war zu verstehen, was sie uns, von kurzen Schluchzern unterbrochen, mitteilen wollte. Auch ich hörte ihre Worte, aber nicht einen Moment lang wollte ich glauben, was sie da sagte. Es konnte einfach nicht sein!

»Nein.« Als er meine halberstickte Stimme hörte, drehte Neil sich nach mir um, aber er war nicht schnell genug, um mich aufzuhalten.

Es schien mir, als berührte ich gar nicht den Boden. Ich fühlte, wie die schwere Tür meinem verzweifelten Druck nachgab, und hörte das Kreischen von Bremsen, als ich über die schmale Straße stürzte. An der Stelle des Platzes, wo sich die Treppe zum Schloß zwischen den uralten Gebäuden nach oben zu winden begann, stand der Ambulanzwagen mit flackerndem Blaulicht und weit geöffneten Türen. Auf dem Platz war eine Menschenmenge zusammengelaufen, die einander mit Fragen bombardierte und sich gegenseitig beiseite drängte und schob, um besser sehen zu können.

Auch ich boxte mich energisch nach vorne durch, suchte nach einem bestimmten Gesicht unter all den anderen um mich herum ...

»Was ist passiert?« fragte ein Mann vor mir, und der neben ihm antwortete: »Da ist jemand verletzt.« Nur verletzt. Hatte ich es doch gewußt. Garland Whitakers Phantasie war mit ihr durchgegangen ...

Doch dann sah ich Simon.

Sie hatten ihn zu einer der Bänke am Rand des Platzes geführt, auf der er nun zusammengekauert wie ein Kind und in eine Decke eingehüllt dasaß. Jemand hatte ihm eine Tasse Kaffee gebracht, und neben ihm kniete ein freundlich aussehender Mann in Uniform, der auf ihn einredete, worauf Simon aber nicht reagierte. Er wirkte so jung, so unbeschreiblich jung, aber sein Gesicht war wie zu Stein erstarrt. Ich zitterte in dem Sprühregen des Springbrunnens, während das Gemurmel um mich herum immer lauter wurde.

Die Notärzte trugen den Körper herunter.

»Nein, nicht hinschauen.« Zwei kräftige Hände ergriffen mich und drehten mich. »Nicht hinsehen«, sagte Neil über mir mit ruhiger, tiefer Stimme.

Ich konzentrierte mich auf das Gewebe seines weißen Hemdes und auf die etwas ausgefranste Stelle an seinem Kragen, der sich mit jedem seiner Atemzüge hob und senkte. Er sagte nichts weiter, versuchte nicht, mich zu trösten oder mir übers Haar zu streichen, und doch ging eine Wärme von seinem Körper aus, die mein Zittern verebben ließ.

Die Türen des Ambulanzwagens wurden zugeschlagen, ein Motor heulte auf, und dann war alles vorüber.

»Er ist nicht tot«, sagte ich.

»Nicht, Emily.«

»Er ist nicht tot!« Ich stieß Neil von mir und taumelte wie blind über den Platz auf die Treppe zu. Es war dumm von mir, schon wieder wegzulaufen, es war dumm von mir, so etwas zu sagen. Hatte ich doch einen Blick auf die Trage erhascht, als sie damit die Treppe herunterkamen, hatte ich doch wie all die anderen Umstehenden gesehen, daß das Gesicht des darauf festgeschnallten Menschen abgedeckt war, was doch nur das eine bedeuten konnte ...

Aber ich brachte es nicht fertig, den Gedanken zu Ende zu denken. Viele Zuschauer waren bereits weitergegangen, und die, die noch am Ort des Geschehens ausharrten, traten höflich zur Seite, um mich vorbeizulassen. Als sie mein Gesicht sahen, erntete ich mitleidige Worte und Blicke. Dieses Gesicht muß so ausgesehen haben wie das von Simon: fahl und blutleer, hohläugig. Ich hastete die Stufen bis zur Felsmauer hinauf. Auf den holperigen Pflastersteinen am Fuße dieser Mauer war nur wenig Blut. Ein kleiner Trost, denn ich wußte nun, daß es sehr schnell gegangen sein mußte. Er mußte schneller gefallen sein, als sein Verstand es überhaupt registrieren konnte.

Um mich herum und über mir hörte ich Stimmen, der Verkehrslärm nahm zu und ebbte wieder ab, aber das einzige Geräusch, daß mir sonderbarerweise ständig im Ohr blieb, war das Summen der Bienen – nicht die behäbigen, pelzigen Insekten, die ich aus meinem Garten kannte, sondern eine kleinere, unangenehm aussehende Sorte von beinahe so blasser Farbe wie die Steinwand dahinter. Sie waren überall zwischen den trübweißen Blüten einer Ranke, die aus dem Stein wuchs. Auch diese Blüten wirkten irgendwie widerwärtig, und ihr Geruch verklebte mir die Kehle. Es war ein abscheulicher, durchdringender Geruch, wie von Rosen, die auf einem Dunghaufen verdarben.

Ich wollte das nicht mehr sehen. Neil stand ein paar Schritte von mir entfernt gegen die Mauer gelehnt. Er sagte kein Wort, als ich näher kam, ging einfach nur neben mir her. Nach einem letzten raschen Blick zurück ließ ich mich von ihm wieder auf den Platz mit dem Springbrunnen begleiten, fort von der Stelle, an der Paul Lazarus ums Leben gekommen war.

Der Cognac brannte im Hals. Mein zweiter Schluck war zu gierig gewesen, ich mußte husten, würgte das Getränk hinunter und hob das Glas noch einmal. Seltsam, grübelte ich, wie das Gehirn in Augenblicken größter Not reagiert – meines klammerte sich an Details fest, an irgendwelchen Details, die es von den Gedanken ablenkten, die unweigerlich den Schmerz brachten.

Ich zählte drei Blütenblätter an der Geranie, die vor dem Fenster der Hotelbar den Kopf hängen ließ, schüttelte den Aschenbecher, in dem sich vier Kippen im Kreise drehten – zwei von Madame Chamond, die man an den roten Lippenstiftspuren erkennen konnte, zwei aus der Packung, die neben »Ulysses« in der Innentasche von Pauls Jacke gewesen war. Ich hatte sie beide so weit heruntergeraucht, bis das Filterpapier glimmte und sich zu kräuseln anfing. Mit einem weiteren Schluck Cognac spülte ich den Tabakgeschmack hinunter.

Die Chamonds hatten sich in diskretem Abstand zu mir auf die Barhocker gesetzt, taktvoll außer Hörweite, doch nahe genug, um mir jederzeit beistehen zu können. Madame Chamond hatte geweint, wie ich an der verschmierten Wimperntusche um ihre Augen sehen konnte.

Monsieur Chamond legte gerade seine Hand schützend über ihre.

Ich sah wieder den jungen Polizisten mit den schläfrigen Augen mir gegenüber am Tisch an, der sich noch eine Notiz auf seinem Schreibblock machte. Er saß an der Stelle, an der Paul sonst immer gesessen hatte, und ich haßte ihn dafür. Aber ich fühlte mich wie erschlagen, litt noch unter dem Schock und konnte kaum einen klaren Gedanken fassen. Wir waren doch all diese Fragen schon einmal durchgegangen.

Der Polizist blickte auf und schien meine Gedanken zu lesen. »Ich weiß, Madame, daß das alles sehr aufreibend für Sie sein muß, aber Sie verstehen doch, daß es nötig ist, daß ich Ihnen diese Fragen stelle? Der Bruder des jungen Mannes kann uns kaum etwas sagen. Er war im Château, als es geschah. Und Sie haben doch viel Zeit mit dem ... mit Monsieur Lazarus verbracht.«

»Genug Zeit, um zu wissen, daß er sich nicht selber dort hinuntergestürzt hat.« Ich wußte, daß die Polizei anderer Meinung war. Man brauchte kein Psychologe zu sein, um ihre Fragen zu interpretieren. War Paul ein glücklicher Mensch gewesen? Hatte ich Depressionen an ihm bemerkt? Wie war das Verhältnis zu seiner Familie? Immer dieselben bohrenden Fragen, sie waren alle nur Variationen ein- und desselben Themas. »Er hätte sich nie umgebracht«, sagte ich noch einmal, um es ein für allemal klarzustellen. »Er hat das Leben sehr geliebt.«

»Soso.«

»Und auch seine Familie.« Ich sah wieder von dem Beamten weg und konzentrierte mich auf die rosa Geranie. Die Sonne war beinahe verschwunden. Draußen lag alles in fahlem Dämmerlicht. In Kanada mußte jetzt Mittagszeit sein. Pauls Mutter war bestimmt eifrig mit Vorbereitungen für Jom Kippur beschäftigt, ohne zu ahnen, daß ihr Sohn ... Ich zündete ein Streichholz an und hielt die zitternde Flamme an meine dritte Zigarette. »Ich kann mir nicht vorstellen, daß niemand gesehen haben soll, wie es passiert ist.«

»Ja, das ist sehr mißlich, aber heute war Markt, und nur wenige Menschen waren oben beim Château.«

»Aber die Leute, die oben an der Straße wohnen?«

»Sie haben nur gesehen, wie Ihr Bekannter alleine auf der Mauer gesessen hat. Die Mauer bei der Straße ist sehr niedrig, nur hüfthoch, aber dahinter ...« Er sprach es nicht aus. Ich konnte mir mein eigenes Bild davon machen. Ich hatte selbst dort hinuntergeblickt – in die tödliche Tiefe. »Wenn er nicht gesprungen ist, muß er abgestürzt sein. Vielleicht hat er das Gleichgewicht verloren.«

»Oder es hat ihn jemand gestoßen.«

»Könnte sein. Ich muß alle Möglichkeiten erwägen.« In diesem Augenblick faßte ich Vertrauen zu ihm, nahm meinen ganzen Mut zusammen, holte einmal tief Luft und stieß es aus mir heraus.

»Dann sollten Sie noch jemand anderen befragen, Monsieur. Einen Zigeuner mit einem Hund, der sich oft draußen auf dem Platz herumtreibt.«

»Ach so?« Er hörte auf zu schreiben und sah mich erwartungsvoll an. »Und wieso sollte ich ihn befragen, Madame?«

Ich erzählte ihm alles, beginnend mit dem Unbekannten, der Harry geschrieben hatte, dem Mann, von dem Paul annahm, es sei Didier Muret gewesen, und schloß mit unserer letzten Unterhaltung heute morgen unten am Fluß, nach der der Zigeuner Paul in die Menge der Marktbesucher gefolgt war. Der junge Beamte schrieb schweigend alles mit. Ein- oder zweimal bat er mich, einen Punkt noch etwas zu präzisieren. Aber an seinem Gesicht war deutlich abzulesen, daß er meine Geschichte für ein Hirngespinst hielt.

Er blätterte in seinem Notizblock zurück. »Sie sagen also, Ihr Cousin hätte Ihnen eine Nachricht hinterlassen, Madame? Und daß Sie sich zunächst keine Sorgen um ihn gemacht hätten, weil es in seiner Art lag, rasch seine Pläne zu ändern. Ist das korrekt?«

»Ja.«

»Aha.« Diese beiden kurzen Silben sprachen Bände. »Ich kann Erkundigungen einziehen, was Ihren Cousin betrifft. Und den Zigeuner kenne ich auch, ich werde mit ihm sprechen, obwohl ich mir nicht vorstellen kann, daß er mir viel erzählen wird. Ich weiß, daß er gefährlich aussieht, aber normalerweise macht er keinen großen Ärger. Die Abwesenheit Ihres Cousins, Madame –«

»Das Verschwinden.«

»– hat Sie vielleicht, wie soll ich sagen, für Dinge sensibel gemacht, die gar nicht existent sind?«

Ich schluckte diese Bemerkung mit einem Schluck Cognac hinunter und spürte, wie sich meine Kinnmuskeln strafften. Es war zwecklos, mir den Mund fusselig zu reden, sagte ich mir. Es war offensichtlich, daß er meine Mutmaßungen nicht allzu ernst nahm. Ich sah zu, wie er eine letzte Eintragung auf seinem Block machte und ihn dann zuklappte.

»Ich muß mich bei Ihnen für Ihre Zeit und für Ihre Geduld bedanken, Madame. Sie sind sehr hilfreich gewesen.« Das war natürlich eine Lüge, aber nett vorgebracht. Ich hatte ihm überhaupt nicht helfen können, es sei denn, er wertete die Argumente, mit denen ich seine Selbstmordtheorie zu unterhöhlen versuchte, als Zeichen meiner Hilfsbereitschaft.

Kaum eine halbe Minute, nachdem er gegangen war, kam auch schon Garland Whitaker in die Bar geeilt. Mit dem angemessenen Touch von Konfusion und Drama, der sie umgab, wirkte sie auf mich wie Lady Macbeth. Hinter ihr betrat etwas gemessenen Schrittes Jim den Raum.

Garland nahm den Stuhl, auf dem der junge Polizeibeamte gesessen hatte. Pauls Stuhl. Sie beugte sich weit über den Tisch und legte ihre Hand auf meinen Unterarm. »O Emily, Sie Ärmste! Ich hätte nicht die Kraft dazu gehabt, nicht so kurz, nachdem es ... Sie wissen ja. Hat er Ihnen viele Fragen gestellt?«

Ich vermied es, in ihre blauen Augen zu sehen, die gierig nach ein bißchen Tragödie lechzten, und konnte mich kaum noch zusammennehmen. »Nein«, sagte ich, »hat er nicht.« Etwas von meiner Verachtung für diese Frau muß mir am Gesicht abzulesen gewesen sein, denn sie zog ihre Hand zurück und rückte ein wenig von mir ab.

Auch Madame Chamond kam von der Bar zu uns herüber und setzte sich. Ihre sanfte Stimme wirkte hingegen wie Balsam auf meine bloßliegenden Nerven. »Sie müssen sehr erschöpft sein«, tröstete sie mich, »und Ihren Cognac haben Sie auch schon ausgetrunken. Edouard ...« Sie wandte sich ab, um ihren Mann auf mein leeres Glas aufmerksam zu machen. Er kam sogleich mit der Flasche an unseren Tisch und brachte auch Gläser für seine Gattin und die Whitakers mit, aber als Garland ihn bat, Platz zu nehmen, schüttelte er höflich den Kopf.

»Nein, ich kann nicht bleiben. Ich muß nach Simon schauen, wie es ihm geht. Wenn Sie mich bitte entschuldigen würden.«

Er verließ die Bar durch die Tür hinter dem Tresen, die

zum Büro und den Privaträumen der Chamonds führte. »Simon schläft heute nacht bei uns«, erklärte Madame Chamond. »Wir können ihn nicht alleine da oben lassen. Er kommt heute nacht zu Thierry ins Zimmer.«

»Der arme Junge«, sagte Jim Whitaker. »Schrecklich, daß ausgerechnet er es sein mußte, der als erster am Unfallort war.«

»Fünf Minuten später wäre ich es gewesen, Darling. Oh, was für ein entsetzlicher Gedanke.«

»Was haben Sie denn da gemacht?« fragte ich sie. »Ich dachte, Sie waren in Candes-Saint-Martin.«

»War ich auch. Monsieur Chamond wollte noch etwas im Eisenwarenladen besorgen, und da bin ich gleich mit ausgestiegen, um vom Schloß zu Fuß hinunterzugehen. Über die Treppe ist es ja nicht so weit. Und ich wollte doch auch zurück zu Jim. Aber er war ja nicht mal hier, nicht wahr, Darling?«

»Stimmt.«

Ich hatte das Gefühl, daß sie zögerte, auf eine Erklärung wartete, aber Jim Whitaker machte keine Anstalten, sich dazu zu äußern. »Na, ist ja auch egal«, fuhr sie fort, »ich gehe also die Treppe hinunter, und da treffe ich auf Simon ... Den Rest kennt ihr ja. Es war ein furchtbarer Schock, das könnt ihr mir glauben.«

»Es war ein Schock für uns alle«, bemerkte Madame Chamond, eine Spur mißbilligend, wie mir schien.

Aber Garland wollte nicht aufhören, in der Wunde herumzustochern. »Man möchte gar nicht glauben, daß es wirklich passiert ist, nicht wahr? Da hat man gerade noch mit jemandem geredet, und dann ... Ist das nicht Pauls Buch?« Schon grapschte sie danach. Ich hatte es vorhin aus Pauls Jackentasche nehmen müssen, um an die Zigaretten zu kommen.

Garland wollte gar nicht wissen, wie das Buch dort hingekommen war. Sie blätterte nur darin. »Nun wird er's wohl nie auslesen. Nicht, daß das jetzt noch eine Rolle spielt. Armer Paul, ich kann's immer noch nicht glauben –«

»In Gottes Namen, Garland« – Jim Whitaker rieb sich die Stirn – »halt doch endlich mal den Mund.« Er sprach den Satz ganz leise, als hätte er damit seine gesamte Energie verbraucht, aber zu meiner Überraschung verfehlten die Worte nicht ihre Wirkung. Garland hörte tatsächlich zu reden auf, aber sie preßte ärgerlich die Lippen aufeinander, und ich ahnte, daß Jim nachher einiges zu hören kriegen würde.

Ich streckte die Hand aus. »Darf ich das bitte haben?«

Mit einem aufgesetzt wirkenden Seufzer reichte sie mir das Buch, stand dann auf, wünschte uns gute Nacht und ging.

Auch Jim seufzte, aber bei ihm kam es von Herzen. »Es tut mir so leid«, sagte er. »Wirklich so leid.« Er stemmte sich vom Tisch hoch und folgte seiner Frau in die Hotelhalle.

Ich fuhr mit den Fingern über den geprägten Buchtitel auf dem Umschlag und versuchte, die Tränen zurückzuhalten. Nicht, daß das jetzt noch eine Rolle spielt, hatte Garland gesagt. Aber es spielte noch eine Rolle. Für Paul hatte es eine Rolle gespielt. Wieder sah ich sein strahlendes Lächeln vor mir, hörte seine unbeschwerte Stimme: »Ich werde nicht zur Ruhe kommen, bis ich das vermaledeite Ding geschafft habe.«

Madame Chamond beugte sich besorgt zu mir herüber. »Sie haben Ihren zweiten Cognac ja gar nicht angerührt. Möchten Sie etwas anderes trinken?«

»Nein, ist schon gut.« Wieder sah ich zum Fenster hinaus, in den immer dunkler werdenden Abend. Die Sonne war fort. Jom Kippur hatte begonnen, die Fastenzeit, wie Paul Thierry erzählt hatte – und die Zeit, der Toten zu gedenken. »Ich möchte nichts. Ich möchte hier eigentlich nur eine Weile ganz für mich allein sitzen.«

Madame Chamond sah mich an, dann das Buch, dann wieder mich, legte mir die Hand auf die Schulter und erhob sich mit der Grazie einer Tänzerin, um mich ganz allein in der stillen Bar zurückzulassen. Ich hörte sie in der Empfangshalle mit jemandem sprechen, erkannte Neils Stimme, und dann waren sie beide gegangen, und um mich herum war nur noch Schweigen.

Meine Finger fanden die umgeklappte Ecke der Seite, auf der Paul zu lesen aufgehört hatte. Dieses Buch verlangte nach konzentrierter Aufmerksamkeit, also zog ich die Beine hoch und kuschelte mich in meinen Sessel, um mein Bestes zu versuchen.

Ich blieb die ganze Nacht da sitzen und las.

Um vier machten die Müllfahrer wieder ihre lärmende Runde um den Platz, aber ich beachtete sie gar nicht. Die ersten blassen Streifen der Dämmerung erschienen gerade am stahlgrauen Himmel, als ich das Buch zuklappte und in meinen Schoß legte. Jetzt war es geschafft. Ich wiederholte das Wort noch einmal laut, obwohl niemand da war, der mich hätte hören können: »Geschafft.« Odysseus' Aufgabe war erfüllt, seine Reise war beendet. Paul, wo immer er auch war, konnte in Frieden ruhen.

Ich fühlte die Wärme der Tränen auf meinen Wangen, und mein Körper schmerzte vor bleierner Müdigkeit, die fast unerträglich schien, aber mir war trotz allem wohler zumute.

Ich wischte meine Wangen trocken und sah hinaus. Vor meinem Fenster klammerten sich immer noch die drei

Blütenblätter an ihre Geranie, die einzigen Farbkleckse an diesem grauen, verhangenen Morgen. Vom Fluß blies der Wind herüber und trieb eine Wolkenschicht vor sich her. Er packte eine Handvoll welkes Laub und verteilte es über den ganzen Platz hinweg. Und er erwischte auch meine Geranie und schüttelte die drei einsamen Blätter.

Und ich sah zu, wie sie alle drei, eines nach dem anderen, abgerissen und an meinem Fenster vorbei fortgeweht wurden, bis nur noch der kahle, nackte Stengel übrigblieb.

25

An jenem Morgen stand ich
in des Hauses Halle …

Es war nicht meine erste Erfahrung mit dem Tod eines mir nahestehenden Menschen, und daher kannte ich den Verlauf meiner Trauer in ihren verschiedenen Phasen nur zu gut. Zuerst kam der Schock, danach kamen die Tränen und schließlich die gallige Wut, auf die wiederum ein sanfterer Kummer folgte. Während ich nun allein auf den Stufen zum Schloß stand und zu der Stelle hinunterblickte, an der Paul den Tod gefunden hatte, spürte ich, wie der Zorn in mir hochkroch. Den Juden mochte es als Sünde erscheinen, am Tag der Versöhnung wütend zu sein, aber mir kam diese Gemütsregung sehr entgegen. Das war endlich etwas Greifbares nach der leeren Starre, die mich zuvor umfangen hatte.

Seit gestern hatte jemand das Blut von den Stufen entfernt. Nur auf den gelben Blättern in der Rinne zwischen der Treppe und der Mauer erkannte man noch einzelne dunkle Flecken. Ansonsten war alles wie immer, und was ich hier gestern nachmittag gesehen hatte, konnte ebensogut nur Einbildung gewesen sein, so, als hätte es in meinem Leben auch nie einen Paul Lazarus gegeben.

»Das ist einfach nicht fair«, sagte ich. Aber es war niemand da, der meine Worte vernehmen könnte. Noch viel zu früh am Morgen. Im Hotel würde man sich jetzt gerade daranmachen, die Tische fürs Frühstück zu decken und die erste Kanne Kaffee aufzubrühen. Ich war froh, nicht dabeisein zu müssen. Es hätte mich nur noch wütender gemacht, Zeuge der täglichen Routine mit all ihren kleinen Ritualen zu werden, gerade so, als sei nichts geschehen. Natürlich mußte das alles sein, das war mir klar, aber dadurch, daß ich es begriff, wurde es auch nicht leichter, sich damit abzufinden.

Merkwürdig, dachte ich. In einem ganz anderen Zusammenhang hatte ich schon einmal dieselbe grimmige Gefühlsverwirrung empfunden, als sich seinerzeit, vor fünf Jahren, meine Eltern scheiden ließen. Auch damals hatte ich getrauert. Doch während dieser Verlust mich gelähmt, Träume und Hoffnungen zerstört hatte, war durch Pauls Fortgang eine Flamme in mir entfacht worden.

Halt dich da raus. Dieser kurze Satz war mir beinahe zum Motto geworden. Immer auf Nummer Sicher gehen, was die Gefühle betraf, besser nicht lieben, wenn man Enttäuschungen aus dem Wege gehen wollte. Aber bei Paul? Nach seinem Tod konnte ich nicht einfach so mit meinem Leben weitermachen, wie es vorher gewesen war.

»Mist«, flüsterte ich.

Ich weiß nicht, wie lange ich da gestanden und auf die stummen Steine gestarrt hatte. Ich hatte jedes Zeitgefühl verloren. Der Himmel schien etwas heller zu werden, aber die Sonne blieb hinter dem Wolkenschleier versteckt, und der Wind in meinem Gesicht verhieß eher Regen. Nach einer kleinen Ewigkeit hob ich den Kopf und erklomm die Stufen zur Straße.

Die Glocke im Uhrenturm begann die Stunden zu schlagen, eine kleine, schwarze Silhouette hoch oben in dem engen Turm über dem Eingangstor. Siebenmal schlug sie;

der letzte Glockenschlag hallte lange in der Morgenluft nach.

Es war nicht schwer, die Stelle auszumachen, an der Paul gesessen hatte. Die Begrenzungsmauer der Straße war hier in der Tat von idealer Höhe und Breite, um sich darauf niederzulassen. Ein leicht verbeultes Schild warnte, die vorausliegende Strecke sei nicht für den allgemeinen Verkehr zugelassen. Paul mußte, eine Weile zumindest, unter diesem Schild gesessen haben, denn neben dem Mäuerchen fand ich drei Zigarettenkippen, deren zerfranste Enden darauf wiesen, daß er sie an der Mauer ausgedrückt hatte, wie es seine Angewohnheit war. Hier hatte er also gerastet, geraucht, und dann ...

Ich zwang mich hinabzuschauen. Die glatte Wand fiel gnadenlos hinab bis zu der tief unten liegenden Treppe. Es kostete mehr Überwindung, als ich angenommen hatte, und rasch war ich wieder einen Schritt zurückgetreten und schob unbewußt die Hände in die Hosentaschen, als könnte ich mich dadurch vor Schlimmerem bewahren. Ich trug die gleichen verknitterten Sachen wie gestern und darüber Pauls rote Jacke. Den »Ulysses« hatte ich im Hotel gelassen, aber in der linken Innentasche steckte noch immer etwas Eckiges. Ich strich mit der Hand darüber. Zigaretten. Nach meiner selbstmörderischen Tabakorgie gestern abend konnten nicht mehr allzu viele übrig sein. Ich zog die Packung hervor, nicht, weil ich schon wieder eine rauchen wollte, sondern weil mir etwas eingefallen war.

Wenn Paul seine Zigaretten in der Jackentasche vergessen hatte, wo kamen dann die drei Kippen her? Natürlich hätte er sich eine neue Packung besorgen können, aber dann hätte er doch die gleiche Marke gewählt. Es war eine beliebte französische Sorte, die es an jeder Ecke zu kaufen gab – eine längere Zigarette mit einem weißen Filter, auf die der Markenname aufgedruckt stand. Ich hatte Paul immer nur diese Sorte rauchen sehen. Die Filter der Zigarettenkippen an der Mauer waren aber dunkelgelb mit kleinen weißen Pünktchen. Ich hob eine von ihnen auf. Es waren kein Markenname und kein Zeichen zu erkennen. Und außerdem fand ich nirgendwo abgebrannte Streichhölzer. Paul hatte immer Zündhölzer benutzt, und ich konnte mir nicht vorstellen, daß er sich plötzlich ein Feuerzeug gekauft hatte, obwohl diese Erklärung natürlich keineswegs ausgeschlossen war.

Ich zog den Schluß, daß Paul diese Zigaretten von jemand anderem bekommen und dieser jemand ihm auch Feuer gegeben haben mußte. Was immer die Nachbarn gegenüber der Polizei ausgesagt haben mochten, Paul war gestern nicht allein hier gewesen, jedenfalls nicht die ganze Zeit. Er war nicht allein gewesen.

Zu dieser Erkenntnis gelangt zu sein war eine Sache; sie der Polizei plausibel zu machen eine andere. Ich konnte mir im Geiste schon ausmalen, wie der junge Inspektor geduldig zuhören würde, um meine Theorie dann gleich wieder zu verwerfen. Wenn doch nur jemand anderes für mich dort hingehen könnte, jemand mit mehr Durchsetzungsvermögen und besserer Kenntnis der hiesigen Gepflogenheiten. Die Chamonds vielleicht, oder sogar …

Was hatte Armand Valcourt gestern in Martines Kunsthandlung zu mir gesagt? »Einsamkeit ist der Preis, den man für Ansehen und Einfluß zahlen muß.« Einfluß …

Unter mir, in der Stadt, schlug nun auch die zweite Glocke, ein verspätetes Echo des Geläuts vom Uhrenturm. Und noch einmal suchte ich mit den Augen die Landstraße ab, die steil vor mir aufstieg.

Falls François fand, daß es noch ziemlich früh für einen Besuch bei seinem Herrn war, ließ er sich jedenfalls nichts davon anmerken. Höflich bat er mich zu warten und versicherte mir, Monsieur würde gleich kommen.

Ich bedankte mich, während er sich zurückzog, und wartete in dem stillen Zimmer, in das er mich geführt hatte. Es erinnerte kaum an den pompösen Saal bei meinem ersten Besuch auf Clos des Cloches. Die schweren Vorhänge waren noch zugezogen. Dies schien eine Art Studierzimmer zu sein. Die Wände waren mit Holz verkleidet, und überall waren Bücherregale angebracht. Schräg in einer Ecke stand ein Schreibtisch mit einer Reihe sorgsam abgestaubter gerahmter Fotos darauf.

Sie alle zeigten Lucie in verschiedenen Altersstufen, aber immer artig lächelnd. Ich bückte mich, um sie mir näher anzusehen, und fuhr gedankenverloren mit der Fingerspitze über eines von ihnen. Ich weiß nicht, wieso mir plötzlich der Streit zwischen Armand und Martine wieder einfiel, den ich am vergangenen Samstag mit angehört hatte. »Was weißt du schon von Liebe?« hatte sie gehöhnt. Gott, dachte ich, was für eine unsinnige Frage, wenn man diese Photographien vor Augen hatte.

Hinter mir öffnete und schloß sich leise die Zimmertür. Die Hände hinter dem Rücken verschränkt, drehte ich mich nervös nach ihm um.

Offenbar hatte ich ihn bei der Morgentoilette gestört. Sein Haar war noch feucht vom Duschen, und er hatte nicht einmal sein Hemd zugeknöpft, aber ich stellte mir vor, daß ich selbst noch weniger präsentabel wirkte. Er zumindest hatte heute nacht im Bett verbracht, und man sah noch den Schlaf in seinen Augen, die mich eine Spur zu vertraulich musterten.

»Sie müssen sehr entschuldigen«, begann ich wie

selbstverständlich auf französisch, »ich hätte Sie nicht so früh behelligen dürfen.«

»Ist schon in Ordnung.« Er machte die letzten Hemdknöpfe zu. »Worüber möchten Sie denn mit mir sprechen?«

»Mein Freund ist tot.« Zu meinem Entsetzen spürte ich schon, wie sich in meinen Augen sofort Tränen bildeten. Ich zwinkerte, wollte auf keinen Fall zu heulen anfangen, aber Armand war nichts entgangen. Er drehte sich um und murmelte etwas, das sich nach Selbstvorwürfen anhörte.

»Daran habe ich gar nicht gedacht«, sagte er. »Mein Beileid. Das war also der junge Mann, der gestern von der Mauer gestürzt ist? Ich hatte ja keine Ahnung ...« Er rang nach Worten. »Es muß sehr schlimm für Sie sein.«

Ich nickte schweigend und setzte mich auf den Stuhl, den er mir anbot. Er nahm nicht hinter dem Schreibtisch Platz, sondern zog einen zweiten Stuhl heran und stellte ihn mir gegenüber, so daß zwischen unseren Knien nur wenige Zentimeter Raum blieben. »Du hast nicht geschlafen.«

Mir fiel zwar auf, daß er mich mit dem intimeren »tu« anstelle von »vous« angesprochen hatte. Zu jeder anderen Zeit hätte mich das auch nachdenklich gemacht, aber heute nahm ich es kaum wahr.

»Nein«, sagte ich nur. »Ich konnte nicht. Zu viele Gedanken.«

»Verstehe. Ich habe jedesmal Angst, wenn Lucie in der Nähe dieser Mauer spielt. Ich habe immer gewußt, daß eines Tages so ein Unfall passieren würde.«

»Nur, daß es kein Unfall gewesen ist.« Ich holte tief Luft und setzte mich kerzengerade hin. »Jemand hat ihn gestoßen.«

Er starrte mich ungläubig an. »Was?«

»Ich ... ich weiß nicht, wer es getan hat, aber ich glaube, ich weiß, warum. Die Polizei jedoch will nicht auf mich hören. Sie waren sehr höflich und zuvorkommend, aber sie wollten nichts davon wissen, was ich ihnen zu sagen habe.« Meine Stimme klang verbittert, es schwangen mehr Emotionen darin mit, als ich seit Jahren empfunden hatte. »Jemand hat Paul in die Tiefe gestoßen.«

Er sah mich prüfend an. »Hast du es gesehen?«

»Nein.«

»Wie kannst du dir dann so sicher sein?«

»Das ist eine lange Geschichte.«

»Ich habe Zeit. Hast du schon gefrühstückt?«

»Ja«, log ich.

»Nun, ich aber nicht. Während ich mein Frühstück zu mir nehme, kannst du mir diese lange Geschichte erzählen, einverstanden?«

So lange, wie ich befürchtet hatte, dauerte es dann doch nicht. Als er seinen Teller beiseite schob, war ich am Ende meines Berichts angekommen. Wir waren ins Wohnzimmer gegangen und saßen jetzt am selben Tisch, an dem ich am Samstag mein erstes Abendessen mit Armand geteilt hatte. Am anderen Ende des Tisches zündete er sich gerade in nachdenklichem Schweigen eine Zigarette an. Ich sah, daß er eine Sorte mit gelbem Filterpapier rauchte. Aber das tut ja die Hälfte aller Raucher in Frankreich.

»Und jetzt glaubst du, daß sich auch dein Cousin in Gefahr befindet?«

»Ich weiß überhaupt nicht, was ich glauben soll«, antwortete ich, und das war nicht einmal übertrieben. »Ich weiß nur, daß Paul versucht hat, mir zu helfen. Und daß Paul jetzt tot ist.«

»So wie Didier.« Mit gerunzelter Stirn betrachtete er

konzentriert die Tischdecke. »Deswegen hast du mich nach Didier ausgefragt, als wir uns das letzte Mal getroffen haben.«

»Genau.«

»Du hättest mir doch sagen können, daß du dir Sorgen um deinen Cousin machst.«

»Aber so was erzählt man doch nicht mir nichts, dir nichts einem Fremden, oder? Und abgesehen davon war ich doch eher überzeugt, daß Didier Harry nicht gekannt hat.«

»Man kann's nie genau wissen«, sagte er leise. »Und außerdem würde ich uns beide nicht gerade als Fremde bezeichnen.« Gleichzeitig mit mir hob er den Kopf, und unsere Blicke trafen sich. Im hellen Licht des Tages mußte ich einfach abscheulich aussehen. »Und du sagst, du hast all das auch der Polizei erzählt?«

»Jedes Wort.«

»Und die haben es nicht ernst genommen.«

»Scheint so. Deswegen bin ich ja zu dir gekommen. Ich dachte, du könntest vielleicht mit ihnen reden, ein Mann in deiner Position ...«

Er verzog leicht den Mund. »Ich fürchte, da überschätzt du meinen Einfluß.«

»Also willst du mir nicht helfen?«

»Das habe ich nicht gesagt. – François«, rief er über die Schulter.

Der ältere Mann erschien sofort in der Tür; wirklich der perfekte Diener, da hatte Brigitte Valcourt recht gehabt. »Jawohl, Monsieur?«

»Rufst du bitte auf der Polizeipräfektur an und sagst, ich würde gerne mit ...« Er sah mich an. »Der Beamte, mit dem du gesprochen hast, war der jung? Ein junger Mann mit dunklen Haaren?« Ich nickte. »... Inspektor

Fortier also sprechen, François. Und zwar jetzt gleich.«

»Vielen Dank«, sagte ich, als François das Zimmer verlassen hatte. »Sehr nett von dir.«

Er streckte den Arm aus, um eine abstehende Haarsträhne hinter meinem Ohr glattzustreichen. »Das hat nichts mit Nettigkeit zu tun.«

Von der Tür ertönte ein leises Hüsteln, und Armand zog die Hand von meinem Gesicht zurück.

»Inspektor Fortier ist nicht da, aber ein Chefinspektor Prieur ist zugegen, der gerne bereit wäre, mit Monsieur zu sprechen.«

»Prieur.« Armand überlegte. »Der Name sagt mir nichts. Keiner der hiesigen Beamten?«

»Nein, Monsieur. Er sagt, er käme aus Paris.«

»Sieh mal an.« Armand schob seinen Stuhl zurück. »Danke, François. Ich telefoniere von meinem Arbeitszimmer aus.«

Er blieb nicht lange weg. Als er zurückkam, setzte er sich nicht wieder hin, sondern zündete sich noch eine Zigarette an und sagte: »Siehst du, es war gar nicht nötig, mich einzuschalten. Inspektor Fortier scheint deine Zweifel zu teilen. Es wird eine vollständige Untersuchung stattfinden. Er sucht im Augenblick gerade nach diesem Zigeuner, um ihm Fragen zu stellen.«

»Im Ernst?«

»Warum sollte ich scherzen? Ich werde mich auch selber nach dem Zigeuner umschauen, wenn es dich beruhigt. Dann kannst du dich so lange ein wenig hinlegen.« Er sah auf seine Uhr. »Ich fahre dich gleich zum Hotel zurück, aber vorher muß ich noch einmal telefonieren, geschäftlich – es kann ein bißchen dauern. Ist es dir recht, wenn ich dich der Obhut von François überlasse?«

»Mir ist alles recht.«

»Fein. Ich beeile mich.«

Während ich, erleichtert, weil die Last, die mich noch kurz zuvor ganz alleine gedrückt hatte, nun auf zwei Schultern verteilt war, auf Armands Rückkehr wartete, räumte François das Frühstücksgeschirr ab und beobachtete mich dabei besorgt. »Es tut mir sehr leid für Sie, Mademoiselle.«

»Danke, François.«

»Ein Tod ist immer eine traurige Sache, aber wenn es einen so jungen Menschen trifft ...« Er stellte die Teller auf die Anrichte. »... das ist einfach nicht gerecht.«

»Stimmt.«

Er warf einen Blick auf meinen leeren Teller. »Wünschen Sie wenigstens eine Tasse Kaffee, Mademoiselle?«

»Nein, danke.«

»Etwas Toast?«

Ich schüttelte den Kopf. Wie sollte ich ihm erklären, daß ich nichts essen konnte, weil ich für Paul fastete? Also sagte ich bloß: »Ich habe einfach keinen Hunger.«

»Ich weiß, wie schwer es für Sie ist, aber die Toten brauchen uns nicht mehr. Das Leben ist es, für das wir unsere Energie aufsparen müssen. Sie sollten schlafen, auf Ihre Gesundheit achten. Vor allem etwas essen.«

Es war sein Tonfall, nicht seine Worte, der mich plötzlich grinsen ließ, und obwohl ich rasch den Kopf wegdrehte, war es ihm doch nicht entgangen. »Es ist nur, weil Sie sich wie meine Mutter anhören«, erklärte ich. »Sie hat auch immer so mit mir gesprochen.«

»Ach ja?« Es schien ihm ein wenig peinlich zu sein. »Ich nehme mir bei Ihnen immer zu viele Freiheiten heraus. Ich muß Sie um Verzeihung bitten. Manchmal, wenn ich Sie ansehe ... denke ich an meine Schwester – Sie sehen ihr sehr ähnlich. Sie hatte auch immer diese Trauer an sich, die so gar nicht zu jungen Menschen passen will.« Ein weicher Zug bildete sich um seine Augen, die nachdenklich in der Vergangenheit suchten. »Das Leben hat es nicht sehr gut gemeint mit Isabelle.«

Mein Lächeln war wie weggeblasen. »Isabelle?«

François nickte. »Ja, meine Schwester. Wir waren drei Geschwister, alle in diesem Haus geboren: ich, Isabelle und mein Bruder Jean-Pierre. Ich war der jüngste und der einzige, der in den Diensten der Familie Valcourt blieb. Mein Bruder ist in den letzten Kriegstagen umgekommen, und meine Schwester ...« Er senkte den Blick zu Boden. »... ist nicht lange nach der Befreiung von Chinon fortgegangen.«

Es wäre eigentlich ein viel zu großer Zufall, aber nachdem ich inzwischen erfahren hatte, wie klein die Welt manchmal sein konnte, stellte ich dennoch meine Frage. »Hat Ihre Schwester je im Hotel de France gearbeitet, Monsieur?«

»Ja, schon, aber woher wissen Sie ...? Natürlich. Sie sind ja dort abgestiegen. Sie werden die Geschichte von Isabelle und Hans gehört haben. Sehr romantisch, nicht wahr? Jedenfalls habe ich es so empfunden, als ich noch ein Junge war.«

Ich gab ihm recht. Wirklich eine sehr romantische Geschichte – bis auf das Ende, fügte ich in Gedanken hinzu. »Wo ist Ihre Schwester denn hingegangen, nachdem sie Chinon verlassen hatte?« fragte ich ihn.

»Sie ist einfach fortgegangen.« Irgendwo wurde eine Tür lautstark geschlossen, und ich fragte nicht noch einmal nach. Statt dessen erkundigte ich mich, ob die Edelsteine wirklich existiert hatten. »Oh, gewiß«, sagte er. »Es waren echte Diamanten. Meine Schwester hat sie mir gezeigt.«

»Und man hat sie nie wieder gefunden?«

»Isabelle hat sie gut versteckt«, sagte er nicht ohne Stolz. »Monsieur Muret hat immer behauptet, er würde sie eines Tages finden. Er war wie besessen davon, er hat immer nur an Geld gedacht. Er hat überall Löcher gegraben, unten in den Kellern und oben auf dem Berg, um nach dieser Handvoll Juwelen zu suchen, aber natürlich hat er sie nie entdeckt.«

»Wieso ›natürlich‹?«

Er lächelte geheimnisvoll. »Isabelle hat sie gut versteckt«, sagte er noch einmal. »Meine Schwester war sehr schlau.«

»Und sehr schön, wie ich gehört habe.«

»Ja.« Er nahm die Kaffeekanne und stellte sie zu den Tellern. »Wenn Sie möchten, kann ich Ihnen ein Foto von ihr heraussuchen. Dann werden Sie vielleicht verstehen, wieso ich immer an Isabelle denken muß, wenn ich Sie ansehe.«

»Gerne«, sagte ich. »Ich liebe alte Photographien.«

»Dann werde ich mich auf die Suche machen«, versprach er. »Vielleicht morgen, wenn ich Zeit habe, meine Alben durchzublättern.«

»Irgendwie glaube ich, Ihrer Schwester schon mal begegnet zu sein.«

»Wie das?«

»Sie spukt in den Fluren des Hotels.«

»Das ist eine Legende, Mademoiselle, nichts weiter«, sagte er voll Nachsicht über meinen Aberglauben. »Und eine sehr unwahrscheinliche noch dazu. Es gibt gar keine Gespenster.«

Da war ich mir nicht so sicher. Wieder sah ich den Schatten vor mir, der an meinem Bett vorbeigeglitten war und dessen säuselnde Stimme mich gedrängt hatte, ihm zu folgen ... Aber wem zu folgen und wohin?

»Außer«, fügte François hinzu, »man zählt auch die Lebenden zu den Gespenstern. Dann würde ich Ihnen recht geben.« Sein faltiges Gesicht entspannte sich. »Von ihnen ist das Hotel de France in dieser Woche voll.«

26

... Kunde von Verwandlungen in einer dunklen Welt flüsterte in den Blättern der Akazien ...

Für diese Tageszeit kam mir die Hotelhalle düster und verlassen vor. An den meisten Vormittagen wimmelte es hier nur so von Reinigungspersonal, das die Bar und das Frühstückszimmer säuberte und dessen Staubsauger lautstark mit der Schreibmaschine und dem Telefon wetteiferten. Aber an diesem Morgen herrschte vollkommene Stille. Thierry, der hinter dem Empfangstresen die Zeit totschlug, war das einzige lebende Wesen weit und breit.

Seine übermüdeten Augen waren rot umrändert, und seine Stimme klang heiser, als er mich begrüßte. Ich hätte ihm gern ein Wort des Trostes gespendet, aber meine eigenen Nerven lagen noch bloß, und überdies war ich todmüde. Außerdem konnten wir uns beide ausmalen, wie dem anderen zumute sein mußte, so daß es keine Worte brauchte. »Wieder mal ganz alleine hier?« fragte ich ihn dennoch. »Wo sind denn Ihre Tante und Ihr Onkel?«

»Sie sind mit Simon nach Paris gefahren. Seine Eltern nehmen ihn am Flugplatz in Empfang. Sie kommen wohl erst heute abend zurück.« Er machte eine kurze Pause. »Zur Frühstückszeit war die Polizei wieder hier. Sie haben alle Sachen von Paul mitgenommen, außer das hier.« Er griff unter den Tresen und holte das Überbleibsel hervor. Es war Pauls »Ulysses«. »Ich habe es in der Bar gefunden.

Meine Tante sagt, Sie haben es zu Ende gelesen. Für Paul.«

Einen Moment lang hatte ich einen Frosch im Hals, und ich mußte mich erst räuspern. »Stimmt.«

»Ich dachte ... ob Sie es vielleicht behalten wollen? Falls nicht, dann könnte ich ...« Er brach den Satz ab und versuchte es noch einmal neu. »Ich dachte, ich würde gerne dieses Buch lesen. Dann wird mein Englisch besser.«

Ich unterließ es, ihn darauf hinzuweisen, daß Joyces verschlungene Prosa nicht gerade die beste Übungslektüre darstellte, weil ich ahnte, daß es Thierry in Wirklichkeit um etwas ganz anderes als um Sprachstudien ging. »Behalten Sie es nur, Thierry«, sagte ich. »Ich glaube, das hätte Paul so gewollt.«

»Danke.« Er ließ das Buch wieder unter dem Tresen verschwinden.

»Wo sind die anderen?« fragte ich ihn.

»Ich weiß nicht. Ausgegangen.« Er klang gleichgültig.

Dem Himmel sei Dank, dachte ich, und laut sagte ich zu ihm: »Dann werde ich jetzt mal nach oben gehen. Falls jemand nach mir fragt, ich schlafe, ja?«

»Selbstverständlich.« Er raffte sich mühselig auf und bedachte mich mit einem Lächeln, das wieder eine Spur seines gewohnten Schalks durchblicken ließ. »Keine Sorge«, versicherte er mir. »Sie werden nicht gestört werden.«

Ich fiel tatsächlich in einen ruhelosen Schlaf voller aufwühlender Träume und erwachte erst wieder, als die Sonne voll auf meinem Fenster stand. Zuerst glaubte ich, die Glocke vom Schloß hätte mich geweckt, denn als ich das Gesicht aus dem Licht drehte, erklang gerade das etwas tiefere Echo der Rathausuhr. Aber ich nahm es nur im Halbschlaf wahr. Ich lag noch wie in einem Dämmerzustand da, betäubt durch verirrte Gedanken und nur von dem einen Wunsch beseelt, nie wieder aufstehen zu müssen, als der vierte und letzte Glockenschlag über den Dächern verhallte und ich plötzlich jemanden im Nebenzimmer hörte. Ein leises Geräusch, als wäre etwas umgestoßen worden, gefolgt von dem unverwechselbaren Krachen der Gardinenstange, die aus ihrer Halterung gefallen war. Ich lächelte müde in mein Kissen und dachte: Die Jungs sind zurück. Aber dann fiel es mir mit einem schmerzlichen Stich durch meinen ganzen Körper wieder ein.

Ich öffnete die Augen.

Die Geräusche im Zimmer nebenan waren lauter geworden; ich hörte schlurfende Schritte, jungenhaftes Gelächter und das Quietschen der Scharniere, als das Fenster nach innen aufging. Taumelnd erhob ich mich, schlüpfte in meine Jeans und einen Pullover und trat hinaus auf den Flur, um nachzusehen. Wäre ich hellwach gewesen, hätte ich gewiß nichts dergleichen unternommen, aber ich war eben nicht ganz wach, und in mir keimte noch die winzige Hoffnung, daß ... daß ...

»Bitte?« Auf mein Klopfen wurde die Tür zum Zimmer von Paul und Simon geöffnet, und eine hochgewachsene junge Frau, blond und üppig und voller Leben, sah mich freundlich an. »Kann ich Ihnen helfen?« Sie sprach Englisch, aber das war nicht ihre Muttersprache. Sie hatte einen schwedischen oder vielleicht dänischen Akzent. Irgendwas Skandinavisches.

Ich schüttelte den Kopf und versuchte ziemlich vergeblich, meine Enttäuschung hinter einem Lächeln zu verbergen. »Nein, ich ... ich habe eigentlich jemand anderen gesucht. Entschuldigen Sie bitte.«

Das machte es nur noch schlimmer. Sie wurde richtig mißtrauisch. »Außer mir ist hier nur noch mein Mann.«

Ich beeilte mich, das Mißverständnis auszuräumen. »Nein, was ich sagen wollte ... Ich habe mich im Zimmer geirrt. Tut mir leid, daß ich Sie belästigt habe.«

Ich glaube nicht, daß sie restlos überzeugt war. Der Blick aus ihren runden blauen Augen wirkte ziemlich unterkühlt, als sie die Tür wieder schloß, und mich beschlich ein schlechtes Gewissen. Die armen Leute. Ihr erster Ferientag, und gleich klopfen wildfremde Menschen an die Tür und reden wirres Zeug. Und ich – was hatte ich denn erwartet? Eine Art Wunder? Paul Lazarus, zurückgekehrt von den Toten? War ich nicht alt genug, um zu wissen, daß solche Wunder nicht geschehen?

Ich fühlte mich plötzlich sehr, sehr einsam.

Es war niemand unten in der schattigen, kühlen Bar. Das Radio spielte gerade eine poetisch-traurige Folkrockballade, und auf den runden Tischen brannten die Kerzen ganz umsonst herunter. Die hohen Glastüren standen offen, und ich trat hinaus ins Sonnenlicht auf den Platz, wo unter den Akazien die weißgedeckten Tische mit den roten Stühlen auf Gäste warteten. Ich hätte mich gerne eine Weile allein hier niedergelassen, aber Garland durchkreuzte meine Pläne. Sie zerrte mich fast an den Tisch, an dem sie und ihr Mann saßen, und ich war viel zu erschöpft, um mich zur Wehr zu setzen. Und abgesehen davon war mir Jim Whitakers Gegenwart auch nicht gerade unangenehm. Er lächelte mir freundlich zu, als ich den Stuhl neben seinem nahm. »Dürfen wir Sie zu etwas einladen?« fragte er.

Ich lehnte dankend ab.

»Na, ich bestelle mir noch was«, sagte er und hob die Hand, um die Bedienung zu rufen, doch zu meiner Überraschung kam nicht Thierry, sondern die etwas konfuse Gabrielle.

»Alles geht durcheinander«, sagte Garland, als Gabrielle wieder gegangen war, um Jim einen Pernod zu holen, »wenn Thierry mal nicht da ist. Ich meine, er kann einem auch ganz schön auf den Geist gehen, aber wenigstens bringt er einem das, was man haben möchte. Sieht das hier etwa wie ein Manhattan aus, frage ich Sie?«

Ich mußte zugeben, daß ich noch nie einen gesehen hatte. »Wo ist denn Thierry?« fragte ich.

Sie blickte sich um, beugte sich vor und flüsterte: »Auf der Polizeiwache. Nach dem Mittagessen sind sie gekommen, um ihn zu holen. Sie wollen ihm Fragen stellen. Wegen Paul. Wußten Sie« – sie kam noch näher – »daß eine Untersuchung in die Wege geleitet wird? Martine hat uns das erzählt. Sie glauben nicht, daß es ein Unfall gewesen ist.«

»Garland ...« sagte Jim warnend.

»Wieso? Das ist doch allgemein bekannt, und sie muß es doch auch wissen. Nazis«, sagte sie, wieder zu mir gewandt.

»Ich fürchte, ich verstehe nicht ...«

»Sie sind's gewesen, warten Sie's nur ab. Sie sind zurückgekommen, um nach den Diamanten zu suchen, genauso, wie sie es in Deutschland gemacht haben, als Jim und ich noch dort wohnten. Wissen Sie's nicht mehr? Ich habe es Ihnen doch erzählt –« Sie hielt inne. Etwas hinter meinem Rücken, an der Einmündung der Rue Voltaire in den Platz, hatte ihre Aufmerksamkeit geweckt. »Ach, sieh mal an, wen wir da haben – das ist ja höchst interessant.«

Jim und ich drehten uns gehorsam um. Vor der Telefonzelle hatten zwei Polizeiwagen am Straßenrand gehalten. Die beiden Fahrer stiegen zuerst aus, junge Polizisten in Uniform, die respektvoll einem älteren Mann in Zivilkleidung die Tür öffneten, der ohne sichtliche Eile den Wagen verließ und dessen gelassenes Auftreten ihn als einen höhergestellten Beamten auswies.

»Sein Name ist Prieur«, klärte mich Garland auf, als ich sie nach dem Mann fragte. »Er ist Chefsuperintendent oder so etwas – jemand Bedeutendes jedenfalls. Kommt aus Paris. Heute morgen, als wir beim Frühstück saßen, kam er ins Hotel, um uns allen Fragen nach Paul zu stellen. Sehr korrekter Mann. Er hat Klasse, wenn Sie verstehen, was ich sagen will. Und er lächelt, wenn er mit einem spricht, nicht so wie die anderen Polizisten.« Wieder beugte sie sich zu mir vor. »Ich glaube, den Beamten hier paßt es gar nicht so sehr, daß er seine Nase in ihre Ermittlungen steckt.«

Ich sah noch einmal zu den beiden jüngeren Gendarmen hin. Auf mich machten sie keinen mißmutigen Eindruck, aber was wußte ich schon. Einer der beiden ging gerade zu dem zweiten Wagen zurück. »Aber wenn sie ihn extra von Paris haben kommen lassen –«

»Das ist es ja gerade, meine Liebe. Sie haben ihn nicht kommen lassen. Er war bereits hier, in diesem Landhaus ... Wo sagte er noch mal, Jim? Erinnerst du dich? Na, ist ja auch egal, irgendwo hier in der Nähe. Und da hat er von Pauls Sturz gehört und gedacht, daß er sich hier vielleicht mal umsehen sollte, um den örtlichen Behörden unter die Arme zu greifen. Seinetwegen haben sie überhaupt erst mit der Untersuchung begonnen, soviel ich gehört habe.«

Ich fragte sie gar nicht erst, wo sie das herhatte. Frauen wie Garland Whitaker haben mit erschreckender Effektivität immer und überall ihre Augen und Ohren und lassen sich auch durch Sprach- und Kulturschranken nicht abschrecken. Da hatte sie also heute morgen schon allerhand zu tun gehabt. »Dieser Prieur«, fuhr sie fort, nachdem sie sich mit einem Schluck ihres unechten Manhattan gestärkt hatte, »ist es auch gewesen, der den armen Thierry auf die Wache geschleppt hat.«

Ihr Mann mußte lächeln. »Übertreib nicht, Schatz. Als ›schleppen‹ würde ich es kaum bezeichnen. Soviel ich gesehen habe, hat er ihn sehr höflich gebeten.«

»Wenn du meinst«, sagte Garland naserümpfend, »es war aber auch nicht zu übersehen, daß Thierry nur sehr ungern mitgegangen ist. Und was ich eigentlich damit hatte sagen wollen – daß dieser Prieur wohl auch Thierry vernehmen würde, wenn er selber gekommen ist, um ihn zu holen, aber inzwischen scheint er sich schon wieder jemand anderen ausgesucht zu haben … Wer das bloß sein mag?«

Sie meinte den Mann mittleren Alters, der jetzt aus der hinteren Tür des zweiten Streifenwagens stieg und einen ziemlich nervösen Eindruck machte. Trotz der Entfernung hätte ich ihr gleich sagen können, wer dieser Mann war: Victor Belliveau, der ehemals gefeierte Dichter, der ein Stück weiter oben am Fluß wohnte. Aber es war wohl meine Abneigung gegen Klatsch und Tratsch, die mich schweigen ließ, oder vielleicht auch die Befriedigung, etwas zu wissen, was sie nicht wußte, und in der Lage zu sein, ihr eine Information vorzuenthalten. Wie auch immer, ich sagte jedenfalls nichts.

Garland hob den Kopf, als könnte sie wie ein Spürhund mit der Nase Witterung aufnehmen. »Ein Verdächtiger vielleicht? Ach, wie aufregend, mitten in den Ermittlungen zu einem Mordfall zu stecken!«

»Wenn es ein Mord war.« Ihr Mann betrachtete das Ganze etwas nüchterner. »In diesem Fall wären wir vermutlich alle potentielle Verdächtige. Du auch.«

Der Gedanke schien sie zu überraschen. »Ich? Ach, das glaube ich nicht, Darling.« Die vier Männer waren nun in der Rue Voltaire verschwunden, wo wir sie nicht mehr sehen konnten. Um ihr Spektakel beraubt, seufzte Garland und wandte sich wieder mir zu. Sie holte gerade Luft, um etwas zu sagen, als wir auf einmal zwischen den Bäumen aus einem der offenen Hotelfenster zankende Stimmen hörten. Sie sprachen weder Französisch noch Englisch, so daß ich nicht verstehen konnte, was gesagt wurde, aber die Leidenschaft, mit der sie sich stritten, versprach einen neuen Skandal, und Garland sah erwartungsvoll zu dem Fenster hoch. »Scheint das junge Paar zu sein, das gerade angekommen ist. Die beiden, die Gabrielle in dem Zimmer der Jungs untergebracht hat. Thierry wird das nicht gefallen, kann ich euch sagen – das wird Ärger geben, sobald er zurückkommt. Aber wie ich schon zu Jim gesagt habe, schließlich ist es ja nur ein Zimmer, und man darf keinen Schrein daraus machen, wenn man Geld verdienen will.« Sie lauschte ein paar Minuten lang dem unverständlichen Gezänk, dann schnalzte sie mit der Zunge. »Wie schade, sie wirkten wie ein nettes Paar. Schweden auf der Hochzeitsreise. Wüßte zu gerne, was sie so in Rage gebracht hat.«

Ich befürchtete fast, die beiden seien sich wegen meines sonderbaren Besuchs in die Haare geraten, weil die Frau wissen wollte, wer die Person an der Tür gewesen sein konnte oder so etwas, äußerte meinen Verdacht aber natürlich nicht. Zum Glück fragte mich Garland auch nicht nach meiner Meinung.

»Möglicherweise ist es das Zimmer, das Unglück bringt«, sinnierte sie. »Kann ja sein, daß Thierry doch recht gehabt hat mit dem Mädchen, das sich bei Kriegsende in diesem Zimmer das Leben genommen hat. Bis jetzt haben wir ja nur Monsieur Chamonds Wort, daß es keinen Geist gibt. Ich finde ...« Eine Bewegung hinter den Fenstern der Hotelbar ließ uns alle herumfahren, und wir sahen die stattliche Erscheinung der schwedischen Frau am menschenleeren Tresen Platz nehmen und indigniert ihr blondes Haar in den Nacken werfen. In Garlands Augen flackerte das Jagdfieber auf. »Würdet ihr mich eine Minute entschuldigen? Ich muß mal mein Glas nachfüllen lassen.«

Das leere Glas entschlossen im Griff, stöckelte sie los. Jim Whitaker sah mich entschuldigend an. »Sie kann nicht anders. Das Leben anderer Menschen fasziniert sie.«

Ich quittierte seine Bemerkung mit einem Lächeln. Wie verschieden die beiden doch waren, Jim und Garland. Ich konnte mich kaum erinnern, jemals einem Paar begegnet zu sein, das so wenig zueinander paßte. Der Gedanke ließ mich wieder zu dem Zimmerfenster neben dem meinen hinaufblicken, hinter dem der frischgebackene Ehemann jetzt vermutlich allein auf der Bettkante hockte.

»Aber was das Zimmer betrifft, irrt sich Garland«, sagte ich und mußte dabei daran denken, was François mir über seine bedauernswerte Schwester erzählt hatte. »Isabelle hat sich nicht in diesem Zimmer umgebracht, ja, ich glaube nicht einmal, daß sie sich überhaupt das Leben genommen hat.«

»Ich weiß.« Bedächtig hob Jim seinen Drink. »Sie ist vor zwanzig Jahren in Savannah, Georgia, an Krebs gestorben. Sie war meine Mutter.«

27

Hab acht auf Verräter in deinem Lager …

»Das war eine hübsche Geschichte, die wir neulich in der Bar gehört haben«, sagte Jim Whitaker. »Und sie entsprach auch in weiten Teilen den Tatsachen, bis auf den Schluß eben. Hans mag das Kriegsende nicht mehr erlebt haben, aber Isabelle …« Er schüttelte nachdenklich den Kopf. »Sie hat es gewollt, sie hat wirklich daran gedacht, aber sie konnte sich nicht noch einmal vor Gott versündigen. Also hat sie das Nächstbeste getan. Sie hat meinen Vater geheiratet.«

Über unseren Köpfen drang das Sonnenlicht durch das im Wind schwankende Blätterdach und ließ die Schatten tänzeln. Neben uns besprühten die Fontänen des Springbrunnens das Pflaster. Die Stimmen von den anderen Tischen bildeten eine dezente Kulisse wie bei einem Gemälde, auf dem Jim Whitaker jetzt Konturen annahm und in den Vordergrund trat, Jim Whitaker, den ich immer für so farblos, so nichtssagend gehalten hatte …

Seine wohlklingende Stimme blieb so zurückhaltend wie immer, als er weitererzählte: »Er hat sie kurz nach der Befreiung kennengelernt, hier in Chinon. Wahrscheinlich hat sie ihm leid getan. Die Franzosen hatten nicht viel übrig für Kollaborateure jedweder Sorte, und alle im Ort wußten, daß meine Mutter etwas mit einem deutschen

Offizier gehabt hatte, also machte man ihr das Leben nicht gerade leicht. Mein Vater bot ihr einen Ausweg. Er hat sie in aller Stille geheiratet und sie anschließend mit nach Hause in die Staaten genommen. Das ist die ganze Geschichte.«

Das Sonnenlicht blendete mich, und ich mußte mir die Hand über die Augen halten, als ich ihm antwortete: »Aber wenigstens hat sie einen glücklichen Ausgang genommen.«

»In gewisser Weise, ja. Sie hatte kein schlechtes Leben – drei Kinder, ein hübsches Haus und einen treusorgenden Ehemann. Aber ich bin mir nicht sicher, ob man meine Mutter als glücklich hätte bezeichnen können.« Er schlug ein Bein über das andere und überlegte. »Ich weiß nicht – ist Glück etwas, auf das man Einfluß nehmen, das man anstreben und erreichen kann, oder ist Glück eine Gnade, die dem einen zuteil wird und dem anderen nicht?«

»Beides trifft gleichermaßen zu, würde ich meinen.«

»Meine Mutter hätte gesagt, es wäre Gottes Wille gewesen, daß sie und Hans getrennt wurden. Aber ich weiß nicht so recht.« Er wandte den Blick der offenen Tür zu, hinter der wir die Silhouette seiner Frau sehen konnten. Garland war in ein angeregtes Gespräch mit der jungen Schwedin vertieft. »Es ist meine Überzeugung, daß wir alle in unserem Leben Entscheidungen treffen, die uns auf den Weg zum Glück oder in die Enttäuschung führen, nur daß wir oft nicht erkennen können, wohin der Weg geht, ehe wir die halbe Strecke zurückgelegt haben.« Eine Spur Bedauern war in seiner Stimme – und auch in seinen Augen, als er mich wieder ansah. »Meine Mutter hat jedenfalls ihren Weg gewählt.«

Am Nebentisch lachte jemand, und ein Windhauch sandte den Duft von Rosen zu uns herüber. »Es wird ihr bestimmt nicht leichtgefallen sein, ihre Heimat für immer zu verlassen«, sagte ich.

»Wohl kaum. Aber sie hat nie ein Wort darüber verloren, zumindest nicht mir gegenüber. Bis sie starb, habe ich nichts von der Vergangenheit meiner Mutter gewußt. Am Tag ihrer Beerdigung hat sich mein Vater betrunken, und da ist die ganze vertrackte Geschichte in ihm hochgekommen.« Er legte den Kopf in den Nacken und überließ sich seiner Erinnerung. »Seit diesem Tag hatte ich den Wunsch hierherzukommen, den Ort zu sehen, an dem sich das alles zugetragen hat. Ich hätte es schon vor Jahren tun sollen – damals, als ich in Deutschland stationiert war. Es wäre ein leichtes gewesen, einfach den Zug zu besteigen und ...« Man sah ihm an, wie auch er verpaßten Chancen nachtrauerte. »Aber irgendwie hat es sich nie ergeben. Nächstes Jahr oder das Jahr darauf, habe ich mich selbst immer wieder vertröstet ... bis sich dann letztes Jahr Garland beklagte, es sei ihr langweilig, immer nur ans Mittelmeer zu fahren, sie wolle die Ferien auch einmal woanders verbringen, und da habe ich gesagt, wie wäre es mit Chinon.« Noch einmal galt sein Blick seiner aufgeregt gestikulierenden Gattin. »Sie weiß nichts davon«, sagte er. »Ich habe ihr nie von meiner Mutter erzählt.«

Ich sah ihn erschrocken an. »Aber mir haben Sie's jetzt erzählt!«

»Das stimmt. Ich weiß nicht, ob Sie es nachempfinden können, aber irgendwie ist es etwas anderes, es Ihnen zu erzählen. Ich hoffe, Sie verstehen das nicht falsch, aber in den letzten Tagen hat es Augenblicke gegeben, in denen ich an sie denken mußte, an meine Mutter, wenn ich Sie ansah. Ich kann nicht genau sagen, was es ist, aber es gibt da eine gewisse Ähnlichkeit.«

Ich lächelte. »Sie sind heute schon der zweite, der mir das sagt.«

»Tatsächlich? Und wer war der andere?«

»Ein Mann, den ich kennengelernt habe, oben, auf dem Weingut ... Himmel, dann muß er ja Ihr Onkel sein! Der jüngere Bruder Ihrer Mutter, ein liebenswerter alter Mann namens –«

»François. Ja, ich weiß. Onkel François. Er hat uns manchmal geschrieben, damals, als ich noch ein Junge war. Aber nach dem Tod meiner Mutter hörten die Briefe auf. Ich hatte gedacht, er wäre ebenfalls schon gestorben. Ich habe immer noch nicht den Mut aufgebracht, zu ihm zu gehen. Natürlich habe ich viele Fragen, die ich ihm gerne stellen würde ... Fünfzig Jahre sind eine sehr lange Zeit.«

»Wegen François brauchen Sie sich keine Sorgen zu machen. Er ist noch recht gut beisammen und spricht voller Liebe von Ihrer Mutter. Er würde sich bestimmt sehr freuen, Sie kennenzulernen. Ich glaube sogar, er weiß bereits, daß Sie hier sind.« Da erzählte ich ihm von der Bemerkung, die François mir gegenüber gemacht hatte, daß das Hotel de France voll von Gespenstern sei.

»Und Sie glauben, damit hat er mich gemeint?«

»Sie sind der einzige hier, der eine Verbindung zu Hans und Isabelle darstellt.«

»Wirklich?« Er legte den Kopf in den Nacken und sah hinauf zu dem grünen Blätterdach über uns. »Ich frage mich«, sagte er so leise, daß ich es kaum hören konnte, »ich frage mich bloß ...«

Eine Bewegung in der Bar unterbrach seinen Gedankenfluß. Garland war in der offenen Tür erschienen und winkte ihrem Mann, er solle hereinkommen und sich zu ihr gesellen. Er fing ihren Blick auf und nickte kaum merklich, seufzte nur einmal kurz mit zusammengekniffenen Lippen. »Entschuldigen Sie«, sagte er, »ich werde herbeizitiert. Hören Sie, ich fände es schrecklich, wenn sie wüßte ...«

»Von mir erfährt keiner was.«

»Nicht nur, weil es sich um eine sehr persönliche Angelegenheit handelt. Reiner Eigennutz. Vor allem nach der Geschichte Sonntag abend ...« Ein kleines Lächeln spielte um seine Mundwinkel. »Wenn Garland je erfährt, daß diese Isabelle, über die gesprochen wurde, meine Mutter war, ist es mit meinem Frieden ein für allemal aus.«

»Und wieso?«

»Wegen der Geschichte mit den Diamanten, meine Liebe. Garland würde sich darin verbeißen wie ein Hund in einen Knochen. Sie würde mich loshetzen, damit ich auf der Suche nach den Dingern überall auf dem verdammten Berg kleine Löcher buddele.«

Sie ist ja genau wie Simon, dachte ich. »Aber Ihre Mutter hat nie jemandem ... Ich meine, Sie hat nie erwähnt ...«

»Wo sie sie versteckt hat?« Mühsam erhob er sich. »Meinem Vater hat sie gesagt, sie seien mit Blut besudelt und würden jedem, der mit ihnen in Berührung kommt, bloß Unglück bringen. Sie wollte nicht, daß sie je wiedergefunden werden.«

Ich sah ihm nach, wie er nach drinnen ging. Er hielt die Schultern kerzengerade, was aussah, als bereite er sich darauf vor, gleich eine schwere Last aufgebürdet zu bekommen. Er hatte es bestimmt nicht leicht mit Garland. Sie ließ ihm nicht einmal Zeit, seinen Pernod auszutrinken. Das Glas stand noch halbvoll auf dem Tisch. Wo hatte ich, vor ganz kurzem erst, schon mal so ein Glas gesehen ...?

Da fiel es mir wieder ein. Es war am Sonntag gewesen, als ich mit Paul und Simon von Clos des Cloches heruntergekommen war und wir Martine getroffen hatten. Auf ihrem Tisch hatte genau so ein halbgeleertes Glas Pernod gestanden. Und Garland – mein Blick strich über die schemenhaften Gestalten im Halbdunkel der Hotelbar – Garland hatte mit einem ihrer Migräneanfälle oben im Bett gelegen, wie schon am Abend davor, dem Abend, als Lucie Valcourt Martine und ihrem männlichen Begleiter abhanden gekommen war, dem Mann, der Lucie zufolge hier im Hotel wohnte und von dem ich angenommen hatte, es müsse sich bei ihm entweder um Neil oder um Christian handeln ... Auf Jim wäre ich nie gekommen! Im Geiste schob ich die Puzzlestücke hin und her, bis sie langsam zueinander zu passen schienen, und empfand eine sonderbare Befriedigung bei dem Gedanken, daß Jim sich neben Garland noch eine kleine Freude gönnte. Es war nur recht, daß er ihr nicht die Wahrheit über seine Mutter erzählte. Die Geschichte von den Diamanten wäre für Garland ein gefundenes Fressen. Wahrscheinlich war sie wie Didier, der auch nur des Geldes wegen geheiratet hatte.

Und dabei fiel mir noch etwas ein, etwas, das Jim gesagt hatte und mich ebenfalls an Didier Muret denken ließ. Was um alles in der Welt war das gewesen ...? Überall auf dem Hügel Löcher buddeln. Das hatte François heute morgen auch über Didier gesagt, daß der überall auf dem Berg Löcher gegraben hätte – wie besessen. Nur, daß er die Diamanten nicht gefunden hatte. Oder doch?

Ein unangenehmer Gedanke beschlich mich, wollte mich nicht mehr loslassen. Ich wälzte ihn in meinem Kopf hin und her. Alles ergibt einen Sinn, wenn man es nur aus dem richtigen Blickwinkel in Augenschein nimmt – das waren Pauls Worte gewesen. Und bei unserem letzten Treffen versuchte er gerade herauszufinden, aus welchem Blickwinkel Didier Muret in die ganze Geschichte passen könnte, der unbeliebte, arbeitsscheue Didier Muret, der bis zuletzt immer noch mit Geld um sich geworfen hatte. Das war Paul verdächtig vorgekommen. Falls Didier diese Diamanten gefunden hatte, würde das eine ganze Menge erklären, nämlich, wo all das Geld herstammte, und zum anderen ... zum anderen möglicherweise sogar, wieso er hatte sterben müssen.

Garland war überzeugt, »die Nazis« steckten hinter alledem. Vorhin hatte ich das als idiotische Idee abgetan, aber nun konnte vielleicht doch etwas daran sein. Wohl nicht gerade die Nazis, aber jemand anderer, der die Geschichte von Hans und Isabelle kannte, jemand, der sich in Chinon befand, um nach den Steinen zu suchen, und dann feststellte, daß Didier ihm zuvorgekommen war. Die Menschen schlugen einander um geringere Dinge die Köpfe ein, wenn die Gier sie packte ...

Ich überlegte. Paul hatte gesagt, daß Harry Didiers geheimnisvoller Besucher vom vergangenen Mittwoch abend gewesen sein könnte, am Abend vor Didiers Tod. Und wenn es kein Unfall gewesen war, wenn jemand den unangenehmen Monsieur Muret übers Treppengeländer gestoßen hatte ... Ja, was dann? War Harry Zeuge dieser Tat geworden und nun selbst in Gefahr? Hatte er seinen Talisman in voller Absicht dort abgelegt, damit ich ihn fand? Als Warnung? Und Paul? Hatte Paul vielleicht auch dieses Puzzlespiel gelöst und war dem Mörder gefährlich nahe gekommen? Ich preßte die Finger gegen die Stirn und versuchte, aus all dem schlau zu werden.

Eine Gruppe junger Männer kam laut schwatzend um die Ecke und betrat die Hotelbar. Sie sahen nicht aus wie

Franzosen und unterhielten sich auch in einer anderen Sprache. Deutsch? Ja, das mußten Deutsche sein. Das Hotel de France steckte in dieser Woche voller Gespenster, wie François gesagt hatte. Lebende Geister, so wie Isabelles Sohn, der seine guten Gründe gehabt haben könnte, Didier Muret beiseite zu schaffen; der vielleicht in Wirklichkeit nur wegen der Diamanten nach Chinon zurückgekehrt war; der irgendwo unterwegs war, als Paul getötet wurde. Und doch konnte ich mir Jim Whitaker nicht als Mörder vorstellen. Er würde mir wohl kaum von seiner Mutter erzählt haben, wenn ihm daran gelegen war, keinen Verdacht zu erwecken.

Ich sponn den Faden weiter. Wenn Isabelle durch ihren Sohn im Geiste hier weilte, wie verhielt es sich dann mit Hans? War der etwa auch hier? Christian war alt genug, sein Enkel zu sein, und kannte vielleicht auch die Geschichte von den Diamanten. Neil schied zum Glück aus – wieso zum Glück? Ich forschte dem Gefühl lieber nicht weiter nach ... Sein Vater hatte in England bei der Bahn gearbeitet. Und Neil war auch in seinem Zimmer gewesen, als es passierte. Ich hatte ihn Beethoven spielen gehört, ich hatte ihn mit eigenen Augen gesehen.

Und genau in diesem Augenblick kam Neil aus dem Hotel – nicht durch den Haupteingang, sondern aus einer kleinen versteckten Tür neben der Garage, derselben Tür, die ich am Samstag benutzt hatte, nachdem ich auf der Terrasse eingeschlafen und ausgesperrt worden war. Durch diese Tür konnte man sich ganz geschickt hinein- und hinausschleichen, wenn man nicht gesehen werden wollte, und hätte ich nicht zufällig gerade in diese Richtung geblickt, wäre er mir auch gewiß nicht aufgefallen.

Er jedenfalls nahm keine Notiz von mir. Mit raschen, zielstrebigen Schritten ging er auf der anderen Seite des

Springbrunnens an mir vorbei und verschwand in der Rue Voltaire. Ich war nicht vorbereitet auf das jähe Verlangen in meiner Brust bei seinem Anblick. Verflixt, dachte ich, was ist denn bloß in mich gefahren ...? Und in diesem Augenblick gewahrte ich die eigentliche Bedeutung dessen, was ich gerade gesehen hatte.

Ich hätte ihn beinahe nicht bemerkt, sagte ich mir noch einmal. Ich saß mitten vor dem Hotel, er war herausgekommen, und ich hätte ihn um ein Haar übersehen. Dann könnte gestern jemand genauso unentdeckt aus dem Hotel geschlichen und die Stufen hinauf zu der Stelle gelaufen sein, an der Paul ... Ich stand auf und ging zu der Tür. Sie öffnete sich knarrend nach innen, machte aber kein Geräusch mehr, als ich sie sachte wieder schloß. Ich stieg die gewundene Steintreppe hinauf und wollte gerade die Terrasse betreten, als im Hotel die Geige zu ihrem Klagegesang anhob. Doch dann brach die Melodie, so unvermittelt, wie sie begonnen hatte, wieder ab. Ein prickelnder Schauder lief mir den Rücken hinunter. Es gibt keine Gespenster, versicherte ich mir, und doch ... und doch konnte das nicht Neil sein, der da spielte, denn ich hatte ihn gerade das Hotel verlassen sehen.

Ich hörte ein schnappendes Geräusch, ein Surren, und dann wiederholte sich das gespenstische Musikstück – zwei Takte nur, die abrupt abbrachen.

Ich nahm all meinen Mut zusammen und wagte es, durch die Terrassentür in den Gang hineinzusehen. Neils Zimmertür stand offen, aber er war nicht da. Statt dessen blickte Thierry auf, als ich in der Tür erschien.

»Hallo«, begrüßte er mich. Von den Anstrengungen eines nachmittäglichen Verhörs auf der Polizeiwache war ihm nichts anzumerken. »Suchen Sie Monsieur Neil?«

»Mir war, als hätte ich jemanden Geige spielen hören.«

»Das war bloß ich.« Er hielt mir eine Musikkassette hin. »Ich suche nach dem Band, das ich Monsieur Neil zum Anhören gegeben habe. Mein Freund Alain möchte es sich überspielen.« Er wühlte sich durch den Stapel unbeschrifteter Kassettenbänder neben der Stereoanlage. »Das war's auch nicht ... Dies hier?« Er steckte eine weitere Kassette in das Tapedeck. Ein ganzes Orchester stimmte mit alarmierender Lautstärke einen Strauss-Walzer an, und Thierry schaltete die Musik schleunigst ab.

Ich zeigte auf die Anlage. »Ich dachte, die ist kaputt.«

»Was?« Er blickte von seiner Suche auf. »Nein, die habe ich ihm vor zwei Tagen repariert. Ah!« Zufrieden schloß sich seine Hand um die verlorengeglaubte Kassette. »Die ist es, die gehört mir.« Er spielte die Kassette kurz an, um sich zu überzeugen, und legte dann das Band wieder ein, das sich in der Anlage befunden hatte. »Bien. Monsieur Neil wird es nicht vermissen.«

»Thierry«, bat ich ihn, »könnten Sie das noch einmal spielen, nur ganz kurz?«

»Sicher.« Er drückte den Knopf, und das Heldenthema von Beethovens Eroica drang an mir vorbei in den Flur hinaus. Es war keine Version mit voller Instrumentierung, sondern nur eine einzelne Geige – das Allegro, das Neil jeden Nachmittag übte und von dem er mir gesagt hatte, er kenne es in- und auswendig.

»Er mag es gerne laut, wie?« Thierry schrie fast, um die Musik zu übertönen, und ich nickte. Aber irgend etwas stimmte nicht. Neil spielte seine Kassetten nicht gerne laut. Man kann die Lautstärke nicht höher als drei stellen, sonst platzt einem das Trommelfell, hatte er gesagt. Thierry fuhr fort, stolz die Vorzüge seiner Anlage zu preisen. »Hat einen guten Sound, das Gerät. Genauso, als ob Monsieur Neil höchstpersönlich spielt, nicht?«

Da konnte ich ihm nur beipflichten. Genau wie Neil. Aber im Augenblick wollte ich diesen Gedanken nicht weiter verfolgen. »Gut«, sagte ich zu Thierry. »Das reicht.«

Er schaltete das Band ab und sah sich zufrieden um. »Da fällt mir ein«, meinte er im nächsten Augenblick, »unten ist eine Nachricht für Sie.«

»Eine Nachricht?«

»Ja, in einem Umschlag. Der Mann, der sie gebracht hat, kam, als Sie schliefen, und sagte, ich solle Sie nicht wecken. Er meinte, es sei nicht dringend.«

»Und kannten Sie den Mann?« fragte ich argwöhnisch.

»Der Diener vom Clos des Cloches. Ich kenne seinen Namen nicht.«

François? Ich folgte Thierry nach unten. Aus der Bar hörte ich Garlands schrilles Gegacker, und ich fuhr dabei zusammen wie beim Geräusch eines Nagels, der über eine Schiefertafel kratzt. Ihr Lachen war noch lauter als das Stimmengewirr vom Tisch der Deutschen, die ich vorhin hatte hereingehen sehen. Thierry verdrehte über den Lärm die Augen. »Es ist ein ... wie nennt man das noch mal? Ein Kongreß diese Woche in Chinon. Diese Männer sitzen nicht gerne an der Bar in ihrem eigenen Hotel, deswegen kommen sie hierher. Arme Gabrielle, sie sollte Neil holen, damit er die Bestellungen für sie aufnimmt. Neil spricht gut Deutsch, sagt Christian. Nichts für mich, diese Sprache. Zu schwer zu lernen.«

Schwer ja, dachte ich, aber vor allem durchdringend. Ich schloß die Augen und ließ das Durcheinander von Gelächter und Gerede über mir zusammenschlagen wie die Wogen eines Meeres. Ich stellte mir vor, wie die Wände des Hotels all diese Stimmen schon einmal gehört hatten, damals im Zweiten Weltkrieg, als die Stadt okkupiert war. Nun waren sie als Geister zurückgekehrt ...

Thierrys Stimme holte mich in die Gegenwart zurück. »Hier ist Ihr Umschlag.«

Die Nachricht stammte tatsächlich von François. Nein, eigentlich war es gar keine Nachricht, sondern ein knapper, handgeschriebener Text, in den ein vergilbtes Foto eingeschlagen war. »Ich dachte, das würde Sie interessieren«, stand in französischer Sprache auf dem Zettel, »damit Sie einmal sehen, wie sehr Sie ihr ähneln.«

Das Bild zeigte einen Mann und eine junge Frau. Die Frau lachte und hielt den Kopf leicht abgewandt, als hätte der Fotograf zu spät den Auslöser gedrückt. Das Schwarzweißbild war ein bißchen abgegriffen, aber die Gesichtszüge der beiden Menschen konnte ich deutlich erkennen. Ich mußte zugeben, daß ich tatsächlich ein wenig Ähnlichkeit mit Isabelle besaß. Wir wären zwar keinesfalls als Zwillingsschwestern durchgegangen, aber es gab eine gewisse Ähnlichkeit in unseren Augen, der Art, den Kopf zu halten, und der Form unserer Nasen.

Aber es war nicht Isabelle, die mich so fasziniert auf das Bild starren ließ, sondern das Gesicht des Mannes neben ihr. »Mein Gott«, entfuhr es mir.

Das Foto hätte gestern erst aufgenommen worden sein können. Seine ruhigen dunklen Augen blickten geradewegs in die Kamera, und obwohl das kurzgeschnittene helle Haar auf dem alten Foto weiß wirkte, wußte ich doch, daß es nicht weiß war. Es war blond. Und ebenso ahnte ich, daß diese dunklen Augen blau sein mußten.

Meine Hände zitterten, als ich das Bild umdrehte und die mit Bleistift geschriebene Zeile auf der Rückseite las:

Hans und Isabelle, Juni 1944.

Ich hatte Thierry vollkommen vergessen. Über den Empfangstresen hinweg sah er mich leicht verwundert an. »Mademoiselle?«

»Thierry, wissen Sie, wo Monsieur Grantham ist?«

»Ich glaube, er wollte zur Präfektur, um mit Monsieur Belliveau zu sprechen. Der Dichter – wissen Sie noch? Als ich die Präfektur verließ, brachten sie gerade Monsieur Belliveau zur Vernehmung. Nicht wegen Paul, verstehen Sie. Es war wegen eines Engländers, der vermißt wurde. Und Monsieur Neil will helfen, weil sie Freunde waren.«

Natürlich waren sie Freunde. Neil und Victor Belliveau und Christian Rand: Sie alle gehörten zu dem Künstlerkreis, den Brigitte nach Clos des Cloches einzuladen pflegte. Und Belliveau teilte sich seinen Landbesitz nun mit Zigeunern, also dürfte Neil zweifellos auch dem Mann mit dem kleinen Hund begegnet sein, dem, der mir überallhin zu folgen schien.

»Mein Gott«, sagte ich noch einmal. Ich bemühte mich, die Tränen zurückzuhalten, während ich auf dieses verräterische Foto blickte, von dem Neils Augen mich aus dem Gesicht eines anderen Mannes, dessen Antlitz unter dem verkrampften Druck meiner Finger fast knickte, anlächelten.

Er mußte einen Grund haben zu verschweigen, daß er mit Hans verwandt war. Genau, wie es einen Grund dafür geben mußte, daß er die Kassette in Thierrys Anlage gesteckt und diese dann so laut eingestellt hatte, daß er selber es nicht würde ertragen können. Doch es war Neil gewesen, der da gespielt hatte, es war Neil, ich hatte ihn ja selbst gesehen, möglicherweise erst gegen Ende seiner Übungsstunde, aber dennoch ... Und es war kein leichtes Stück. Deswegen hatte er so erschöpft gewirkt, als ich ihn unterbrach, deswegen auch die Schweißtropfen auf seiner Stirn, sein kurzer, stoßweiser Atem, gerade so, als ob er gerannt wäre ... gerannt ...

»Ah«, sagte Thierry und blickte über meine Schulter hinweg, »sehen Sie? Man muß nur vom Teufel sprechen. Da kommt Monsieur Neil.«

Ich drehte mich abrupt um und ließ im nächsten Moment, zu Thierrys größtem Befremden, das Foto fallen und lief davon. Ich rannte wie ein Hase, der von einem Habicht verfolgt wird, die Wendeltreppe hinauf bis in den ersten Stock, durch die immer noch offenstehende Tür auf die Terrasse und von dort wieder die schmale Treppe hinunter zum Seitenausgang, der mich auf den Platz führte. Niemand schenkte mir Beachtung. Die Gäste waren alle damit beschäftigt, ihren Wein oder ihren Kaffee zu trinken, während ich in halsbrecherischem Tempo die Stufen zum Schloß hinaufhetzte.

Ich hörte nicht auf zu laufen, bis ich oben ankam, und blieb schließlich auch nur stehen, weil ich vor Seitenstichen keinen Schritt weiter konnte. Die niedrige Mauer im Rücken kauerte ich mich hin und rang unter stechenden Schmerzen nach Luft.

Das plötzliche Ratschen eines Streichholzes ließ mich jäh aufblicken, und ich sah in die lächelnden Augen des Zigeuners, der sich eine gelbgefilterte Zigarette ansteckte.

28

»Ach, wären wir doch niemals an diesen Ort gekommen! Ich fürchte seine Unwirtlichkeit und die Mächte der Nacht.«

Das Zündholz loderte im Windzug einmal kurz auf und erlosch. »Es ist nicht sicher, Mademoiselle«, sagte er in holperndem Englisch, »so nahe bei der Mauer zu stehen.«

Ich wollte gerade um Hilfe schreien, als er sich bewegte. Aber er kam nicht auf mich zu. Er drehte sich um und ging bedächtigen Schrittes die Straße hinauf, auf das Schloß zu, hinter seiner kleinen Promenadenmischung her.

Verwundert sah ich ihm nach.

Meine Angst verwandelte sich in grenzenloses Erstaunen, während ich geräuschlos ausatmete. Es dauerte einen Moment, bis ich meine Stimme wiedergefunden hatte und ihm nachrufen konnte: »Bitte warten Sie!«

Er blieb stehen. Auch der Hund verharrte ungeduldig zu den Füßen seines Herrn.

»Sie wissen, was mit ihm passiert ist, nicht wahr? Sie waren hier«, rief ich.

Das war eine recht vieldeutige Frage, aber er tat nicht, als würde er mich nicht verstehen. Er sah mich an und nickte bedächtig. »Aber ich«, sagte er, »war es nicht, der ihn hinuntergestoßen hat, Mademoiselle.«

Und damit wandte er sich wieder ab und ging noch ein paar Schritte weiter bis zu einer schiefen Holztür, die in die Felswand eingelassen war. Ohne einen weiteren Blick nach hinten verschwanden Herr und Hund durch diese Holzpforte. »Warten Sie!« rief ich noch einmal, aber zu spät. Die Tür war zugefallen. Eine Wolke zog an der sinkenden Sonne vorbei, und in ihrem Schatten blies mir der Wind kalt ins Gesicht. »Folge«, flüsterte dieser Wind, der an der uralten Steinwand vorbeistrich, »folge ...«

Mein Gehirn wollte nicht gehorchen. Sei nicht dumm, sagte es mir, geh wieder diese Treppe hinunter und schnurstracks zur Polizei ... Doch die unsichtbaren Mächte riefen, beschworen mich, reagierten nicht auf rationale Einwände. Sie zogen mich wie mit Geisterhand auf diese Pforte zu und ließen mich durch sie hindurchtreten wie Alice im Wunderland auf der Suche nach dem weißen Hasen. Im pyramidenförmigen Lichtschein, der durch die geöffnete Tür fiel, erkannte ich eine flache Treppe, die in die Finsternis hinunterführte, eine Finsternis, die erst so recht greifbar wurde, als die Tür sich hinter mir mit einem Ächzen schloß.

»Oh, Mist«, dachte ich. Warum mußte es hier schon wieder in einen Keller gehen? Ich hielt die Luft an und schluckte die aufsteigende Panik hinunter. Sei kein Feigling, sagte ich mir. Denk an Paul. Der Zigeuner weiß, was geschehen ist ...

Es waren auch insgesamt nur sechs Stufen. Ich zählte sie, während ich mich mit einer Hand an der schroffen Steinwand entlangtastete, bis ich mit einemmal ins Leere griff und mich Schritt für Schritt weiter vorfühlen mußte, als ich fast mit der Nase gegen eine weitere Wand stieß, die mir den Weg versperrte.

Verwirrt machte ich einen kurzen Schritt nach hinten und streckte in der vollkommenen Schwärze, die mich umgab, die Arme aus. Weil ich nichts sehen konnte, nahm ich meine anderen Sinne zu Hilfe. Der Geruch seiner Zigarette stach in der Nase, wie auch der modrige Dunst des Felsens, der nie das Licht der Sonne erblickte. Über dem Rasseln meines eigenen Atems vernahmen meine Ohren das trippelnde Geräusch der Hundepfoten auf dem Steinboden, das zu meiner Rechten widerhallte und immer leiser wurde.

Meine tastenden Hände berührten staubtrockenen, glattgemeißelten Stein über meinem Kopf. Es gab hier also eine gewölbte Decke, so ähnlich wie die in Armands Weinkeller. Und da wußte ich sonderbar instinktiv, wo ich mich befand: Dies war nicht etwa eine gewöhnliche Höhlenbehausung. Sie gehörte zum unterirdischen Gängesystem.

Mein erster Gedanke war, rasch zurückzugehen, solange ich noch die Pforte ein paar Schritte hinter mir wußte. Mir war ja nun bekannt, daß diese Tunnel das reinste Labyrinth darstellten, dessen sich dahinwindende Gänge tief in den Felsen eindrangen, unerforscht, gefährlich, zur Hälfte vergessen und schon seit Ewigkeiten eingestürzt. Du wirst dich hoffnungslos verlaufen, warnte eine Stimme in meinem Kopf mich, und niemand wird dich hier je wieder herausholen. Mir klopfte das Herz bis zum Hals, während ich dastand und überlegte, was ich tun sollte.

Irgendwo in der Dunkelheit hielten die Schritte des Hundes kurz inne, als hätte das Tier meine Unentschlossenheit gespürt. Der Zigeuner pfiff leise, und auch dieser Pfiff echote von den Wänden wieder. »Allez!« befahl er, und ich wußte natürlich, daß dies dem Hund galt, der ihm folgen sollte, doch auch ich faßte den kurzen Ruf als Signal auf und tauchte tiefer in die unterirdische Nacht ein.

Der Boden war alles andere als eben, aber zu meiner Überraschung stolperte ich nicht ein einziges Mal. Immer noch die eine Hand an der Wand neben mir, versuchte ich, so gut es ging, mein Gleichgewicht zu halten, und lauschte angestrengt den Schritten des Zigeuners vor mir. Er mußte wissen, daß ich ihm folgte, denn ich hatte das Gefühl, er verlangsamte sein Tempo, damit ich es leichter hatte, und kurz bevor ich eine Tunnelabzweigung erreichte, an der ich mich hätte verlaufen können, fing er wieder in der Dunkelheit vor mir zu pfeifen an, und ich folgte dem Geräusch wie ein Schiff dem Schimmer eines Leuchtfeuers.

Zum größten Teil zog sich der Tunnel ohne Biegung oder Abzweigung gerade dahin, und nur meine Beinmuskeln verrieten mir, wann wir tiefer hinunter in den Felsen eindrangen und wann der Weg wieder ein Stück aufwärts führte.

Im Moment ging es gerade bergauf. Der stakkatohafte Rhythmus der Hundeschritte vor mir ging in eine Art Scharren über, doch die schweren Stiefel des Zigeuners bewegten sich unbeirrt weiter auf dem Stein voran, obwohl sich auch an ihrem Schritt etwas verändert zu haben schien. Stufen, sagten mir meine Sinne, die sich inzwischen ganz gut an die Finsternis gewöhnt hatten, sie steigen eine Treppe hinauf. Entsprechend verlangsamte auch ich mein Tempo, bis meine tastende Hand ein weiteres Mal ins Leere griff und im selben Moment ein schmaler Lichtstreifen auf die Stelle fiel, an der ich wie angewurzelt stehengeblieben war.

Meine Ohren hatten mir keinen Streich gespielt. Ich stand tatsächlich am Fuße einer langen, schmalen Treppe, einer Art Kellertreppe, auf deren oberem Absatz jemand gegen eine offene Tür gelehnt stand – der Zigeuner, wie ich annahm, obwohl ich nur einen schattenhaften Umriß erkennen konnte und schon gar nicht sein Gesicht sah. Er schob die Tür weit auf und ließ sie offenstehen, während er selbst sich in das zurückzog, was sich dahinter befinden mochte.

Anfangs war es mir nur logisch erschienen, dem Zigeuner nachzugehen, aber während ich nun die Treppe erklomm, machte ich mir Gedanken, ob ich mir nicht doch zuviel vorgenommen hatte. Wer weiß, wo ich da oben landen und was mir da bevorstehen würde. Die letzten Stufen mußte ich mich geradezu hinaufzwingen. Aber dann dachte ich wieder an Paul und daran, warum ich mich überhaupt auf diese Verfolgung eingelassen hatte, und trat entschlossen über die Schwelle.

Ich hatte allerdings nicht erwartet, nach meinem Irrgang durch den Tunnel ein gemütliches Zimmer mit Kühlschrank, Kochstelle und einem im Kamin prasselnden Feuer vorzufinden – eher war ich auf eine kahle Höhle, eine Art Kerkerzelle gefaßt, in der mich aus finsteren Ecken bedrohliche Augenpaare anstarren würden. Aber das hier sah ganz und gar nicht danach aus, und die einzigen Augen waren die des Zigeuners, seines Hundes und die des bläßlichen, ziemlich ungepflegten jungen Mannes, der auf dem Bett in der Ecke lag. Dieser junge Mann warf dem Zigeuner einen anerkennenden Blick zu.

»Gut gemacht, Jean«, sagte Harry. »Du hast sie hergelockt.«

»Geht's dir jetzt besser?«

Ich preßte mir die Handfläche auf die Stirn und nickte, lehnte allerdings das Angebot des Zigeuners, mir einen Cognac oder ein Glas Wasser einzugießen, ab. Harry machte es sich zwischen den Kissen gemütlich und trug eine reuige Büßermiene zur Schau. »Ich hatte ja keine Ahnung ...«

»Das ist bei dir öfter der Fall.«

»... daß du mir gleich aus den Latschen kippst. Dich haut doch sonst so leicht nichts um.«

»Ist ja gut.« In einer erschöpften Geste fuhr ich mir durchs Haar. Es hatte keinen Sinn, Harry auf die Nase zu binden, daß ich zu allem Überfluß auch noch fastete. Er würde nur versuchen, es mir auszureden. »Das war vielleicht eine Woche«, sagte ich statt dessen.

»Vermutlich alles meine Schuld.«

»Größtenteils. Harry, was um Himmels willen –«

»Ich kann's dir erklären«, versprach er und schnitt mir mit erhobener Hand das Wort ab. »Ich schätze, ich fange am besten ganz von vorne an, mit meinem Eintreffen in Chinon.«

»Das dürfte am Mittwoch morgen letzter Woche gewesen sein.«

»Richtig. Ich bin über Nacht von Bordeaux hergefahren und kurz nach dem Frühstück hier angekommen, immerhin zwei volle Tage vor dir.«

»Aber du bist nicht ins Hotel gezogen.«

»Ja, das stimmt. Ich war zu früh dran. Wir hatten erst ab Freitag reserviert, und es war auch noch zu früh am Tage, um einzuchecken. Aber jetzt, in der Nebensaison, gibt's ja Zimmer noch und nöcher, also habe ich erst mal in aller Ruhe den Wagen abgestellt und mich auf die Suche nach dem Knaben gemacht, der mir geschrieben hatte.«

»Didier Muret.«

»Stimmt. Aber woher weißt du –?«

»Erzähl weiter. Ich nehme an, du hast ihn getroffen?«

»Ja. Er war nicht zu Hause, aber sein Nachbar sagte mir, ich solle es mal unten am Fluß versuchen. Er sei wohl dort, um mit seiner Nichte –«

»– die Enten zu füttern«, beendete ich seinen Satz.

»Stimmt ebenfalls.« Ehe er fortfuhr, sah er mich ein wenig verdutzt an. »Na gut, also dort habe ich ihn dann gefunden, aber es dauerte nicht lange, um herauszubekommen, daß alles ein Mißverständnis war. Er konnte gar kein Englisch, er hatte bloß den Artikel bei jemand anderem gesehen und die Überschrift entziffert: ›Isabelles verlorener Schatz‹ – das kann wohl jeder einigermaßen übersetzen –, und mir daraufhin den Brief geschrieben. Bloß daß es gar nicht Isabelle von Angoulême war, die ihn interessierte –«

»– sondern eine andere Isabelle. Soviel weiß ich auch schon.«

Harrys Augen verengten sich zu schmalen Schlitzen. »Vielleicht möchtest du lieber weitererzählen.«

Der Zigeuner lachte kurz auf und zog sich einen Stuhl heran, den er neben meinen stellte. »Siehst du, sie wußte sich zu beschäftigen in dieser Woche. Sie findet dich von selbst, sagte ich dir, auch ohne mich.«

»Scheint mir auch so«, bemerkte mein Vetter trocken.

»Ich weiß nur, daß Didier Muret hinter Diamanten her war«, sagte ich. »Einem Beutel Diamanten, den ein Mädchen namens Isabelle gegen Kriegsende hier irgendwo versteckt hat. Ich war davon ausgegangen, daß er gefunden hatte, was er suchte, nur …« – ich machte eine vielsagende Pause – »Wenn das der Fall gewesen wäre, hätte er deine Hilfe nicht gebraucht.«

»Nun, ich hätte ihm auch gar nicht groß von Nutzen sein können«, räumte Harry ein. »Er hat mich dauernd über die Gänge unter dem Weingut ausgefragt, und von denen habe ich ja keinen Schimmer. In seinem Brief hatte er geschrieben, daß er Informationen für mich hätte, aber mir kam es genau anders herum vor. Trotzdem tat es mir leid, ihm nicht weiterhelfen zu können. Ich habe sogar deinen Vater angerufen.«

»Aber der war nicht zu Hause.«

»Woher, zum Kuckuck, weißt du denn das schon wieder?«

»Er hat zurückgerufen, um den Grund für deinen Anruf zu erfahren. Ich muß zugeben, daß ich den auch gerne gewußt hätte.«

»Das ist gar kein so großes Geheimnis. Dein Vater hat über ganz Europa hinweg ein Netz von Verbindungsleuten, um das ihn unser Geheimdienst nur beneiden kann. Ich dachte, er würde möglicherweise jemanden kennen, der wiederum jemanden kennt, der diesem Didier in irgendeiner Weise nützlich sein könnte.«

»Aber auf Daddys Anrufbeantworter hast du die Telefonnummer des Hotels hinterlassen.«

»Ich glaubte ja, ich würde um die Mittagszeit schon dort sein, verstehst du? Nur hat dieser Didier Muret darauf bestanden, daß wir zusammen essen, und die Verwechslung der beiden Isabelles hatte ihn so enttäuscht, daß ich seine Einladung nicht abschlagen wollte. Also bin ich auf ein Gläschen mit zu ihm nach Hause« – er grinste wieder verlegen, wie ich es nur zu gut von Harry kannte – »aber in Wirklichkeit sind dann ein paar Gläschen mehr daraus geworden. Ich wollte ihn ein bißchen aufmuntern. Und ehe ich mich versah, war es schon Abend, und ich bot an, loszugehen und etwas aus einer Pizzeria zu holen. Tja, und auf dem Rückweg habe ich mir das hier eingefangen.«

Er legte den Kopf auf die Seite, um mir die Wunde hinter seinem Ohr gleich unterhalb des Haaransatzes zu zeigen.

»Er hat dich geschlagen?«

»Nein«, sagte mein Vetter lächelnd. »Es ist ziemlich kompliziert. Vielleicht lassen wir das lieber Jean erzählen.«

Der Zigeuner steckte sich eine Zigarette an. Wie merkwürdig, dachte ich, hier so ganz friedlich mit einem Mann zu sitzen, dem ich die letzten Tage dauernd aus dem Wege zu gehen versucht habe, einem Mann, den ich des Mordes verdächtigt hatte. Seine Stimme klang rauh, aber auch melodisch, und sein Englisch war gar nicht so schlecht. »Diesen Abend«, begann er, »den Abend, als Monsieur Muret stirbt, bin ich mit Bruno unterwegs« – sein Blick streifte den kleinen Hund – »als ich sehe, daß bei Muret Licht ist. Das ist Glück, denke ich. Monsieur Muret hat immer Whisky. Also gehen Bruno und ich in den Garten, aber bevor wir zum Haus kommen, hören wir Stimmen. Laute Stimmen. Ich sehe durchs Fenster, wie zwei sich streiten. Also warte ich, sehe weiter zu. Muret und der andere gehen nach oben. Muret ist sehr wütend, ein Handgemenge, Muret stürzt über die Treppe.« Der Zigeuner fuhr sich mit der Handkante die Kehle entlang. »Er muß tot sein, denke ich. Der andere sieht das auch. Er läuft aus dem Haus, durch die Hintertür in den Garten. Dort ist es auch ganz dunkel. Er sieht mich und Bruno nicht, wir verstecken uns an der Mauer, und in diesem Moment kommt Ihr Cousin mit seiner Pizza durch das Gartentor.«

»Das nennt man schlechtes Timing«, kommentierte Harry.

»Aus dem Haus dringt Licht. Und der Mörder sieht Ihren Cousin, und Ihr Cousin sieht den Mörder.« Wieder die vielsagende Handbewegung. »Ihr Cousin ist schwer verletzt. Er sagt zu mir: ›Hotel de France‹, aber wir kommen dort um die Ecke, und da steht das Auto vom Mörder, also bringe ich Ihren Cousin zu meiner Familie, wo er sicher ist.«

Ich sah Harry erschrocken an. »Du hast den Mörder von Didier Muret gesehen?«

»Das ist es ja gerade, habe ich eben nicht. Es war so verflucht dunkel, und im Licht aus dem Fenster sah ich nur seinen Schatten. Ich konnte nichts erkennen. Er hat mich völlig grundlos niedergeschlagen.« Harry massierte seine Wunde.

»Aber Sie haben ihn erkannt?« fragte ich den Zigeuner.

»Ja.«

»Und Pauls Mörder.«

»Auch.«

Ich ahnte bereits die Antwort, fragte aber trotzdem: »War es derselbe Mann?«

»Ja.«

»Und Sie sind nicht zur Polizei gegangen?«

Er sah mich an, als hätte ich zwei Köpfe. »Die Polizei? Wir sind hier nicht in England, Mademoiselle. Die Polizei hört nicht, was ein Mann wie ich sagt. Sie meinen, alle Zigeuner lügen. Und Ihr Cousin sieht nicht, wer ihn schlägt. Also ... wir reden, wir denken nach, wir warten.«

»Aber warum seid ihr nicht zu mir gekommen?«, fragte ich Harry vorwurfsvoll. Denn, dachte ich, dann hätte ich mich nicht auf diese Geschichte mit Neil eingelassen, dann würde ich jetzt nicht diese Leere in mir spüren, dieses Gefühl, mein Herz wäre zu einem Klumpen Eis zusammengeschrumpft. Und Paul ... Paul wäre noch am Leben.

»Ich versuche es«, sagte der Zigeuner. »Ihrem Cousin geht es nicht so gut in den ersten Tagen. Er kann nicht die Augen aufhalten, aber er sagt immer ›Hotel de France‹ und ›Emily‹, und in seiner Tasche finde ich dies Bild.« Er hielt mir einen mehrere Jahre alten, wenig schmeichelhaften Schnappschuß von mir hin. »Also gehe ich zum Hotel. Ich suche Sie. Freitag endlich kommen Sie, aber es ist nicht möglich, Sie zu sprechen. Also warte ich, bis Sie Essen gehen, ich rufe im Hotel an, sage, ich bin Ihr Cousin.«

»Und wieso das?«

Harry beantwortete diese Frage. »Ich fürchte, an diesem Tag war Jean ziemlich gefordert. Er mußte sich etwas einfallen lassen, damit du dir keine Sorgen machst, aber ohne dadurch den Mörder auf meine Spur zu locken. Also hat er die Nachricht hinterlassen, ich würde mich verspäten. Wirklich pfiffig, wenn man bedenkt, daß er mich ja kaum kannte. Und dann mußte er ein Auge auf dich haben, damit dir nichts zustieß.«

Der Zigeuner lächelte. »Wir machen Ihnen Angst, Bruno und ich. Ich sehe das. Aber es muß sein. Der Mörder ist immer in Ihrer Nähe.«

Mit einem fauchenden Zischen kippte ein Holzscheit ins Feuer, ein abstoßendes Geräusch, wie das hämische Kichern eines Dämons.

»Ich sehe, wie Sie immer lachen, wenn Sie ihn ansehen«, sprach der Zigeuner weiter. »Und ich denke, nein, sie glaubt mir nicht.«

»Sie hätten mich ja gleich bei meiner Ankunft warnen können, dann wäre ich ihm gar nicht begegnet.«

»Natürlich! Du warst ihm doch schon begegnet«, schaltete sich Harry ein. »Der Kerl hat dich schließlich vor dem Hotel abgesetzt.«

29

... bei Sonnenuntergang wurden
die Tore geschlossen ...

»Und all diese Leute, die du kennengelernt hast, gleich am Tag deiner Ankunft«, fuhr mein Vetter kopfschüttelnd fort.

Ich war wie benommen, fühlte mich wie ein Rennfahrer, der um die Kurve geschossen kommt und plötzlich eine Ziegelmauer auf sich zurasen sieht. »Aber es kann nicht Armand gewesen sein.«

Die beiden Männer tauschten wissende Blicke. »Meine Liebe«, sagte Harry schließlich, »ich weiß, daß du den Mann gern magst, aber ...«

»Nein, das hat damit nichts zu tun«, fuhr ich ihm ungeduldig über den Mund, damit er endlich begriff. »Ich glaube zu wissen, wer Paul umgebracht hat, und Armand Valcourt ist es nicht gewesen. Es war Neil.«

So, jetzt war es raus. Endlich hatte ich den scheußlichen Gedanken ausgesprochen. Es gelang mir, das Zittern meiner Lippen zu unterdrücken, als ich merkte, wie die beiden Männer mich anstarrten. Ahnten sie denn nicht, wie sehr ich mir wünschte, glauben zu können ...

Mein Vetter sprach als erster. »Wer ist denn Neil?«

»Neil Grantham. Ein Konzertgeiger, der bei mir im Hotel wohnt.«

»Aha.«

»Aber gestern hat er gar nicht Geige gespielt, sondern ein Tonband laufen lassen, und weil das Allegro von Beethovens dritter Sinfonie mindestens fünfzehn Minuten lang ist, hat ihm das genug Zeit gegeben, zum Schloß hinaufzulaufen und Paul in die Tiefe zu stoßen. Ich bezweifle, daß ich selber mehr als ein paar Minuten brauchen würde, dort raufzukommen, und ich bin längst nicht so trainiert wie Neil.«

»Aha«, sagte Harry noch einmal, als sei meine Erklärung vollkommen plausibel. »Und welchen Grund sollte dieser Geiger haben, einen kanadischen Touristen dort hinunterzuschubsen, wenn ich fragen darf?«

»Weil ... weil ...« Ich mußte zugeben, mir da selbst nicht ganz sicher zu sein.

»Du bist total auf dem falschen Dampfer, meine Liebe. Valcourt ist es gewesen.«

»Sind Sie sich ganz sicher?« fragte ich, an den Zigeuner gewandt.

»Gestern nachmittag komme ich von hier runter in die Stadt, durch die Souterrains, die Tunnel. Ich bleibe an der Tür stehen. Da ist ein Spalt zwischen den Brettern, und ich sehe hinaus, wie immer, ob jemand draußen ist, ob die Luft rein ist. Und sie ist nicht rein, es ist jemand da. Er ist da.«

»Monsieur Valcourt?«

»Er sitzt auf der Mauer, neben Ihrem jungen Freund, dem Canadien. Sie rauchen, sie reden – sie reden wie Freunde. Aber der Junge paßt nicht auf. Er sieht nicht Valcourts Gesicht, so, wie ich es sehe, und er sieht nicht die Gefahr. Als Monsieur Valcourt ihm eine neue Zigarette gibt, hebt der Junge beide Hände für das Streichholz, und ...« Keine wüste Geste, nur ein bedauerndes Schulterzucken. »Es geht so schnell, es macht kein Geräusch.

Der Junge fällt, und Valcourt geht eilig aufs Schloß zu. Als er weg ist, mache ich die Tür auf und komme heraus. Es ist schrecklich, was ich sehe, Sie verstehen? Ich laufe gleich hinunter, aber der Junge ist schon tot. Tot.«

Irgend etwas stimmte nicht so recht an dieser Geschichte, ohne daß ich sagen konnte, was es war. Der kleine Hund gähnte herzhaft, sprang zu Harry aufs Bett und streckte sich auf der Decke aus. Und dabei fiel es mir dann wieder ein. Ich wußte noch ganz genau, daß ich den Hund am Nachmittag gesehen hatte, und zwar neben der Telefonzelle auf dem Platz vor dem Hotel. Ich wagte einen Schuß ins Blaue. »Also sind Sie zur Telefonzelle gegangen, um Monsieur Grantham anzurufen?«

»Monsieur –? Ah! Der die Fiedel spielt. Nein, ich telefoniere nicht mit ihm, Mademoiselle, ich telefoniere mit der Polizei, sage, es gibt einen Unfall. Und dann verschwinde ich, so schnell ich kann. Komme hierher zurück und erzähle Ihrem Cousin.«

»Ich habe gerade geschlafen«, sagte Harry. »Als ich von Jean alles erfahren hatte, war unten im Hotel schon die Hölle los, was es mir sehr schwer machte, mit dir Kontakt aufzunehmen. Ich bin ein ganz schöner Egoist, was? Ich war so sehr mit mir selber beschäftigt, daß ich gar nicht auf die Idee gekommen bin, du könntest dich in Gefahr befinden. Ich wähnte dich sicher, solange Jean ein Auge auf dich hielt, und nach dem, was ich gehört hatte, war dieser Valcourt ja auch ziemlich von dir eingenommen. Doch als ich erfuhr, daß Valcourt deinen Freund gerade von der Mauer gestoßen hatte, erkannte ich meinen Fehler. Zu diesem Zeitpunkt war natürlich schon die ganze Polizei hinter Jean her. Seine Schwester kam, um uns zu warnen. Also konnte ich ihn kaum hinunterschicken, damit er auf dich aufpaßt ...«

»Ich sagte doch, sie kommt. Ihre Cousine kommt ganz von selber.« Er schien tief befriedigt darüber, daß sich seine Vorsehung erfüllt hatte.

»Ja«, meinte Harry, »das hast du gesagt, Jean.«

Mir war es gleich, ob sie mich gefunden hatten oder ich sie. Jetzt kam es darauf an, was wir als nächstes unternehmen mußten. Trotz Harrys geschwächten Zustands ...

Ich sah ihn an. »Bist du schwer verletzt? Brauchst du einen Arzt?«

»Nein«, sagte er eilig und setzte sich im Bett auf, »ich brauche keinen Arzt.« Er sah ziemlich angeschlagen aus, aber allzu schlecht schien es ihm auch wieder nicht zu gehen.

Jean hielt ebenfalls nicht viel von meinem Vorschlag. »Meine Schwester sieht nach ihm. Sie ist besser als ein Arzt. Sie findet dieses leere Haus für uns, damit er bleiben kann, und kommt jeden Tag, um die Medizin für ihn zuzubereiten. Es ist nicht gut, sagt sie, wenn er sich zuviel bewegt.«

Trotzdem wollte ich hier nicht länger untätig herumsitzen. Nun gab es schon zwei Tote, und mein Vetter hätte der dritte sein können. Ich räusperte mich und wollte gerade etwas sagen, als mich ein leises Klopfen innehalten ließ, das sich anhörte wie ein Ast, der vom Wind ein paarmal gegen eine Fensterscheibe gedrückt wird.

Jean schob seinen Stuhl zurück und stand auf, um zur Tür zu gehen, zu einer anderen Tür allerdings als der, durch die ich gekommen war. Das Klopfen kam nicht aus dem unterirdischen Gang, sondern von draußen.

Als die Tür geöffnet wurde, sah ich, wo ich eigentlich war. Ich erkannte den schmalen Pfad, das wehende Gras und die Dächer dahinter. Ich mußte genau an dieser Stelle vorbeigegangen sein, als ich das erste Mal allein hier oben war und mich zu der Kapelle der heiligen Radegunde verlaufen hatte, und später noch einmal mit Paul. Ich würde nach draußen gehen müssen, um mich genauer zu orientieren, aber ich wußte, daß ich mich oben auf dem Felsen befand und die Kapelle höchstens einen Steinwurf entfernt sein konnte. An diese Stelle also hatte mich der unterirdische Gang geführt.

Eine Frau erschien in der Tür. Sie war noch recht jung, hatte ein markantes Gesicht und eine Figur, die man nur als sinnlich bezeichnen konnte. Wäre sie mir auf der Straße begegnet, hätte ich sie für eine Südländerin gehalten, eine Italienerin oder auch eine Türkin, mit den dunklen Augen, dem dunkeln Haar und der olivfarbenen Haut, aber bestimmt nicht für eine Zigeunerin. Denn sie sah so … modern aus in den engen Jeans und dem Sweatshirt, entsprach so gar nicht meiner Vorstellung von einer Zigeunerin, aber wie ich sie hier neben Jean stehen sah, konnte man den beiden eine gewisse Familienähnlichkeit durchaus nicht absprechen.

Dann war das also Jeans hilfreiche Schwester mit den heilenden Händen, die jeden Tag kam, um Harrys Kopfverletzung zu behandeln. Was auch erklärte, warum er es in dieser Kammer so gut ausgehalten hatte. Er war schon wieder in die Kissen zurückgesunken und verlangte sichtlich nach Fürsorge.

Aus den Begrüßungen hörte ich heraus, daß die Frau Danielle hieß. Wir wurden einander vorgestellt, aber sie war viel zu sehr mit anderen Dingen beschäftigt und hatte für mich nur ein paar knappe Worte und ein abwesendes Kopfnicken übrig. »Sie haben Victor auf die Wache mitgenommen«, sagte sie mit sorgenvollem Gesicht.

Ihr Bruder nickte. »Ich weiß.«

»Du weißt es? Und du bist noch hier? Was für ein

Mensch bist du, einen Freund an deiner Stelle in Schwierigkeiten zu wissen und nichts zu tun?«

»Sie lassen ihn wieder gehen.«

»So? Meinst du? Da habe ich aber was anderes gehört. Sie sind der Meinung, er hätte ihn umgebracht«, sagte sie mit einer Kopfbewegung in Harrys Richtung, »und versucht jetzt, die Beweise zu verbergen.«

Mein Vetter schoß im Bett hoch. »Wieso denn das?«

»Sie halten ihn für den Täter, weil ich Harrys Auto in Victors Scheune versteckt habe.«

Ja, natürlich. Harrys Wagen. Den mußte er ja schließlich auch irgendwo gelassen haben. Ich erinnerte mich, wie die Tür von Victor Belliveaus heruntergekommener Scheune im Wind geächzt und gerattert hatte.

»Der arme Victor weiß nicht mal etwas von dem Auto«, fuhr Danielle fort. »Er benutzt die Scheune ja gar nicht, und deswegen hielt ich sie für einen sicheren Ort. Es ist alles meine Schuld. Und dabei ist er so gut zu uns gewesen. Du mußt in den Ort gehen, Jean, und alles aufklären.«

»Das ist zu riskant ...« wehrte sich Jean, aber mein Vetter unterbrach ihn sofort.

»Schon gut. Das reicht. Ich gehe.« Und sogleich begann er, sich stöhnend aus dem Bett zu hieven, obwohl ich nicht wußte, wieviel von seinen Schmerzen nur für Danielle simuliert war.

»Aber die Polizei, sie hört nicht auf ...«

»Dann müssen wir eben dafür sorgen, daß sie uns zuhört.«

Harry schwang die Füße auf den Boden und tastete nach seinen Schuhen. Er hatte vollständig angezogen im Bett gelegen, wahrscheinlich zum Schutz vor der heraufkriechenden Herbstkälte, die auch vor diesen Steinmauern nicht haltmachte. In seinen schmutzigen Jeans, dem zerknüllten Hemd und mit seinem eine Woche alten Bart sah er nicht eben respektabel aus – eher wie die Sorte Leute, die man mit einer Flasche billigen Fusels unter Brückenbogen findet.

Danielle trat rasch zu ihm, wohl in der Sorge, er könne hinfallen und sich noch einmal den Kopf verletzen. Er schien wirklich ein bißchen unsicher auf den Füßen, obwohl der wild entschlossene Ausdruck auf seinem Gesicht mir zeigte, daß er sich von seinem mißlichen Zustand nicht unterkriegen lassen wollte. Falls das nicht ohnehin alles nur gespielt war, dachte ich mit einem Blick auf Harrys zufriedenes Lächeln, als Danielle seinen Arm um ihren Hals legte, um ihn zu stützen.

»Dann komme ich auch mit«, meinte Jean.

»Nein.« Harry schüttelte den Kopf. »Du bleibst schön hier oben, außer Sichtweite, bis ich die Sache bei der Polizei ins reine gebracht habe. Danielle kann mir helfen. Wir nehmen den Tunnel. Sie kennt sich doch dort aus?«

»Genausogut wie mein Bruder«, sagte Danielle ein wenig beleidigt. »Ich werde dich führen.«

»Und ich? Soll ich hier hockenbleiben?«

»Wieso? Ich dachte ... Ach ja. Unterirdische Gänge. Das war mir ganz entfallen.« Und wie nicht anders zu erwarten, klärte er die beiden unverzüglich über meine Phobie gegen Kellerräume auf. »Warum gehst du nicht außen herum? Es ist ja noch hell, also kannst du dich nicht verlaufen, und wir treffen uns dann vor dem Château, bei der Tür zum Gang. Einverstanden?«

»Einverstanden.« Eine Spur Unsicherheit mußte aus meiner Stimme herauszuhören gewesen sein, denn Danielle beeilte sich, mir zu versichern, sie werde gut auf Harry achtgeben.

Und Harry wirkte auch höchst zufrieden, als seine selbsternannte Krankenschwester ihn zur Tür geleitete. Im nächsten Augenblick hörte ich schon ihre Schritte auf der engen Treppe, die in die Finsternis der unterirdischen Gänge führte. Ich erschauderte bei der Erinnerung daran, was Jean mißverstand.

»Keine Angst, Mademoiselle. Es ist ein leichter Weg, leichter als über den Berg, und niemand sieht sie, bis sie in der Stadt sind. Da sind sie sicher.« Er führte mich zur Außentür und blieb im Schatten stehen, während er sie mir aufhielt, damit ich hindurchschlüpfen konnte. »Geben Sie auf sich acht, Mademoiselle«, war der knappe Rat, den er mir mit auf den Weg gab, und schon fiel die Tür hinter mir ins Schloß. Da stand ich nun wieder mutterseelenallein auf dem Pfad zwischen dem Schloß und der Kapelle der heiligen Radegunde, wo die Fensterhöhlen verlassener Behausungen mich düster anstarrten.

Von außen besehen, wirkte das Haus größer, als ich gedacht hatte. Es war ein sehr schmuckloses Haus, fast wie auf einer Kinderzeichnung – vier Wände, ein Satteldach, zwei Fenster und ein Ziegelschornstein, ohne jede Dekoration, um die strengen Linien aufzulockern. Es gab noch ein oberes Stockwerk, also noch ein zweites, ebenso enges Zimmer, und doch erschien es mir gar nicht so winzig, vielleicht auch, weil keine anderen Häuser in der Nähe waren, mit denen man es hätte vergleichen können. Dahinter stieg steil der Berg in die Höhe, daneben befanden sich nur noch die in den Stein gehauenen Höhlen und hinter mir – der tödliche Abgrund.

Ich erinnerte dieses Haus von meinem ersten Ausflug hierher am vergangenen Montag. Da hatte ich noch Angst davor gehabt, vor dem Stacheldrahtzaun, vor der verfallenen Tür, dem Bellen des Hundes und dem

Geräusch des Windes. Was wäre passiert, dachte ich, wenn ich an jenem Tag an die Tür dieses Hauses geklopft hätte, anstatt ängstlich davonzurennen? Hätte ich Harry gefunden, und wären wir jetzt schon wieder sicher und wohlbehütet zurück in England? Und die Polizei von Chinon könnte sich allein mit Armand Valcourt und vielleicht auch mit Victor Belliveau beschäftigen. Und Paul könnte mit seinem Bruder zur Feier des Jom Kippur fasten.

Aber hinterher weiß man es ja immer besser und kann sich noch so sehr mit Selbstvorwürfen quälen – an dem Verlauf, den die Dinge genommen haben, gibt es doch nichts mehr zu ändern.

Ich steckte die Hände tief in die Taschen von Pauls roter Jacke und machte mich auf den Weg zum Schloß.

Als ich den Uhrenturm erreichte, sah ich hinauf. Gerade sieben vorbei. Ich hatte weniger als zehn Minuten gebraucht, was bedeutete, daß ich vor Harry und Danielle am vereinbarten Treffpunkt ankommen würde, obwohl die beiden zuerst aufgebrochen waren. Um meinem immer noch wie wild schlagenden Herzen eine Pause zu gönnen, verlangsamte ich meine Schritte.

Doch dann schien mein Herz mit einem Male stillstehen zu wollen.

Vor mir, beinahe genau an der Stelle, an der Paul gestern abgestürzt war, saß ein Mann auf der Mauer, den Oberkörper vorgebeugt, die Ellenbogen auf die Knie gestützt, in die Betrachtung seiner Finger vertieft.

Hinter Armand Valcourts nachdenklicher Gestalt warf das Schloß einen langgestreckten Schatten auf die noch menschenleer daliegende Straße – noch, denn jeden Moment konnten mein Vetter und seine Krankenpflegerin aus dem Eingang zum Tunnel treten. Gott, betete ich mit der verzweifelten Hoffnung der Ungläubigen, laß sie vorher einen Blick durch den Spalt zwischen den Brettern werfen, so wie Jean es immer tat, um zu schauen, ob die Luft rein war.

Um meine eigene Sicherheit machte ich mir in diesem Augenblick gar keine Gedanken. Armand war schließlich kein psychopathischer Killer. Er mußte von Anfang an geargwöhnt haben, daß ich in irgendeiner Verbindung zu Harry stand, dem Mann, dem er bei Didiers Haus begegnet war. Jedem Dummkopf wäre die Ähnlichkeit zwischen meinem Vetter und mir aufgefallen, und Armand Valcourt war bestimmt kein Dummkopf.

Aber mein Vorteil war, daß er ja nicht wissen konnte, was ich inzwischen wußte, daß ich geradewegs von Harry kam, also hatte er keinen Grund, mir etwas anzutun, solange ich mir nichts anmerken ließ. Ich konnte ihm weismachen, ich befände mich auf einem Spaziergang, und ihn in dem Glauben lassen, zwischen uns hätte sich nichts geändert. Falls er nun aber plötzlich Harry gegenüberstände, der ja kaum in der Lage war, sich auf den eigenen Füßen zu halten, geschweige denn, sich gegen einen Angriff zur Wehr zu setzen …

Jetzt, um die Abendessenszeit, waren hier auch keine Touristen mehr unterwegs. Keine Menschenseele weit und breit. Die Geschichte, pflegte Harry immer zu sagen, sei eine einzige Abfolge von Wiederholungen, aber die grausame Tragödie von gestern würde sich hier heute nicht noch einmal abspielen, nicht, solange ich da war, um es zu verhindern. Ich setzte ein unverfängliches Lächeln auf und trat mutig ein paar Schritte vor.

Er war so geistesabwesend, daß er mich nicht näher kommen hörte, und als ich ihn schließlich ansprach, fuhr sein Kopf erschrocken herum.

»Einen Penny für deine Gedanken«, sagte ich und hätte wirklich gerne gewußt, was in seinem Kopf vorging.

»Meine Gedanken sind keinen Penny wert«, antwortete Armand. »Was machst du denn hier oben? Es ist nicht gut, als Frau ganz alleine in dieser Gegend unterwegs zu sein.«

»Ach, solange es noch hell ist, kann mir doch wohl nicht viel passieren.« Bei Tageslicht ist alles sicherer, dachte ich, selbst eine Unterhaltung mit einem Mörder. Aber vom Tageslicht war auch nicht mehr allzuviel übrig, und ich mußte mir rasch etwas einfallen lassen, um Armand wegzulocken, damit Harry ungehindert zur Polizei gehen konnte.

Ich merkte, daß meine Hände zitterten, und steckte sie schnell in die Jackentaschen zurück.

»Ist dir kalt?« fragte Armand.

»Nein, es ist bloß –« Und da fiel er mir endlich ein, der ersehnte Vorwand. »Es ist bloß das Gefühl, an dieser Stelle zu stehen, so kurz, nachdem es ...«

»Dieu, daran hatte ich gar nicht gedacht. Entschuldige.« Er strich sich mit der Hand übers Haar. »Hast du schon mal von oben vom Château aus den Sonnenuntergang beobachtet?«

Das Schloß. Dort würden auch um diese Zeit noch andere Menschen sein. Ich bemühte mich, mir meine Erleichterung nicht in der Stimme anmerken zu lassen, und sagte, ich hätte noch keine Gelegenheit dazu gefunden.

»Es ist ein unvergeßlicher Anblick.«

Der Weg hinauf war nicht weit, aber mir kam es wie eine Ewigkeit vor. Ich hielt den Atem an, als wir an der Tunneltür vorbeikamen, und meinte, dahinter ein Geräusch gehört zu haben, aber das war wohl bloß meine Einbildung gewesen oder der Wind, der mit einsetzendem

Sonnenuntergang aufkam und dessen Kälte ich beim Einatmen im Hals spürte, als ich mich beeilte, um mit Armand Schritt zu halten.

Die junge Frau an der Kasse schien über unser Auftauchen ein wenig überrascht. Aus ihren großen Augen blickte sie abwechselnd mich und Armand an. »Monsieur …«

Armand zückte seine Geldbörse. »Zwei Erwachsene.«

»Aber Monsieur …«

»Wir möchten uns den Sonnenuntergang ansehen«, erklärte er und schob einen Geldschein über den schmalen Tresen voller bunter Broschüren und Souvenirs. Ich erkannte nicht, was für ein Schein es war, aber gewiß weit mehr, als der Eintritt für uns beide kosten konnte. Zögernd nahm das Mädchen ihn an und reichte Armand zwei rosafarbene Billetts.

Ich zitterte immer noch ein bißchen, als wir auf dem Kiesweg an den königlichen Wohnräumen vorbei zur Westmauer der Festungsanlage gingen. »Wofür die Bestechung?« fragte ich beiläufig. Alle übrigen Besucher schienen sich schon auf dem Rückweg zu befinden, also konnte ich mir seine Antwort fast denken.

»Um diese Zeit wird das Château für Besucher geschlossen«, sagte er. »Aber das macht nichts, es bleibt noch Personal hier, und außerdem kennen mich die Leute. Wir sind ja sozusagen Nachbarn.« Hinter der Brücke über den trockengelegten Burggraben, der das Mittelschloß von dem Teil der Anlage, unter der die unterirdischen Gänge begannen, trennte, erhob sich an der südwestlichen Mauerumgrenzung auf der Spitze des Hügels der dachlose Mühlenturm als Aussichtsposten vor dem Hintergrund des prächtigen Farbenspiels, das die Abendwolken boten.

Es sah aus, als würde der ganze Himmel in Flammen stehen.

»Warte noch einen Augenblick, es wird noch besser.« Ich hörte das Klicken von Armands Feuerzeug, und der Rauch seiner Zigarette stieg mir in die Nase, als er sich neben mich stellte. »Ich hoffe, deinem Cousin geht es gut, wo du ihn doch jetzt endlich wiedergefunden hast.«

»Waas?« Mein Mund wurde ganz trocken.

»Man kann ziemlich gut in deinem Gesicht lesen.«

Irgendwo knarrte klagend ein Scharnier, und ein Tor wurde zugeschlagen. Die Anlage war jetzt für Besucher geschlossen.

»Über kurz oder lang mußte es ja so kommen«, sagte Armand und hob die Hand, um mir zärtlich übers Haar zu streichen. »Aber es ist trotzdem schade, daß er's dir erzählt hat.«

30

Zur Ehre muß die Tat gereichen, wenn sie denn sein muß ...

Er ließ die Hand wieder sinken. »Du fürchtest dich vor mir«, sagte er. »Das habe ich nicht gewollt ...« Er nahm einen tiefen Zug an der Zigarette. Schon wieder schlug mir das Herz bis zum Halse. Immer langsam, beruhigte ich mich, keine Panik. Inzwischen dürfte Harry an unserem Treffpunkt angelangt sein und sich fragen, wo ich abgeblieben war. Denn im Gegensatz zu Harry pflegte ich nicht herumzutrödeln.

Nein, er würde Verdacht schöpfen und auf direktem Wege zur Polizei gehen, und die Polizei würde beim Schloß anrufen und jemanden vom Personal fragen, ob man mich oben an der Straße gesehen hatte, und irgendwer mußte doch ... Ja, genau so würde es ablaufen, versuchte ich mir einzureden. Wenn ich einen klaren Kopf behielt und es mir gelang, Armand in ein Gespräch zu verwickeln, würde alles gutgehen. Es war nur eine Frage der Zeit, bis jemand kam, um nach mir zu suchen.

Er wird kommen ... versprach eine Stimme. Dieser Satz geisterte mir plötzlich durch den Kopf, und obwohl ich nicht das Gefühl hatte, eine innere Stimme hätte zu mir gesprochen, erfüllte er mich mit einer seltsamen Ruhe. »Kann ich bitte auch eine Zigarette haben?«

Ich wußte, daß ich damit meinen Treueschwur Paul

gegenüber brach. Nichts zum Vergnügen, so hatte Thierry die Grundregel des Jom Kippur umschrieben. Nichts essen, nichts trinken, und ganz bestimmt keine Zigaretten. Aber ich wollte gar nicht zum Vergnügen rauchen, ich wollte Zeit schinden. Armand schien an meinem Wunsch nichts aufzufallen. Ohne eine Miene zu verziehen, reichte er mir die Packung und das Feuerzeug.

Hier oben auf dem Berg wehte ein noch kräftigerer Wind, und es kostete mich mehrere Versuche, die Zigarette anzuzünden, weil die Flamme immer wieder ausgeblasen wurde.

Armand beobachtete meine Bemühungen. »Ich hätte dir nichts getan«, sagte er.

Wieso sprach er in der Vergangenheitsform? Zu meiner Überraschung klang meine Stimme ganz ungerührt.

»Was passiert jetzt?« fragte ich.

»Ich weiß es nicht.« Er wirkte plötzlich sehr müde, fast wie ein alter Mann. »Es ist ... eine schwierige Sache. Und es hängt ja auch viel von dir ab.«

»Von mir?«

»Wie du dich entscheidest.«

»Ja? Also ich wüßte nicht, wie ich eine Entscheidung treffen sollte. Ich kenne ja auch deine Version der Geschichte gar nicht.«

»Und du möchtest sie hören?«

»Selbstverständlich.«

Er sah mich an. »Das glaube ich dir nicht.«

»Glaub doch, was du willst.«

»Nein, das sagst du doch nur, weil du Angst hast ...«

»Natürlich habe ich beschissene Angst!« schrie ich ihm gegen besseres Wissen ins Gesicht. »Du hast höchstwahrscheinlich zwei Menschen umgebracht, und, wer weiß, vielleicht auch deine eigene Frau. Den möchte ich kennenlernen, der da nicht Angst vor dir hätte, Armand!« Entsetzt über meinen Ausbruch hielt ich mir die Hand vor den Mund. Wie hieß es immer in den Selbstverteidigungsbroschüren? Eine Frau, die von einem Mann bedroht wird, darf ihn nicht reizen, ihm ihre Angst nicht zeigen.

Armand betrachtete die glühende Spitze seiner Zigarette, schnippte mit dem Daumennagel gegen den Filter und erzeugte einen Funkenflug, der rasch vom Wind verstreut wurde. »Meine Frau habe ich schon mal nicht umgebracht.« Sein Lächeln wirkte krampfhaft. »Ab und zu habe ich schon daran gedacht. Sie konnte einen ... zur Weißglut bringen, und bisweilen hat sie mich beinahe zum Äußersten getrieben, aber gestorben ist sie eines ganz natürlichen Todes ...« Er blickte unverwandt über die Landschaft unter uns hinweg. Die Hand, mit der er die Zigarette hielt, zitterte kein bißchen. »Dann kam Didier, mein geliebter Schwager, zu mir, und fragte mich, ob ich etwas über das Testament wüßte, Brigittes letzten Willen. Nicht das Testament, das bei unserer Eheschließung aufgesetzt worden war, sondern das, welches sie noch in der Woche vor ihrem Tod geschrieben hatte. Didier arbeitete damals ja als Gehilfe bei Brigittes Anwalt, und eines Morgens war ihm der von ihr adressierte Umschlag in der Post aufgefallen. Neugierig, wie er war, hat er ihn aufgemacht. Das Testament sei rechtlich unanfechtbar gewesen, sagte er, unterschrieben und beglaubigt und alles. Brigitte hatte mir ihr gesamtes Vermögen hinterlassen, aber unter der Bedingung, daß ich mein Haus in ein Heim für ihre vermaledeiten Künstler umwandele. Gottverdammt!« Die ganze Wut, die in ihm steckte, war aus dem Fluch herauszuhören. »Ohne ihr Geld wäre ich ruiniert gewesen – ich besaß selber nicht genug, um das Weingut zu halten, doch um an ihr Geld zu kommen, mußte ich alles aufgeben, was ich besaß. Sie wollte ihre Tochter des Erbes berauben, das seit den Tagen der Revolution den Valcourts gehörte. Nein«, sagte er mit fester Stimme, »das Geld mochte Brigitte gehört haben, aber das Land war meines. Es wird Lucie gehören, wenn ich nicht mehr da bin, und niemand hat das Recht, es ihr fortzunehmen. Niemand«, wiederholte er noch einmal mit Nachdruck. »Didier wußte genau, was ich empfand. Sein Plan beruhte darauf. Er hatte das Testament Brigittes Anwalt vorenthalten und es gut verschlossen in seinem Schreibtisch versteckt. Er wollte Geld von mir haben und dafür das Testament vernichten, und er wußte, daß er jede Summe von mir verlangen konnte.«

»Aber irgend jemand hat das Testament doch beglaubigt ...?«

»Ja. Dein Monsieur Grantham war einer dieser Zeugen, hast du das gewußt? Und nach Brigittes Tod hat er mich gefragt, was aus dem Testament geworden sei. Ich habe gesagt, sie hätte es sich noch einmal anders überlegt, und Didier hat das bestätigt.«

»Aber sein Versprechen, das Testament zu vernichten, hat er nicht gehalten?«

»Nein. Bei jeder sich bietenden Gelegenheit wedelte er mir mit diesem verdammten Wisch vor der Nase herum. Ein vorzügliches Druckmittel, das muß ich zugeben.«

»Hättest du dich nicht an die Polizei wenden können und ...«

»Nein, nein, du verstehst nicht. Du hast selber keine Kinder, Emily. Kinder sind das Schönste, was es im Leben gibt. Es war meine Pflicht, um Lucies willen den guten Namen Valcourt nicht zu beschmutzen und ihre Zukunft zu sichern. Ich durfte keinen Skandal riskieren.«

»Und deswegen hast du Didier umgebracht?«

»Es ist kalt hier.« Seine Zigarette war ausgegangen, und er griff in die Tasche, um sich eine neue anzuzünden. »Es ist der Wind. Du mußt ja furchtbar frieren.«

»Nein, mir geht's gut.«

»Aber du zitterst. Komm, wir setzen uns.«

Doch die einzige Sitzgelegenheit war auf der flachen Mauer, der westlichen Begrenzung der Anlage unterhalb des Mühlenturms. Jenseits dieser Mauer war die Sonne auf die Hügel niedergesunken, hüllte sie in einen violetten Dunstschleier und tauchte den dunkel dahingleitenden Fluß in ihren verlöschenden Glanz. Ich konnte die Spannung in der Luft spüren, die das drohende Aufkommen eines Sturms verhieß, und mußte gleichzeitig daran denken, wie steil es auf der anderen Seite der Mauer in die Tiefe ging. Komischerweise kam mir dabei gar nicht Paul in den Sinn, sondern ein Ausflug, den unsere Familie vor Jahren nach Cornwall unternommen hatte. Meine Mutter war bei unserem Spaziergang entlang der Steilküste dauernd hinter mir hergewesen, damit ich nicht zu nahe an die Kante der Klippen geriet. Sie wäre stolz, dachte ich, wenn sie wüßte, daß ich jetzt endlich, als erwachsene Frau, auf sie hörte. Ich schüttelte den Kopf.

»Nein«, sagte ich. »Ich möchte mich nicht hinsetzen.« Halt dich ein Stück fern von ihm, sagte meine innere Stimme. Sei auf der Hut.

Armand schien schon wieder meine Gedanken gelesen zu haben. »Nein, doch nicht auf die Mauer«, sagte er. »Da drüben, bei der Tür.« Ein grabenähnlicher Zugang führte zur Turmtür, dessen Boden dicht mit Blättern bedeckt war, ein Zeichen dafür, daß die Stelle offenbar windgeschützt sein mußte. Inmitten des wuchernden Efeus entdeckte ich eine schmale steinerne Sitzbank. Doch ich wähnte mich sicherer, wenn ich auf dem Rasen blieb, wo man mich sehen konnte.

Wiederum schüttelte ich den Kopf. »Nein. Ich möchte hierblieben.« Ich schlang die Arme um den Körper, damit das Zittern nachließ. »Du wolltest mir von Didier erzählen.«

»Das«, sagte Armand, »war ein Unfall. Nicht, daß ich seinen Tod bedauere, aber gewollt habe ich ihn nicht. Ich war in dieser Woche in Paris gewesen, um mich mit Kunden zu treffen, und rief wie jeden Mittwoch Lucie an. Sie freut sich immer über meine Anrufe, wenn ich nicht in der Stadt bin. Sie erzählt mir dann von der Schule, von François, aber an diesem Mittag ging es ihr hauptsächlich darum, ob sie sich eine Schaufel kaufen dürfe. Ich fragte sie, was sie denn damit wolle, und sie sagte, ihr Onkel Didier würde mit noch einem weiteren Mann, einem Engländer, auf Schatzsuche gehen. Sie hätte die beiden am Morgen darüber sprechen hören, unten am Fluß, und meinte, so eine Schatzsuche sei etwas Lustiges. Lustig! Ich fühlte mich, als hätte ich einen Schlag ins Gesicht bekommen. Ich gab Didier Geld, gutes Geld, damit er es unterließ, auf meinem Land herumzugraben und auf der Suche nach diesen idiotischen Diamanten meine Weinstöcke kaputtzumachen. Ich hatte ihm gesagt, ich würde ihn umbringen, wenn ich ihn noch einmal dabei erwischte, wie er sich an meinem Land, am Land meiner Tochter, vergriff. Natürlich habe ich es nicht wirklich so gemeint«, berichtigte er sich. »Jedenfalls glaube ich, daß ich es nicht so gemeint habe. Aber ich mußte ihm doch deutlich klarmachen, daß ihm das verboten war, und als ich von Lucie hörte, was er vorhatte, bekam ich einen Wutanfall.«

Nur war mit Lucie leider wieder einmal ihre Phantasie

durchgegangen. Harry und Didier hatten über die unterirdischen Gänge gesprochen, und von Armands Weinberg war vermutlich gar nicht die Rede gewesen. Und Didier, der sich von Harry einen Tip für seine Schatzsuche erhofft hatte, mußte erfahren, daß seine Freude vergeblich war … Kleine Kommunikationsprobleme, und was war daraus geworden? Mord und Totschlag.

»Ich mußte mit Didier reden, um ihn davon abzuhalten«, erzählte Armand weiter, »also habe ich mir einen Wagen gemietet und bin nach Chinon zurückgerast. Als ich am Abend bei ihm ankam, lag er betrunken in seinem Haus. Er hat mich ausgelacht … gelacht hat er … und da habe ich ihm gesagt, mir würde es jetzt reichen, jetzt sei Schluß. Daß ich nicht einmal mehr glaubte, daß er sich überhaupt noch im Besitz des Testaments befände. Seit Monaten schon hatte ich nichts mehr davon gesehen. Da ist er wütend geworden.« Im dämmernden Licht sah ich ein Lächeln um seine Lippen spielen. »Didier ließ sich nicht gerne einen Lügner schimpfen. Er sagte, er würde mir beweisen, daß ich mich irrte. Er rannte nach oben. Jetzt würde ich wenigstens erfahren, wo er Brigittes Testament aufbewahrte. Ich wollte es ihm wegnehmen, es verbrennen, aber er wehrte sich natürlich …«

»Und da hast du ihn umgebracht.«

»So sturzbetrunken, wie er war, hatte ich es nicht schwer, ihm das Testament aus der Hand zu reißen, aber er kam mir nach, fiel auf dem Treppenabsatz des ersten Stocks über mich her, ich stieß ihn weg, gar nicht so heftig, aber er ist sofort über das Treppengeländer gekippt.« Armand zuckte mitleidslos die Schultern. »Da wäre jede Hilfe zu spät gekommen.«

»Aber du hättest das doch melden müssen, wenn es wirklich ein Unfall war.«

»Wozu? Warum sollte ich mich von dem Mistkerl in eine Ermittlung hineinziehen lassen? Möglichst noch in der Presse durch den Schmutz gezogen werden? Dem Tratsch Tür und Tor öffnen? Er war tot, ich schuldete ihm keinen Gefallen mehr, also ließ ich ihn da liegen, und ich bereue nicht, so gehandelt zu haben. Ich würde es jederzeit wieder genauso machen, mit dem einzigen Unterschied, daß ich dann das Haus besser durch die Vorder- und nicht durch die Hintertür verlassen sollte. Ich glaubte, hintenrum wäre es sicherer, weil da nicht so viele Fenster sind, durch die man mich hätte sehen können, und der Weg am Haus vorbei unbeleuchtet ist. Aber ich konnte natürlich nicht damit rechnen, deinem Cousin in die Arme zu laufen.«

»Er hat dich übrigens gar nicht richtig gesehen«, klärte ich ihn auf.

»Hat er nicht? Ich war mir ganz sicher. Zuerst hatte ich Angst, ich hätte ihn auch umgebracht, aber es blieb keine Zeit, mir Gewißheit zu verschaffen. Ich durfte nicht riskieren, daß ein Nachbar aus dem Fenster schaute und mich sah. Am nächsten Tag, als Martine mich in Paris anrief, um mir zu sagen, Didier sei tot, erfuhr ich auch, daß man keine weitere Leiche auf dem Grundstück gefunden hatte. Der Mann, dem ich dort begegnet war, lebte also, und obwohl er sich offenbar noch nicht an die Polizei gewandt zu haben schien, stellte er ein Risiko für mich dar. Ich wollte mir nicht noch einen Erpresser auf den Hals laden. Also bin ich gleich nach Chinon zurückgefahren, und da ... bin ich dir begegnet.«

Also hatte ich richtig vermutet. Ihm war die Ähnlichkeit im ersten Augenblick aufgefallen. »Hast du mir deswegen die Einladung geschickt? Weil ich dich zu meinem Vetter führen sollte?«

»Ich wollte herausbekommen, wer du bist. Und als ich erfuhr, daß du keinen Bruder hast, daß du ganz alleine nach Chinon gekommen warst, hielt ich es für einen Zufall, daß der Mann dir so ähnlich sah. Doch als du dann im Restaurant einen Cousin erwähntest – die Möglichkeit hatte ich gar nicht erwogen –, aber gleich hinzufügtest, er würde in England leben ... war ich etwas verunsichert. Bis heute morgen. Als du mir alles erzählt hast.« Er dachte kurz über etwas nach. »Du hast gesagt, dein Cousin hätte mich nicht gesehen. Und doch weißt du über alles Bescheid. Woher?«

»Jemand anderer hat dich gesehen, jemand, der dich kennt.«

»Das muß deinem Bericht von heute morgen nach der Zigeuner gewesen sein.« Armand war nicht auf den Kopf gefallen. »Der Zigeuner mit dem Hund, stimmt's? Der, der dir überallhin folgt. Das ist gut. Dann steht sein Wort gegen das meine.« Ich hätte mich am liebsten selbst dafür geohrfeigt, Armand das alles anvertraut zu haben.

»Und gegen mein Wort«, sagte ich und hob, überrascht über meinen eigenen Mut, herausfordernd den Kopf. »Du solltest dir genau überlegen, was du mir erzählst.«

»Dir? Aber du wirst es doch niemandem sagen.«

Mir wurde plötzlich ganz kalt in der Magengrube. »Ach? Und wieso nicht?«

»Deswegen.« Als sein Oberkörper vorschnellte, ahnte ich, was er vorhatte, aber ich konnte ihm nicht mehr ausweichen. Sein Kuß war leidenschaftlich, fast brutal, aber dennoch spürte ich ihn kaum – in mir waren sämtliche Gefühle erloschen. Ich stand einfach stocksteif da und ließ seine Küsse über mich ergehen. Endlich ließ er von mir ab und berührte nur noch mit der Hand meine Wange. »Das verbindet uns beide, dich und mich«, flüsterte er. »Vom ersten Moment an, als ich dich gesehen habe ...«

Als er mich wieder umarmte, analysierte ich eiskalt berechnend meine Situation. Über seine Schulter hinweg sah ich die kleine, efeubewachsene Sitzbank, unter der das Laub raschelte. Ich sah auch die hölzerne Eingangstür zum Mühlenturm, fest verankert in ihren eisernen Scharnieren, und wie sie durch eine plötzliche Windböe einen Spalt breit aufgedrückt wurde. Aber das war doch unmöglich, dachte ich. Der Turm war für Besucher nicht zugänglich, und die Tür war bestimmt verschlossen. Sie konnte sich gar nicht bewegt haben.

Ich rührte mich nicht von der Stelle, aber im Geiste trat ich fünf Schritte zurück. Den Tod Didiers konnte ich ihm möglicherweise vergeben – ein tragischer Unglücksfall, ohne Vorbedacht, zum Teil vom Opfer selbst herbeigeführt, – das wollte ich ihm nicht nachtragen, und was Brigittes Testament betraf – ich begriff den dringenden Wunsch eines Vaters, die Zukunft seiner Tochter zu sichern, auch wenn ich die Art und Weise nicht gutheißen konnte. Aber Paul? Nein. Niemals. Tag der Versöhnung hin, Tag der Versöhnung her. Sein Tod war unverzeihlich.

»Du denkst an den Jungen?« fragte Armand. Daß mein Gesicht aber auch jeden meiner Gedanken verraten mußte. »Zwei Menschen. Du hast gesagt, ich hätte zwei Menschen umgebracht. Ist beim zweiten der Zigeuner etwa auch dabeigewesen?«

Diesmal sagte ich nichts, aber er las die Antwort aus meinem stoischen Schweigen.

Er schien die Tatsache, daß es einen Zeugen gegeben hatte, recht gelassen hinzunehmen. »Ich wußte nicht, daß er dir so am Herzen lag.«

»Und, hätte das einen Unterschied gemacht?«

»Nein. Er durfte nicht am Leben bleiben.«

Mir schnürte sich der Hals zusammen. »Aber wieso denn nicht?«

»Dein Freund war mir zu schlau. Aber bis gestern habe ich gar nicht gewußt, wie schlau, als wir uns durch Zufall auf der Straße dort drüben begegnet sind.« Er nickte in Richtung auf das Schloßtor. »Er fing an, mir Fragen über Didier zu stellen, über die Zeit, als Didier noch bei dem Anwalt gearbeitet hat. Wäre es der andere Junge gewesen, Simon, hätte ich pure Neugier vermutet – er scheint ja ziemlich in Martine verschossen zu sein – und mir nichts Böses dabei gedacht. Aber die Fragen dieses Paul gaben mir zu denken. Also haben wir uns hingesetzt, ich habe ihm eine Zigarette angeboten und wollte von ihm wissen, warum er sich so für meinen Schwager interessiert.« Armand hörte sich an, als könne er selbst immer noch nicht ganz glauben, was er mir gerade erzählte, als bewundere er Paul fast für seine detektivischen Fähigkeiten. »Stell dir vor, er hat sich die Geschichte ganz alleine zusammengereimt: die Erpressung, das Handgemenge an der Treppe. Erpressung, sagte er, sei die einzig mögliche Erklärung für Didiers relativen Wohlstand, und daß er vermute, diese Erpressung habe etwas mit Didiers Arbeit in der Anwaltskanzlei zu tun. Außerdem vertraute mir dein Freund an, er sei sich sicher, Didier sei an dem verhängnisvollen Abend nicht alleine im Haus gewesen, jemand anderer könne ihn über das Geländer gestoßen haben ...« Armand schüttelte ungläubig den Kopf. »Er war einfach zu clever, dieser Junge. Natürlich hatte er keine Ahnung, daß ich es gewesen war, und diesen Engländer, deinen Cousin, hat er auch mit keinem Wort erwähnt ...«

»Nein, weil er mir hoch und heilig versprochen hatte, niemandem zu sagen, daß wir nach Harry suchten.«

»Hoch und heilig«, wiederholte Armand. »Dann hätte ich ihn vielleicht auch hoch und heilig versprechen lassen sollen, über Didier Schweigen zu bewahren. Aber ich konnte ihn nicht herumlaufen und im Hotel von Erpressern und Anwälten reden lassen ... nein, das wäre zu gefährlich gewesen.«

»Aber wem im Hotel hätte Paul denn davon erzählen sollen?«

»Neil zum Beispiel. Denn der würde sich an Martines Testament erinnern und Fragen stellen. Nein, das war zu gefährlich.« Das letzte Wort schien von den Burgmauern um uns herum widerzuhallen. Genau in diesem Moment glaubte ich, aus den Augenwinkeln einen Schatten in der Fensteröffnung des Mühlenturms gesehen zu haben, doch als ich den Kopf drehte, war er schon wieder verschwunden. Aber unter dem Fenster schien die uralte Holztür noch ein Stückchen weiter aufgegangen zu sein ...

Ich versuchte, die Entfernung zwischen uns und dieser Tür abzuschätzen, und wußte, daß ich es schaffen könnte, wenn ich ganz unvermittelt losrannte. Dann würde ich die Tür hinter mir zuwerfen, wäre sicher, bis jemand kam ... falls jemand käme.

Die Glocke vom Uhrenturm schlug halb acht. Ich warf einen Blick hinauf und sagte: »Wer ist das da oben?«

Als auch er hinaufschaute, spurtete ich los.

Ich hörte ihn fluchen, seine Schritte dicht hinter mir, aber ich lief wie eine Besessene, und als ich die Tür erreichte, gelang es mir tatsächlich, hindurchzuschlüpfen und sie hinter mir zu schließen, doch dann stellte ich fest, daß es innen keinen Riegel gab. Es war aussichtslos, zu versuchen, die Tür mit eigenen Kräften zuzudrücken. Schon sah ich, wie der schwere Ring sich drehte ...

Ich wich von der Tür zurück. Meine Augen hatten sich

noch nicht an die Dunkelheit gewöhnt. Halbblind stolperte ich quer durch das kahle Rund, und dann war da plötzlich eine Treppe, die spiralenförmig an der Mauer entlang nach oben führte. Hinter mir flog mit einem Krachen die Tür auf.

»Emily! Um Gottes willen, mach keinen Unsinn. Ich tue dir doch nichts!«

Aber ich tastete mich bereits die Stufen hinauf. Ich war viel zu hektisch, um die Feuchtigkeit, die mir beißend in die Nase kroch, richtig wahrzunehmen. Mit zitternden Knien erreichte ich die obere Kammer und suchte verzweifelt nach einer Stelle, an der ich mich verstecken konnte. Ich saß in der Falle. Oder doch nicht? Irgendwo mußte der pfeifende Wind herkommen. Er besaß eine Stimme, dieser Wind – halb menschlich, halb dämonisch, die die Seele betäubte und das Herz zu Stein erstarren ließ. Da war ein Lichtschein. Ein Fenster! Zitternd schob ich mich Schritt für Schritt näher an die Öffnung in der Mauer des Turmzimmers. Sie hatte etwa meine Höhe und Breite.

Zu früheren Zeiten wäre hier ein Bogenschütze postiert gewesen, der mit wachenden Augen nach möglichen Angreifern, die sich über im Halbdunkel liegenden Hügel nähern könnten, Ausschau hielt. Und vor fast acht Jahrhunderten mochte an eben dieser Stelle ein verängstigtes Mädchen von fünfzehn Jahren gewartet und auf die ringsum lodernden Feuer der Belagerer hinabgeblickt haben. Ich selbst glaubte, diese Feuer zu sehen – es waren nur die Lichter der hellerleuchteten Rue Voltaire, aber ich stellte mir doch vor, den Berg hinauf eine von Kerzen erleuchtete Prozession auf mich zukommen zu sehen. O Gott, betete ich, laß Harry bald hier sein.

»Ich komme rauf«, rief Armand unter mir. Er war

schon auf den Stufen. »Hörst du, Emily? Ich komme jetzt rauf. Beweg dich nicht von der Stelle!«

Ich tastete mich weiter an der Mauer entlang, dicht an den feuchtkalten Stein gedrückt. Armand ließ sich Zeit. Er wußte, daß es von hier oben kein Entrinnen für mich gab. Seine Schritte waren deutlich auf den Steintreppen zu vernehmen.

»Bitte, Emily. Ich verspreche, dir nichts zu tun. Ich könnte doch nie ...« Die Stimme versagte ihm. Er hustete und setzte noch einmal von vorne an. »Beweg dich bloß nicht. Die Wände sind an manchen Stellen brüchig, du könntest ...«

Jetzt sah ich die Umrisse seines Körpers auf den oberen Stufen. Ein paar Schritte noch, und er hatte mich erreicht. Vor Angst war ich wie erstarrt, klammerte mich an den Steinbrocken fest, während er mir immer näher kam, an der Maueröffnung vorbei ...

Ein heller Lichtstrahl schoß jäh durch diese Öffnung und traf Armand voll ins Gesicht. Er mußte wie geblendet sein, stolperte hilflos auf die Mauer zu, und binnen eines Sekundenbruchteils hörte ich den uralten Stein nachgeben und sah, immer noch unfähig, mich zu rühren, mit an, wie Armands Körper zur Seite kippte und verschwand. In dem Lichtstrahl, der ihm zum Verhängnis geworden war, sah ich den herabrieselnden Staub tanzen.

Und dann wußte ich, woher dieser helle Schein rührte: Die Sonne war beinahe vollständig hinter dem Horizont verschwunden. Sie hatten die Flutlichtstrahler eingeschaltet.

Armand war nicht in die Tiefe gestürzt. Mit einer Hand klammerte er sich an den unterhalb der Fensteröffnung herausgebrochenen Steinrand. Fast wie benommen tastete ich mich vor und sah, wie er vergeblich versuchte, sich mit dem Fuß abzustützen. Dann tauchte auch seine zweite Hand auf und fand eine Stelle, an der sie sich festhalten konnte. Da hing er nun und versuchte mit ganzer Kraft, sich hoch- und auf sicheren Boden zu ziehen.

Seine Finger waren nur wenige Zentimeter von mir entfernt – ich hätte darauftreten können. Hätte er es anders verdient? Dieser Mann hatte Paul auf dem Gewissen. Aber selbst beim Gedanken an Paul konnte ich mich nicht überwinden, Armand den Todesstoß zu versetzen, denn ich sah Pauls Gesicht vor mir, hörte seine Stimme sagen, wie damals an unserem ersten gemeinsamen Abend unten am Flußufer: Es gibt schon so zuviel Haß auf dieser Welt, weißt du?

Jetzt wußte ich es.

Und ich wußte ebenso, daß es eine Sünde war, an Jom Kippur jemanden zu hassen. Ich ging langsam in die Hocke und stützte mich mit einer Hand an dem, was von der Mauer übriggeblieben war, ab. Die andere streckte ich aus, um damit Armands Handgelenk zu umfassen. Er hob den Kopf und sah mich an, aber im gleißenden Licht der Strahler konnte ich nur die Kontur seines Kopfes erkennen, nicht seine Augen, und doch glaubte ich aus einem unerfindlichen Grund, ich hätte ihn in diesem Moment lächeln gesehen. Er drehte seine Hand, bis unsere Finger sich umschlossen, und dann ließ er ganz einfach los.

Später hat man mir erzählt, genau in dem Moment, als Armand abstürzte, seien meine Retter am Schloß eingetroffen. Harry sei noch in eine Diskussion am Tor verwickelt worden, weil er dringend Einlaß begehrte, aber Neil war es, in dessen starken Armen ich landete, als ich mich von der Mauerkante und der darunter gähnenden Tiefe abstieß und nach hinten überfiel.

Ich klammerte mich an ihn, während über uns der

Himmel ein letztes Mal orangerot aufglühte, so, als hätten sich die Himmelstore für einen ganz kurzen Augenblick geöffnet und sofort wieder geschlossen. Mein Zittern ließ nach; auch der Wind schien sich urplötzlich gelegt zu haben, und es war, als würde mir eine Last von der Brust genommen, eine jahrhundertealte Schwermut, die wie ein in Erfüllung gegangenes Gebet in der Dunkelheit davonschwebte.

»Du brauchst dich nicht mehr zu fürchten«, sagte Neil und hielt seine Lippen an mein Haar gepreßt. »Ich bin ja da.«

31

... diese lange, wunderliche Nacht mit allem, was geschehen und doch nicht geschehen war, und jedes Ding ward wirklich und auch wieder nicht.

Inspektor Prieur stellte sich als echter Gentleman heraus. Inmitten all der Konfusion näherte er sich gemessenen Schrittes über den Innenhof des Schlosses, um Neil dazu zu bewegen, mich aus seiner schützenden Umarmung zu entlassen. Er war wie ein Großvater, der nach dem Sportfest mit einer Thermosflasche und einer wärmenden Decke zu einem kommt. »Ihnen muß ja furchtbar kalt sein«, sagte er. »Ich habe heißen Kaffee für Sie.« Und als ich wieder einigermaßen hergestellt war, begann er, mir seine Fragen zu stellen, aber auch das tat er ganz und gar unaufdringlich; es kam mir eher wie ein Plausch als wie eine polizeiliche Einvernahme vor. Als er alles erfahren hatte, was er wissen wollte, sah er mich verständnisvoll an. »Soweit ich gehört habe, ist da noch ein Kind.«

»Ja. Ein siebenjähriges Mädchen.«

»Ein schwieriger Fall. Der mutmaßliche Täter ist tot, es gibt nur einen Zeugen, keine greifbaren Beweise ... Und wenn der Zeuge seine Aussage widerruft oder sich weigert, vor Gericht zu erscheinen ...« Mit einem vielsagenden Schulterzucken ließ er den Rest des Satzes unausgesprochen. »Die Waagschalen der Gerechtigkeit pendeln sich bisweilen ganz ohne unser Zutun aus. Nicht immer dienen wir der Gerechtigkeit, indem wir nach ihr streben.

Verstehen Sie, was ich sagen will?« Ich hielt es für besser, darauf nur mit einem Kopfnicken zu reagieren.

»Gut. Dann will ich mal sehen, was ich tun kann. Natürlich wird es Gerüchte geben. Dagegen kann man nichts unternehmen. Wenn das Kind älter ist, kann es selber versuchen, hinter die Wahrheit zu kommen. Aber vielleicht ist es besser, wenn sie das nicht tut, nicht an dem Bild rührt, das ihr von ihrem Vater bleibt.«

Was für ein hochanständiger Mensch, dachte ich. Mir war nach Weinen zumute, als ich ihm dankte, aber dann beschlich mich ganz unvermittelt das sonderbare Gefühl, diese väterlich lächelnden Augen schon früher einmal gesehen zu haben, in dem viel jüngeren Gesicht eines Mannes in Uniform, das mich genauso angesehen hatte ...

»Bitte lachen Sie mich nicht aus«, sagte ich, »aber kennen wir uns irgendwoher ...?«

Die Frage schien ihn zu befriedigen. »Ihr Vater war überzeugt davon, daß Sie sich an mich erinnern würden. Ich sagte ihm, das sei eigentlich kaum möglich, weil Sie damals doch noch so klein waren, aber er war sich ganz sicher.«

»Mein Vater?«

Also hatte er sein Versprechen doch gehalten, hatte seine Freunde in Paris auf Harrys Spur angesetzt, während ich davon ausgegangen war, er würde die Hände in den Schoß legen.

Ich wäre nie auf den Gedanken gekommen, er könne sogar einen Chefinspektor aus Paris nach Chinon schicken. Harry hatte recht gehabt, als er sagte: Dein Vater hat über ganz Europa hinweg ein Netzwerk von Verbindungen, um das ihn unser Geheimdienst nur beneiden kann.

Ich wollte mich bei dem alten Inspektor noch einmal

für all seine Umstände bedanken und dafür, daß er, um unsere Familienangelegenheiten zu regeln, sogar seinen Urlaub unterbrochen hatte, aber er wollte nichts davon hören.

»Ihr Vater ist ein alter Freund von mir. Er machte sich Sorgen, und wenn sich Andrew Braden Sorgen macht, gibt es meistens einen triftigen Grund dafür.« Und damit legte er mir die Decke um die Schultern und ließ mich mit der Thermoskanne starken, belebenden Kaffees stehen.

Zum zweiten Mal in dieser Woche blieb die Bar des Hotel de France weit über die übliche Öffnungszeit hinaus hell erleuchtet. Es herrschte eine Stimmung wie zur Cocktailstunde, aber tatsächlich war es schon lange nach Mitternacht, obwohl ich gar nicht mal wußte, wie spät wirklich, denn ich hatte irgendwo meine Armbanduhr verloren. Als ich zuletzt Jim Whitaker nach der Uhrzeit gefragt hatte, war es auf eins zugegangen, und das war lange bevor Monsieur Chamond die zweite Flasche Calvados auf den Tisch stellte.

Auch dieser Flasche war bereits kräftig zugesprochen worden. Monsieur Chamond saß neben seiner Frau an der Bar und überließ es Thierry, unsere Gläser wohlgefüllt zu halten. Thierry für seinen Teil befand sich in einer angeregten Diskussion mit Christian und schenkte sich selbst öfter nach als seinen Gästen. Nachdem ich nun seit vierundzwanzig Stunden nichts mehr gegessen hatte, verbreitete das hochprozentige Getränk eine wohlig-milde Wärme in meinen schmerzenden Gliedern, und ich verfolgte nur noch am Rande, was um mich herum vorging.

François war da ... Das wunderte mich. Ich wollte ihn mehrfach nach dem Grund dafür fragen, aber mein müdes Gehirn brachte die Frage nicht zustande, und außer mir schien es niemanden zu interessieren, also ließ ich es. Ich hatte genug damit zu tun, mich wieder an Harrys Gegenwart zu gewöhnen. Er unterhielt sich mit Neil, als sei dies ein Abend wie jeder andere. Der Genesungsprozeß meines Vetters schien auch ohne Danielle beachtliche Fortschritte gemacht zu haben. Sie war auf der Präfektur, wo sie, ihr Bruder und der Chefinspektor noch einmal die Ereignisse jener verhängnisvollen Tage durchgingen.

Ich konnte mir vorstellen, worauf der abschließende Bericht hinauslaufen würde. Es war wie eine stillschweigende Übereinkunft. Hier, unter uns, konnten wir offen darüber sprechen, aber ich wußte, daß am nächsten Morgen selbst Thierry, von seinen Freunden mit Fragen bedrängt, nur die eine Antwort parat haben würde: ein tragischer Unglücksfall. Bei all dem verständlichen Groll, den ein jeder, der Paul gekannt hatte, gegen Armand Valcourt hegen mußte, wollte doch niemand Lucie Valcourt darunter leiden lassen. Das Mädchen sollte nicht für die Sünden seines Vaters büßen müssen.

Martine würde dafür sorgen, daß es dem Kind gutging. Oben auf dem Schloß war sie mir wie ein völlig veränderter Mensch vorgekommen. Mit ausdruckslosem, gefaßtem Gesicht hatte sie sich von Inspektor Prieur über die Ereignisse ins Bild setzen lassen und sich dann nach ihrer Nichte erkundigt.

»Einer unserer Beamten ist bei ihr. Wir haben ihr noch nichts gesagt.«

»Vielen Dank. Ich werde mich um sie kümmern.« Lucie schien in guten Händen.

Neben mir sagte François etwas zu Jim. Ich bekam gerade noch den Rest des Satzes mit: »… freue ich mich, Ihnen und Ihrer Gattin zur Verfügung zu stehen, falls Sie –«

»Meine Frau bleibt nicht hier«, sagte Jim. »Sie fährt morgen nach Paris und fliegt von dort nach Hause.«

Ich fand es merkwürdig, daß Garland sich nicht zu uns gesellt hatte, aber irgendwann zwischen meinem dritten und vierten Calvados war es mir nicht mehr wichtig erschienen. Als ich Jim jetzt ansah, dämmerte mir der Grund für Garlands Abwesenheit. Jim hat es ihr erzählt. Er hat ihr von sich und Martine erzählt.

»Ich werde wohl noch eine Zeitlang hierbleiben. Solange, wie ich gebraucht werde«, sagte Jim gerade.

Auch Christian gab auf deutsch einen leisen Kommentar von sich, und ich sah, wie ein zustimmendes Lächeln über Neils Gesicht huschte. Schnell blickte ich woanders hin, um die beiden nicht merken zu lassen, daß ich sie anstarrte. Warum eigentlich? Oder hatte sein Lächeln vielleicht mir gegolten, dann ... ja, dann ...

Aber genau damit hatte ich Probleme – daß Neil mich ständig so von der Seite anlächelte. Wie würde es jetzt weitergehen? Ich wußte nur, daß ich mich bemühte, Neil zu meiden, seit wir vom Schloß heruntergekommen waren, weil ich mich ihm gegenüber irgendwie befangen fühlte, ohne so recht zu wissen, warum. So kann's gehen, sagte ich mir, wenn jemand wie ein Märchenprinz zu deiner Rettung herbeieilt und dich dann in die Arme nimmt, wie Liebende es tun, so, als ob du ihm wirklich etwas bedeutest.

Ich spürte den neugierigen Blick meines Vetters. Ich nahm einen Schluck aus meinem Glas, verfluchte alle Männer dieser Welt und ignorierte Harry.

Als er das merkte, wandte er sich gleich wieder Neil zu. »Meine Cousine war überzeugt davon, Sie wären der Schuldige«, sagte er munter.

»Ach? Tatsächlich?«

»Genau. Irgendwas mit Nazis und Diamanten. Ich fürchte, ich habe ihr nicht ganz folgen können, aber das ist nie leicht bei Emily, wenn sie sich aufregt.«

»Tatsächlich?« sagte Neil noch einmal.

»Das war wohl meine Schuld. Das Foto ...« schaltete sich François ein.

»Ja, wo haben Sie das bloß ausgegraben? Die Ähnlichkeit ist ja geradezu frappierend«, sagte Neil.

Christian drehte sich auf seinem Barhocker zu Neil um. »Ich bin ganz schön sauer auf dich. All die Jahre hast du mir verschwiegen, daß du auch deutscher Abstammung bist.«

»Nur zur Hälfte. Meine Mutter ist waschechte Engländerin. Mein Vater ist bei Kriegsende nach England gekommen.«

»Aber Ihr Name«, gab Madame Chamond zu bedenken, »Grantham. Das hört sich für mich nicht sehr deutsch an.«

»Mein Vater war in jenen Tagen nicht gerade stolz auf seine deutsche Herkunft. Da hat er den Namen der Stadt in Lincolnshire angenommen, in deren Nähe er wohnte.«

»Stimmt«, sagte Harry. »Durch Grantham bin ich Dutzende Male mit dem Zug gekommen. Das liegt an der Strecke hinauf nach York, nicht wahr?«

»Genau. Meine Eltern und mein Bruder Ron leben heute noch da.«

Ich versuchte, mich zu erinnern, was er mir über seine Familie erzählt hatte. »Ist das der Maler?«

»Nein, er ist Apotheker. Der Maler ist mein Bruder Michael. Er lebt in London. Und dann gibt's noch meine Schwester Isabelle. Ihr seht, er hat sie nicht ganz vergessen.«

»Aber er ist nicht, wie versprochen, zu ihr zurückgekehrt«, hielt Jim dagegen.

»Ich glaube, er hatte Angst, sie würde ihn hassen. Als Junge habe ich das immer schrecklich romantisch gefunden.«

»Deswegen sind Sie wohl überhaupt nach Chinon gekommen«, fragte François, »um das Versäumnis Ihres Vaters nachzuholen?«

»Nennt es meinetwegen Bestimmung«, antwortete Neil.

»Ach ja«, sagte François. »Und die Vorsehung hat auch dafür gesorgt, daß Ihre Freundin Brigitte Armand Valcourt geheiratet hat, zu uns ins Haus kam und dann wiederum Sie dorthin einlud.«

Madame Chamond blickte von Neil zu Jim, dann von Jim zu François. »Und dafür, daß Sie alle drei jetzt hier bei uns zusammensitzen.«

»Obwohl wir das im Grunde genommen Emily zu verdanken haben«, warf Neil ein.

»Mir? Was, um alles in der Welt, soll ich denn damit zu tun gehabt haben?«

»Du bist wie ein erschrecktes Kaninchen davongelaufen, als du mich kommen sahst, und niemand wußte, wo du stecktest. Der arme Thierry war außer sich vor Sorge.«

Als sein Name fiel, blickte Thierry von seinem Posten hinter der Bar auf. »Comment?«

»Du hattest Angst um Emily.«

»Ah ja. Ich habe Monsieur Neil das Foto gezeigt, ein Foto von ihm, wie ich glaubte, und er fragte mich, wo ich das herhabe, und ich erzählte es ihm –«

»Also habe ich François angerufen«, nahm Neil den Faden wieder auf, »weil ich dachte, du wärest vielleicht zum Weingut gelaufen, weil du mit François reden wolltest, aber er sagte, er hätte dich nicht gesehen.«

»Und da fing ich an, mir ernsthaft Sorgen zu machen«, ergriff François das Wort. »Nachdem ich gehört hatte, Sie seien sehr aufgebracht, habe ich jemanden geholt, der sich um Lucie kümmert, und bin hinunter in die Stadt geeilt.«

»Wo er mich traf«, ergänzte Jim. »Sie sehen, Emily, es war alles Ihr Werk.«

Und dann war alles so gekommen, wie ich es vermutet hatte. Als Danielle und Harry mich nicht am Treffpunkt vorfanden, waren sie zur Polizeipräfektur gelaufen, wo Harry einen ziemlichen Aufruhr veranstaltet hatte. Die Polizei wiederum hatte dann im Hotel angerufen, um sich nach meinem Verbleib zu erkundigen, was neuerliche Bestürzung hervorrief, bis endlich fünfzehn Leute zusammengetrommelt waren, die, mit Taschenlampen bewaffnet, loszogen, um nach mir zu suchen. Aber komisch, dachte ich, nur einer hat mich gefunden.

Monsieur Chamond schenkte die letzte Runde Calvados ein und schnalzte bedauernd mit der Zunge. »Wieder eine Flasche leer. Thierry, würdest du ...«

»Aber gerne.« Thierry schien mehr als alle anderen zu vertragen. Er eilte sogleich zur Tür hinter der Bar, wo er fluchend gegen etwas stieß, das ich von meinem Platz aus nicht sehen konnte.

»Vorsichtig«, Christian lehnte sich besorgt vor, »das ist zerbrechlich.«

»Mein Fuß ist auch zerbrechlich«, schimpfte Thierry. »Nun gib es ihr doch endlich ...«

»Ich glaube, jetzt ist nicht der richtige Zeitpunkt.«

Ich sah die verstohlenen Blicke und merkte, daß über mich gesprochen wurde. »Was soll Christian mir geben,

Thierry?« Als Antwort hob Thierry einen in Packpapier eingewickelten flachen Gegenstand in die Höhe.

Ein Bild. Das konnte nur ein Gemälde sein. Und ich wußte auch schon, welches, ehe ich es mit meinen ungeschickten Händen ausgepackt hatte. Christian beobachtete nervös meine Reaktion. Alle schienen mich anzusehen. Meine Finger hörten zu zittern auf, als ich die Verpackung auseinanderfaltete. Nummer 88, die Stufen am Fluß, mit Rabelais' Schatten im Hintergrund.

Christian räusperte sich verlegen. »Martine hat mir erzählt, daß dir das besonders gut gefallen hat, und da dachte ich ...«

Er wußte ganz genau, was mir dieses Bild bedeutete. Sein Lächeln zeigte es überdeutlich. Und dann faßte er seinen Gedanken in Worte: »Hätte ich Paul dort hinmalen sollen? Da, auf die Stufen?«

Ich schüttelte den Kopf und fuhr liebevoll über die siebte Stufe. »Nicht nötig. Er ist schon da.«

Harry war der einzige, der nicht wußte, wovon die Rede war. Ich warf ihm einen Blick zu, der ihm zu verstehen geben sollte, ich würde es ihm später erklären, er solle mich jetzt bitte nicht danach fragen.

»Das hast du einfach fabelhaft hingekriegt, Christian«, sagte Neil bewundernd über meine Schulter hinweg. »Der Fluß bewegt sich ja richtig.«

»Schade nur«, meinte Jim, »daß Didier Muret nie erfahren hat, was aus den Diamanten geworden ist. Da wäre uns einige Aufregung erspart geblieben.«

François wirkte wie vom Donner gerührt. »Du meinst doch nicht ...?«

»Gewiß. Wenn er gewußt hätte, daß sie sie in den Fluß geworfen hat, hätte er sich doch nie auf die Suche danach begeben.«

»Woher weißt du, daß Isabelle die Diamanten in den Fluß geworfen hat?«

»Von ihr selber. Jedenfalls hat sie es meinem Vater erzählt.«

»Was genau hat sie deinem Vater erzählt?«

»Genau weiß ich das nicht mehr, dafür ist es zu lange her. Ich dachte immer ...«

»Nicht der Fluß«, korrigierte ihn François. »Sie mag ›ins Wasser‹ gesagt haben, aber nicht ›in den Fluß‹.«

Endlich begriff auch mein umnebeltes Hirn, wovon die Rede war. »Wollen Sie damit sagen, Sie ... Sie wissen, wo die Diamanten sind?«

»Natürlich. Ich war ja selber dabei, habe ihr geholfen. Sie sagte, sie seien mit Blut befleckt und es gäbe nur eine Möglichkeit, sie wieder reinzuwaschen.« Er warf Jim einen entschuldigenden Blick zu. »Sie hat sie nicht in die Vienne geworfen. Sie hat sie Gott zurückgegeben.«

32

... und alles Vergangene schmilzt dahin in dieser strahlenden Morgenstunde ...

Mit einem geräuschvollen Knarren öffnete sich die schwere Tür. Der Lichtkegel der Taschenlampe wanderte über eine der uralten Säulen und dann hinauf zu den mit Gräsern überwucherten Mauerresten. Unter den rasch am Mond vorbeiziehenden Wolken lag die Kapelle der heiligen Radegunde in tiefem, ewigem Schlaf. Nichts rührte sich um uns herum.

Noch nichts. Christians Schlüsselbund fiel klirrend zu Boden. Er stieß auf deutsch einen Fluch aus, während mein Vetter ihm mit der Lampe zu Hilfe kam. »Da drüben liegen sie, neben den Blumen.«

»Bei Tageslicht wäre alles etwas einfacher.«

»Aber jetzt sind wir nun mal hier, da wollen wir es auch hinter uns bringen. Daß Jim und François kein Verlangen haben, hier nachts herumzustolpern, kann ich ja verstehen. Sie sind alte Männer, kennen keine Abenteuerlust mehr – anders als wir.«

»Jim Whitaker ist kein alter Mann«, widersprach ich.

»Natürlich. Der ist doch garantiert über Vierzig.«

»Danke«, sagte Neil hinter mir. »Dann muß ich wohl auch bald ins Bett?«

»So habe ich das ja nicht gemeint ...«

»Weiß ich doch. Emily, könntest du deine Lampe dahin

richten, damit Christian nicht stolpert? Ja, so ist es gut, danke.«

Christian ging voraus. Im Schein unserer Taschenlampen bewegte er sich wie ein Pantomime auf der Theaterbühne. Sein riesiger Schatten auf der mit Fresken bemalten Mauer hinter dem Eisentor wirkte furchteinflößend. Wieder klapperte er mit den Schlüsseln, als er den passenden suchte. »Ich hoffe, Radegunde hat nichts dagegen, daß wir ihre Nachtruhe stören.«

»Bestimmt nicht.« Harry klang sehr zuversichtlich. »Es ist ja nicht so, daß wir hier etwas Verbotenes tun. Wir schauen uns nur ein bißchen um. Ganz normale menschliche Neugier.«

Und doch erwartete ich, daß mir das Standbild der Heiligen jeden Augenblick einen strafenden Blick zuwerfen würde, als ich die höhlenartige Apsis mit ihren geisterhaft aufragenden Säulen betrat. Doch selbst die Heiligen schienen Verständnis für kleine menschliche Schwächen zu haben, dachte ich, als ich in Radegundes milde lächelndes steinernes Antlitz blickte.

Hoffentlich ist Thierry nicht beleidigt, wenn er merkt, daß wir ohne ihn auf Schatzsuche gegangen sind, dachte ich. Aber er war gleich nach unserer Feier schlafen gegangen – Pech für ihn. Auch Jim und die Chamonds waren zu müde gewesen, und François mußte aufs Weingut zurück, um Lucie ins Bett zu bringen. Blieben wir vier – Harry, Christian, Neil und ich, wohltuend vom Calvados beschwipst und längst über unseren toten Punkt hinweg.

Ich zumindest hatte jenen angenehmen Zustand erreicht, in dem Zeit und Raum zu verschwimmen beginnen und alles, einfach alles möglich scheint, weswegen ich auch, als Harry sich verschwörerisch zu uns vorbeugte und »Mir kommt da gerade eine Idee …« sagte, alle Vorsicht in den Wind schrieb und mir meine Jacke überwarf, um ihm gehorsam zu folgen. Wäre ich nüchtern gewesen, hätte ich es mir vielleicht anders überlegt und mich nicht zu mitternächtlicher Stunde auf diesen Pfad hoch oben über der Stadt begeben.

»Da wären wir«, sagte Christian, als er auch das dritte und letzte Schloß aufbekommen hatte. Harry interessierte sich als erstes für das Wandgemälde mit den Plantagenets und beleuchtete mit der Taschenlampe die Gesichter der jungen Isabelle und ihres Königs. »Genauso wie beim letztenmal.«

»Was soll sich denn auch innerhalb einer Woche daran verändert haben?« fragte ich.

»Nicht innerhalb einer Woche. Es ist mindestens zwei Jahre her, daß ich in dieser Kapelle gewesen bin. Hätte ich gewußt, daß mein Versteck so ganz in der Nähe lag, hätte ich ihr schon früher einen Besuch abgestattet. Man vergißt, wie unbeschreiblich schön ...«

»Immer langsam. Du mußt letzte Woche hier gewesen sein. Deswegen habe ich doch überhaupt erst gemerkt, daß du verschwunden warst, weil du deine Münze, deinen Talisman, dort auf dem Altar auf den Spendenteller gelegt hast.«

»Du spinnst.«

»Doch«, beharrte ich störrisch. »Und wenn du sie nicht da hingelegt hast, dann eben der Zigeuner ...«

»Meine liebe Emily, ganz so schusselig bin ich ja nun auch nicht.« Er hielt mir die Münze auf der ausgestreckten Hand hin. »Auf meinen kleinen König passe ich auf wie ein Schießhund.«

Kein Zweifel, das war die Münze mit King John, und sie befand sich auch noch immer in ihrer Schutzhülle. Ich wollte es nicht wahrhaben und holte das Gegenstück aus meinem Portemonnaie. Harry richtete die Taschenlampe darauf.

»Das ist ja erstaunlich. Wie ist die den hierhergekommen?«

»Keine Ahnung.«

Auch Christian besah sich die Münze. »Die ist wohl sehr alt, was? Kann doch sein, daß jemand sie auf dem Boden gefunden und zu den anderen Spenden gelegt hat.«

»Ja, so wird es wohl gewesen sein.«

»Du hörst dich nicht gerade sehr überzeugt an«, meinte Harry. »Welche andere Erklärung sollte es wohl geben? Ist sie vom Himmel gefallen? Erzähl mir nicht, daß du plötzlich angefangen hast, an Wunder zu glauben, Emily.«

»Selbstverständlich nicht.« Obwohl ...

Hinter dem Altar blickten Radegundes blinde Augen nach wie vor ins Leere, während ich die Münze in ihre Opferschale zurücklegte und sie tief unter die anderen Gaben schob. »Wie langweilig die Welt doch sein würde, wenn es für alles eine einfache Erklärung gäbe«, sagte Neil.

»Der Standpunkt des Romantikers«, Harry grinste. »Sind wir dann soweit? Jetzt geht's wieder in den Keller, Emily. Nimm deinen Mut zusammen. Sie hat was gegen unterirdische Räume«, flüsterte er Neil zu.

»Ach, wirklich? Gut, daß ich das weiß.«

Hinter dem zweiten Gittertor ging wieder das grelle elektrische Licht an, das so gar nicht zu diesem Ort passen wollte, der nach Kerzen verlangte, nach dem flackernden Schein alter Kandelaber. Die herabhängenden Glühbirnen und die Knipsschalter nahmen der Kapelle etwas von ihrer geheimnisvollen Aura, und erst als wir an der steilen Treppe standen, die zum heiligen Brunnen hinunterführte, empfand ich wieder das wundersame Staunen, das schon Generationen von Höhlenforschern vor mir ergriffen haben mußte.

Während wir anderen uns noch die Stufen hinunterhangelten, hatte Harry sich bereits bis auf die Unterhose ausgezogen. Offenbar wollte er in den schmalen Brunnenschacht steigen.

»Das kann doch nicht dein Ernst sein.«

»Von hier oben sieht man ja nichts. Ich bin doch nicht umsonst den ganzen langen Weg gekommen.«

Und schon war er in den mehrere Meter tiefen Brunnen gesprungen. Mich trafen eiskalte Spritzer im Gesicht. Wir sahen zu, wie er zum Grund des Brunnens tauchte und, unten angekommen, anfing, mit gespreizten Fingern in den Kieselsteinen zu wühlen. Neil kniete neben mir am Rand und hielt den Arm schützend vor mich, damit ich nicht womöglich versehentlich hineinfiel. »Wir fischen ihn da schon wieder raus. Keine Angst.«

In diesem Augenblick kam Harry nach Luft schnappend auch schon an die Wasseroberfläche zurück und streckte uns triumphierend die Hände entgegen. Ich sah das Glitzern, bevor ich die Edelsteine erkennen konnte. François hatte also recht gehabt.

»Mein Gott!« entfuhr es Christian auf deutsch.

»Du sagst es.« Und dann herrschte ein paar Minuten lang feierliches Schweigen. Ich mußte an Isabelle denken, die vor vielen Jahren hier an einem Sommerabend mit den befleckten Diamanten, die keines Menschen Hand je würde reinwaschen können, gestanden hatte, während die Welt um sie herum in Scherben fiel, und an Hans ... Wo mochte er an jenem Abend gewesen sein? Meilenweit weg. Auf eine ganz andere Weise hatte auch er die Erlösung gesucht. Er hatte sich freiwillig in Kriegsgefangenschaft begeben, war nie wieder in seine Heimat zurückgekehrt, hatte sogar einen anderen Namen angenommen. Vorbei und vergangen. Der Jom Kippur mag mit dem Untergehen der Sonne zu Ende sein, dachte ich, aber seine Botschaft bleibt bestehen. Es gibt zuviel Haß auf der Welt.

»Hier unten sind auch ein paar Münzen«, rief Harry. »Keine alten, aber ...«

Darunter mußten auch die sein, die Paul hineingeworfen hatte. »Laß sie bitte dort liegen«, bat ich Harry.

»Dein Wunsch ist mir Befehl. Und die bleiben besser auch hier unten«, sagte er und ließ die Edelsteine zurück in das kristallklare Wasser rieseln. »Bringt kein Glück, etwas aus einem heiligen Brunnen zu stehlen. Wir wollen es uns doch nicht mit Radegunde verderben.«

Ich sah zu, wie die glitzernden Steine zwischen den Kieseln am Boden verschwanden. Wie viele mochten es gewesen sein? Aber eigentlich wollte ich es gar nicht wirklich wissen. Es waren nichts anderes als kleine Steine, die manche Menschen schön fanden, und diese Illusion verlieh ihnen ihren Wert. Wahrhaft kostbar waren nur Freundschaften, Gefühle, die Familie ...

»Verflucht noch mal!« stieß Harry hervor. »Verdammt, jetzt habe ich mir die Hand eingeklemmt.« Er befand sich bereits wieder beim Aufstieg an der glatten Wand, zog die Hand aus der Trittmulde und schüttelte sie.

Er war noch einige Meter unter uns. Ich mußte mich über den Brunnenrand beugen, um ihn zu sehen. »Scheint aber nichts gebrochen zu sein.«

»Ja, vielleicht nicht, aber beinahe. Hier ist irgendwas hereingestopft. Scheint ein Stück Holz zu sein.« Vorsichtig schob er seine Hand in die Vertiefung unmittelbar über der Wasseroberfläche. »Wartet mal, das ist kein Holz. Es fühlt sich an wie ... na, so was!«

»Was ist denn da?« Auch Christian sah gespannt in den Schacht hinunter, während Harry sich bemühte, das rätselhafte Objekt freizubekommen. Ich erkannte nur einen eckigen, handtellergroßen Gegenstand. Harry reichte ihn Christian nach oben. »Erzähl du mir, was das ist.«

Auf jeden Fall war es schmutzig. Harrys Finger hinterließen schwarze Abdrücke auf dem hellen Stein, als er sich wieder über den Brunnenrand schwang. Christian schnüffelte an dem kleinen Päckchen. »Öl«, sagte er. »Es ist mit Öl eingerieben.«

»Und auch mit Wachs versiegelt.« Harry zeigte auf das Siegel, das das Paket verschloß. »Jemand hat nicht gewollt, daß da Wasser drankommt.« Er war selbst klatschnaß, aber das schien ihn nicht zu kratzen. Er strich sich das Haar zurück, bat mich, ihm seine Hose herüberzuwerfen, und holte sein Klappmesser aus der Tasche. Er mußte sehr behutsam vorgehen, weil das Paket in seine Bestandteile zu zerfallen drohte, als er das Siegel aufschnitt.

Zum Vorschein kamen gefaltete Pergamentbögen, die so lange fest zusammengedrückt gewesen sein mußten, daß sie wahrscheinlich zerbröseln würden, wenn wir versuchten, sie auseinanderzufalten. Harry betastete sie vorsichtig mit den Fingern, suchte nach einer Schrift oder etwas Ähnlichem. »Himmel«, sagte er schließlich.

»Was ist?«

Er hielt mir das kleine Bündel hin. »Da, in einer Ecke ist eine Unterschrift. Kommt sie dir nicht bekannt vor?«

Ich brachte kein Wort hervor.

»Was ist denn das nun wieder?« fragte Neil neugierig.

»Briefe.« Harrys Stimme klang ein wenig brüchig, wie immer in Zuständen der Gemütserregung. »Liebesbriefe, würde ich sagen. Vor achthundert Jahren von einem König geschrieben.«

Christian strich mit dem Finger über eine Ecke des öligen Päckchens. »Achthundert Jahre sind die alt? Unglaublich.«

»Ein Fund von unschätzbarem Wert.« Harrys Augen waren ganz feucht geworden. »Das war die Kostbarkeit, von der die alte Chronik berichtete, der Schatz, den Isabelle hier in Chinon versteckt haben soll. Nur handelte es sich dabei nicht um Edelsteine oder Geld. Wer hätte das geahnt ...« Verträumten Blickes schüttelte er fassungslos den Kopf, als ihm plötzlich einfiel, daß Neil und Christian wahrscheinlich keine Ahnung hatten, wovon die Rede war und willkommene Opfer für eine kleine Vorlesung sein dürften. »Wißt ihr«, begann Henry Yates Braden, PhD, zu dozieren, »es gab hier schon einmal ein Mädchen namens Isabelle ...«

33

... hebe deinen Blick; meine Zweifel sind dahin ...

»Und? Nichts zu meckern?« fragte Harry, als Christian das Gittertor verschloß.

»Wovon redest du?« fragte ich.

»Ich habe die Edelsteine schön dort gelassen, wo sie hingehören. Ich weiß ja, daß du in dieser Hinsicht ziemlich eigen bist. Erinnerst du dich noch, was für einen Aufstand du gemacht hast, als ich in Tintagel mal einen kleinen Steinbrocken eingesteckt habe?«

»Das war nicht irgendein Steinbrocken, sondern ein Stück aus einer alten Burgmauer. Wenn das jeder täte ...« Als ich sein Grinsen sah, unterließ ich es weiterzusprechen. »Abgesehen davon halte ich mich ja auch nicht gerade an meine strengen Prinzipien, wo ich doch eine Münze aus einer Opferschale mitgenommen habe.«

»Aber du hast sie wieder zurückgelegt.«

»Und du hast versprochen, die Briefe der Universität von Paris zu überlassen.«

»Richtig. Sowie ich Zeit gefunden habe, sie mir etwas näher anzusehen.«

»Harry!«

»Hab doch mal ein Einsehen. Du kannst doch nicht erwarten, daß ich sie so mir nichts, dir nichts gleich wieder aus den Händen gebe. Ich bin schließlich auch kein Heiliger.« Er schielte zu Radegunde hinüber, als erwarte er, jeden Augenblick durch einen von ihr gesandten Donnerblitz niedergestreckt zu werden. »Außerdem«, fuhr er mit gedämpfter Stimme fort, »weiß ja niemand etwas von der Existenz dieser Briefe, also wird es keinem auffallen, wenn ich sie noch ein paar Tage behalte.«

»Aber nur ein paar Tage.«

»Na ja, vielleicht ein paar Wochen.«

»Aber dann schickst du sie nach Paris?«

»Bei meiner Ehre.« Er hob sogar die Hand zum Schwur.

Harry, dachte ich, war wirklich jenseits von gut und böse. Bei seiner Ehre. Ich sah an ihm vorbei zum Eingangstor hin, hinter dem die Morgendämmerung den neben dem Kapelleneingang wachestehenden Lorbeerbaum in ihr erstes zartes Licht tauchte.

»Kalt?« fragte mich Harry.

»Nein.«

»Wieso zitterst du dann?« Seine Augen folgten meinem Blick, und er sagte nur »Aha.«

»Was meinst du mit ›aha‹?«

»Gar nichts. Einfach ›aha‹.«

Er hatte eine raschere Auffassungsgabe, als mir lieb war. Er las meine Gefühle, noch ehe ich sie selbst registrieren konnte. Ich merkte, wie ich hektische rote Flecken im Gesicht bekam, und wandte mich wieder dem Lorbeerbaum zu und dem Mann, der darunter saß.

Er hatte es sich an der Mauer bequem gemacht, die Hand, die damals bei der Schlägerei in München verletzt worden war, aufs Knie gestützt, das andere Bein vor sich ausgestreckt. Er hielt seine Hand so, als bereite sie ihm Schmerzen, und mir fiel wieder ein, daß Harry mir erzählt hatte, Neil sei über die Mauer des Schlosses geklettert, um in den Innenhof zu gelangen. Eine Mauer, die selbst an ihrer niedrigsten Stelle an die acht Meter hoch sein mußte! Innen war die Entfernung zum Boden natürlich nicht so groß, aber trotzdem ... Er wollte nicht abwarten, bis man ihnen das Tor öffnete, hatte Harry gesagt. Diese verzweifelte Ungeduld – das war ein Neil Grantham, den ich noch gar nicht kannte.

Wie konnte dieser stille Mann, der dort so unbeweglich in Betrachtungen versunken saß und kaum zu atmen schien, das geschafft haben? Das blasse Morgenlicht verlieh seinem Haar einen goldenen Schimmer. Alles um ihn herum war in Dunkelheit gehüllt, und obwohl er sich weder bewegte noch etwas sagte, war es ganz einfach diese Unbewegtheit, die den Blick wie magisch anzog und ihn dann nicht mehr losließ, bis man nur noch den Wunsch hatte, seinen ehrfurchtsvollen Frieden mit ihm teilen zu dürfen.

Harry schien meine Gedanken zu lesen. »Ich mag ihn, falls das für dich eine Rolle spielt.«

»Ich weiß nicht, wovon du redest.«

»Schon gut.« Mein Vetter wandte sich lächelnd Christian zu. »Tut mir leid, daß ich Sie um ihren Schlaf beraubt habe, aber ich bin Ihnen wirklich dankbar dafür, daß Sie mit uns hergekommen sind. Und dafür.« Er klopfte auf die Innentasche seines Sakkos, in der er das Päckchen Briefe sorgfältig verstaut hatte.

»Kein Problem. Und jetzt mache ich uns allen einen starken Kaffee, ja? Das war eine ereignisreiche Nacht. Da kriegt man richtig Kopfschmerzen.«

»Kaffee?« meldete sich Neil. »Das hört sich gut an.« Er lächelte uns zu und erhob sich ein wenig mühsam. »Bei mir sind es nicht so sehr die Ereignisse als vielmehr der Alkohol. Dieser verflixte Calvados. Ich habe einen scheußlichen Brummschädel.«

Mein Vetter lachte. »Ja, im Alter verträgt man nicht mehr so viel. – Bist du soweit, Emily?«

Nein, dachte ich, ich bin noch nicht soweit. Auf dem Rückweg hielt ich mich ein Stück hinter den anderen, war zu sehr mit meinen eigenen Gedanken beschäftigt, um mich an ihrem Gespräch zu beteiligen. Ich erinnere mich vage, wie wir an dem Haus vorbeikamen, in dem Harry sich versteckt gehalten hatte, dann unter ein paar duftenden Kiefern hindurchgingen und uns schließlich auf dem Abstieg in die Stadt befanden, aber richtig wach wurde ich erst wieder, als wir vor Christians Haus ankamen.

Ich sah erst Harry an, dann Neil und sagte: »Mir ist irgendwie gar nicht nach Kaffee. Ich möchte lieber noch ein bißchen schlafen.«

Harry schien an meinen Worten zu zweifeln. »Bist du sicher?«

»Ja. Ich gehe jetzt ins Hotel zurück.«

Neil warf mir ein vielsagendes Lächeln zu. Ich gab mir alle Mühe, meinen Abgang würdevoll zu gestalten, aber in Wirklichkeit hätte ich am liebsten auf der Stelle kehrtgemacht und wäre das Stück Weges die gewundenen, schlafenden Gassen entlanggelaufen. Jeder zugeklappte Fensterladen schien mich einen Feigling zu nennen, und selbst, als ich am Platz mit dem Springbrunnen eintraf, schienen die drei Grazien über mein Auftauchen nicht sehr erbaut.

Ruhm, Glück und Schönheit – ihre drei Gesichter sahen mich so emotionslos an wie eh und je. Oder hatte ich da eben ein süffisantes Lächeln gesehen? Ich kniff die Augen zusammen und blickte durch den Schleier der Wassertropfen, die im Morgenlicht wie Diamanten glitzerten. Nein, sagte ich mir, da war nichts gewesen. Und doch hatte ich das Gefühl, die Figuren versuchten, mir etwas mitzuteilen.

»Gebt euch keine Mühe«, sagte ich zu ihnen, »es würde doch nichts dabei herauskommen.« Ich wollte ihnen klarmachen, alle schönen Märchen seien Lügen, reine Lügengespinste, aber das war gar nicht so einfach, denn in diesem Augenblick verwandelten die Strahlen der Morgensonne die Burg in das reinste Märchenschloß, und es fiel mir selbst nicht leicht, die Existenz von Märchenprinzen zu leugnen, wo doch erst gestern abend einer zu meiner Rettung herbeigeeilt war. Wie heißt es immer? Am Ende wird alles gut? Ein lauer Wind bewegte die Blätter der Akazien. Ein zweites Mal hörte ich Jim Whitakers Stimme mich fragen: Ist Glück etwas, auf das wir Einfluß nehmen können, oder eine Gnade, die dem einen zuteil wird und dem anderen nicht? Das fragte ich mich in diesem Augenblick auch, aber mir fiel keine Antwort ein.

Ich hatte kalte Hände. In meiner Tasche suchte ich nach meinen Handschuhen, wühlte mich immer tiefer, bis ich etwas Glattes fand, das mich die Handschuhe vergessen ließ. Ich schloß die Finger um die zweifarbige Münze und glaubte, Neils Augen vor mir zu sehen, die mich schweigend drängten, mir etwas zu wünschen ... Es muß nicht sofort sein. Die Münze verliert ihre Kraft nicht.

Jahre waren vergangen, seit ich zum letztenmal mein kleines Ritual vollzogen hatte, aber es kam mir doch gleich wieder wie selbstverständlich vor. Ich holte tief Luft, küßte das 500-Lire-Stück und warf es in den Brunnen.

Ich war so beschäftigt damit zu verfolgen, wie es langsam auf den Boden sank, daß ich den Kater gar nicht bemerkte. Die kleine Kreatur war mir zweimal an den Beinen entlanggestrichen, ehe ich aus meinen Gedanken erwachte und nach unten sah. Er kam ohne zu zögern in meine Arme, als ich mich bückte, um ihn hochzunehmen, und schmiegte sich schnurrend an mein Kinn.

Hinter mir vernahm ich Neils Stimme: »Du wirst dir Flöhe holen.«

Ich zuckte zusammen, sah mich aber nicht nach ihm um. »Das kümmert mich nicht.« Ich weiß nicht, wie lange er schon dastand. Ich hatte ihn nicht kommen hören und blickte weiter unverwandt ins Wasser, während er sich zu mir an den Rand des Brunnens stellte. Meine Hände, mit denen ich den Kater an mich drückte, waren ganz ruhig. Fast.

Neil entdeckte die Münze auf dem Grund des Beckens. »Ich sehe, du hast dir was gewünscht.«

»Ja.«

»Aber doch hoffentlich nicht, daß dieser Kater ein Zuhause findet, oder?«

Da sah ich ihn an und entdeckte, daß seine Augen von einer plötzlichen Unruhe erfüllt waren und aus ihrer mitternächtlichen Tiefe eine Frage sprach. Ich schüttelte langsam den Kopf.

Die Frage verschwand wieder, und er lächelte. »Gott sei Dank«, sagte er. »Ich fürchtete schon, du hättest ihn vergeudet.« Er hob die Hand, um mein Gesicht zu berühren, eine warme, willkommene Geste, ich gab mir alle Mühe, sein Lächeln zu erwidern, und dann küßte er mich. Es war so schön, so ganz folgerichtig nach allem, was geschehen war, ich spürte die Tränen in meinen Augen, fühlte, wie meine hohlen Glieder von Leben erfüllt wurden, und verlor abermals sämtliches Gefühl für Ort und Zeit. Eine Minute oder eine Stunde mochte vergangen sein, bis sein Blick auf das schwarzweiße Pelzknäuel in meinem Arm fiel. Der Kater erwiderte Neils Blick ein wenig selbstgefällig.

»Ich gehe davon aus, daß wir dieses Viech mitnehmen müssen?«

»Ich dachte, deine Vermieterin erlaubt keine Tiere im Haus?«

»Genausowenig wie andere Frauen, aber sie wird sich schon an euch beide gewöhnen. Was die Vorsehung zusammengeführt hat, kann auch eine österreichische Zimmervermieterin nicht trennen.« Seine geschmeidige Hand strich mein Haar zurück. »Trotzdem sollten wir deinen kleinen Straßentiger impfen lassen. Hat er schon einen Namen?«

Über so etwas hatte ich weiß Gott nicht nachgedacht, aber ganz wie von selbst wußte ich plötzlich, wie er heißen mußte. »Ulysses«, sagte ich. »Sein Name ist Ulysses.«

»Stimmt. Das ist der einzige Name, der zu ihm paßt. Laß ihn runter.«

»Warum?«

»Laß ihn einfach runter.«

Der Kater gähnte mürrisch, als ich ihn auf den Boden setzte. Ein Windstoß trieb die Wassertropfen aus dem Springbrunnen jäh in unsere Richtung, der Kater machte rasch einen Satz zur Seite, um sich in Sicherheit zu bringen, und kroch unter die nächstliegende Sitzbank, wo er sein Nickerchen fortsetzte. Auch mich hatte der eiskalte Sprühregen erwischt, aber das störte mich überhaupt nicht. Neils Augen, sein Lächeln, seine Berührung verbreiteten genug Wärme. Vielleicht hat er recht, dachte ich – es war gar nicht so schwer, an etwas zu glauben. Ich hob die Hand, streichelte sein Haar und zog sein Gesicht näher an meines heran. Und in dem Augenblick, als sich unsere Lippen zu einem Kuß vereinten, hätte ich schwören mögen, daß eine der drei Grazien lächelte.

Susanna Kearsley

Mariana

Roman. Aus dem Englischen von Karin Diemerling. 350 Seiten. SP 2769

»Das ist mein Haus«, erklärte die fünfjährige Julia Beckett ihren Eltern, als sie zum ersten Mal »Greywethers« sah, das große Bauernhaus aus dem 16. Jahrhundert. Julia, inzwischen dreißig und erfolgreiche Illustratorin, erfüllt sich ihren Kindheitstraum und kauft das Haus. Sie liebt ihr neues Leben auf dem Land und findet schnell gute Freunde unter den Dorfbewohnern. Doch kaum ist Julia eingezogen, geschieht Seltsames mit ihr und läßt sie an ihrem Verstand zweifeln: Sie meint, das Leben von Mariana zu führen, einer unglücklich verliebten Dienstmagd, die 1665, zur Zeit der großen Pest, in diesem Haus gelebt hatte. Julia fällt es immer schwerer, zwischen Vergangenheit und Gegenwart zu unterscheiden. Susanna Kearsley ist mit diesem Buch eine spannende Mischung aus romantischer Liebesgeschichte und Historienroman gelungen.

Patricia A. McKillip

Winterrose

Ein Fantasy-Roman. Aus dem Amerikanischen von Anne Löhr-Gößling. 317 Seiten. SP 2693

Wie aus dem Nichts taucht Corbet Lynn in dem armen Dorf am Rand des großen Waldes auf und will das vor fünfzig Jahren verlassene Anwesen seiner Vorfahren wieder bewirtschaften. Ein Fluch lastet angeblich auf ihm und seiner Familie. Doch ist das der Grund für die mysteriösen Ereignisse, die die Dorfbewohner in Angst und Schrecken versetzen? Die naturverbundene, heilkundige Rois erliegt Corbets faszinierender Ausstrahlung und verliebt sich in ihn. Ein düsteres Geheimnis verbindet die beiden, und Rois fühlt sich vom Zauberwald der Elben immer stärker wie magisch angezogen. »Winterrose« ist eine poetisch erzählte, phantastische Liebesgeschichte, die alte Märchenmotive mit der geheimnisvollen Atmosphäre der Schwarzen Romantik verbindet.

Francesca Stanfill

Das Labyrinth von Wakefield Hall

Roman. Aus dem Amerikanischen von Mechthild Sandberg. 446 Seiten. SP 2293

»Man stelle sich einen gemütlichen kalten Abend vor, an dem man im warmen Wohnzimmer sitzt und liest. Draußen heult der Wind, es regnet oder schneit. Man selbst aber fühlt sich geborgen in seinem Sessel. Und dazu einen Roman wie Francesca Stanfills ›Das Labyrinth von Wakefield Hall‹ – und der Abend ist gerettet. Dieses Buch ist nämlich genau die richtige Lektüre für jene Stunden daheim, wenn man mit einer spannenden Geschichte abschalten möchte. Im Mittelpunkt des 446 Seiten umfassenden Romans steht die junge Journalistin Elizabeth Rowan. Sie soll über die einstmals berühmte, unlängst verstorbene Schauspielerin Joanna Eakins, eine der besten Shakespeare-Interpretinnen des 20. Jahrhunderts, eine Biographie schreiben. Als sie das prächtige Anwesen der Verstorbenen besucht, spürt Elizabeth, daß das Leben der Frau, die lange Zeit in England lebte und in Amerika starb, von vielen Geheimnissen umgeben ist. Und einige dieser Geheimnisse involvieren Elizabeth, die erkennt, daß nicht nur die Karriere und das viel zu kurze Leben der Schauspielerin sie seltsam berühren und faszinieren, sondern daß sie die einzige ist, die die vielen Rätsel um Joanna lösen kann. Elizabeth stürzt sich mit solcher Energie auf die Biographie der mysteriösen Schauspielerin, daß ihr eigenes Privatleben darunter leidet und ihr Freund sie vor die Entscheidung stellt, entweder ihre Arbeit abzubrechen oder ihn zu verlieren. ›Das Labyrinth von Wakefield Hall‹ von Francesca Stanfill bietet alles, was ein guter Unterhaltungsroman haben sollte: Eine spannende Handlung, Figuren, deren Schicksal nicht kalt läßt, eine gehörige Portion Liebe und Leidenschaft und ein durch und durch befriedigendes Ende, obgleich nicht alle Rätsel um Joanna Eakins gelöst werden können. Aber gerade das läßt dem Leser die Möglichkeit, die eigene Phantasie ins Spiel zu bringen.«

Norddeutscher Rundfunk

SERIE PIPER

Kenizé Mourad

Im Namen der toten Prinzessin

Roman eines Lebens.
Aus dem Französischen von Brigitte Weidmann.
613 Seiten. SP 1344

Kenizé Mourad, Tochter der letzten türkischen Sultanin, Selma, und des indischen Radschahs von Badalpur, der das Schicksal keine Zeit ließ, ihre Mutter kennenzulernen, hat ein Buch geschrieben, in dem sich Vorstellungskraft und Einfühlungsvermögen, historische Fakten und eine märchenhafte Lebensgeschichte zu einem mitreißenden Erzählstrom verdichten.

Wach und sensibel erlebt Selma den Zusammenbruch des Osmanischen Reiches 1920, die leidvollen Erfahrungen ihrer Familie, die der Verbannung 1922 vorausgehen, das Elend der Mutter, die, der Etikette, der Religion, dem Vaterland tiefer verpflichtet als ihrer Familie, zwar ihre Würde nicht verliert, wohl aber den eigentlichen Grund ihrer Existenz.

Für Selma bietet das Exil in Beirut, der damals schillerndsten Stadt des Vorderen Orient, mehr Abenteuer als Erniedrigung. Wenngleich eine »unterdrückte Prinzessin«, wächst sie hier – inmitten der großen Familien der französischen Mandatsstadt – heran, erlebt ihre erste Leidenschaft, bevor sie standesgemäß an einen indischen Radschah verheiratet wird. Und Indien, das feudale und zugleich erschütternd arme Indien – das ist für sie die qualvolle Verbannung. Erst in Paris, der glanzvollen Metropole der dreißiger Jahre, wird Selma, jenseits der Salons von Nina Ricci und Maxim's, zu sich selbst und der Liebe ihres Lebens finden.

»Eine wundersame Liebesgeschichte ergibt manchmal einen großen Roman. Wenn aber die Geschichte darüber hinaus wahr ist, ja ebenso wahr wie unwahrscheinlich, wenn sich in ihr der Untergang eines ganzen Weltreichs, einer bewegenden Epoche spiegelt, wenn die Heldin eine Sultanin ist, und Istanbul ihr Geburtsort, von wo der Zusammenbruch des Osmanischen Reiches sie ins libanesische Exil nach Beirut zwingt, die Heirat mit einem ihr unbekannten Radschah sie an einen indischen Königshof führt und die bevorstehende Geburt ihres Kindes ihr zum ersten Mal ein freies Leben in Paris ermöglicht – dann erwartet man ein außergewöhnliches Buch.«
L'Express

Susanna Kearsley

Rosehill

Roman. 432 Seiten. Geb. Aus dem Englischen
von Karin Diemerling.

Verity Grey kann einfach nicht nein sagen,
als sie zu Ausgrabungen ins schottische Rosehill
eingeladen wird. Schließlich ist sie mit Leib und
Seele Archäologin – und die Aussicht, wieder
mit dem unverschämt gutaussehenden Adrian
zusammenzuarbeiten, hat auch ihren Reiz.
Der Teamleiter in Rosehill ist geradezu vernarrt
in seine Idee, hier auf Spuren der berühmten
Neunten Römischen Legion zu stoßen, die vor
Jahrhunderten verschwand. Allerdings vertraut er
ausgerechnet auf die Aussage eines achtjährigen
Jungen, der felsenfest behauptet, einem Geist
begegnet zu sein – dem Geist eines römischen
Legionärs. Die kluge, unbestechliche Verity glaubt
selbstverständlich nicht an Geister, doch dann
passieren Dinge, die nicht einmal sie erklären
kann. Damit nicht genug, trifft Verity auch noch
David, der so ganz anders ist als die Männer, die
ihr bislang gefährlich werden konnten.
Romantisch und geheimnisvoll wie »Mariana« ist
auch Susanna Kearsleys neuer Roman, in dem eine
prickelnde Love-Story und ein abenteuerlicher
Ausflug in die Archäologie sich aufs
spannendste verbinden.

KABEL